凤策长安 下

凤轻 著

重庆出版集团 重庆出版社

目录

- 第十三章　割据一方 ………… 001
- 第十四章　更名靖北 ………… 048
- 第十五章　连战连胜 ………… 092
- 第十六章　帝王之死 ………… 153
- 第十七章　凤入沧云 ………… 194
- 第十八章　帝女神佑 ………… 230
- 番外　灵犀·未爱 ………… 253

第十三章
割据一方

信州和惠州交界附近的一处官道上，一群人正埋伏在路边，小心翼翼地盯着前方连大气也不敢喘一口。

领头的中年男子蹲在楚凌身边看着远处路亭的方向，低声道："公子，咱们怎么打？那些貊族人，可都是很厉害的。"楚凌有些诧异地道："别告诉我，你们近两千人竟然会打不过一百人。"

中年男子一噎，瞪着楚凌半晌说不出话来。

楚凌笑道："虽然人多不一定就会占着优势，但是你们这么多人哪怕就是直接扑上去也足够压死他们了吧？"就算是两千头猪也该能踩死那些貊族人了。

"难道……就这样冲过去？"中年男子有些迟疑。

楚凌想了想道："我先进去看看，你们看到信号了就动手。"

中年男子点了点头，楚凌站起身来准备往路亭的方向而去。中年男子犹豫了一下忍不住问道："你就这么放心？不怕我们跑了吗？"楚凌回头看了他一眼，似笑非笑地道："你若是想跑，也可以试试看啊。"

中年男子只觉得心头一凉，不再说话了。楚凌对他友好地笑了笑，很快消失在了夜色中。

"头儿，咱们真的听这小子的话？"中年男子旁边，终于有一个人忍不住问道。

中年男子扫了对方一眼，道："都到了这儿了，不干还能怎么样？"

对方哑然。是啊，他们都走到这里了，不干还能怎么办？回去自首，难道貊族人就会放过他们了吗？既然如此，还不如干一票给自己出口气，更何况那少年还说，无论抢到多少东西都归他们，不管他们往后要去哪儿总要先弄点盘缠吧。

天边绽放出第一抹阳光的时候，宁静的路亭里突然升起了一道火光。早就埋伏在外面的南军立刻站起身来，中年男子沉声道："兄弟们，上！"众人咬了咬牙，提起自己手中的兵器跟着他冲了出去，很快路亭里就传来了厮杀声。

树林的另一边，一个年轻的青衣男子正坐在树枝上抬头眺望远处，挑眉笑道："君无欢，这位黑龙寨的小寨主，有点意思啊。"寻常人看不出来，他身为一个医术卓然的大夫怎么会连男女都分不清楚呢。黑龙寨的小寨主分明就是一个妙龄少女啊。

君无欢站在不远处的树下看着路亭的方向，听到他的话方才抬起头来施舍给了他一个淡淡的眼神："在阿凌面前最好管住你的嘴。"青年喷了一声，不满地指控道："这就是典型的见色忘义吧？"

君无欢面无表情地道："我与你有什么义？别忘了你是我花钱买来的。还欠着我一百万两银子呢。什么时候还清了，什么时候再来跟我谈义字。"

青年俊美的容颜顿时扭曲了，磨着牙道："君无欢，你知道为什么总有人想要弄死你吗？"

君无欢打量了他一眼道："别人我不知道是为什么，但你或许是为了赖账也说不定。"

这些年救了你多少次，还抵不上区区一百万两银子吗？！正想要破口大骂，却见君无欢已经一跃而起，几个起落就已经到了几十丈以外朝着路亭的方向而去了。青衣男子一愣，连忙追了上去。

楚凌这会儿遇到了一点麻烦，因为路亭里不仅有驻守的貂族士兵，还有三个路过的貂族男子。这三个人原本只是路过，昨晚在这里留宿一晚，能在路亭留宿的自然也不会是什么普通人。谁知道竟然会遇到有人偷袭路亭，自然也只能跟着加入了战斗。这三个人身手都不弱，虽然单打独斗都不是楚凌的对手，但是三个一起围攻楚凌还是觉得有点麻烦的。

楚凌花了点工夫解决掉三个貂族人，脚下不小心踩到了一块石头险些摔倒，却被一只手从身后扶住了。楚凌刚抬起来的手还没有反击就停住了，回头看向来人有些惊讶地道："你怎么来了？"

君无欢含笑看了一眼四周道："才分别几日，阿凌怎么就闹出这么大的阵仗了？"

楚凌无奈地叹了口气，道："我这也是没办法啊，你是听说了信州的事情特意赶过来的吗？"君无欢微微点头："我刚好在润州停留了两天，有些担心你就过来看看。"

听他这么说，楚凌倒是有些歉意了，毕竟她知道君无欢有多少事情要做。

"其实我没事，你不必担心的。"

君无欢笑道："我自然知道阿凌不会有事，不过信州这么热闹，我怎么好不来凑个热闹呢。"

"君无欢！"不远处青衣男子翩然而至，气急败坏地叫道。楚凌扭头有些好奇地看向来人，对方虽然轻功看起来不错，却远不如君无欢这么潇洒从容，这会儿更是已经有些气喘吁吁了。

君无欢看到楚凌好奇的目光，便道："这是云行月，就是我跟你说过的那个庸医。"

青衣男子磨牙，庸、医?！君无欢竟敢说他是庸医！

牙齿咬得都快要碎了的云行月终于对楚凌挤出了一个有些扭曲的笑容："凌小寨主，幸会。我是君无欢的救命恩人！"

楚凌看看云行月再看看君无欢，忍不住轻笑出声。她觉得这个云行月倒是跟桓毓有几分相似，看来跟君无欢的私交应该很不错。

"云公子，久仰大名，幸会。"楚凌拱手笑道。

云行月满意地点了点头，侧首斜了君无欢一眼。眼里仿佛在说"看看人家多有礼貌，再看看你"。君无欢不以为然："阿凌，不用跟他客气。他除了医不死人能花钱以外，什么用处都没有。"

楚凌表示，医不死人已经是很了不起的能力了。

云行月正要发怒，不远处南军领头的男子已经过来了，"凌公子，路亭里的貊族人都已经消灭了，我们接下来该如何行事？"楚凌道："按照之前我们说好的，路亭里的东西你们都可以带走。想要去哪儿也随便，别做坏事，如果做最好也不要被我撞上。"

中年男子神色有些复杂地看了一眼楚凌，就连突然出现在这里的君无欢和云行月都没有让他多想，显然是没有想到楚凌竟然真的这么干脆地放了他们。

楚凌挑眉："怎么，不想走？"

男子这才回过神来，对楚凌拱了下手点了点头转身走了。

他身后传来楚凌带着几分笑意的声音，"对了，如果你们觉得无处可去或者想要做点什么事的话，可以考虑去黑龙寨找我。"

中年男子没有答话也没有停留，很快就带人收拾东西离开了。

云行月好奇地看着楚凌道："你就不怕这些人出卖你吗？"

楚凌摊手道："不然我还能怎么办？将这些人全都杀了吗？更何况，过不了几天整个信州都会知道黑龙寨的事情，用不着他们出卖我。"云行月打量着楚凌，笑道："果然是个善良可爱的小姑娘。"

楚凌对他笑了笑，对他的评价不予置评。她可以借着之前的余威震慑住这些人一时，但是却不能一直控制住他们。

等到那些南军的身影完全消失在路的尽头，楚凌才取出自己随身带着的信烟放了出去，又将路亭里的貊族士兵没来得及射出去的狼啸箭射向了天空，随着啸声冲向天空，绚丽的焰火也在天空铺开形成了一个巨大的狼头。

云行月微微挑眉侧首去看君无欢，君无欢却并没有看着他而是目光专注地望着楚凌。云行月轻叹了口气，没想到君无欢十几年冷心无情，竟然真的栽在了一个小姑娘的手上。不过看着眼前的少女璀璨的眼睛仿佛有火焰在燃烧，云行月又觉得君无欢栽得理所当然。

"阿凌姑娘，你接下来打算做什么？"云行月走过去，好奇地道。

楚凌笑道："叫我阿凌就成了，姑娘就免了吧。"低头看了看自己一身的男装，继续道："我要立刻赶回蔚县去，两位若是有事在身，不如……"

"我们没事！"云行月十分利落地抢道。

楚凌诧异地看了一眼君无欢，君无欢点了点头道："他说得对，没什么大事。"

楚凌扶额："长离公子真的不必顾及我这边，眼下虽然有些麻烦，不过我心里有数，应当不会出什么大问题的。凌霄商行事务烦琐，如今又刚撤离上京，整个北方只怕都不安稳，怎么会没事？"

君无欢淡淡道："这些都是提前就安排好了的，只是按计划而行，若是还能有问题，我还要他们做什么？阿凌不必担心，黑龙寨几位寨主如今起兵，我既然在这附近，就没有袖手旁观的道理。"

见他坚持，楚凌也不好多说什么。她相信君无欢是个公私分明的人，如果真的有重要的事情他也知道轻重。便也不再多劝，跟两人商量起回蔚县的事情。

站在一边的云行月看在眼里，只觉得他们家这位君公子还当真是见色忘义！

三个人回程的脚程快了很多，第二天早上三人就已经到了距离蔚县不过一百多里的地方了。虽然三人都避开了官道只走小路，却还是遇到了好几拨四处搜索的貊族兵马。三人这次却没有惹事，而是直接避开了他们。

"看来，兵器被劫持的事情已经被发现了。"云行月有些担心地道。

楚凌倒是没那么担心，道："暂时应该没事，他们搜索的方向不对。"那些人只怕是以为抢劫兵器的人朝着惠州方向而去了，当然这就是楚凌先前攻击路亭的目的。

云行月目光钦佩地看向楚凌："阿凌姑娘，佩服啊！"

楚凌虽然不知道他到底在佩服自己什么，还是很给面子地拱手谢过了。君无欢问道："阿凌是打算让黑龙寨以蔚县为基础发展吗？"

闻言，云行月有些突兀地扭头看向楚凌，目光里也多了几分诧异："黑龙寨不是已经决定投靠沧云城了吗？阿凌打算自立为王？"

楚凌忍不住笑道："不过一个小寨子罢了，现在也只是占据了一个小县城，什么王不王的？就算黑龙寨真的归属沧云城了，总还是要发展的，不可能什么都不做吧？更何况，不是还没有正式加入吗？"之前黑龙寨只能算是沧云城的编外势力，所谓编外自然就不是自己人了。

云行月看了君无欢一眼，君无欢倒是没有云行月那么大的反应。只是道："是跟沧云城之间出了什么问题吗？"

楚凌摇头，"也不是，只是黑龙寨距离沧云城毕竟山高路远。若是就指望沧云城，黑龙寨永远也不会有什么进步的。"

"话不能这么说。"云行月道，"沧云城之前不也派了人来黑龙寨相助吗？听说原本黑龙寨能用的不过数百人，如今不过两三年至少也有三四千人了吧？"

楚凌道："确实如此，不过一个不慎差点全灭了，就是现在也还徘徊在全灭的边缘。若真是如此，不知道到时候沧云城能派多少兵马来支援？"

云行月语塞，虽然沧云城兵马不少，但是毕竟和信州隔得远。真要说能突破北晋兵马的重重封锁千里迢迢来救一个黑龙寨，云行月自己都不相信。

楚凌叹了口气，摊手道："所以啊，靠山山倒，还是靠自己最好。"

"阿凌说得不错。"君无欢点头赞同道，"蔚县的位置不算好，不过以黑龙寨目前的处境也找不到更好的位置了。如果黑龙寨能够将整个信州甚至是旁边润州和惠州反抗北晋的势力集结起来，以歌罗山、余江为依靠，在蔚县建立势力，再往四周蔓延也不是不可能的事情。"

云行月看着君无欢，半晌无语。

"不过……"君无欢微微蹙眉，道，"到底能不能行，还要看黑龙寨能不能扛得住北晋兵马最开始的几次打击。"

"沧云城就是如此吗？"楚凌问道。

云行月道："可不是吗？别看沧云城现在屹立不倒。当初沧云城刚打出名声的时候，可是被貊族人天天围着打，好几次差一点就直接垮了。"

楚凌叹了口气，道："确实是挺麻烦的，不过办法总是能想到的。"

君无欢笑道："阿凌需要帮忙的话，尽管开口。"

楚凌笑道："我不会跟长离公子客气的，到时候你莫要后悔才好。"

君无欢含笑："答应阿凌的事情，我什么时候反悔过？"楚凌默然，看了一眼自己身侧马背上面带微笑的长离公子，有些无奈地在心中叹了口气。

此时信州边境的一处路亭中，南宫御月一身黑衣坐在桌边喝茶。跟前不远处一个白衣男子单膝跪地恭敬地禀告着什么。南宫御月慢条斯理地喝完了一杯茶，方才抬起头来看向对方道："你是说信州动乱，有人抢了信州的粮仓之后，跑到距离信州几十里外的地方占据了一座县城？"

"是，国师。"白衣男子垂首恭敬地道。

南宫御月微微眯眼，道："有意思，信州镇守将军干什么去了？"

白衣男子道："回国师，信州镇守将军被人给杀了。"显然那些人也是深知擒贼先擒王的道理。事情发生之后一整天信州驻军都没有找到他们的统领，等第二天找到的时候，人早就已经凉了。

"黑龙寨……"南宫御月修长白皙的手指轻轻摩挲着手中的细瓷茶杯，道，"我怎么觉得，信州这地方事情不少呢？还有这个黑龙寨，似乎也是经常出现。三年前，谢廷泽在这里被人救走了，至今下落不明。南朝过来的那个什么侯，也是死在这里的吧？还有明王的女婿，在这里被人打成重伤。现在还有人直接公然起兵造反了。"

站在周围的一干人等纷纷低下了头不敢说话。国师的脾气变幻莫测，谁也不知道他什么时候会发火。

南宫御月看着他们胆战心惊的模样，嗤笑了一声放下茶杯道："既然这么有趣，那咱们也去看看吧。本座也有些好奇，这黑龙寨到底有何方高人坐镇。"

白衣男子低声道："国师，有消息说黑龙寨已经投靠了沧云城。你说会不会是沧云城的人在背后指使？"

南宫御月轻哼一声道："晏翎有多闲才来管一个小小的黑龙寨如何？而且，攻打信州再抢占蔚县，对黑龙寨来说也并不是什么好事，倒更像是迫不得已才做的选择。不过……如果黑龙寨真的投靠了沧云城的话，黑龙寨一定有什么让晏翎看重的人或者物……"

晏翎可不是一个什么都收的老好人，若不是有利可图他为什么要搭理那样一个不起眼的山寨平白给自己添麻烦？

想到此处，南宫御月站起身来沉声道："去信州！"

白衣男子一怔："国师，那君无欢那里……"

"传令下去，一旦有了君无欢的消息，立刻禀告本座！"南宫御月冷声道。

"是，国师。"

楚凌三人回到蔚县的时候，正好看到一拨北晋士兵刚刚退去。叶二娘得到消息立刻赶了过来："小五，你可算回来了。"

楚凌眨了眨眼睛，笑道："让二姐担心了，我这不是好好的吗？"叶二娘无奈地瞥了她一眼，目光落到君无欢二人身上，"长离公子？"叶二娘在上京的时候见过君无欢，长离公子这样的人物自然不会轻易忘记的。

楚凌笑道："二姐，这位是云行月，云公子。他是长离公子的朋友，还是一位很高明的大夫。"

听到楚凌说云行月是大夫，叶二娘脸色微变，看了看云行月却没有说什么，只是点头向两人打了招呼。倒是云行月道："叶寨主，幸会。可是有什么事情在下能帮得上忙的？"

叶二娘犹豫了一下才道："方才咱们有个兄弟受了重伤，城里的大夫都束手无策。只是……"

若是如狄钧、郑洛这些人受了伤，叶二娘还能请云行月看在小五的面上相救。但是伤者只是个最普通的黑龙寨的小兵，叶二娘却有些不确定了。并非她觉得小兵的命就比狄钧和郑洛的贱，而是她不知道云行月是怎么想的。

云行月却不知道叶二娘想了这么多，立刻道："那就快走吧！"

叶二娘一愣，反应过来心中也是大喜，连忙点头道："多谢云公子，快这边请！小五，你先带长离公子去找大哥。"说罢就急匆匆地领着云行月走了。

楚凌也知道现在不是说话的时候，看了一眼站在自己身边的君无欢道："我们先回县衙吧。"

君无欢点头道："也好。"

两人到了县衙的时候郑洛和狄钧都不在，只有窦央、段云和秦知节在书房里忙碌着。楚凌和君无欢走进书房，书房里正忙碌着的三个人立刻抬起头来，窦央有些惊喜地站起身来面露笑意："五弟，你回来了。"

楚凌点点头："三哥，你怎么来了？寨子里……"

窦央摇摇头道："寨子里没什么事儿，这里更需要人帮忙一些。更何况寨子里的战力都被带出来了，剩下的都是老幼妇孺，我让他们迁回深山里去了。那里咱们也经营了许多年，不会有什么危险，倒是比跟着我们要安全一些。"

楚凌点了点头，那个地方虽然楚凌没去过，但是却听叶二娘和狄钧说起过很多次。虽然在深山之中山路崎岖，但是地势却很好，易守难攻也不会被野兽袭击，又可以耕种自给自足，正是一处不错的世外桃源。只是地方太小，无法长时间安置太多的人口罢了。只是安置黑龙寨的老幼妇孺，倒是可以庇佑他们一些时候。

"那就好，三哥来了咱们也要轻松许多。"

屋子里的三个人早将目光落到了君无欢身上，毕竟如长离公子这样的容貌气度，就算是被扔在人海里也必然是鹤立鸡群的那一个，更何况是小小的书房。

也不等他们问，楚凌含笑道："这位是君无欢，君公子。"

三人都是一惊，窦央愣了愣才回过神来拱手道："原来是长离公子大驾光临。"窦央是知道楚凌是女儿身的，自然也知道当初楚凌在上京与君无欢还有一段不知道还能不能作数的婚约。看君无欢的神色难免就有几分兄长看未来妹婿的复杂。

段云和秦知节虽然不知道内情，但是长离公子的名声却也足够惊人了。要知道，不久前长离公子刚刚被北晋朝廷通缉呢。能让北晋皇帝，明王，国师同时下令通缉捉拿，这位长离公子的本事也是相当惊人了。

秦大人痛心疾首，一个眼看着就能平步青云的机会放在他面前，他却已经被迫成了自己人？谁想要跟你们当自己人了！

楚凌对君无欢笑道："这是我三哥，这是蔚县知县秦知节秦大人，还有这个是小段，段云，黑龙寨的账房。"

君无欢对三人点了点头，看向窦央道："久闻窦寨主大名，幸会。"

窦央连忙还礼，觉得这位长离公子十分和蔼可亲："长离公子客气了，是我等久仰大名才是。"

君无欢又对段云点了下头才看向秦知节，悠悠道："秦大人，好名字。"

噗！

秦大人在心中默默吐了口血，面上却只能强行挤出一个笑容："多谢长离公子称赞。"比起无欢长离什么的，本官也觉得自己有一个好名字！

楚凌不动声色地用手肘撞了一下君无欢示意他收敛一点，他们还要靠秦大人干活呢。

一边要人干活一边还要挤对人家？

君无欢对她温和地笑了笑，果然不再多说什么了。

宾主落座，窦央看着君无欢道："小五是怎么跟长离公子遇到的？"

楚凌也不隐瞒，将事情的经过说了一遍。窦央也忍不住叹了口气，说起来他们几个还都是兄长姐姐的，但是最麻烦最危险的事情却都让年纪最小的小五去做了。再一次对君无欢拱手道："多谢长离公子了。"

君无欢摇头道："我们去得晚，倒是没有帮上阿凌什么忙。窦寨主不必言谢。"

楚凌不想纠缠这个问题，连忙问道："三哥，我们回来的时候刚刚看到貊族人退走，大哥和四哥呢？"

窦央道："大哥和四弟跟明公子一起去巡视城楼各处防御去了。你们回来得也是巧了，今早天还没亮貊族人就开始攻城，被我们打回去了一次。他们还不肯死心下午又来了一次。"

楚凌笑道："几位兄长不是都给挡了回去吗？可见貊族人也没什么可怕的。"

窦央叹了口气，摇头道："虽然咱们守住了，也杀了不少敌人，但是死的大多数都是南军。貊族人将南军当攻城的前锋，只有弓箭手在后面驱赶。实际上貊族的兵力根本没有折损多少。"

楚凌也有些沉默了，南军虽然战斗力不行但是兵力庞大。而且就算南军被消耗完了，他们完全还可以再抓普通百姓充填，一直这样下去就算他们这些人消耗光了，也无法真正动摇貊族兵马的根基。

叹了口气，楚凌道："三哥不要着急，慢慢来吧。"

窦央点了点头："也只能如此了。"

楚凌看向段云和秦知节："秦大人，如今城里的百姓如何了？"

秦知节笼着双手，肃然道："眼下一切都还安好，城里的貊族人都已经被单独隔离开了，还有之前给貊族人通风报信的眼线也都抓起来了。信州的百姓对北晋并没有什么好感，眼下蔚县虽然看似危险，但是他们在外面也同样活不下去。至于蔚县原本的百姓，公子放心，不会有事的。"

"我相信秦大人。"楚凌点头笑道，"小段，城里的物资可有什么短缺的地方？"

段云思索了一下，道："目前没什么，因为要过冬，各家过冬的东西都囤积了不少。不过……"

"不过什么？"楚凌问道。

段云蹙眉道："柴米油盐都不是什么问题，但是柴火却有些问题。蔚县背靠歌罗山，绝大多数人家都用柴火。如果长时间闭城，只怕很快就会无柴可烧。这两天，我便发现城中的柴火价格已经涨了不少，而且很少有人买卖了。"

楚凌思索了片刻道："这事无妨，秦大人劳烦你传令下去，没有柴火的人家每七日都可以到县衙来领取一定量的柴火。外来的人目前都是集中住宿和伙食，也要请秦大人安顿好。"

秦知节有些愁苦地道:"公子,咱们自己也没有多少。眼下囤积的这些,还是前两天叶寨主和郑寨主命人进山砍回来的呢。"

楚凌笑道:"守着这么近的歌罗山,怕什么?有本事貊族人就一直围着蔚县别撤兵。还是二姐细心,我还真忘了有这么一档子事儿。"

秦知节心中暗道:"我觉得,貊族人还真做得出来派十万大军将蔚县围得水泄不通的事情。"

不过看楚凌似乎真的不担心的模样,秦知节也知道这位凌公子心里只怕还有别的成算,便也识趣地不再多说什么。

因为不知道狄钧和郑洛什么时候才能回来,大家也各有各的事情要做。将这两天蔚县的事情交代清楚之后窦央便打发楚凌带君无欢去休息了。毕竟长离公子身体不好的事情全天下都知道。等两人出了门窦央才突然反应过来,他们家小五是个姑娘啊。让她带长离公子去休息这个事情……呃,大家都是江湖儿女,不拘小节!

楚凌和君无欢出了书房,并肩走在县衙的后院里。秦知节是个十分识时务的人,虽然县衙原本是他的地盘,但是如今易主了也半点没有不适应。果断地将自己的一家老小全部收拾到了县衙一侧的一个还算宽敞的小院里,剩下的大半地方都空了出来。秦家老太太和秦夫人还主动出面帮着管一些琐事,半点也没有官夫人的骄纵脾气。

"方才在书房没见你怎么说话。"楚凌侧首看了一眼君无欢道。

君无欢含笑道:"我听阿凌说话。"

楚凌无奈地扫了他一眼道:"听我有什么好说的?这些事情我是半点经验也没有。正想听听你长离公子的意见呢。"

"阿凌处理得很好。"君无欢道,"我在阿凌这个年纪的时候,绝没有这般周全。"

楚凌皱眉道:"长离公子在我这个年纪的时候,凌霄商行可是已经声名鹊起了。"

君无欢低声笑道:"阿凌以为我天生就这样吗?亏吃多了自然就长进了。"

楚凌忍不住笑道:"竟然还有人能让长离公子吃亏?我一直以为只有长离公子让别人吃亏。"君无欢微微扬眉,有些无奈地道:"知道我吃亏阿凌就这般高兴?"

她是挺高兴的。

玩笑过后君无欢正色道:"阿凌若问我有什么建议的话,我建议你们尽快收拢信州附近的势力,最好是趁机再拿下几个县城。与蔚县互相依靠支撑,只是蔚县一地难免势单力薄。"

楚凌点头,"我也正有此意,打算等大哥他们空闲下来了再商量一下,不过眼下兵力却是一个大问题。无论是黑龙寨的兵马还是新招的这些，面对北晋兵马战力只怕都力有不逮。"

君无欢垂眸思索了片刻，问道："阿凌可是有什么对策？"

楚凌问道："你觉得南军如何？"

君无欢一怔："阿凌想收编南军？"

"一部分。"楚凌道，"并不是所有人都愿意为貊族人效力的，虽然有不少南军为虎作伥，但是我也相信还是有不少人是迫于无奈才加入的。但是黑龙寨情报不足，这方面只怕要劳烦你还有沧云城帮忙。"

君无欢蹙眉思索了片刻，道："倒也无不可，南军虽然战力低下但是也确实比寻常百姓要强得多。不过若是收拢了这些人，军中以后只怕……"

楚凌道："你可知道，南军有多少人？"

君无欢想了想道："北晋军中统计，南军人数应该不低于一百万。这还是朝廷能直接控制的，不包括地方和被充作奴隶的，以及有的人暗中豢养的私军。"

楚凌点点头道："无论以后我们要做什么，这一百多万甚至更多的南军都是不得不面对的事情。长离公子，到时候你是杀还是留？"

"这些人也算是叛国，阿凌不想杀了他们？"君无欢道。

楚凌笑道："我只杀该杀的人，将叛国之罪推给普通士兵未免荒谬。"最底层的士兵从来都不是能做主的人。军队是个集体，该负责的是将领，甚至是更上面的人，比如说皇帝。

君无欢沉默了良久，方才点头道："还是阿凌通透。"

楚凌笑了笑没说话，通不通透不好说，毕竟从某种程度上说，有时候她其实是站在局外看世情的。对天启，怒其不争多过于痛彻心扉。

君无欢道："阿凌需要的消息，我两天内给你。阿凌想要做什么尽管去做吧，我相信你。"

楚凌看着他："你呢？你有什么打算？"

君无欢道："我会在这里暂留几天，等这边稳定下来再离开。"

楚凌蹙眉道："你确定你没事？"

君无欢笑道："马上要过年了，能有什么事？这么冷的天，我在蔚县歇歇不行吗？阿凌忍心让我这么大冷天的在外面被人追杀吗？"楚凌无语，看着君无欢道："是不是南宫御月来信州了？"

"嗯？"君无欢微微挑眉，楚凌道："南宫御月来信州了，你不放心。"

君无欢叹气道："南宫御月是来找我麻烦的，劳烦阿凌帮我挡一挡。"

楚凌摇摇头没说话，南宫御月是来找君无欢的她相信，但是说南宫御月知道君无欢在信州她却不太相信。南宫御月毕竟是北晋国师，路过信州若是知道出了这么大的事情，不可能不闻不问。更何况南宫御月本身就是那种唯恐天下不乱的人，君无欢留下是担心南宫御月识破了她的身份吧？

信州镇守将军府里，南宫御月坐在主位上悠然地喝着茶。四周站着一群身着白衣低眉顺眼的侍卫，越发衬得一身黑衣的国师阴鸷冷漠。刚刚临时上任的信州镇守将军跪在地上，明明是身高体壮的汉子，此时撑着地面的手却有些微微颤抖。

不知道过了多久，才听到上方传来一个淡淡的声音："哦，败了？"

镇守将军打了个寒战，将头埋得更低了。

南宫御月的声音像是带了几分笑意，但是面上的表情却没有丝毫变化，"号称貊族精锐，兵力数倍于敌人，最后却敌不过一群山贼。倒是让本座大开眼界了。"

镇守将军道："末将无能，请国师降罪。"

南宫御月冷笑了一声，"降罪？你可是明王殿下的人，本座何德何能敢降罪于你？"

"……"

"国师，黑龙寨几个寨主的消息送来了。"一个白衣人快步走进来，送上了一封信函低声道。

南宫御月伸手接过信函打开来慢慢看了起来，好一会儿方才道："也没什么特别的人物，不过是些……等等，这个五寨主是怎么回事？"

白衣人道："这个五寨主是三年多以前突然被几位寨主带回黑龙寨的，无人知其来历。只知道此人姓凌，名唤凌楚。年纪不大但是身手好像不错，别的倒是没有什么特殊的地方了。"

南宫御月轻笑了一声，道："三年前，黑龙寨不正是从三年前才开始变化的吗？还有信州，那么多事情不也都是从三年前开始发生的吗？我记得，那个什么侯死的时候，君无欢也在信州吧？这还叫没有特殊的地方？"

白衣人有些惊讶："国师觉得，这凌楚跟三年前谢廷泽失踪和安北侯之死有关？"

南宫御月微微眯眼，漫不经心地道："就算不是他做的，他也必然参与了其中。让人继续查，给我将这个凌楚的身份来历查清楚！"

"是，国师。"

白衣人躬身退下，南宫御月才再次将目光落到了镇守将军的身上，道："蔚县，接下来你有什么打算？"

镇守将军咬牙道："末将这便点齐了兵马，围攻蔚县！之前是末将大意轻敌，区区一个小县城，两三千山贼的乌合之众，不出三日末将一定将他们全部诛灭！以雪今日之耻！"

南宫御月淡淡地看了他一眼道："去吧，本座等你的好消息。"

"是，国师！"

看着那镇守将军快步走了出去，南宫御月坐起身来薄唇中慢慢吐出了两个字：

"蠢货！"

"国师可是觉得巫将军的计划不妥？"身边一个侍卫大着胆子问道。

南宫御月冷声道："蔚县若是那么好攻，他今天又怎么会败？若是那些山贼死守不出，信州还剩下多少粮草支撑他打仗？"白衣侍卫道："貊族行军，素来极少带军粮。巫将军只怕……"貊族兵马一向是走到哪儿都就地取粮，若是带着大批辎重，骑兵还怎么快速地攻城略地？

南宫御月道："现在是在中原，他若真的这么蠢，只怕用不着等蔚县的那些山贼，他自己就要先弄死自己了。"

"民变？"白衣侍卫微微变色，信州今年天灾，百姓生计艰难，如果貊族兵马再四处掠夺，百姓实在是活不下去了确实可能会激起民变。黑龙寨山贼只有两三千人，最后跟着走的却有一万多人。

多出来的那些都是什么人？

"国师，可要提醒……"

"提醒他做什么？"南宫御月淡淡道。

"可是，万一……"

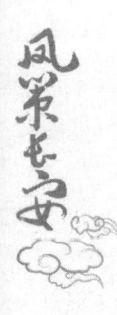

"那也是拓跋梁的事情。"南宫御月漠然道，淡淡的眼眸中只有无尽的冷漠和虚无。对了，三年前拓跋梁还有一些人也栽在了黑龙寨手上。

深夜，整个县城都已经陷入了一片宁静之中。城楼上依然有穿着各色衣衫的士兵在驻守着，城楼下的街道上不时有巡逻的护卫路过。楚凌坐在城墙上的墙垛边上，抬头看了一眼天空的明月。

今晚月朗星稀，一轮明月静悄悄地挂在天边显得格外的寂静悠远。又是一个十五月圆夜，再过半个月就要过年了。

深夜的寒风吹过墙头，城外远处的树枝在寒风中拂动，夜色显得安静而荒凉。

楚凌抬起右手，手腕上系着一条有些陈旧但是编织十分精美的手链。链子上系着两个十分小巧的玉坠。轻轻晃了晃手腕，小巧的玉坠随着她的手腕晃动着。楚凌脸上也跟着露出了一抹淡淡的笑意。

从白日里的紧绷和忙碌中脱身，突然放松了下来，整个世界仿佛都安静了下来。

多么安静的夜晚，多么荒唐可悲的世界啊。虽然也有很多很好的人，但就是如此才让人觉得更加的可悲。

好冷啊……

身后传来轻缓的脚步声，楚凌扭头便看到君无欢披着一件披风从城楼下面的阶梯走了上来。君无欢面色平静，轻声道："这么晚了，怎么在这里吹冷风？"

楚凌收回了手，从墙垛上跳了下来笑道："睡不着，你怎么来了？"

君无欢道："云行月说你一个人坐在城墙上，看着像是想不开要跳城楼。"

楚凌无语，半晌才道："他想太多了，我就算想不开也不会跳楼的。太没有美感了。"

　　君无欢也忍不住轻笑一声，漫步走到了楚凌跟前。伸手解下自己身上的披风披到了她的肩头，压住了她想要拒绝的手道："天冷的时候还是多穿一些比较好，若是病了岂不是让人担心？"

　　楚凌含笑谢过了他的好意，两人并肩站在墙头看向远处，幽暗的夜色中，冷风偶尔裹挟着枯枝残叶奔向远方。留下的只有永远伫立在寒风中的孤城和天边的月。

　　楚凌抬头看向天空的明月，道："我听说，当年百里轻鸿独自一人带着三万将士困守孤城半个月。不知道那时候他是什么感觉呢？"

　　君无欢道："大约是很绝望的吧。"真正的孤立无援，甚至没有支撑着等待援军的信念，因为他们都知道没有援兵了，他们已经被抛弃了。而有时候群体的绝望会被无限放大，身为主将的人顶着的压力更会成倍增加。没有人知道当年才十几岁的百里轻鸿是怎么度过那半个月的。更没有人知道，最后百里轻鸿又是如何做出那样的决定的。

　　楚凌笑道："其实我挺讨厌天启朝廷的。"

　　君无欢点头："我知道，你……"

　　楚凌摇摇头道："不是你想的那些原因，不全是。并不是有人生来就会成为叛国贼的，我不喜欢百里轻鸿也不是因为他投靠了貊族人。他现在是我们的敌人了，但是在当时他确实已经做完了一个将领该做和能做的一切。也许在所有人的眼中，他唯一的错就是没有以身殉国吧？如果当时他干脆地死了，说不定会光耀千秋名垂青史。他选了另一条路，再之后他就无论做什么都是错了。但是，如果天启朝堂不是那样的，不是摄政王乱政，皇帝昏庸无能，朝臣钩心斗角。百里轻鸿会是什么样子？"

　　世家公子，帝王贵婿，少年英才，一代名将。

　　这就是百里轻鸿原本应该有的人生。只可惜，一场战乱将所有的一切都扭曲成了谁也没有预料过的样子。百里轻鸿怕死吗？君无欢相信，他不怕的。那他又为什么要活着？

　　见他蹙眉思索着什么的模样，楚凌展颜笑道："我不想看到那些跟我长得一样的人被人奴役压迫，更不想看到我身边的亲人朋友遭遇那样的事情。我更不想让自己有一天必须要在人前卑躬屈膝地活着，或者被迫退隐山林当个见不得人的所谓隐士！如果是为了这些，还是值得我们做一些什么的吧？"

　　君无欢沉默地看着身边的少女，看着她抬头仰望月亮的笑脸。淡淡的月光洒在她美丽的容颜上，她的眼眸仿佛夜色中闪烁的璀璨星光。夜色静谧如水，君无欢低头无声地轻笑。

　　他看到了世间最美丽的火焰在静谧的月夜里燃烧，总有一天这火焰会照亮整个天下。

而他，即便是被烈火焚身也想将这一团火焰捧在手心。

"阿凌。"

楚凌一怔，回头看向身边的人。

一个轻柔的吻突然落在了她的眉心，夜风太冷，让他微冷的唇仿佛也多了几分温暖的触感。楚凌怔住，只听君无欢声音轻柔却坚定地道："我陪你。"

"如果阿凌觉得这世间太孤单，就将我当作你最亲的人吧。如果阿凌觉得这世间太危险，就记着我会永远让你依靠。如果阿凌觉得这世上太无聊，就记着我也想要人保护，阿凌来保护我吧。如果阿凌有什么想要做的，只管往前走便是，我永远都会在你身边。"君无欢眼眸温柔，声音淡淡地从风中传来。

楚凌怔怔地望着眼前的男子半晌没有说话，一股莫名复杂的暖流在心中流过，蔓延向四肢百骸。仿佛连冬日的寒风都不再刺骨了一般，或许是最近真的太累了，或许是这个夜晚真的太冷了，或许是这个世间对她来说实在是太孤单了。

这一抹淡淡的暖意竟在心间久久不去。

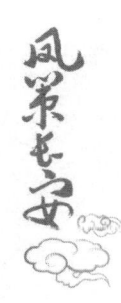

不知过了多久，一个淡淡的笑容在她唇边绽开："君无欢，你身体不好。"

君无欢道："只要你在，我不会死。"

"你还有很多事情要做。"楚凌道，"我知道的。"

君无欢温柔地道："我相信阿凌。"我相信我们的立场永远都不会有冲突。即便是有，我也能让它消失。

"你知道我的身份吗？"楚凌问道。

君无欢点头："我知道。"

"我可以知道你的所有身份吗？"楚凌问道。

君无欢道："可以，你问，我答。"

楚凌沉吟了片刻，摇头笑道："不，我不问。"

君无欢望着她，眼神微黯，却听楚凌笑道："我觉得互相了解这种事情，还是循序渐进比较好。我自己也会知道的。"闻言，君无欢的眼眸瞬间明亮了几分，楚凌叹了口气道："君无欢，你知道我是什么样的人吗？"

"请阿凌指教。"君无欢笑道。

楚凌道："有朝一日你若是骗了我或者后悔了，我绝对会让你的下半生每一天都后悔今天对我说的这些话。"

"我等着。"君无欢毫无惧色，也没有半点犹豫，"这么说，阿凌是同意接受我了么？"

楚凌笑道："以后，请多指教。"

两人相觑良久，终于忍不住相视一笑。

天高地远，月色静谧，人与月俱好。

清晨，叶二娘从房间里出来就看到了楚凌和君无欢正坐在院子里的树下说话。两人都是面带笑意，低声交谈着什么，淡淡的晨曦洒在脸上让白皙的肤色多了一层浅淡的金色光芒。叶二娘眨了眨眼睛，不知为什么她觉得这两人之间的气氛好像跟昨天有些不太一样了。

"二姐。"

楚凌回头看着站在那里望着他们发呆的叶二娘不解地道，"怎么了？"

叶二娘摇了摇头，回过神来笑道："怎么这么早起来了？还有长离公子，可是住的地方不习惯？"

君无欢笑道："二寨主客气了，一切都好。是我一向都起得早罢了。"

"原来如此。"叶二娘这才放心下来，走上前去有些好奇地看着楚凌，"你们聊什么呢？"

楚凌笑道："我跟君无欢正在说蔚县往后该怎么办呢。"

这确实是非常重要的事情，叶二娘本也想听听，不过看看时间大家都要起身了，便道晚一些用过了早饭大家再到书房里详谈。看着叶二娘匆匆而去的背影，君无欢道："阿凌倒是运气好。"

"怎么说？"楚凌挑眉，有些不解地道。

君无欢道："黑龙寨这几位寨主虽然资质能力上算不得绝顶，却都是难得一见的真心待人的正直纯善之人。还有雅朵姑娘，对阿凌也很是关心。"楚凌闻言也不由露出了一个笑容，点头道："确实，能遇到他们是我的幸运。"无论是黑龙寨众人还是雅朵又或者君无欢等人。

君无欢站起身来对楚凌伸出手道："时间还早，阿凌带我在城里走走熟悉一下环境可好？"

其实楚凌自己对蔚县也不是很熟悉，不过她也觉得有必要熟悉一下环境，点了点头跟着站起身来。

"我说两位……"不远处传来一声闷咳，两人回头就看到云行月懒洋洋地坐在屋檐上，面带戏谑地看着两人道："你们知道自己现在的模样像什么吗？"

楚凌不解地眨了下眼睛："像什么？"

"断袖。"云行月慢悠悠地吐出了两个字。

楚凌低头看看自己身上的衣服，沉默了半响。

谁让楚凌扮少年太出色了呢，这些日子还真没有人将她往女扮男装上想过。

君无欢给了云行月一个锋利的眼刀，低头对楚凌道："别理他，咱们走吧。"

楚凌耸耸肩，回头对云行月道："云公子，仁者见仁智者见智下一句是什么你知道么？"

"啊？还有下一句吗？"

楚凌笑道："淫者见淫。"

云行月摸了摸下巴道："到底是我见淫，还是你俩真……"

"嗖！"

一道冷风从院子里直冲云行月面门而去，云行月怪叫了一声，身形一闪已经翻到了屋脊的另一端。远远地传来云行月气急败坏的声音："姓君的，你给我等着！"

君无欢淡淡道："好啊，我等着。"

蔚县原本就是一个只有一万多不到两万人的小城，如今一下子又挤了一万多人进来，倒是比往常热闹得多。不过有了楚凌提前叮嘱，秦知节和段云也做了认真的安排，跟着来的百姓都得到了妥善的安置，倒是没有让这些人扰乱了原本的百姓的生活。楚凌和君无欢并肩走在路上，时间还早，街道上还有人在打扫。偶尔路过街边一些小铺子，小摊贩也已经开始做生意了。君无欢道："这个秦知节，倒是有几分本事。"

楚凌点头道："他一个进士，也可算是历经了改朝换代，在这个地方当了十几年的知县也没有挪动过。而且在百姓中名声还不差，总还是有些本事的。"

君无欢想了想道："藏拙。"

楚凌点头，道："天启朝的时候怎么样我不知，不过在北晋大约是真的藏拙了。"秦知节这样的人，若是肯钻营，肯跟貊族人打好交道，不至于升不了官儿的。如今投靠貊族升官发财的中原人不少，像秦知节这样的少年进士正是貊族人用来刷好感加打天启脸的。秦知节却一直默默无闻，只能是他自己的原因。

君无欢道："阿凌用人不拘一格，也是难得。"

楚凌挑眉："长离公子这是在夸我还是在骂我？"

君无欢笑道："自然是夸你。"

正好路过一处卖早点的摊子，君无欢停下脚步笑道："上次阿凌特意给我带早膳，今天不如我请阿凌也吃一次？"楚凌停下了脚步跟在他身后。这种地方自然不会有什么精细的美食，不过是热腾腾的馄饨面条罢了。

两人在街边的小桌旁坐了下来，要了两碗馄饨。小摊的老板是一对年轻夫妇，地方虽然不大但是却收拾得干干净净，夫妻俩做事也利落。年轻的老板应了一声，转身就煮馄饨去了。

老板娘仔细地擦干净了桌子，一边拿粗茶碗为两人倒了一碗热茶，一边笑道："两位公子可是今天的第一桌客人，喝杯热茶暖一暖。"

楚凌笑道："老板娘也很早啊。"这小摊子要撑起来，还要烧水擀面，包馄饨。这夫妻俩只怕天还没亮就已经摸黑出门了。

老板娘道："我家大郎说，趁着他还在家里多赚一些钱存着。往日里倒也没有这么早。"

楚凌一怔，"那位大哥要出门？"

老板娘摇摇头，道："没有，他要去从军啦。如今城里不是在征兵吗？"

楚凌微微蹙眉，道："老板娘不担心吗？你们原本有个小营生，夫妻俩好好经营想来也是能平平安安过日子的。"老板娘看了一眼正在煮馄饨的丈夫，眼中多了几分不舍，口中却道："哪里有什么平平安安啊，不过是苟且偷生罢了。咱们这是小地方，也没几个貂族人愿意来。但就是这样，平时见到几个貂族人也是连大气都不敢出。我还小的时候，这蔚县可是有很多人的。"

那些人现在都去哪儿了？自然是死了。

"如此这天下，谁跟貂族人没个血海深仇呢？不过是没人领头，咱们这些人也没本事只得忍着。"老板娘低声叹道。

君无欢突然开口道："老板娘念过书？"

老板娘一怔，脸上的笑容有些暗淡："年少时读过几年。"

楚凌也觉得这对夫妻不太像寻常摆摊的夫妇，目光落到了不远处那正忙着煮馄饨的青年身上，道："小老板也是读书人出身吧。"

那老板自然也听到了他们的对话，回头对两人笑道："这年头读书有什么用处？若早知道有当年貂族人入关的事情，我从小就不念书了，还不如去跟人学杀猪有用些。"

说话间年轻的老板已经将两碗热腾腾的馄饨送到了两人面前，又接过了老板娘手里的抹布开始擦旁边的桌子。

楚凌问道："你若是上战场，就不怕出了什么意外留下老板娘一人吗？"

那年轻老板没有说话，只是擦桌子的速度更快一些了。倒是那老板娘笑道："那又有什么要紧的？总比一辈子这么憋屈着强。我们这么憋屈着过一辈子就完了也不妨事，总不能让我们的儿女子孙也都这么憋屈着吧？他若是出了什么事，我自己也会养活几个孩子，若实在是活不了就当是命罢了。"

楚凌沉默了半响，慢慢地喝了一口汤才道："若是人人都有两位这般的胸襟，哪里有貂族人的事儿。"

老板娘不由笑道："公子小小年纪不也是忧国忧民么。"

楚凌心中暗道，忧民或许是有的，但忧国却着实没有。

渐渐地开始有客人来吃早饭了，年轻的夫妇俩也忙碌起来了。君无欢看楚凌有一口没一口地吃着馄饨有几分食不知味的意思，便开口道："阿凌在想什么？"

楚凌摇摇头道："没什么，只是觉得都是人怎么差距就这么大呢。"

有那种身居高位却自私自利，卖国求荣无所不为的。也有那种出身草莽却心存仁善大仁大义的，更有身在市井却依然忧国忧民愿意为之出生入死的。

君无欢道："人生百态，自然是各不相同的。"

楚凌点了点头，放下了手中筷子正要说什么，不远处的城楼上突然传来尖锐的声响，那是城楼上的守军发现敌人的示警。两人对视一眼，君无欢摸出一小块碎银放在桌边与楚凌一前一后朝着城楼的方向掠去。

小摊上原本正在忙碌着的人们也吓了一跳，纷纷回头朝声音传来的方向望去。老板娘却见原本坐在一边的一对相貌十分出众的兄弟不见了，桌边只放着一小块银子。

其实两碗馄饨不过就是十个铜板罢了，这一小块银子都能顶上他们几天的收入了。老板娘有些无措地回头看丈夫，丈夫安抚地拍了拍她的手背示意她先收下。这两位公子看起来也不像是一般人物，也不知道以后能不能遇上，若是遇上了再还给他们吧。

楚凌和君无欢到得最快，刚到城楼边就看到城外不远处旌旗晃动，黑压压一片全都是人头。君无欢微微眯眼，侧首低声对楚凌道："南军，至少有五万人。"

楚凌扬眉道："五万人？这也太看得起我们了。"

君无欢蹙眉道："蔚县城墙修得不错，易守难攻。不过五万人若是想要打退的话也不容易，现在城中有多少兵马？"

楚凌还没来得及回答，不远处传来了郑洛的声音："这几天我们一直在城里征兵，加上我们原本自己人，能有六七千人。但是这些人里有一大半都是刚加入的新人，别说是射箭只怕连拿刀都还费劲。"

郑洛带着叶二娘等人快步从城楼下面走了上来。

郑洛没说的是，现在根本不敢带这些人上城楼。万一开打的时候这些人被吓到崩溃，到时候军心大乱就更麻烦了。

楚凌道："大哥，先守着，只要他们不攻上来就不要出战。"

郑洛神色凝重地点头，他也是这个意思，他们现在根本就跟人家打不起。

楚凌看向窦央问道："三哥，外面还有多少人？"

"嗯？"窦央抬眼看她，一脸我不知道你在说什么的表情。楚凌笑道："三哥，别闹了。我不相信你会一点底牌都不留下。"窦央行事素来谨慎，不可能一点底牌都不留，将黑龙寨的家底全部都带到蔚县来。

窦央无奈地叹了口气道："好吧，我还留了两千人在外面，距离蔚县不远。原本是想万一蔚县有什么闪失他们可以随时支援的。不过现在……咳咳。"窦央干咳了两声，现在就算来支援也没什么用处。五万人对两千人，那不是支援那是给人送菜的。

楚凌也不去计较黑龙寨的兵马人数似乎远远超过了外传的数量，只是问道："大家都在这里，那些兵马交给谁带着了？"

"云翼。"窦央道。

"谁？"楚凌忍不住又问了一声，云翼？她差点都把云翼这家伙给忘了。还以为他自己跑到沧云城去了呢。

窦央叹气道："云公子虽然年纪还小，不过做事还是靠谱的，比老四靠谱。"

又无辜被人吐槽一回的狄钧翻了白眼看着天空不说话，行吧，反正在三哥眼里谁都比他靠谱。

楚凌道："行，云翼就云翼吧。他们现在在哪儿？"

君无欢蹙眉道："阿凌，你要做什么？"

楚凌道："不是长离公子你的提议吗？设法为蔚县解围啊。"

其他人齐刷刷地看向君无欢，君无欢摸了摸鼻子道："我说的是长远之计。"

楚凌摊手笑道："现在等不及长远，这五万人若是解决不掉哪里还有什么长远？"

君无欢道："我陪你去。"

楚凌摇头，道："你帮我守住蔚县。"

君无欢皱眉，看着楚凌不说话。楚凌叹了口气看着君无欢也没有开口。留在蔚县其实并不比出去轻松，毕竟要面对五万兵马的压力。若是蔚县城破了，那他们在外面做什么都没有用了。楚凌知道君无欢是担心自己，但是她却不得不请君无欢留下。南宫御月就在信州，如果他插手的话，除了君无欢谁也对付不了他。

叶二娘皱眉道："小五，你要去做什么？"

楚凌笑道："我去搬救兵，蔚县就劳烦三位兄长和二姐守着了。只要半个月，我一定回来。"

君无欢沉默了片刻，道："好，我不去。让云行月跟你去。"

"云……"楚凌想要反驳，云公子毕竟是个大夫，让他跟着自己跑去冒险毕竟太浪费了。云行月一个大夫这样一路跟着君无欢，总不会单纯只是因为同路而已。

君无欢道："我还是云行月，阿凌选一个。"

楚凌无言了片刻："云行月。"

君无欢望着楚凌，幽幽道："阿凌这样选……实在是让我有点伤心。"

我们都知道小五是个姑娘，但是两位能不能注意一下场合？在别人眼里，你们俩现在都是大男人啊？楚凌翻了个白眼，道："长离公子，别闹了。"

阿凌好像又不爱我了。

云行月听说要跟着楚凌一起出门，立刻欢喜地收拾包袱跟着楚凌出发了，丝毫也不在意身后长离公子幽冷的眼神。出了蔚县，云行月方才心满意足地道："终于摆脱那瘟神了。"

楚凌有些诧异："不是你跟着君无欢的吗？"

云行月轻哼一声，傲然道："本公子可是神医，跟着他有钱吗？"

还真的挺有钱的，反正全天下找不到几个比君无欢更有钱的人了。云行月显然也想到了这个问题，有些郁闷地道："阿凌姑娘，你说君无欢那种讨厌鬼，怎么就能变成有钱人？本公子这么出类拔萃的神医却……"欠了债！

楚凌思索了半晌，方才道："大概就是因为他太讨厌而你太出类拔萃吧？你知道的，天妒英才嘛。"

云行月瞪了楚凌半响："你确定你是在安慰我？"

楚凌似笑非笑地看着他，不说是也不说不是。云行月瞪着她看了半响，方才叹了口气道："你跟君无欢一样讨厌。"楚凌也不在意，漫不经心地点了点头："哦。"

"咱们去哪儿？做什么？"云行月思考了一下他和楚凌之间的武力差距，识趣地主动改变了话题。楚凌拍了一下座下的马儿道："去了不就知道了吗？"

云行月郁闷，一个两个都是这样，多解释一句会死吗？

他们去的地方确实离蔚县不远，两人的轻功都不错，一路毫无阻碍地到了狄钧提供给她的地方，远远地就看到有人在守着了。两人也不隐藏行踪，就这么大摇大摆地走了过去。

"什么……阿凌?!"云翼快步从里面走出来看到楚凌不由得愣了一下。楚凌含笑对他招招手道："云翼弟弟，又见面了。"云翼瞪了她一眼，道："你不是在蔚县吗？出什么事了？"

楚凌摇摇头道："没事，三哥让我来的。"

"窦寨主？"云翼道，"你是来带这些人走的？反正我也只是帮窦寨主看着，你既然来了，自然是听你的。对了，这位是？"楚凌道："这是云行月云公子，沧云城的神医。"

云行月皱眉："喂，我没有说过我是沧云城的人！"

楚凌含笑看着他问道："那你不是沧云城的人吗？"

"我……"云行月轻哼了一声偏过头去假装没有听见楚凌的话。云翼对云行月点了下头，道："云翼，幸会。"云行月笑容可掬地道："云公子不用客气，大家既然都姓云，说不定五百年前还是一家呢。"

云翼对他露出了一个皮笑肉不笑的表情。

楚凌同情地看了一眼一脸不解的云公子：云翼家五百年前还真不姓云。她不相信云行月会不知道云翼的身份，这人就是嘴贱。

这是修建在山林深处的一个简易的营地，环境自然不会多好。喝水的茶杯都是最粗糙的粗碗，入内坐下，云翼倒了两碗水给他们才问道："蔚县那边怎么了？"

云行月道："五万大军围城，等着救命呢。"

"五万？"云翼皱眉，他这里只有两千兵马。楚凌点头道："确实如此。"

云翼看着她道："你既然来了想必有什么办法？"

楚凌对他笑了笑安抚道："别担心，不会有事的。"

云翼对她翻了个白眼道："我担心什么？黑龙寨又不是我的地方。"

楚凌点点头道："好吧，传令下去全军休整，明早卯时出发。"

"去哪儿？"云翼问道。

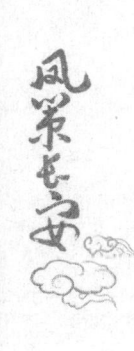

楚凌道:"去思安县。"

"那是哪儿?"云翼有些茫然地道。楚凌叹了口气,摇头道:"少年,你这样不行啊。读万卷书,行万里路。连自己在的地方都弄不清楚,你还怎么行万里路?"云翼有些恼羞地瞪着她道:"你知道得多了不起啊?"

楚凌笑眯眯地道:"嗯,是很了不起啊。你知道思安在哪儿吗?"

看着云翼一副快气炸了的模样,楚凌连忙安抚道:"好啦,不跟你开玩笑就是了。思安县在信州正南方一百二十里。不过距离咱们这里直线距离应该不会超过六十里。我们要翻过两座山。"

云翼皱眉道:"你打算带着两千兵马翻山越岭?"

楚凌摇头道:"自然不是,真正要翻山越岭的只有我们三个。那两千人明早会有人来带着他们去该去的地方的。等我们办完了事情再去跟他们会合。"

云翼还没说什么,倒是坐在旁边的云行月皱眉道:"阿凌,我和你倒是没问题,但是这小子,你带着他还想要翻山越岭?"云翼虽然学过一些拳脚功夫,但云行月一眼就能看出来他并不是真正的习武之人。

云翼脸色微沉:"我不会拖累你们的!"

楚凌看看云翼,侧首对云行月道:"不行的话我们一人一段带着他,他必须去。"

"为何?"云行月问道。

楚凌含笑看了云翼一眼,云翼却只觉得头皮一凉忍不住缩了下脖子。楚凌道:"因为他认识驻扎在思安附近的南军副统领。"云翼一愣,有些茫然地皱眉道:"我认识南军副统领?我自己怎么不知道?"

楚凌道:"你连思安县在哪儿都不知道,怎么会知道副统领是谁?"

云翼看着她不说话,楚凌道:"思安驻扎着两万南军,统领姓程,副统领姓葛,葛丹枫。你可有印象?"

云翼凝眉思索着,过了好一会儿他方才道:"我不认识葛丹枫,但是我们百……云家确实有一门亲戚是姓葛的。是我大姑姑的婆家,不过听父亲说大姑姑和姑父一家当初都没能去南边,已经……"那时候云翼年纪还小,自然记不得太多事情。

楚凌道:"他原本的名字叫葛应霖。"

云翼愣了愣:"二、二表哥?"

楚凌点点头道:"现在你知道我为什么要带你去了吗?"

云翼望着楚凌道:"你希望我替你说服他投诚吗?我连他的模样都不记得更没什么交情,你觉得他会听我的劝说吗?"楚凌看着他,轻声道:"云翼,我不知道你有多恨百里轻鸿。但是葛丹枫跟百里轻鸿不一样,而且他对我们来说很重要。"

云翼道:"如果我不同意呢?"

楚凌轻声道："我不怪你，你如果不同意的话我自然自己去了。"

云翼咬牙，颤声道："你可知道，如果他跟百里轻鸿一样，你去了可能就会有去无回！你以为当初谢老将军是怎么被抓的？就凭百里轻鸿真能那么容易打败谢老将军还将他活捉吗？"楚凌笑道："他如果真的想要攀附权贵，为什么还要改名字？以百里轻鸿的表哥的身份，应该能够得到更多的权势吧？"

云翼轻哼一声道："谁知道他们是不是故布疑阵，就是要引你这样的傻子上钩的？"

楚凌不由一笑，轻轻拍拍云翼的肩膀道："云翼，疾恶如仇有时候也并不是全部优点。这世上，也并不是除了朋友就是敌人。这个葛丹枫对我们真的很重要，哪怕他真的是貂族人的走狗，我们也要想办法掌控他为我们所用。至少，目前我们很需要。"

云翼沉默不语，楚凌道："你好好考虑一下，如果你不愿意的话明天就跟大部队走。"说罢楚凌转身对云行月使了个眼色，云行月也跟着站起身来，两人一前一后走了出去。

"阿凌，你说……他会不会、会不会是被迫的？"云翼突然问道。

楚凌一时也有些分不清楚他问的到底是百里轻鸿还是葛丹枫，只是轻声道："这世上，无论是谁，总是会有一些身不由己的时候的。"

"身不由己……"云翼喃喃道，最后楚凌踏出房门的时候听到云翼道，"明天，我跟你们去！"

楚凌没有回头只是淡淡一笑快步离开。

云翼虽然只会一些拳脚功夫，但是身体还是不错。有两个轻功不弱的高手带着，翻两座山倒也不算很辛苦。一大早出发，第二天四更天的时候三人就已经到了思安县附近。

思安县虽然名为思安，但却并不怎么平安，不然也不会有两万南军驻扎在这里。这里距离黑龙寨有一百多里，路也并不好走，所以并不是黑龙寨的地盘。再往南便是与惠州、利州接壤的三不管地带，山贼土匪十分猖獗。若是兵马全部驻扎在信州附近，这些地方出了什么事情也鞭长莫及，因此才特意分出了两万兵马驻扎在思安县城十里外的一个小山丘上。

三人趁着天没亮休息了两个时辰，等到天亮之后便进了思安县城。

思安距离信州更远一些，算是一个大县。只是县城的面积就有蔚县的两倍大。但是县城里的百姓却比蔚县还要少一些，三人进城得早，街上人本来就不多，走了一段路若不是看到街边上有做生意的人，云翼都要以为这是一座鬼城了。

三人在城中逛了一圈就发现，思安县的百姓确实没有蔚县过得好。甚至比云翼和楚凌第一次遇到的那个县城的百姓看起来还要差一些。满大街都是面黄肌瘦的人，这些人不仅面黄肌瘦，而且表情麻木不仁，许多人看起来就仿佛行尸走肉。

还有一部分看起来稍微像人一些的也都避着他们走，仿佛他们是什么瘟疫一般。

三人对视了一眼，都有些奇怪。

云翼眼睛转了转，突然伸手拉住一个表情麻木的青年男子："打扰一下，请问这里……"

却不想那青年仿佛受到了巨大的惊吓一般，剧烈地颤抖了一下然后用力摆脱了云翼拉着他手臂的手，飞快地后退了好几步满脸恐惧地看着他。云翼没想到这看起来仿佛皮包骨一般的年轻人竟然会有这样的力气，险些被推得一个趔趄，被旁边的云行月扶着才没有摔到地上。那青年满是恐惧地望了他一眼，便颤抖着转身跑了。

云翼站好了，有些茫然地看向楚凌："我脸上有什么吗？"

楚凌对他耸了耸肩表示自己也不知道。

云行月抬眼望过去，果然看到不少人都面带恐惧地远离了他们。似乎只要他们往前跨一步那些人就会转身拔腿逃跑一般。

"三位是从外地来的吧？"旁边一个杂货小摊的摊主开口道。

云行月道："呃，也不算是外地吧，我们是从信州过来的。"

"府城啊。"摊主有些羡慕地看了三人一眼，一百多里的地对于楚凌等人来说算不得什么，就算是步行也不过就是两三天的事情。但对于这些寻常百姓来说，有可能他们一辈子都没有机会去。

云翼道："老板，方才那人怎么了？是我有什么失礼的地方吗？"

老板摇摇头道："你们若是在这里多留几天就习惯了。那些人都是县令大人的奴隶，是不能随便跟外人接触的。"

云翼不解，"你怎么知道他们是奴隶？"那就是一个普通的青年，而且还是个看起来病入膏肓的青年人。

老板叹了口气，看着旁边云行月暗地里塞过来的一小块银子，左右看看压低了声音道："三位公子都是好人，若是在城里看见那左手上系着麻绳的人，千万别跟他们说话，那是害了他们。"

楚凌微微蹙眉，"老板的意思是，只要手上系着麻绳的都是县令大人的奴隶？别人不能跟奴隶说话？"

老板点了点头："他们跟咱们不一样，他们不用交税，因为他们所有的一切都是属于县令大人的。县令大人不许任何人跟他们说话，若是被县衙的人发现了，那些人都要挨鞭子的。"

"他们是被卖给县令的吗？"云翼忍不住问道。

老板道："咱们这儿的县令大人是个貊族人，人家想抓几个奴隶就抓几个。"

云翼看了一眼街上，果然看到不少衣衫褴褛神色麻木的人手腕上都系着麻绳，"这还是几个？"这街上半数都是奴隶了吧。

老板摆摆手示意他们不要再探听了，楚凌也拉住了还想要问的云翼。

云翼脸色有些难看:"竟然还有这样的事情!"

楚凌倒是淡定:"这有什么奇怪的?"

云翼不可置信地看着她道:"你竟然会觉得正常吗?"

楚凌道:"我是觉得失败者无论受到什么样的遭遇都是有可能的。莫说如今北晋人对中原人的态度本就是轻视,就算是天启当政的时候,你敢保证哪个天高皇帝远的地方没有几个变态?"

云翼咬着牙不说话,楚凌拍拍他的肩膀道:"行了,别忘了咱们是来干什么的。"

云翼轻哼一声,当先一步往前方走去。

三人在城里逛了一个上午,倒也渐渐将思安的事情了解得差不多了。这思安县的县令是一个名叫武傩的貂族人,本身没什么本事也没有上过战场,仗着家里有点钱不知怎么弄了一个这么偏远的县令来当。

一般的貂族人是不太看得上这样的职位的,貂族人大多以横刀跃马纵横沙场为傲。就算偶有不成器的纨绔,在家里混吃等死也比当一个小小的县令要有意思得多。不过这人既然想要花钱买个官儿,这种不起眼的芝麻小官也没人为难他,于是他在思安县令这个位置上一坐就坐了八年。

虽然这武傩在寻常貂族人眼里也算是个奇葩了,但他是个有志向的奇葩。刚来到这里不久,他就用各种法子将县下所有上等的田地占为了己有,自然,那些原本的土地资产的所有人都成了他的奴隶。

武傩宣布,貂族人对奴隶有着绝对的处置权。跟中原人卖身为奴还分什么死契活契家生的外来的不一样,奴隶对貂族人来说就是一样财产一件东西。几年下来整个思安县八成的上等田地,六成的商铺都成了他的私产,至少一半的人口都成了他的奴隶。武傩已经养出了一大群为虎作伥的衙役和护院,又跟城外驻守的南军统领是结拜兄弟。谁还能奈何得了他?

如今思安县百姓的日子不好过,那些奴隶更是一年到头辛苦干活,除了一日吃不饱饿不死的两顿饭什么都没有。甚至家中的姑娘长大了都要先送去县衙给县令过目,之后才能婚配。

这位县令大人的野心,说大也不大,他就守着这一亩三分地。说小也不小,他俨然是把这个小小的思安县当成了自己的地盘,在这里他就是皇帝。

"畜生!"云翼忍不住低声骂道。

楚凌看了他一眼没说话,云翼也并不是真的不懂事,紧握着双拳强行让自己暂时冷静了下来。

"翠儿!翠儿!"一个凄惨的声音从外面传来,茶楼里的人们却似乎见怪不怪了。云翼忍不住低头看过去,就看到下面的街道上一个衣衫破旧的妇人正狼狈地追着前面的几个人。那是几个身材魁梧的男子正拉着一个被捆得结结实实的少女往前走。云翼看到那妇人的手腕上也绑着一条麻绳。

"公子，别看了。"过来给他们添茶的伙计懒懒地道。

云翼皱眉道："那是在做什么？"

伙计不甚在意地道："还有什么？东街的李老三的小女儿前两天不是都及笄了么？他们瞒着不报还想将女儿送到乡下去。这是被抓回来了呗。"

"他们这是要抓她去哪儿啊？"云翼道。

伙计笑道："自然是县令大人府上啊。进了那府里，可是从此吃香的喝辣的享不尽的福啊。这李老三一家子也不知道怎么想的，竟然还想将姑娘送走。"

旁边一个客人忍不住回头小声道："你可拉倒吧，李老三家的二女儿三年前进了县令大人府上，还没过三天就被横着抬回去了。"

伙计不以为然地道："那不是她没福气吗？"

那客人皱了皱眉想说什么，但是看了那伙计一眼仿佛有什么顾忌，又咽了回去低头喝茶。那伙计慢悠悠地看着三人道："三位是外地来的吧，我劝三位别多管闲事，你们也管不着。"

楚凌含笑道："小哥也有家人在县令大人府上？"

那伙计得意地一笑道："那可不，我妹子是县令大人家的五公子房里的人。"

"那也没看见你吃香的喝辣的啊。"云翼淡淡道。

伙计脸色顿时有些讪讪，看着云翼想发作。楚凌笑道："我这哥哥脾气直不会说话，小哥不要见怪。"将一块碎银放到了伙计跟前，伙计眼睛一亮顿时也顾不得跟云翼生气了。只是他刚伸出手去，就见楚凌的手指往那碎银子上轻轻按了下去，指头大小的一块碎银竟然就这么被按进了桌子里。伙计脸色顿变，看了看楚凌笑吟吟的面容匆忙道："我去给三位客官看看菜好了没有。"

云行月微微挑眉，对楚凌竖起大拇指。

楚凌对他一笑，举杯表示客气。

"三位公子。"

刚用过了饭，楚凌三人走出茶楼就被人拦住了去路。三人看着站在他们跟前穿着朴素的男子，楚凌客气地问道："不知有何见教？"

男子连忙道："不敢，只是我家老爷想请三位前往一叙。"

云行月道："你家老爷是哪位？"

"三位去了一见便知。"男子道。

云行月笑道："我们连是谁都不知道就去，万一你们是什么山贼土匪要绑票怎么办？"男子忍不住抽了抽嘴角："公子说笑了。"

云行月道："我是认真的。"

男子有些为难地看着三人，楚凌笑道："我们倒不是为难阁下，只是出门在外难免要谨慎一些，你说是不是？"

男子沉默了片刻，看了一眼站在两人身后的云翼，低声道："我家老爷，姓葛。"

云行月和楚凌对视了一眼，道："有劳带路。"

男子带着楚凌三人一路绕过了好几个巷子才进了一处明显看起来就是后院角门的小门。男子有些歉意地道："委屈三位公子了，请进。"楚凌笑道："葛副统领身份贵重，谨慎一些是应该的，无妨。"

男子忍不住看了楚凌一眼，他自然看得出来只怕这位年纪最小的公子才是能做主的人。

"公子请。"

三人一路被人带到了后院的一处空旷的院子里，刚一走进就能感觉到周围有许多视线在注视着他们。

花厅里坐着一个看起来有三十七八模样留着短须的中年男子，男子肤色微黄，眉梢还有一道伤疤，让原本就带着几分戾气的相貌更多了几分煞气。但若是仔细看的话，就会发现他的轮廓其实也是英挺俊逸的。

看到三人进来，男子放下了手中茶杯对着带他们进来的人挥了挥手。等到那人躬身退下方才道："三位请坐。"

楚凌看着对方道："不知葛副统领相邀，所为何事？"

这男子正是驻思安的南军副统领葛丹枫。

葛丹枫摸了一下自己眉梢的疤痕，目光落在了云翼身上，笑道："贸然相邀，还请见谅。在下不过是恰好看到这位公子有些像个许久未见的故人，才忍不住想要见上一见，失礼了。"

楚凌有些诧异地看向云翼，云翼跟百里轻鸿并不十分相像。

云翼很快就反应过来，对楚凌无声地吐出了两个字："二哥。"

云家二公子，百里轻鸿的弟弟，云翼的哥哥，一个让君无欢也十分推崇的世家公子。

楚凌拉着云翼走到一边坐下，笑吟吟地道："原来葛二先生是思念故人了？"

葛丹枫眼神骤地一缩，双眸定定地盯着楚凌，一股煞气立刻朝着楚凌压了过来。楚凌依然悠悠地靠着扶手坐着，含笑道："只是一眼就能认出来，想必这位故人与葛二先生十分亲近了。"

"你们到底是什么人？"葛丹枫沉声道。

楚凌道："葛先生不是说了，故人。"

"你真是百里家的人？"这话问的却不是楚凌而是云翼。云翼看着葛丹枫，沉声道："我姓云。"

那就是了。

思安县也不是消息全然闭塞的，自然知道百里家南迁之后改姓为云的事情。葛

丹枫不由得站起身来，上前了两步却又停了下来定定地望着云翼道："你是惊羽？"

云翼咬着唇打量了葛丹枫良久，方才道："二表哥。"

花厅里一片寂静，不知道过了多久才看到葛丹枫眼睛有些发红地道："好，好。"

表兄弟相认本该是一件欢欣愉快的事情，奈何这两个人却着实没有什么感情，云翼更是只知道有这么个人，至于长什么样子什么脾气全然不知道。这一时半刻要有什么兄弟之情来也是为难。两个大男人若是执手相看泪眼，未免有些难堪。

好一会儿旁边的云行月方才轻咳了一声提醒两人自己的存在。葛丹枫回过神来，有些歉意地看向两人："对了，不知这两位……"

云行月笑眯眯地道："在下云行月。"

"云……"葛丹枫蹙眉，"这位是，百里家的哪位表弟？"楚凌忍不住低头闷笑，云行月咬了咬牙，道："葛副统领，在下真的姓云！"

见云行月的表情，葛丹枫哪里能不知道自己弄错了连忙道歉。楚凌笑道："葛先生不必在意，他是开玩笑的。"葛丹枫点了点头："不知这位公子……"

楚凌笑道："在下凌楚，黑龙寨五当家。"

葛丹枫一惊，忍不住看向云翼，云翼撇了撇嘴角道："我不是黑龙寨的人。"

葛丹枫注视着楚凌半晌没有说话，楚凌也不着急。过了好一会儿才听到葛丹枫沉声道："久闻黑龙寨各位英雄大名，没想到五当家竟是如此少年英才，佩服。"

楚凌回礼："葛副统领客气了。"

葛丹枫垂眸道："听说如今黑龙寨事务繁忙，五当家想必也不会无缘无故出现在思安吧？不知有何要事，可有葛某帮得上忙的地方？"

楚凌脸上绽出一个愉快的笑容，她最喜欢跟聪明人说话了。

"实不相瞒，我们这次就是为了葛先生而来的。"

"我？"葛丹枫有些意外地看着三人，目光落到了云翼身上。云翼有些不自在地偏过头去，葛丹枫道："在下不过是个没什么权力的副统领，如今又与各位立场相悖，却不知五当家找在下作何？难不成，想要策反葛某不成？"

楚凌笑容可掬地道："葛先生热血未冷，良心未泯，何须我来策反？"

葛丹枫脸上露出一个嘲讽的笑意道："热血？良心？五当家看错了，葛某早就没有那些东西了，今时今日不过苟全性命罢了。"

楚凌淡淡笑道："若只是为了保全性命，以葛先生之能何处去不得？"

葛丹枫道："葛某耐不得清贫，过不惯隐居山林的日子。"

楚凌道："葛先生如今的日子也不见得如何清闲啊。身为南军副统领，家无恒产无妻无子连个亲朋故旧也不见？"

葛丹枫目光凝视着楚凌道："凌寨主，看在惊羽的面子上，我不会泄露你们的行踪。但你若还要说别的，还是趁早死心吧。三位若是不忙可以在我这府上小住几日，若还有事，我便不送了。"

楚凌并不着急也不生气，靠着身后的椅背悠然地打量着葛丹枫。

葛丹枫不闪不避地任由她打量，脸上和眼中都是一片漠然。楚凌耸耸肩，轻叹了口气道："也罢，道不同不相为谋，葛先生不愿意，我自然也不能勉强，我们就先行告辞了。"

听到楚凌的话，云翼立刻跟着站起身来。葛丹枫看着云翼想要说什么，云翼摇摇头道："二表哥，你不必多说。我跟他们一起来自然要一起走，若是有缘必会再见。"

葛丹枫叹了口气，果然没有再挽留。

楚凌含笑对葛丹枫拱了下手："告辞。"便起身与云行月云翼二人走了出去。云行月走在最后，回过头若有所思地看了葛丹枫一眼，道："葛副统领，回见。"

从葛家告辞回到投宿的客栈，云翼方才看向楚凌有些郁闷地道："你看到了，他并不打算卖我的面子。"楚凌含笑摸摸他的脑袋，道："若是咱们一说他就答应了那才是傻了，就算他愿意我也不敢相信了。"

云翼没好气地拍开她的手道："什么意思？"

楚凌叹了口气道："你想啊，一个隐姓埋名十多年的人，突然有一天遇到一个跟他以前的亲人长得很相像的人。碰巧这个人还真的是他亲戚，他怎么想？是觉得很高兴亲人团聚了还是有人想要试探他？"

云翼皱眉道："他若是怀疑我的身份，为什么还要邀咱们相见？那不是打草惊蛇么？"

云行月撑着下巴笑道："云小公子，如今这世道打探消息也不是那么容易的事情。葛二先生只是思安南军的副统领，就算在这小小的思安县上面都还有一个统领牵制，更何况是外面？"

云翼凝眉看着楚凌："那咱们现在怎么办？"

楚凌道："等等呗。"

云行月道："我们有时间等，但那位葛先生恐怕没有时间等了。"

两人都是一愣，双双看向云行月。云行月有些得意地挑眉笑着看楚凌，那双眼睛里仿佛闪烁着"求我呀，求我呀"的光芒。

楚凌无语，慢条斯理地抽出袖中的匕首，对着云行月露齿一笑。

云行月只觉得头顶一凉，摸了摸鼻子闪到了一边，道："你俩没看出来吗？那个葛丹枫身患重病。"

"身患重病？"云翼一惊，站起身来拉住云行月的衣袖，"云大哥，他得了什么么病？"

楚凌也微微蹙眉，葛丹枫脸色看起来确实不怎么好，但是也没到能看出重病的地步。

云行月拍开他的手，思索着道："也不能说是生病吧？准确地说应该是中毒了。"

"中毒？"楚凌皱眉，"这种地方竟然还有人给他下毒？是他挡了什么人的路吗？"云行月摊手道："这个我就不知道了，这不是你的事儿吗？"楚凌点了点头，"他中了什么毒？能解吗？"

云行月道："不是什么厉害的毒，不过，一般的大夫很难察觉，只怕被当成一般的风寒给治了。等真正毒发的时候，神仙也救不了。话说回来，这种毒在天启朝其实还挺常见的。"

"常见？"云翼道，"我怎么没听说过？"

云行月笑道："你当然没听说过，会用这种毒的大多是在深宫大内或者内宅后院。要长期下才能有效，效用太慢又麻烦，没几个人有这个耐心。反正我若是想要杀人的话，是绝对不会用这种毒的。"

楚凌若有所思地道："这么说，想要害死葛丹枫的是他身边的人？"

云行月道："只能是他身边的人，总不能有人天天不厌其烦地潜入他身边把药塞进他嘴里吧。"

云翼听着两人不紧不慢地讨论葛丹枫是怎么中毒的，早就有些按捺不住了。忍不住道："咱们去找他问问不就知道了吗？"

云行月道："你着什么急？一时半刻又死不了。如果是他身边非常信任的人，你觉得你去说了就有用吗？他为什么要放着自己身边的人不相信，去相信你一个才刚见面的表弟？"

云翼咬牙不语，道理他都懂，但还是忍不住为葛丹枫担心。

楚凌轻声道："云翼，不用担心，既然对方想要毫无痕迹地杀了葛丹枫，想必在他身上还有所图。对方还没得到想要的，不会轻易下手害他性命的。"云翼点了点头，问道："我们现在做什么？"

楚凌道："云公子，劳烦你去帮我打探一下思安县的消息，越仔细越好。云翼，你留在客栈里不要乱跑。我有事要出去一趟。"

"你要去做什么？"

楚凌对他笑了笑，道："我去探探知县衙门。"

云行月想了想，以楚凌的实力一个小小的县衙自然不是什么大事儿。便道："你小心一点。"

"我知道。"

即便是那武傕将县衙弄得对普通人来说如铁桶一般，但县衙毕竟也只是县衙不是皇宫大内。武傕也不是明王，弄不来冥狱那些高手效命。所以对于楚凌这种级别的高手来说，其实并没有什么差别。

天黑之后，楚凌便潜入了县衙后院。后院里静悄悄的，空气中却弥漫着一股浓烈的酒香和脂粉香气。楚凌微微蹙眉，站在矮墙下面的阴影中侧耳仔细倾听着四周的动静。片刻后便确定了方向，朝后院和前院相接处的一座小楼走去。

这是一座三层小楼，看模样以前应该是县衙的藏书楼或者储藏文献的地方，不过现在显然不是这个用处了。小楼入口处守着不少侍卫，楚凌并没有惊动这些人，绕到了小楼背后悄无声息地掠上了二楼。

如今天气寒冷，二楼的窗户都被关闭了起来，只有透过窗纸照出来淡淡的亮光。楚凌靠在窗边，听着里面传来的笑闹声，显然是正在宴饮。

楚凌正打算戳一个洞看看里面的情形，就听到楼上突然传来一声女子尖锐而短促的惨叫。里面的人显然也听到了，只听一个男声笑道："不知父亲又想出了什么玩儿的法子，回头一定要请教一番。"

其他几个人也连声附和。

楚凌微微眯眼，不再停留在二楼而是悄无声息地上了三楼。

三楼就显得安静了许多，即便是楚凌靠着窗户也只能听到一个女子短促的喘息声和两个男子的声音。

楚凌伸手轻轻在窗纸上戳了一个洞，透过那小洞往里面望去，果然看到昏黄的烛火下，一个身上只穿着一件单薄红衣的少女躺在地上瑟瑟发抖。她身边不远处却坐着两个中年男子，一个是貊族人，另一个却是中原人的样子。

那貊族人笑道："程兄，这丫头是今天醒来的。既然你中意，带回去便是。"

那天启男人看着那地上少女的目光昏暗却充满了令人作呕的色欲。他喝了一口酒笑道："那我便不客气了。"那貊族男子笑道："你我兄弟，自然是有福同享，客气什么？不过这丫头性子可是烈得很，还要好好调教一番，莫要让她伤了程兄。"

那天启男子笑道："区区一个弱女子，有何可惧？"他突然拿起放在桌边的刀往旁边的炭盆中一挑，一块烧得火红的炭火就朝着那少女飞了过去。炭火在少女的背上一触就落，少女再一次发出了惨烈的叫声，痛得在地上翻滚着。

两个男人看着在地上痛得颤抖的少女，同时放声大笑起来。

"程兄，你们中原人不是说那个什么，怜什么香玉的么？你这样将一个小美人儿烧得黑一块红一块的可没什么意思。"

那天启男子却满脸得意，笑道："不过是个还有几分清秀的丫头罢了，哪里算得上什么美人儿？"

貊族男子闻言，倒是饶有兴致："哦？原来程兄是看不上这丫头，那程兄说什么样的姑娘才算得上美人儿？"

天启男子嘿嘿一笑道："要说美人啊，最好看的还要属十多年前我见过的一对婆媳。那时候看着虽然有些狼狈，却着实是一个赛一个好看。特别是那个婆婆，虽然年纪大了几岁，却当真是啧啧，可惜啊，那两个女人竟然都是烈性子，一言不合就自杀了。"

这人惋惜的并不是这两个女人死了，而是惋惜他还没有得手她们就死了。貊族男子笑道："能让程兄称赞的定是难得一见的绝色，确实可惜了。程兄若是有兴趣，改日我再选几个相貌过得去的丫头让人送过去侍候你便是了。"

天启男子扬眉笑道："那就多谢了。武兄请我来，不会只是为了女人吧？"

那貊族男子嘿嘿一笑道："还是程兄懂我，确实有点事情想要请兄长帮忙啊。"

"尽管说便是，若不为难我替你办了便是。"天启男子大方地道。

貊族男子声音变得有些阴沉道："程兄，你手底下那个姓葛的……"

"葛丹枫？怎么，他得罪你了？"天启男子沉声道。貊族男子冷笑一声道："得罪我倒是算不上，不过前些日子他坏了我一件好事。"

"哦，这个怎么说？"天启男子饶有兴致地道，"葛丹枫这人素来不爱掺和事情，怎么就敢坏了你的事情？"

貊族男子冷笑一声道："我手底下的人去下面办事，被人给杀了。我派人查了查，那天就只有他带人路过那地方，你说不是他是谁？"

这个说法其实有点牵强，天启男子并不在意。点了点头道："原来是这样，随意杀人确实无法无天，我一定给武兄一个交代。"葛丹枫这人看着是个沉默寡言不爱管事的，但是这几年在军中的声望却不低。他早就看他不顺眼了，若是能找个理由将他弄下去，自然是再好不过了。

楚凌靠在窗边，一直看着那天启男子起身带着红衣少女离去。那貊族男子将人送到了门口便转身回去，加入了二楼热闹的宴饮。有了他的加入，二楼顿时就热闹起来，片刻后里面便响起了各种暧昧淫靡的声音，楚凌面无表情地从楼上跃下消失在了夜色中。

楚凌一路跟着那天启男子出了城，那红衣少女衣衫单薄地被扔在马背上，这大冷天也没有人想起多给她一件衣服，还没出城人就已经冻得说不出话来了。

楚凌借着夜色的隐藏不紧不慢跟着这一行人，看着那少女惨白有些发青的容颜微微蹙眉。

那天启男子原本一路上坐在马背上不知道在想些什么，这会儿回过神来目光落到了那少女身上突然笑了两声。那笑声在寂静的夜晚显得格外响亮，让那原本已经被冻得奄奄一息的少女也忍不住打了个寒战，看向男人的目光满是恐惧。

男子扫了那少女一眼，嗤笑一声带着几分轻蔑意味地道："貊族人到底是目光粗浅毫无见识，这种乡野村姑也敢拿来送人？"

跟在他旁边的男子连忙赔笑道："统领说得是，这样的货色哪儿配伺候统领啊。"

天启男子轻哼道："行了，赏给你们吧。过后若还有气儿，就丢到帐子里去。"他说的帐子便是指红帐，军队里专门安置军妓的地方。

"是，统领。多谢统领赏赐。"随行的几个人满是欢喜地道，看向那马背上少女的目光越发淫邪。带着那少女的侍卫更是已经毫不客气地上下其手起来了。那少女本就被折腾得狠了，现在又被冻得半死根本无力挣扎，只能无声地哭泣着。

楚凌看着那少女绝望的面容脸色微沉，一枚暗器已经扣在了手中却突然停了下来。侧首看向前方，却见前方的路口不知什么时候出现了一群黑衣人拦住了去路。

"什么人?!"

黑衣人并不说话，直接就拍马朝着那儿个人冲了过来。

楚凌微微眯眼，军中的人。

江湖中人和军中高手的区别还是很明显的。

"你们是军中的人，谁派你们来的!"那男子厉声道。

回答他的是迎面而来的锋利刀锋，他一咬牙也举起自己的刀迎了上去。楚凌定定地盯着与男子交手的那人，渐渐地唇边勾起了一抹饶有兴致的笑意。

那黑衣人的身手不弱，仿佛带着必死的决心一般刀锋毫不留情地砍向对面的人。那应该是南军统领的男人竟然也被他逼得步步后退，好几次都险些被伤到。终于，再一次挥过来的刀他闪避不及，一刀砍在了他的肩膀上。男子怒吼一声，另一只手的刀狠狠劈了过去。

黑衣人一刀得手，正想要再上前一步解决掉他，身后两道冷风袭来，两个侍卫已经一左一右两刀劈了过来。前后都是敌人，黑衣人情急之下一个侧翻将自己挂在了马儿的一侧避开了这一刀，但是同时他的马也死在了敌人的刀下。

黑衣人落到地上就地翻滚了几下，身后的刀风再次袭来。他一咬牙竖刀去挡，却只听铛的一声轻响，挥向自己的两把刀仿佛突然被什么阻挡了一下一般停在了半空中。黑衣人当机立断，毫不犹豫地一刀挥了出去，直接将追到自己跟前的两个侍卫送进了黄泉。

解决了跟前的两个侍卫，黑衣男子立刻再一次飞身扑向了坐在马背上的人，那男子见状心知不好，单手一提缰绳就想要催着马儿逃走。只是那马儿才刚跑了两步，就突然嘶鸣了一声，人立而起，险些将人直接从马背上甩了下来。

"怎么回事?!"男子大惊，他的马虽然不是什么万里挑一的名驹，却也是一匹不错的好马，便是到了战场上也没有出过什么岔子。

男子费了不少功夫才终于控制住了马儿，马儿哀鸣一声，双蹄再落回地上的时候一条腿明显有些瘸了。

身后的风声来袭，黑衣人已经扑了过来，男子只得一咬牙，翻身滚下了马背，"来人!"

他身边的侍卫听到叫声，连忙想要摆脱自己身边的黑衣人过去相救。那紧追着他不放的黑衣男子一言不发地追了上来挥刀便砍。那男子一边肩膀重伤手中又没有兵器，只能狼狈地躲闪。

"你到底是什么人?"

"要你命的人!"黑衣男子哑声道。

眼看着他退无可退,黑衣男子一刀劈过去想要最后了结了他的性命。

"嗖!"一阵马蹄声从不远处传来,同时,远远地,一支羽箭射了过来。黑衣人连忙挥刀挡开了射向自己的羽箭,转眼间马蹄声已经更近了。

"哈哈,想杀我,没那么容易!"见救兵到来,男子突然大笑起来,躲避的动作也更敏捷了几分,"我倒要看看,你是什么人!"

黑衣人看着越来越近的马队,一咬牙厉声道:"你们先撤!"他自己却半点没有撤退的意思,依然不管不顾地去砍对面的男人。

"嗖!"又一支箭射向了他的后背。

叮的一声轻响,羽箭被人拨开了。一个有些矮小的黑色身影一把抓住了他,"走!"黑衣人有些不甘还想要去追杀那人,抓着他的人毫不犹豫地一扭将他推进了旁边准备撤退的几个黑衣人中间:"留得青山在不怕没柴烧,走!"同时飞身扑向还挂在马背上的少女,将人拎起来在马背上一点凌空掠了出去,片刻间消失在了树林深处。

楚凌拎着已经昏迷过去的少女在一处隐蔽的地方停了下来,想了想,发现自己身上并没有能够替她御寒的衣物,只得试着传了一丝丝内力给她御寒。

树林中传来一阵脚步声,楚凌转身就看到方才那几个黑衣人从树林中走了出来。领头的男子看着楚凌,眼睛在夜色中闪过一丝精芒:"方才,多谢阁下相助。"

楚凌对他淡然一笑:"葛先生不用客气,你是云翼的表哥,咱们也算是自己人吧?"

黑衣人一愣,看着楚凌的目光变了变,好一会儿才道:"你是凌公子?"

楚凌拉下了脸上的面巾,对面的黑衣男子犹豫了一下也伸手拉下脸上的面巾,不是葛丹枫是谁?

葛丹枫对身后的几个人打了个手势,几个黑衣人立刻分散开来各自退开了一段距离。

葛丹枫走过去看着楚凌,道:"凌公子怎么会在这里?"楚凌也不隐瞒,看了一眼旁边靠着树干昏睡中的少女道:"原本是去县衙逛了逛,然后便跟着那位,那位应该是南军统领程济吧?倒是没想到会在这里遇到葛先生。"

葛丹枫也看了那少女一眼,微微蹙眉。

楚凌悠然道:"葛先生想杀程济?"

葛丹枫道:"那又如何?"

"巧了,我也想杀他。"楚凌笑眯眯地道。

葛丹枫微微眯眼,道:"我想要杀他的理由跟凌公子恐怕不太一样。"

楚凌努力扬起一个可爱的笑容:"那这也算是殊途同归啊。理由不重要,重要的是咱们的目的是一样的。"

葛丹枫想，这位黑龙寨的五当家书大约是念得不怎么好。

楚凌可不在意别人在心中吐槽自己的遣词用句："葛先生，恕我直言，凭你的实力想要杀了那位程统领，机会只怕不太大。特别是有了今晚的事情之后他必然会十分谨慎。"

葛丹枫淡淡道："凌公子想说，你可以帮我？要什么代价？"楚凌道："小事儿，对我对葛先生都很重要。就算葛先生你凭自己的本事干掉了程统领，掌握了南军。跟思安县衙那位应该也会有一些无法调和的矛盾吧？"

葛丹枫面无表情地道："所以？"

"所以，咱们连他一起干掉吧？"楚凌笑着怂恿道。

葛丹枫沉默了良久，才抬起头来望着楚凌沉声道："五当家，好魄力。"

楚凌叹道："我也是没办法，这世道就是这样，要么藏起来别搞事，要搞事就只能搞大事了。"

葛丹枫道："听说黑龙寨如今占据了蔚县，一旦朝廷大军到来只怕独木难支。所以五寨主和黑龙寨打算拿下蔚县附近的几座城，互为犄角，互相支撑？"

楚凌没说话，只是含笑对他竖起大拇指表示称赞。

葛丹枫轻笑了一声，道："如果我说，我根本不想要南军，只想杀了程济，五寨主信吗？"

楚凌点头道："我信，不过葛先生打算如何脱身？又打算如何安置跟着你的这些人？那几位，都是军中的吧？"

葛丹枫回头看了一眼不远处那几个黑衣人，沉默不语。

楚凌道："我听云翼说，葛先生也是出身名门。这十多年独身一人隐姓埋名漂泊于世，想必也有自己的苦处。先生若真的看破世情，决心隐退我绝不敢阻拦。只求先生能助我们一臂之力拿下南军和思安县城。到时候，我将程济交给先生处置如何？"

葛丹枫皱眉问道："云翼为何会跟你们在一起？"

楚凌道："葛先生可知道百里轻鸿的事？"

葛丹枫当然知道，却没有回答楚凌的问题。楚凌道："百里家的处境葛先生想必知道，我是三年前遇到云翼的，也是在信州。他是为了来刺杀百里轻鸿。"

葛丹枫一惊，霍然抬起头来。楚凌笑道："他自然没有成功，不过这一次他来北晋却是因为百里家已经被毁了，他孤身一人无处可去。这些事情，葛先生若是想知道的话不妨亲自去问他。不过这孩子脾气性子有些别扭，葛先生莫要见怪。"

葛丹枫点了点头道："多谢五当家照顾云翼。"

楚凌含笑看看四周，道："既然暂时谈不拢，不如咱们就别浪费时间了，各自回家如何？这大半夜的，还是挺冷的。"

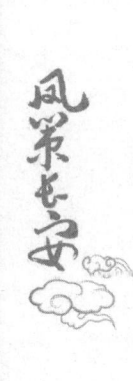

葛丹枫望着楚凌沉声道:"我可以帮你们,不过我也不可能拿手下兄弟的性命来陪五当家开玩笑,你总要告诉我你们究竟有何打算。早几年,你们这样的人和事我见得多,可惜最后除了枉送性命没有半点用处。那些自诩豪杰的人,不是被貊族人收买了成了他们的走狗就是被杀了。就是咱们这位程统领,当年也是一支义军的首领呢。"

葛丹枫说这话带着几分轻蔑,显然是对所谓义军之流并没有什么好感。

楚凌偏着头对他笑了笑道:"不如咱们明天找个地方详谈?"

葛丹枫深深地望了眼前的少年一眼,幽暗的夜色中少年的笑容却十分明朗纯粹。在这样的乱世中,葛丹枫几乎忘记了世间还有这样的笑容。这个笑容却并不是出现在一个养在豪门大户不知疾苦的贵公子脸上,而是在一个刚救了他们现在正在寒风中与他讨论如何杀人夺权的少年身上。铁血和纯粹在这少年身上糅合成了一股奇异的特质,竟让葛丹枫忍不住有些想要相信他的话了。

"也好。"良久,葛丹枫沉声道。

第二天一早,楚凌三人起身的时候就发现,外面戒严了。

三人坐在客栈的小楼上吃早膳,楚凌一脸睡眼惺忪的模样,懒洋洋地问道:"外面出什么事儿了?"

坐在他们对面一桌的一个客人小声道:"三位不知道吗?昨晚上南军程统领遇刺了。"

楚凌道:"这关咱们什么事儿?"

"谁说不是呢?"有客人忍不住抱怨道,"咱们都是本本分分的老实人,难道还能是刺客不成?更何况就算真有刺客,杀了人不赶紧跑还躲在城里等着过年吗?"

"少说几句。"旁边有人提醒道,"小心祸从口出。"

云翼有些意外地道:"南军统领不是应该在军中吗?竟然还有人能潜入军中行刺?"

"似乎不是在军中。"

云行月撑着下巴看着楚凌,楚凌对他露出个笑容眨了眨眼睛:你看我干吗?不是我干的。

云行月轻呵了一声不置可否。

云翼放下手中的筷子问道:"这样咱们还能走吗?"

楚凌淡然道:"总不能一直都戒严吧,说不定是想要看看刺客还在不在城里,若是找不到或者找到了应该就没事了。咱们先等等便是了,晚走一两天也没什么大事。"

云翼不明所以地看了楚凌一眼,还是点了点头。

云行月道:"既然暂时不走了,用过早膳就回去休息吧,正好我有点事情想要跟你谈谈。"楚凌微微挑眉,云行月轻哼了一声。楚凌会意,看来是昨天去查的事情有结果了。楚凌便点头道:"也好,云翼你若是没事也别出去,免得出什么事。"

云翼点点头,有些魂不守舍,不知道在想些什么。

葛家后院,葛丹枫看着突然出现在自己跟前的三个人也不惊讶,只是淡淡问道:"你们怎么进来的?"

云行月笑道:"葛先生还有心情关心我们怎么进来的?"

葛丹枫道:"我这府里还算干净,但是外面却有不少人看着。"云行月道:"这个你就不用担心了,不过你这府里也未必就干净。"葛丹枫眼神微变,盯着云行月道:"云公子这话是什么意思?"

云行月道:"葛先生最近经常生病?"

葛丹枫一怔,回想起来自从入秋之后他确实经常生病。就在他们到来之前他刚刚用这个理由向程济请了几天假。被云行月一提醒才注意到自己最近生病的频率确实比往年高了许多。

只是他最近将太多的精力集中在了自己筹谋的事情上,竟完全忽略了这一点。

云翼已经忍不住了,开口道:"表哥,你身边这两个月有没有来过什么新人?"

葛丹枫不解地看向云翼,云翼扭头去看楚凌。楚凌道:"葛先生,云公子说你中了毒。这种毒只有最亲近的人才有可能会下,可能是你每天都会见每天都能接触到的人。"

葛丹枫的第一个反应是程济,但是很快又推翻了这个猜测。他对程济的防备绝对高于程济对他的,若程济的人都能轻易安插到他身边那他也活不了这么多年。

最近两个月,葛丹枫神色变了变。

云翼看在眼中,沉声道:"表哥,你知道是谁了是不是?"

葛丹枫沉默不语,云翼看得焦急不已,有些恼怒地道:"表哥,你……"话还没说完就被楚凌拍回了椅子里,楚凌轻声道:"云翼,少安毋躁。"

良久,才听到葛丹枫沉声道:"我身边没有最近两个月才新来的人。如今这个时候,我也不会将不认识的新人留在身边。"

楚凌手指在扶手上轻轻敲了两下,道:"那就是旧人了,也是,如今这世道人人都有几分警惕心,一个新来的人想要取得你的信任只怕也不容易。"

云行月撑着下巴淡淡道:"我猜下毒的是个女人。"

葛丹枫伸手扶住额头,神色看起来有些疲惫。沉声道:"最近几个月,我每天晚上都会喝一碗补汤,说是冬日进补的。"

云翼和楚凌齐齐看向葛丹枫,葛丹枫眼底多了几分痛苦之色。云翼迟疑了一下,道:"是表哥身边的女人?"葛丹枫摇摇头道:"是我岳母。"

三人都是一愣,无论是云翼脑补出来的后院女子因爱生恨,还是楚凌脑补出来的潜伏女细作想要算计葛丹枫,都跟真正的答案相差十万八千里。

云行月倒是不怎么意外,那种药也只有旧时天启的权贵人家才会有,一般人就算想要都要不到。如今这混乱的世道，谁还有功夫配那种麻烦又见效慢的药？

云翼怔住，好半晌才道："原来表嫂娘家的老夫人一直是表哥在奉养啊。她怎么会……"百里家能与葛家结亲，葛家自然也是名门世家。葛丹枫原本是葛家的嫡次子百里家的亲外孙，他会娶的嫡妻家族也绝不会差。云翼想不明白，葛丹枫奉养了岳母十多年，为什么最后对方却还要下手害他。

葛丹枫神色有些黯然，道："早些年，岳母的脑子就有些时而清楚时而迷糊，她清醒的时候一直闹着要为女儿报仇，糊涂的时候……"摇了摇头，葛丹枫抬头看向三人道："多谢五当家和云公子告知此事，这件事我会查清楚的。至于之前五当家的提议，我同意了。"

楚凌微微挑眉："葛先生当真？"

葛丹枫淡然一笑道："我骗五当家有什么好处？只要按照之前说的，将程济交给我便是。"

楚凌点头，"好，我和云行月先商量一下该怎么动手。葛先生想必也还有事情需要料理，我们就不打扰了。"

葛丹枫点头道："多谢。"

第二天一早，城中的葛府挂起了白帐，据说是葛副统领的母亲去世了。

葛丹枫也算是思安县有权有势的人物之一，虽然思安县的人几乎没见过他的母亲。既然葛丹枫办丧事，自然有不少人上门，楚凌三人只得等到晚上夜深人静了才再次光临葛家。

葛家原本就没什么人，如今正在办丧事，一到晚上就更是寂静无声了。本该在灵堂里守灵的葛丹枫此时却等在书房里，面色比起昨天显得更加憔悴疲惫了几分。楚凌看了看他道："葛先生，节哀。"

葛丹枫扯了下唇角对两人露出一个有些僵硬的笑容："怎么只有你们两个，云公子不在？"

楚凌道："他有些事情要做。"

云翼有些担心地看了葛丹枫一眼道："表哥，你没事吧？"

葛丹枫摇了摇头，道："让你担心了，我没事。都坐下说话吧，我知道五当家想必是为了昨天的事情来的。"楚凌摇头道："这是葛先生的家事，我本就不该过问。我们深夜前来还是为了正事，这个时候打扰葛先生实在是抱歉。"

葛丹枫摆手道："我知道五当家时间紧。确实也没什么。岳母那个样子，我还能跟她动气不成？何况，她本也是为了……"

云翼性子还有几分急躁，"表哥，那位夫人到底为什么要害你？"

葛丹枫看着云翼有些木然道："十多年前，我们两家人本是跟着上京的权贵一起逃往南边的。可惜在路上遇到貊族人被冲散了。我父亲、兄长还有几个堂兄弟都是那个时候死的。后来我死里逃生四处寻找他们，一路找到了信州附近却只找到了岳母。我母亲和夫人已经……"

葛丹枫停顿了一下，嗓子里仿佛堵着什么东西一般，过了好一会儿才又继续道："当时，岳母的神志就已经有些不清楚。她们遇到了歹人，当时岳母正病重，被我母亲和夫人藏了起来。她亲眼看到她们被人逼死了，从那以后就一直不太清醒。这些是我后来断断续续从她口中问出来的。"

"当初，害死葛老夫人和嫂夫人的人，就是程济？"

葛丹枫点了点头道："这些年我留在程济身边，对外一直宣称她是我的亲生母亲。岳母神志恍惚，我担心她露出马脚，并没有让她见过程济。不过几个月前，程济路过我府上，进来说了一些事情，正巧被她看见了。她以为我……"

两人了然，葛丹枫的岳母只怕以为葛丹枫为了荣华富贵忘了母亲和妻子的仇，还和仇人狼狈为奸这才动了杀心。倒不是她不想杀程济，只是她一个年事已高身体又病弱，几乎连门都没有怎么出过的老人想要杀程济几乎是不可能的。

"表哥，老夫人是怎么……"

葛丹枫苦笑一声道："岳母她的身体早就快要撑不下去了，就算没有这事儿也过不了一两年了。大约是我太让她失望了，她知道自己时日无多这才一时……"想起昨晚自己将隐藏的真相告诉老人之后老人脸上那似哭似笑复杂难辨的表情，葛丹枫都有些疑心是不是自己逼死了岳母。

如果他压下这件事不去问就当没发生过……

被自己最亲近的人下毒，葛丹枫不是不心寒不难过。但是父母妻儿兄长都没了，这十年来这位神志不清的岳母确实是他唯一的亲人了。

书房里一片沉默，气氛沉重得让人几乎提不起说话的兴致。

最后还是楚凌开口道："葛先生先将老夫人的丧事办完吧，别的事情过后再说，若有什么需要帮忙的地方请尽管开口。"

葛丹枫抬起头来，摇头道："不，五当家要做什么我清楚，眼下就有个机会。"

楚凌一怔："葛先生是说……"

葛丹枫笑道："我知道五当家是体恤丧家，不过我总要在岳母入土之前将这件事办妥了。好让她下了黄泉能告诉我母亲和夫人一声。"楚凌思索了片刻，方才正色点了下头："好，就按葛先生说的办。"

葛丹枫道："如今南军的兵马，至少有一半我有把握他们会跟我走。这些人五寨主可以放心，我保证至少我做副统领这几年，他们没有祸害过天启人。其实谁的心还不是肉做的，大多数人也没那么想祸害乡邻，被人戳着脊梁骨骂的滋味也不好受。"

楚凌道："葛先生放心，葛先生的人品我相信，你手下的人我保证既往不咎。"

葛丹枫点头，道了声多谢，道："但是眼下几位的麻烦不在南军。"

楚凌微微蹙眉，看着葛丹枫。葛丹枫道："思安县往南是若沧县，在这两地之间的东南角与惠州接壤处便是这附近最乱的地方。那里山贼横行，北晋人管不了也懒得管。黑龙寨各位当家应该也听说过他们吧？"

楚凌点了点头道："听说那边有大大小小七十多个山寨，因为跟黑龙寨隔得远，没什么来往。"算起来也不过两三百里，仿佛不远，但中间隔着重重大山几乎就是另一个世界了。

葛丹枫道："一共六十七个山寨，其中最大的那个盘踞在虎牙峰，就叫虎牙寨。这个虎牙寨的寨主，是程济的儿子。"

楚凌有些惊讶地挑眉："南军统领的儿子去当山贼？"

葛丹枫笑道："五当家觉得奇怪吗？"

楚凌摸着下巴想了想道："不奇怪，好谋划。程济不能做或者不好做的事情就让他儿子去做。伤天害理的事情自己分毫沾不上，好处却一点没少拿。而且万一他儿子出了什么事，他还可以暗地里给保驾护航。说不定还能派南军客串一把山贼。"

葛丹枫点头道："五当家英明。"

楚凌摇头道："你们这位程统领才是真人才，我都有点佩服他了。"

葛丹枫道："原本按我自己的本事，拼尽全力大约只能杀了程济，别的我是没有办法也没有力气多管了。不过我想五当家想要的必然不是这么简单。"

楚凌点头道："我明白葛先生的意思了，南军这边，葛先生来。山贼那里，我来解决？"

葛丹枫道："只要五当家信得过我。"

楚凌微笑道："那就这么办，一言为定。"

葛丹枫扬眉道："那些山贼人可不少，我这边不能打草惊蛇，没有兵马能借给五当家的。"

楚凌道："多谢葛先生，我自己准备就是。不过云翼这小子恐怕没有办法跟我们一起去，还要有劳葛先生了。"

葛丹枫看着她："五当家当真相信葛某？"

楚凌笑眯眯地看了云翼一眼道："他是你表弟又不是我表弟，你要是不在乎我当然也不在乎。"

云翼磨牙，怒气冲冲地瞪着楚凌。

楚凌对他做了个摊手的动作，谁让你弱呢？

云翼咬牙，深恨自己当年竟然没有拜个名师学武。

楚凌和葛丹枫一直谈到了凌晨方才起身告辞，云翼却主动留了下来。楚凌还有些惊讶，云翼皮笑肉不笑地对她抛了一句："你不是说了吗，我又不是你表弟你又不在乎，我自然还是留在表哥这边免得碍了你的眼啊。"

楚凌凝视着他片刻，伸手拍拍他的肩膀道："少年，你脾气见长啊。"

"哼！"

第二天天还没亮，楚凌就跟云行月出城了。

披着一身的朝露，云行月忍不住抱怨道："我还以为离开君无欢那个混蛋就能过几天好日子，没想到跟着你也没多好过。你看看我们这起早摸黑的……"

楚凌忍不住翻了个白眼："云公子，我也没比你多睡啊。还有，你不渴吗？咱们休息一会儿怎么样？"

云行月只得恨恨地闭了嘴！

"葛丹枫都说了那边山贼多得很，你打算怎么办？"云行月忍不住又问道。

楚凌淡定地道："我打算来硬的。"

"来硬的？"云行月震惊，"你认真的吗？"

楚凌笑道："云公子，一群山贼而已，我还能多认真。"

云行月嗤笑："别忘了，你们黑龙寨也是山贼。"

"我们跟他们不一样。"

"哪里不一样？"

"我们是有理想的山贼。"楚凌道。

虎牙峰位于信州和惠州边界的山上，从思安县快马加鞭半日即可到达。因为峰顶向前微倾，状似野兽的利牙故而被取了这样一个名字。这山体高大陡峭，虽然没有黑龙寨隐藏在群山之中的地利之妙，但是外出往来也比黑龙寨方便了许多。

山寨门口放哨的人有些心不在焉，毕竟他们这地方是从来没有被人攻击过，说是放哨几乎都是做个样子。如今天气这么冷，站在高处寒风飕飕地往脖子里钻。

"你看那是什么？"

一个山贼眯着眼睛看向下面不远处，有些狐疑地问道。

被他提醒，另外一个人这才扭头看过去："好像是两个人？"

确实是两个人，两个人影正在飞快地往这边移动过来。脚下崎岖的山路和陷阱对他们来说仿佛不存在一般，两人如履平地地一路朝山上掠来。

"这是什么人？"

"不管是什么人，先去禀告老大一声。"另一人机灵一些，连忙道。说着他就要转身。他听到脑后冷风袭来，还没来得及回头就感到背心一痛倒了下去什么都不知道了。

"有人闯山！"另一个人的声音在寒风中有些破音，带着几分凄厉的味道。他只来得及喊完这一句，一支短箭已经钉上了他的喉咙。

不过这一声也让下面寨子里的人听到了，整个山寨立刻就热闹起来了。

"什么人？！"

"谁敢闯山，好大的胆子！"

"兄弟们，抄家伙！"

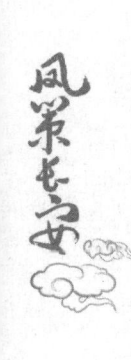

一大群山贼从原本紧闭着的屋子里冲了出来，有的拿着兵器，有的尚且衣衫不整。

只见一高一矮两个身影无声地落到了大寨大门口，高一些的年轻人一身青色绸衣，面带微笑，容貌俊逸，风流倜傥。矮一些的那个却是少年模样，神色冷然，带着几分漫不经心的味道。他手里正握着一条软鞭，不紧不慢地敲着自己的手心。

"你们是什么人？好大的胆子竟敢私闯虎牙峰！"

楚凌微微勾唇，淡淡道："一句话，降还是不降？"

一大群山贼面面相觑了片刻，突然齐齐放声大笑起来。

"这两个小子莫不是疯了吧？"一人忍不住笑道。

"哈哈，就两个人，竟然还敢问我们降不降？"

云行月抽了抽嘴角，偏头对楚凌低声道："你这样说，人家会以为你脑子有毛病。"

楚凌唇边的笑意更深了几分："是吗？他们很快就知道我的脑子到底有没有毛病了。既然不答，我就默认你们不降了。"

对面的山贼正想要嘲讽回去，却见一道暗影朝着自己劈头盖脸地甩了过来。楚凌一鞭过去，直接将最前面的一个山贼打得半边身体血肉模糊。她却看也不看一眼，手中长鞭犹如毒蛇一般扑向了旁边的人。

"我虽然偶尔爱废话，但也不是跟什么人都废话的。"楚凌道。

云行月看着人群中身手矫健的"少年"，有些无奈地望天叹了口气也跟着飞身跃了进去。

虎牙寨是信州东南最大的土匪寨，规模大约跟楚凌刚到黑龙寨时候的黑龙寨差不多。不过跟黑龙寨有四个寨主不同，虎牙寨是完全的寨主一家独大。听到外面的响动声，虎牙寨的寨主程风才带着人走了出来。

程风眯眼看着不远处那两个看起来似乎有几分所向披靡味道的身影，眼底闪过了一丝杀气。

"这两个是什么人？！"站在他身边的人也是一脸茫然道："老大，不知道啊，没见过这两个人。不过是两个不知天高地厚的小子，寨主……"话还没说完，程风一个耳光甩在了回话的人脸上，冷声道："既然不知道，还不去查！"

那人原本是想要奉承程风，哪里想到才说了一句话就挨了一个耳光。

人群中刚刚一鞭子扫倒了一片的楚凌回身便是一道暗器射了过来。领命转身要走的人立刻就倒在了地上。

程风眼睛猛地一缩，盯着楚凌高声道："两位到底是什么人，跟我虎牙寨到底有什么恩怨？"

云行月一脚踢开挡在自己跟前的一个山贼，与楚凌背对背而立，抽空回了他一句，"无冤无仇。"

程风忍耐了片刻，方才咬牙道："既然无冤无仇，两位这是什么意思？"

云行月笑道："方才我们家小公子不是说了吗？投降啊，不降者死。"

"狂妄！"程风仗着自己父亲的势力，在信州东南一代几乎可以横着走，没想到今天突然来了两个不知道来路的小子竟敢如此狂妄无礼。

云行月回头笑道："是不是狂妄你很快就知道了，我劝你最好早做决定，我们这位小公子脾气可不太好。"

楚凌手中的鞭子一绕，拉着一个山贼的脖子甩了出去砸倒了五六个人。回头扫了云行月一眼道："你少败坏我的名声，本公子脾气好得很。"

云行月呵呵了两声，脾气好得很这会儿躺了一地的人都是他干的吗？

"给我抓住这两个人，抓活的！"程风厉声道，"本寨主今天一定要让他们求生不得求死不能！"

"是，寨主！"这片刻的工夫，那些后面出来的山贼总算是反应过来了，纷纷抄起了自己的武器围了过来。楚凌和云行月脸上却没有什么担忧之色，云行月手中一把长剑楚凌一条长鞭，纵横来去百来个人围着他们竟然也奈何不得。

"有人跑了。"云行月道。

楚凌道："着什么急，有人料理他，用不着担心。"

楚凌手中的鞭子几乎已经快看不出来原本的颜色了，偶尔一鞭子甩空了落在地上留下一条血痕。剩下的人都不敢再往上扑，只是将楚凌和云行月围在了中间戒备惊惧地看着两人。

云行月弹了一下自己手中的剑，剑身上的几滴鲜血被弹落到地上，有一滴落在了楚凌的衣摆上。楚凌嫌弃地看了他一眼，云行月回给他一个更加嫌弃的眼神，"本公子好好一个悬壶济世的大夫，被你害得成了个杀人凶手！"

楚凌淡淡道："别说得跟你没杀过人一样。"

云行月露齿一笑，道："对，本公子没杀过人。"

楚凌翻了个白眼："你想说你杀的不是人？"

云行月道："有什么不对。"

楚凌摇头："没有。"

程风简直要被这两个人气得浑身发抖，一只手捏着原本搂在怀中的女子的肩头，那女子被他捏得忍不住痛叫了一声。程风嫌弃地随手推开那女子，上前一步冷声道："你们到底是什么人！"

云行月上下打量了他一番，道："你就是虎牙寨的寨主？程济的儿子？"

程风脸色微变，冷声道："我不知道你在说什么，什么程济我不认识。"

云行月笑道："我们都找上门来了，你现在说不认识是不是迟了？"

程风脸色铁青地盯着两人，道："就你们两个人就敢来闯我虎牙寨，是不是太胆大妄为了一点。"

云行月道："谁说我们就两个人啊？"

程风皱眉，却见方才刚刚跑出去的男子跌跌撞撞地跑了回来："老大，不好了！不好了！"

程风心中一沉，冷声道："闭嘴，好好说话！"

男子颤声道："外面来了好多人！"

"什么？！"程风大惊，目光落到两人身上，"是你们带来的人？！"

楚凌问道："投降吗？"

"休想！"程风伸手拔过身边的人手里的兵器，围在他身边的人也纷纷拔出了武器。楚凌浅笑一声道："也好，我也不太希望你投降。你这种人，若是投降了我该怎么处置你呢？"

程风握刀的手都有些颤抖，也不知道是气的还是害怕。

"都给我上！"程风厉声道。

畏惧于他的淫威，周围的山贼终于再一次鼓起勇气冲向了楚凌和云行月。楚凌脚下一点已经飞身掠向了程风，只留给了云行月一句："拦着他们。"

云行月咬了咬牙，只得认命地上前拦住想要追楚凌的人。

程风嘴里说着上，实际上却带着自己身边的人往后退去。只是他的后退还没来得及实现，楚凌就已经落到了他的跟前。山寨外面也响起了一阵嘈杂声，还有不太整齐的脚步声。程风都不敢估计外面到底有多少人，冲在最前面的人已经进了山寨大门正朝着这边冲过来。

原本还能仗着人数优势支撑的虎牙寨顿时兵败如山倒，许多胆子小一些的早就抱着头躲到一边去了。楚凌随手将鞭子扔到了一边的树梢上挂着，含笑看着程风道："程寨主，咱们现在可以谈谈了吧？"

程风看着楚凌扔掉了自己的兵器，他手里却还握着一柄刀，有些蠢蠢欲动。楚凌唇边勾起一抹几不可见的笑意，在程风的手还没有抬起来之前，一道凌厉的冷风已经从他头顶拂过，程风原本束起来的头发顿时变成了披头散发。

程风惊恐地看着眼前正在把玩着一把短刀的少年，道："你到底是什么人！"

楚凌叹了口气道："既然程寨主一定要知道我是什么人才肯谈，那么好吧，我是凌楚。"

凌楚这个名字在信州其实并没有什么名气，毕竟即便是山贼土匪知道黑龙寨多了一位五当家的人也不多。程风虽然隐约听说过，但是因为楚凌在黑龙寨只待了几个月就不见了，便也没有仔细打听过。

不远处终于抽出身来的云行月很是体贴地替他解惑道："他跟你是同行，黑龙寨五当家。""黑龙寨？"程风一愣，回过神来又忍不住怒道："我跟黑龙寨并没有什么恩怨，五当家这是什么意思？"

楚凌懒洋洋地道："找事儿啊。"

"真欠打。"云行月小声嘟哝道。

虽然确实很欠打,但程风看了一眼挂在树梢上那条染血的鞭子,到底还是没有勇气反抗。

这场厮杀结束得很快,楚凌早先便让人将黑龙寨那两千人分批带到了信州。这次上虎牙峰的虽然只有半数,但是对付这虎牙峰的山贼也是足够了。莫晓廷一脸兴奋地走过来道:"小寨主,都解决了。"

楚凌点了点头道:"打扫战场,注意别跑了漏网之鱼。"

"是!"莫晓廷大声应道。自从跟着楚凌拿下了蔚县,这单纯的少年就将他家小寨主当成神仙一般崇拜了。程风和山寨的几个头目被人押着和楚凌云行月一起进了大厅。大厅里还弥漫着浓浓的酒气和令人不喜的廉价脂粉香味。楚凌皱了皱眉,坐在主位上打量着下面的程风。

虽然人在屋檐下了,但程风并不想这么容易认输。抬起头仰视着楚凌道:"你们黑龙寨想要什么?你既然知道我爹是程济,还敢……"

楚凌轻笑一声,道:"你爹要不是程济,我还不来找你了呢。蜗居在这种穷乡僻壤的三不管地带偷鸡摸狗,打家劫舍,还以为自己多能呢。"

程风被噎得脸色铁青,好一会儿方才冷笑一声道:"我是山贼,难道你们黑龙寨还是良家不成?"

楚凌靠着扶手,一只手揉了揉眉心偏过头对云行月笑道:"这位程公子脾气倒是还挺硬的,就是不知道他的骨头有没有他的脾气硬?"云行月不屑地道:"在本公子手里,从来就没有硬骨头。"

程风一惊,有些戒备地看了云行月一眼。

楚凌笑吟吟地道:"给程公子介绍一下,这位云公子是个大夫。他平生最大的特点就是医不死人,只要他不想,无论怎么样都能吊着一口气不让人死。呃,当然,如果我把你脖子给砍断了,他大概救不了。"

云行月没好气地瞪了楚凌一眼,道:"你能别废话吗?"

楚凌轻咳了一声,坐起身来,原本含笑的面容也在瞬间变得冷淡肃然起来。楚凌看着程风淡淡道:"程公子,劳驾你给令尊传个信,让他派点人过来这边转转吧。"

程风哪里会不明白他们的意图,冷声道:"你们想对付我爹!"

云行月笑道:"恭喜你,终于明白了。"

"不可能!"程风断然拒绝。

楚凌左手在身边的桌案上轻轻一拍,原本放在桌上的酒杯突然弹跳而起,朝着程风砸了过去。程风立刻想要躲闪,但是他身边的两个人立刻一左一右将他按住了。酒杯撞上了他的左腿,杯中还有一半的酒自然是洒在了程风腿上,但是同时程风左腿骨传来了一声轻响。一阵钻心的疼痛传来,程风顿时忍不住惨叫了一声单膝跪倒在了地上。

"你！"程风疼得脸色通红，额头上也开始冒出了冷汗，"你打断了我的腿！"

楚凌居高临下地看着他，淡淡道："写信。"

"休想！有本事你杀了我！"程风瞪着楚凌目眦欲裂，若是可以的话他恨不得立刻扑上去撕了眼前的少年。楚凌轻笑了两声，淡淡道："我杀你做什么？"

见程风露出一个轻蔑的笑容，楚凌不紧不慢地补上了两句，道："把他的双腿双手都打折了，扔给寨子里那些被抢上山来的女人。告诉她们，只要留下一条命，想怎么折腾他都可以。"

程风不屑地冷笑，他可不觉得那些胆小懦弱只知道寻死觅活的女人敢把他怎么样。相比之下，倒是打断手脚这件事更严重一些："姓凌的，你敢！"

楚凌点头道："嗯，我敢啊。"

旁边看守着程风的人也是干脆利落，毫不犹豫地直接下手卸掉了程风手脚的关节："小寨主。"

楚凌摆摆手道："带下去吧，等他想通了再带来见我。"

"是。"立刻有人拎起程风就往外面走去，程风痛得冷汗直冒，嘴里却还是不干不净地骂着楚凌。旁边云行月随手将桌上的一根筷子掷了出去，程风立刻满嘴是血地闭了嘴。

等送走了程风，楚凌方才转向剩下的几个人。他们都是虎牙寨的管事，其中还有一个程济专门派来辅佐程风的。可惜程风一向妄自尊大，他们都没什么话语权。

楚凌看着他们笑道："现在，轮到各位了。"

大堂外面，整个虎牙寨已经全部被黑龙寨的人接手了。孙泽正在忙着重新布置寨子里的防御，莫晓廷带着人跑来跑去处理安置原本虎牙寨的人。

虽然大家都是山贼，但是莫晓廷对这些人却没有什么同行的情谊。

楚凌和云行月带着人从大堂里走了出来，看了一眼已经恢复了秩序的山寨，楚凌满意地点了点头。

"小寨主！"两人也连忙上前行礼。

楚凌点点头，赞道："做得很好。"

莫晓廷高兴地咧开了嘴笑，孙泽站在他旁边，有些无奈地摇了摇头。楚凌问道："那个程风怎么样了？"莫晓廷眼睛一亮，兴奋地道："有人正在招呼他呢，小寨主要不要去看看？"

楚凌微微扬眉，道："先不管他，还是先看看寨子里吧。有没有人逃走？"

孙泽道："小寨主放心，我们一个都没有放走。刚刚清点了一下寨子里的人数，也都对得上。而且山下还有咱们的人，就算是真有人跑出去了也会被拦下来的。"

楚凌点了点头道："那就好。我倒是不怕他们去思安报信，不过咱们要趁着这两天工夫将附近的几个大寨子都打掉，走漏了消息让他们提前准备了对咱们不利。"

两个少年闻言，顿时都仿佛打了鸡血一般。两个少年战意盎然地道："小寨主，咱们什么时候行动？"

楚凌笑道："今晚，兵分四路。你们两个一人领一路人马，若是拿不下来，以后就别想领兵了。"

"是，小寨主！"两人齐声道。

"小寨主。"一个黑龙寨的男子匆匆而来，神色有些怪异地道，"程风服了，他要见小寨主。"

楚凌并不意外，点头道："带他过来吧。"

云行月看着匆匆领命而去的人挑眉道："你早料到了程风会服软？"

楚凌笑眯眯地道："云公子，就算是你被丢进去，你也会服软的。"

"呵。"云行月意味不明地笑了一声，显然是并不将楚凌的话当一回事。楚凌悠悠道："你们这些男人啊，总觉得女人柔弱不堪，懦弱可欺。却不知道，这女人一旦真的恨起一个人来，又有人恰好将机会送到她面前，她的手段绝对是叹为观止的。"

不多时程风便被人抬着进了大堂，前后其实也还不到半个时辰，此时的程风却已经快要让人认不出来原本的模样了。脸上满是伤痕和斑斑血迹，一只胳膊已经彻底断了。原本身上裹着的厚厚的狐裘不知道去了哪里，只穿着一件轻薄的单衣，上面也是血痕点点。

云行月的目光落到了他双腿之间的位置，饶有兴致地哦了一声。

程风趴在地上颤抖着，抬起头来，看向楚凌的眼神充满了怨恨，却又同时带着几分畏惧。

楚凌微微眯眼仔细看过去，程风脸上的伤痕有的是用手掐，用手指抓，甚至是用牙齿咬出来的。那条不知道去了哪儿的胳膊的切口处更是凹凸不平，就算是楚凌一时半会儿也没有想明白到底是什么造成的。

幸好，还留着一只能写字的胳膊。楚凌心中暗暗懊恼，她显然是有些低估了那些女人的战斗力。

"程公子，想明白了吗？写封信给令尊，对你来说也不是什么难事，你却可以少受很多罪，何乐而不为？"楚凌淡然道。程风咬牙，哑声道："我写。"他的喉咙上也有伤，手指掐过的指痕，还有依然血迹斑驳的牙印，若不是有人看着，说不定他能被人直接咬断喉咙。

楚凌满意地点头："我这个人素来不爱以理服人。"

程风趴在地上，闭上了眼睛，遮蔽了自己眼中疯狂的恨意。

这天深夜，信州东南这处山贼土匪横行的地方格外热闹。几个比较大的山寨同时被人攻击，在这个天气寒冷的夜晚，许多人甚至还没来得及反应过来，敌人就已经冲进了他们的寨子里。等到了天亮的时候，虎牙寨附近几个有势力的山寨已经全部被黑龙寨的人拿下。

可笑的是，这些人从头到尾都不知道攻击他们的人到底是谁。几个山寨的头领直到被抓上了虎牙峰都还以为是程风野心勃勃想要吞并他们。

等到他们看到程风的惨状时，心中的惊骇可想而知。

往日里总是充满了脂粉酒色的大堂里安静得仿佛掉下一根针的声音都能听得清清楚楚，大堂里或坐或站或跪着挤满了人。

楚凌坐在主位上，下首一侧的位置上坐着懒洋洋的仿佛没有骨头的云行月。

下面两边靠前的几个位置上坐着的都是几个大寨子的当家。他们虽然坐着，但只看他们那僵直的坐姿，僵硬的表情和眼底的愤怒憋屈就能知道，他们大约并不是很想坐在这里。

终于有人忍不住问道："你们到底是什么人！？"问话的同时还忍不住看了一眼跪在地上惨状难以描述的程风。你不是势力大，实力强吗？不是背后有人撑腰吗？怎么就混成了这副德行？混成这副德行就算了，还连累我们！

楚凌撑着下巴道："我姓凌，凌楚。黑龙寨当家，行五。各位寨主，有礼了。"

"黑龙寨？！"众人顿时窃窃私语起来。好一会儿才有人站起身来道："我们信东南的人和你们西边黑龙寨井水不犯河水，你们这是什么意思？还有，你一个黄毛小子，谁相信你是黑龙寨的寨主？"

楚凌道："信不信你们不都在这里了吗？我就算不是，你们又能如何？至于你说井水不犯河水。大概吧，不过现在井水想犯河水了。这话我跟程寨主的人说过，现在我再跟你们说一说。各位，降，还是不降？"

有人想要拍案怒骂，但看着趴在地上跟血葫芦一般的程风，这一巴掌到底还是没拍下去。

有人忍不住问道："我们若是不降呢？"

楚凌道："那就都去死吧。"她声音并不大，语气也并不激烈，带着几分漫不经心的陈述意味。却激起了众人心中的怒意，既然能成为山贼头子，谁都不是什么好脾气的人。"臭小子，你太狂妄了！"一个神色阴戾的消瘦男子怒斥一声，一跃而起朝着楚凌一刀砍了过去。

楚凌没动，她旁边的云行月动了。

云行月青色的袍袖一挥，那消瘦男子就直接摔了出去。倒在地上抽搐了几下，鲜血从他眼耳口鼻中流出，不过片刻工夫就大睁着眼睛没了气息。

云行月轻哼一声，道："不自量力。"

楚凌扫了一眼地上七窍流血的男子，微笑道："我说了，不降就去死。"

◆第十四章◆
更名靖北

大厅里顿时一片寂静，所有人都不由自主地望向前方的那两个相貌好看的年轻人。这两个年轻人看着都长得跟富家公子一般，没想到却是个一出手就要人命的罗刹。

楚凌也不着急，平静地靠着扶手等着他们的决定。

也不知道过了多久，才终于有人忍不住开口问道："凌寨主想要我们归顺，却不知是如何个归顺法？"楚凌淡淡道："你搞错了，我不是要你归顺，我是要你们投降。"

那说话的人心中一怒，只是程风和方才死去的那人带给他的震慑还未消失。所以他又强忍下来心中的怒火，咬牙道："这两者之间又有什么区别？"

楚凌对他一笑道："区别嘛，归顺了，大家就还是自己人。投降了，你们就是俘虏。生死荣辱都由我说了算。"

你这么说，谁还敢投降？

"姓凌的，你别欺人太甚！我们这么多人，联合起来你也未必能对付得了！"

楚凌神色淡然，眨了下眼睛状似期待："那你们联合给我看看吧。"

"各位，咱们跟他拼了！"

其他人也忍不住有些蠢蠢欲动，楚凌冷笑一声："一群蠢货，既然上来了，你们还指望平平安安地下山去吗？"楚凌话音未落，门外已经传来了整齐的脚步声。再往外看，上百张弓正拉开了弦，弓箭齐刷刷地对准了里面的人。

"卑鄙！"

"呵。"楚凌冷笑了一声，对他们的指控不以为意。

这些人还是认输了，骨气总归是没有自己的性命重要。只要留下性命，还有机会东山再起。若是连命都没有了，还有什么指望？

看着人将那些山贼头子押下去，云行月扶着椅子的扶手看着楚凌道："恭喜啊，凌公子这是一举扫平了信州东南这一大块地方了。"

楚凌淡淡一笑道："还要多谢云公子鼎力相助。"

云行月不以为然地摆摆手道："我只是帮一些小忙而已，还是全靠凌姑娘。下一步咱们做什么？回思安县吗？"

楚凌思索了片刻，摇摇头道："先拿下若沧再回去。"

云行月沉默了良久，忍不住叹了口气。

楚凌有些不解地皱眉道："云公子这是怎么了？"

云行月有些意味深长地看着她道："我觉得你跟我认识的一个人很像。"

作为一个隐藏着一些身份秘密的人，楚凌最不愿意听到的就是，"我觉得你跟某某很像"。楚凌不动声色道："哦？不知云公子说的是哪位？我可认识？"

云行月淡淡道："晏翎。"

"晏城主啊……"楚凌垂眸，轻声叹道："晏城主乃是当世豪杰，我就当云公子是在称赞我了。"

云行月一笑道："自然是称赞，阿凌姑娘觉得，两个相似的人是会互相欣赏还是互相排斥？"

楚凌耸耸肩道："难说，不过我觉得我应该不会排斥晏城主。况且，我也不觉得我跟晏城主哪儿相似啊。"

云行月笑了笑道："或许是我看错了。"

附近所有山寨的当家都被扣留了，再想要收服这些山寨就容易多了。收拾了这些山贼，楚凌很快便将目光投向了下一个目标。如今这个时节，着实不是能让人放松的时候。

今日是思安县城葛家老夫人出殡的日子，整个思安县大大小小有些权势能力的人都来送行了。程济虽然并不太想来，但是葛丹枫毕竟是他的副手，自然也不希望下面的人以为他跟葛丹枫不和。虽然程济身上的伤还没有好全，却也还是带着人来了。

"见过统领。"葛丹枫亲自迎了出来，恭敬地对程济拱手道。

程济见他如此，很是受用地点了点头道："今日你家里办事，这些虚礼就不必了。"

葛丹枫面露感激，道："些许小事，劳烦统领亲自前来。还请先入内奉茶。县令大人也来了。"

程济微微挑眉："哦？武大人也来了？那倒是要去见见。"武傕为人高傲，一向对中原人不屑一顾，这次竟然专程来送葛老夫人出殡？

葛丹枫正要送程济入内厅去见武傕，却听到外面传来声音似乎又有贵客登门。

见葛丹枫为难，程济很是善解人意地道："丹枫今日事务繁忙，不用管我们了。我自去喝茶就是了。"他正好有些话想要跟武傕谈，葛丹枫在反而不方便。葛丹枫松了口气，连声谢过，叫来一个管事送程济去内厅，自己才匆匆忙忙地走了。

程济进了内厅，果然看到武傕坐在里面喝茶。这人即便是来丧家也半点没有敬重之意，身边竟然还带着两个穿红着绿的美貌女子，此时正在和两个女子调笑。

看到程济进来不由笑道:"程兄,你可算来了,我可是等你好一会儿了。"

程济微微蹙眉:"等我?武兄是专程在这里等我?"

武傕也是一愣,皱了皱眉压低了声音道:"不是你说,今天就要准备在葛丹枫他娘的墓地上动手让我来这里等你顺便帮忙吗?"他连人手都安排好了,等姓葛的人一到墓地就立刻一拥而上将他乱刀砍死。

程济脸上的神色越发阴沉起来,武傕见他表情不对,连忙问道:"怎么?出什么……"

"不对!"程济突然沉声道,"快走!"说完就快步朝着门外奔去。只是他还没有走出大门,门外就传来了一阵脚步声。整个院子都已经被人团团围住了。

"葛丹枫!"程济怒吼道。

葛丹枫一身素服从外面走了进来,看向程济和武傕的目光冷意森然。武傕怒道:"姓葛的,你想做什么?"葛丹枫对他淡然一笑道:"做什么?要你们的命。"

"你敢!"武傕依旧气焰嚣张,"我可是貊族人,你敢杀我?!"

葛丹枫道:"我知道你是貊族人,所以,你更该死。"

程济盯着葛丹枫道:"那晚的刺客也是你的人?"

葛丹枫对他扯了下唇角,但是脸上却没什么笑意:"那晚你运气不错,就是不知道这一次,你还有没有这么好的运气了。"程济警惕地盯着葛丹枫道:"你别忘了自己的身份,杀了我们你以为你能逃脱得了么?"

葛丹枫笑道:"统领说的是城外那两万南军兵马吗?你觉得那两万兵马有多少听你的又有多少听我的?昨天你不是让你的心腹爱将带了两千人马去虎牙寨吗?"

"你怎么知……"程济突然住口,变色道,"那封信是假的?"

葛丹枫摇头道:"不,信当然是真的,若是伪造的信怎么骗得过统领?"

程济的脸色更加阴沉了,信是真的,那就是写信的人出了问题。昨天他收到程风派人传来的信,说是打算扫平那些跟他不对盘的山寨统一整个信州东南的山贼势力。如果程风写这封信的时候就已经……程济忍不住在心中打了个寒战:"是谁!?是谁在算计我!葛丹枫,你没有这个本事!"

葛丹枫也不在意他的话,沉声道:"我有没有本事,用不着你操心。来人,拿下!"

程济知道事情已经到了这个地步,再无转圜的余地。只恨自己先前太过优柔寡断,没有尽早杀了葛丹枫才养成了今日的大患。所幸他即便是来参加葬礼,也是随身带着兵器的。当下一把拔出了腰间的佩刀就向着门外冲了过去。

葛丹枫唇边露出一丝冷笑,也跟着拔刀迎了上去。

葛丹枫最近虽然身体不好,但程济身上却还有一道刀伤。更何况周围都是葛丹枫的人,程济此时与他交手本就不占优势。内厅里的武傕见此剧变也是吓了一跳,当下抛下了身边的两个美人儿,也举着自己的弯刀冲了出去。他才刚冲出厅门就被一拥而上的南军士兵围住了。

"大胆！"武傕怒道，"你们这些天启的废物，想造反吗？"

思安的南军士兵，特别是葛丹枫手下的这些士兵多数都是思安县本地人，武傕这些年在思安县做的事情他们自然都是看在眼里的，心中早就对武傕恨之入骨。这会儿终于有了机会报复哪里还能忍得住，立刻全都一拥而上，片刻间，武傕就被围在了人群中动弹不得。手中的弯刀落到了地上，武傕被人按在地上一阵猛揍。

另一边，葛丹枫也已经拿下了程济，程济没有武傕那么狼狈，只是被葛丹枫又一刀砍在了原本的伤处，左臂彻底废了。另外一刀砍在了右腿上，程济只能拖着染血的腿半跪在地上，眼眸含恨地看向葛丹枫。

"姓葛的，我跟你到底有什么仇什么恨？！"

葛丹枫提着刀冷笑道："你自然是不记得了，你害过那么多人哪里记得清楚谁跟你有仇？"

程济怒道："就算要死，你也让我死个明白！"

葛丹枫慢慢摇头道："用不着，你还是下去做个糊涂鬼吧。正好今天母亲出殡，拿你来祭灵，想必那些被你害死的人九泉之下也能觉得安慰一些。"

程济只见过葛丹枫的母亲一次，自问自己以前从未见过她更没有害过她。咬牙道："葛丹枫，你娘死了跟我有什么关系！"

葛丹枫冷笑道："没关系，我就是想杀你！你又能如何？"

人为刀俎我为鱼肉，还能如何？

程济叫道，"葛丹枫，只要你放了我，你要什么我都可以给你。南军统领的位置让给你，还有虎牙寨，虎牙寨里有很多钱，全部都送给你如何？"

葛丹枫轻笑了一声，对身边的人挥挥手道："带到母亲灵前，祭灵！"

"是，统领！"

信州将军府里，南宫御月神色淡漠地坐在书房里闭目养神。一个白衣男子快步从外面走了进来，却在门口停住了脚步。南宫御月睁开眼睛，淡淡地看了来人一眼，道："什么事？"

白衣男子垂眸，道："启禀公子，巫将军败了。"

书房里一片沉静，许久才听到南宫御月低沉的笑声在房间里响起："败了？"

"是，公子。"白衣男子道。

南宫御月冷哼一声："五万人围困蔚县区区数千兵马，既无险关又无天灾，你告诉本座，他是怎么败的？"

白衣男子连忙单膝跪地，沉声道："昨晚蔚县的人半夜突袭，放火烧了巫将军大营中的粮草。昨晚风大，整个军营被烧了大半。"

南宫御月闭了下眼，明显是在忍耐心中的怒气，问道："他人在哪里？"

男子道："巫将军身受重伤无法前来请罪。"

南宫御月冷笑一声道："请罪？本座不需要他请罪。让他去死吧。"

白衣男子自然不敢接这话，书房里又有了片刻的安静，南宫御月似乎终于冷静下来了。南宫御月突然开口道："半夜偷袭，放火烧营？不是说蔚县那群人的领头只是几个山寨的山贼吗？什么时候有了这种本事？黑龙寨的消息查到了吗？"

白衣男子连忙道："刚刚送来了，请公子过目。"南宫御月伸手接过他手中的东西，低头看着手中厚厚一叠消息。前面的都是一些毫无意义的东西，南宫御月翻得飞快。直到翻到最后两页，内容并不多，却让南宫御月的剑眉微微皱起来。

"凌楚的消息怎么只有这一点？"南宫御月冷声问道。

白衣男子连忙道："启禀国师，凌楚是三年多前突然出现的。之后消失了两年多，最近又突然出现在信州。谁也不知道他这两年去了哪里，也没有人知道他三年以前的任何行踪。所以……"南宫御月慢慢将手中厚厚一叠纸揉成了一团，纸团又被催动的内力揉成了碎片从他指间飘落："本座就不相信，他是从地缝里钻出来的。这个凌楚现在在哪儿？"

白衣男子低声道："应该就在蔚县。这个凌楚年纪虽然不大但行事果断狡诈，三年前冥狱就曾经栽在他手里，或许昨晚的事情就是他的手笔。"

南宫御月站起身来，道："去蔚县看看。"

"国师……"白衣男子正想要劝说，门外有人急匆匆地跑了进来，还没到门口就急声道："启禀国师，思安县告急！"

南宫御月垂眸站在门口，神色漠然恍如没有感情的玉雕。

白衣男子连忙问道："怎么回事？"

来者身穿貂族士兵的衣衫，大冬天的却脸色通红微微喘息着。

"启禀国师，方才思安附近路亭来报。思安南军副统领葛丹枫起兵作乱，杀了南军统领程济抓了思安县令武傕，现在只怕已经控制了整个思安县。"男子沉声道。

"国师……"

南宫御月微微挑眉道："南军副统领葛丹枫起兵作乱？"

"是，国师。"

南宫御月思索了片刻，道："派人传信给拓跋梁，他的人弄出来的乱子让他自己看着办。"白衣男子躬身应是，又低声道："公子，咱们毕竟在这里，若是袖手旁观只怕不妥。"

南宫御月侧首问道："那你说，该怎么办？"

"属下不敢。"白衣男子连忙低头道。

南宫御月轻哼一声道："派人给我去查清楚，蔚县里面现在当家做主的人到底是谁？还有那个葛丹枫，他背后的人又是谁？"

"公子的意思是?"白衣男子一惊。

南宫御月道:"黑龙寨那几个不像是能做出这种事情的人,还有那个葛丹枫一举拿下思安县,除了路亭竟再无一处来报。他若有这个能耐,想要做什么做不了,何必这个时候才发难?"

"或许是跟黑龙寨的人有勾结?"白衣男子猜测道。

南宫御月道:"蔚县现在尚且自身难保,葛丹枫不傻,能说动葛丹枫的人又是谁?"

白衣男子沉默。

南宫御月却不想再多说什么,举步往外面走去。

"公子这是要去蔚县?"

南宫御月脚步顿了一下,道:"不,去思安县。若是本座猜测不错的话,只怕现在失陷的不止思安县了。"

闻言白衣男子心中却是一震,连忙跟了上去。

"公子,云公子传来的消息。"文虎捧着一封信走了进来。

蔚县县衙里,君无欢坐在院子里神色专注地看着铺在桌上的一张地图。君无欢抬起头来接过信函拆开,片刻后才轻笑出声,有些无奈地摇了摇头。

文虎有些好奇:"公子,可是凌公子那边有什么事?"

君无欢将信函递给他,笑道:"阿凌已经拿下了思安和若沧两地。"

文虎脸上不由多了几分震惊之色,"这才短短几天,凌公子这实在是……"君无欢道:"阿凌这次,也算是运气不错。"如果不是恰好遇到葛丹枫这么一个人,只怕不会这么顺利。不过即便是如此,阿凌这手段和行动力也足够让人惊叹了。不愧是拓跋兴业教出来的徒弟。文虎道:"如此一来,蔚县,思安,若沧三县连成一片,背靠歌罗山,黑龙寨也算是在信州站稳了脚跟了。"

君无欢摇头道:"哪里那么容易,能不能在这里站稳还要看黑龙寨到底有多少战力。说到底,这些日子以来无论是守城,昨晚偷袭还是阿凌夺取两县都是巧取。不跟貊族人面对面地硬碰一次,黑龙寨在信州是站不稳的。"

说到此,君无欢微微蹙眉道:"信州算是拓跋梁的地方,若是传到朝堂上有损拓跋梁的威信也会让北晋皇帝一脉抓到攻讦他的借口。润州镇守军统领穆讷是明王的人,所以他们最有可能在润州调兵。传信给桓毓,沧云城该动一动了。"

"是,属下告退。"文虎并不多问,躬身应是退了出去。

君无欢有些疲惫地揉了揉眉心,吩咐道:"让人盯紧了南宫御月,他若是有什么异动立刻来报。"

"是,公子。"

君无欢垂眸轻抚着桌上的地图,修长的手指轻轻落在了思安县的位置上。

"阿凌……"

楚凌一行人回到思安县的时候，整个县城已经恢复了平静，就仿佛早先那一场剧变根本没有发生过一般。只是原本城中那些横行无忌的县衙守卫消失了，原本城中来来往往巡逻的南军士兵也换上了另一批似乎陌生的面孔。

葛丹枫依然如期将岳母葬在了城外早就准备好的墓地，在这座新坟的旁边是两座已经存在了很久却没有名字也没有墓碑的旧坟墓。葛丹枫直接将程济在三座坟前杀了，鲜血染红了坟前翻新的泥土。

"凌公子，云公子，统领在书房等着两位。"

楚凌朝引路的侍卫点了下头，道："多谢。"

走进书房，就看到葛丹枫正靠着书案，一只手撑着额头出神。听到脚步声才抬起头来看向两人，道："五当家，云公子。"

楚凌看了一眼空荡荡的书房里只有葛丹枫一人，挑眉道："云翼怎么不在？"

葛丹枫淡笑道："云翼去处理县衙的事情了。"

楚凌点了点头，跨入书房道："葛先生可还好？"

葛丹枫笑了笑，有些歉意地道："五当家，抱歉得很。姓程的已经……"楚凌抬手阻止了他的道歉，道："葛先生不用多说，我既然说了程济交给你处置，你怎么处置他我都不会多问的。"她当然知道葛丹枫是故意的，但是无论是为了试探还是因为担心自己不肯杀程济，楚凌都不打算追究。程济罪大恶极死有余辜，楚凌自然不会为了他而对葛丹枫有什么芥蒂。

楚凌如此大度，葛丹枫自然也愿意投桃报李，从旁边的盒子里取过一块令牌道："这是南军的兵符，现在交给五当家。不过五当家若是真的想要收服这些人，只怕还需要自己想一些办法。这个玩意儿在五当家眼里只怕也没什么价值吧？"

楚凌含笑接了过来，道："多谢葛先生。"

葛丹枫虽然杀了程济，不过却并没有杀武傂。等楚凌回来之后，他便将武傂转交给了楚凌。这武傂真的将自己当成土皇帝了，武傂家里妻妾子女的数量，就是上京许多真正的貂族权贵都是比不上的。

也对，半个县的人都成了武家的奴隶，家里能不枝繁叶茂吗？

楚凌如今没空管这些事情，随手将事情交给了云翼全权处置。将这些琐事抛给了云翼，回头就进了南军大营。

南军素来是得过且过惯了的，前两天才刚刚发生了一场大变，这些人却依然能心安理得插科打诨，赌钱吹牛晒太阳。

楚凌一行人走进去，几乎没有引起多少人的注意。

云行月显然也没有见过这样的兵马，沧云城的军队虽然不是朝廷的正规兵马却也是精锐之师，哪里见过这样闲散的将士？

葛丹枫察觉到云行月的视线，对他笑了笑道："南军若都是精锐之师，北晋人哪里还能坐得住？"

云行月挑眉思索了一下，也对。南军十数倍于貊族兵马，若都是精锐还有貊族人什么事儿？

一行人进了大帐，大帐里七八个将领模样的男子已经在等着了。他们倒是不像外面的士兵那么没心没肺，看到楚凌一行人进来神色都有些怪异。

"副统领。"众人齐声拱手见礼。

葛丹枫微微点头，道："这位是黑龙寨的五当家凌楚公子。"

一个年轻的校尉皱眉道："统领，咱们什么时候跟那个什么黑龙寨有关系了？"

葛丹枫道："这次能够事成，多亏了凌公子相助。更何况咱们既然杀了程济又抓了武傩，以后总要给兄弟们找条出路吧。"

那年轻人有些不可置信地望着葛丹枫，道："统领说的出路，就是落草为寇加入黑龙寨？"葛丹枫挑了下剑眉，侧首看向楚凌。意思是下面的事情五当家自己看着办。

楚凌对他点了下头，方才抬头看向在座的几个人。这些人现在能留在这里自然都是跟着葛丹枫的人，但是葛丹枫愿意归顺黑龙寨，并不表示他手下的人也没有意见。

楚凌含笑对众人道："如果我告诉各位，不出三天信州就会有兵马赶到思安，不知各位将军有何高见？"

众人顿时默然。

一个中年男子皱眉，毫不客气地道："我们没有办法，难不成凌公子还能有什么办法不成？"

楚凌笑道："我确实有办法。"

"还请指教。"

楚凌道："我的办法就是，兵来将挡，水来土掩。"

众人只觉得一口气堵在心口，半天都顺不过来。脾气火暴一些的终于忍不住了，冷笑一声道："兵来将挡水来土掩？凌公子说得好轻松，就凭咱们这点人，怎么跟信州的大军拼？"

楚凌不疾不徐地笑道："在各位拿下思安县的同时，我们已经扫平了信州东南的一众山寨又拿下了南边的若沧县城。如今若是将所有兵马合到一处的话，差不多应该有三万人马。"

众人有些惊愕地看着楚凌，葛丹枫站在一边但笑不语。莫说是这些人，就是他刚听说这件事也是吃了一惊。若沧虽然并没有驻军，但是虎牙峰一带的那些山贼却也不是好对付的。这位五当家不仅平定了山贼还顺手夺下了若沧城，当真是出手如风啊。"就算是如此，我们也不是貊族人的对手啊。"有人忍不住道。

楚凌嗤笑一声道："你们既然知道不是貊族人的对手，还跟着葛先生起兵做什么？活得不耐烦了吗？"

众人被问得说不出话来，可不是吗？为什么明知道将来若是貊族大军压境他们根本就不是对手却还是跟着葛统领干？还不是姓程的和姓武的太不是人了，他们在场的这些人基本上都是思安若沧两地土生土长的。自己在军中卖命还要看着家人被人奴役折辱，却不得不忍着。忍得久了，总是需要有个发泄的渠道的。

楚凌走到一边坐了下来，神色淡漠地看着他们道："我不管你们乐不乐意，葛先生将兵符交给了我。我也接了。以后这南军就是我说了算，各位可以反我也可以试试看我到底敢不敢杀人。"

如此不客气的话听在众人耳朵里自然不会觉得舒服，一个看起来有些莽撞的男子甚至有些忍不住想要上前理论，却被身边的人拉住了。

"公子，人都带来了。"门外，有人沉声禀告道。

楚凌站起身来笑吟吟地对众人道："各位，不如一起去看看吧？"

大营中，鼓声响起。

楚凌站在校场中间算着时间，在她跟前不远处，跪着一大群被绑成了粽子的男人。听到鼓声的士兵们纷纷朝着这边涌来，来得早的都有些好奇地打量着那些跪在地上的人。再看看站在校场中央那相貌清隽、笑容晏晏的少年和站在一边的葛丹枫，隐约觉得大概有什么大事要发生了。

在这些人眼中，程济被杀了其实算不得大事。反正统领是谁跟他们关系也不大，他们只要继续混吃过日子就可以了。

楚凌轻叹了口气，对南军士兵的素质感到担忧。从敲响鼓声到现在，已经足足过去了一刻钟，就这个并不算大的军营一刻钟都够绕着军营跑个一圈了。到的人却还不到整个军中的六成，这样的军队能打仗？

不过楚凌也并不是在等着人到齐，看看差不多了便直接开口道："我是凌楚，从今天开始便是这个军营新的统领。"这话刚出口，下面便是一片哗然。

楚凌也不去管下面议论纷纷的士兵，手中的长鞭一卷，不远处校场边上的一个兵器架子立刻四分五裂地向着四周溅开。楚凌满意地看着下面重新安静下来，继续道："从今天开始，你们不是什么南军了。从前的事情，我不会再追究，不过这些人……"楚凌手中的鞭子一指跪在跟前的一排男子，对站在一边的侍卫点了点头。

那侍卫立刻上前，高声宣告这些人的名字身份以及这些年做下的恶事。

大约二十来个人，那侍卫却足足念了大半个时辰才念完。这些人都是程济麾下的将领，也有两个武傕手下为虎作伥的人，这些年暗地里做过的事情自然是罄竹难书。

等到侍卫念完了，校场上已经是一片安静。

楚凌把玩着手中长鞭，道："今天，这些人的下场算是给所有人一个警示。从前的事情我不追究，但是从今以后，望诸位恪守军规，军法无情，若有再犯，这些人就是前车之鉴。当然若有觉得无法忍受的，现在就可以站出来，我放你们走。"

校场依然是一片沉默。

楚凌侧首对着旁边早就等候在侧的人淡淡道："杀！"

手起刀落，二十条人命便消失了。浓郁的血腥味弥漫在校场的上空，离得近一些的士兵纷纷后退，脸色苍白地看向站在校场中央的少年，脸上不由多了几分敬畏。

云行月站在一边，看着站在不远处的少女。莫名地觉得那清隽白皙的容颜被一层淡淡的冷光笼罩着，带着几分犹如刀锋一般的冰冷锋利。眼前的少女似乎并非那个与他玩笑斗嘴性格古怪的阿凌姑娘，而是一个真正的执掌千军万马的将领。

果然很像啊。

军队是一个集体，在集体意志面前个人的想法往往不足为道。在南军上层的将领集体沉默之下，近两万兵马的兵权顺利交接到了楚凌的手中。

不过楚凌对南军的战力和军纪十分不满。当下毫不客气地甩给了几个将领一页长长的写满了字迹的单子。几个接到了单子的将领沉默了良久，最终却什么都没有说带着自己到手的东西走了。

"我都有些怀疑，凌公子真的是黑龙寨的寨主吗？"大帐里葛丹枫和楚凌正相对而坐，两人中间摆着一盘棋局。楚凌摩挲着手里的棋子正在凝眉苦思。她对于围棋这种高雅的玩意儿当真是头痛得很。这些文人雅士的风雅玩意儿，她一个粗人玩不转啊。

特别是眼前的这位对手，如今的葛丹枫外表虽然看起来是个糙汉，但人家毕竟还是葛家的二公子百里家的亲外孙。

听到他的话，楚凌立刻丢下了棋子，拍拍手道："如假包换啊。"

葛丹枫笑了笑，道："我听说，黑龙寨以前只有四位寨主，小寨主是三年前才来的。那么到黑龙寨之前小寨主又是什么人？"

楚凌叹道："这对葛先生来说，很重要吗？"

葛丹枫想了想，莞尔一笑道："凌公子说得是，凌公子以前是什么人不重要，重要的是以后是什么人。"

楚凌点头道："所以，葛先生以前做什么也不重要，重要的是，葛先生以后打算做什么？我之前说军中依然由葛先生统领，葛先生说不妥。我说请葛先生任副职，葛先生依然不愿意。葛先生是打算回南边吗？"

葛丹枫淡淡一笑道："我的家在上京，南朝何来的回字？"

楚凌靠着棋盘道："葛先生将自己麾下全交给我，似有避世之念。云行月跟我说，葛先生拒绝了让他替你解毒。所以，葛先生这是不想活了吗？"

葛丹枫捏着棋子的手指颤了颤，没有说话。

楚凌看着他道:"云行月让我劝劝葛先生,我思索了半天也没想明白该如何劝。葛先生这样的人,若是打定了主意想必也不是我能劝的。我就想问问,葛先生说你的家在上京,那你打算等你死了让谁帮你把骨灰送回上京?送回去埋在哪儿?葛家的祖坟还在吗?"

葛丹枫盯着楚凌看了半响,方才开口道:"我这十年是为了报仇,如今也算是求仁得仁了。却不知道小寨主是为了什么,你和貊族有深仇大恨?还是你小小年纪就已经想要称霸天下?又或者你是为了南边那个朝廷?"

楚凌道:"仇确实有仇,不过我是为了我自己。我这人天生便是张扬的性子,不喜欢藏头露尾低人一等地过日子。"

"若是您最后败了呢?你小小年纪,辛苦来世上一遭,最后却一事无成,白忙一场还枉送了性命,你当真无怨无悔?"葛丹枫道。

楚凌笑道:"葛先生不是说了么?求仁得仁。我既不想让人踩在我头上,自然是要付出一些代价的。我既然想将别人掀下来,又怎么能阻止别人为了维持地位一定要踩死我?不过是各凭本事,看谁能笑到最后罢了。就算真的败了,总比憋憋屈屈地活一辈子强。"

葛丹枫垂眸,似乎在思索着什么。

楚凌道:"葛先生既然连死都不怕了,难道还怕活吗?"

葛丹枫唇角动了动,不知想到了什么突然笑了起来。抬头看着楚凌道:"多谢凌公子教诲。"

楚凌挑眉,"教诲不敢,看来葛先生是改变主意了?"

葛丹枫摇头,"不,我只是想要看看凌公子到底能不能笑到最后。"

思安跟蔚县不一样的地方是,思安县城并没有足以用来防御的城墙。像蔚县那样的城墙在这种小县城中才是异数,城墙防御薄弱人手也不够,所以楚凌并没有打算守着思安县城等貊族人到来,而是选择了主动出击。

"凌公子,方才接到前面传来的消息,有三万人马朝着我们的方向来了。"一座山丘的树林边,楚凌正和葛丹枫讨论着什么,不远处一个身影匆匆而来急声道。

葛丹枫看了楚凌一眼,道:"三万?"

来人正是派出去的探子,点头道:"是,三万南军,另外应该还有一部分貊族人。"

葛丹枫微微蹙眉,思索了片刻道:"三万兵马,虽然比我们略多一些,但如果我们先下手为强的话,未必没有胜算。"

楚凌抚着下巴沉吟了片刻,问道:"领兵的是谁?是信州镇守军统领?我记得,是姓巫的吧?"

探子摇头道:"回公子,远远地看着似乎是一个穿着白衣的年轻人。他身边还跟着一群同样穿着白衣的人。似乎都不是普通人。"

"白衣？"楚凌蹙眉，葛丹枫也是一愣，"没听说貂族人有喜欢白衣的嗜好啊？"事实上，貂族人好重色华服，别说是有身份地位的，就算是普通的貂族百姓也不会穿白衣。

楚凌倒是明白了，有些头痛地叹了口气，道："葛先生，我们的麻烦来了。"

葛丹枫一怔："公子认识对方领兵的人？"

楚凌道："北晋国师，南宫御月。"

葛丹枫也忍不住吸了口凉气，倒不是因为他知道南宫御月有多厉害，而是北晋国师这个身份太高了。无论是他还是楚凌，从身份上来说都远不是会跟南宫御月这样的身份对上的人。

"这位北晋国师，领兵如何？"

楚凌摇头道："没听说他上过战场，不过他的武功非常厉害。"

葛丹枫看着楚凌，问道："比起凌公子如何？"楚凌的实力这两天葛丹枫也是见识过了的。楚凌无奈地摇头道："我不是他的对手。"

那就有些麻烦了，他们兵马数量就不占优势，如果南宫御月再直接对他们这边的将领出手……

楚凌显然也想到了这个问题，看着葛丹枫道："如果我来对付南宫御月，葛先生有把握赢信州来的南军吗？"

葛丹枫一愣，双眸定定地望着楚凌道："凌公子信我？"

楚凌笑道："这有什么不信的？难道我还怕葛先生反水？就算葛先生真的有什么心思，这也是一个烂摊子啊。"

葛丹枫有些无奈地叹了口气道："公子总是将话说得这样不留情面，很难让人感动得起来。"

楚凌笑道："若是靠感动撑起来军队，以后要如何维持？我总不能让你们一直感动吧？"

葛丹枫看着楚凌，正色朝她抱拳道："公子如此信任，葛某如何敢让公子失望？"

楚凌满意地一笑道："那就好，思安这里就托付给葛先生……"

"等等！"在旁边听着的云行月忍不住打断了两人的话，云行月盯着楚凌道："你想干什么？"楚凌眨了眨眼睛道："我去引开南宫御月啊。云公子，葛先生这里有劳你多多帮忙。"

云行月觉得自己快要被气乐了，所以楚凌打算自己去对付南宫御月，连他都要一并留下？

"你觉得，你能拿什么对付南宫御月？"云行月忍着气问道。

楚凌道："我虽然打不过南宫御月，不过拖住他一段时间还是不成问题的。"

云行月怒道："万一出了什么事怎么办？你别忘了……"

楚凌打断了他："云公子，我心里有数，你不用担心。"

云行月咬牙，阴恻恻地问道："敢问凌公子，你所谓的心里有数是什么数？你觉得你有完全的把握全身而退？"

楚凌扶额："就算走在路上，也有可能被天上掉下来的石头砸死。这世上哪儿来的万全的事情？不死就行。"

"我跟你一起去。"云行月咬牙道："若是让你一个人走了，回头我还不被姓君的弄死？"

楚凌摇头："还是算了吧，你就轻功还行，说不定回头还要我救你。"云行月狠狠地瞪了楚凌一眼，楚凌已经上前一步飞快地点住了他的穴道。云行月顿时怒极："你做什么?!"

楚凌叹了口气，无奈地笑了笑道："云公子，多谢你这几日陪我东奔西走。但是我怎么也不能带你去玩命不是？君无欢还要你看病，你说你一个大夫跟我们这些粗人混什么？"

云行月也顾不得葛丹枫在侧，磨牙道："你还记得君无欢啊，那你知不知道你要是出了什么事，君无欢……"

楚凌笑道："所以你别跟着我拖我后腿啊。保命的本事我还是有的，但是救人我真的不在行啊。"说罢侧首对葛丹枫道："葛先生，劳烦你看着他，半个时辰后穴道自己就会解开了。只要你们能挡住这一批敌军，来年开春之前应该不会有什么强敌了。我已经派人送信去了蔚县，很快应该也会有人来帮忙的。"

葛丹枫看了看楚凌，有些犹豫地点了点头："凌公子，千万小心。"

楚凌点头道："一切有劳了。"说罢转身便走，身后云行月叫住了她："等等，你把我身上的药带走。"

楚凌回头看了他一眼，毫不客气地将云行月身上的药掏了个空。

看着楚凌离去的背影，浑身动弹不得的云行月只能用眼睛去斜站在一边的葛丹枫道："你倒是一点都不担心，恭喜啊葛二先生，这兜兜转转，兵权不又回到你手里了吗？"

葛丹枫也不生气，只是摇了摇头笑道："云公子不懂公子。"

云行月轻哼一声道："说得好像你懂似的，你跟她才认识几天啊？"

葛丹枫道："如果是我遇到这种情况，我也会去的。身为主帅，用尽一切办法，将可能会有的损失降到最低。"

云行月毫不客气地道："如果连主帅都死了，这还算是最小的损失？"兵不可一日无帅，没有主帅的军队只会是一盘散沙。

葛丹枫淡淡一笑，垂眸道："云公子，其实有时候所谓的取舍，只是将自己看得太高了而已。若是人人都觉得自己不可替代，让别人去送死，美其名曰是两害相权取其轻，那这世上还有什么指望？这一点，凌公子就看得很清楚。他留下，对我们来说只是多了一个从未上过战场的主将而已。他能做的事情，我也能做。但是如果他将那位北晋国师引走，那些貂族人便群龙无首，我们也少了一个大敌。"

"那你怎么不去？让他留下？"

葛丹枫面不改色地道："我不是北晋国师的对手，就算是，我也不觉得北晋的国师能被我轻易引走。"

云行月咬牙道："若是他出了什么事怎么办?!"

葛丹枫抬起头来，眼神明亮而锋利："凌公子若是怕死，又何必来思安县做这些事？上战场就要死人，这么简单的道理云公子不知道吗？云公子见过真正的战场吗？"

云行月抿唇不语，他自然是见过的。

葛丹枫道："我见过，那时候我还年轻，躲在远处远远地看着。几十万兵马在偌大的平原上互相厮杀。万千箭雨过后，多少曾经号称惊才绝艳可能会流芳后世的将才都变成了死尸，跟所有倒在战场上的尸体没有任何差别。凌公子如果做什么决定云公子都要反对都要担心，那还不如找个安全的地方将他圈起来。今天就算他打得过北晋国师，明天在战场上也可能会被一个最普通的小兵夺了性命。"

云行月只觉得额边的青筋直跳，很想叫葛丹枫赶紧闭嘴。

他不就是担心楚凌吗？这人怎么就这么能唠叨？

最后葛丹枫悠悠道："另外，云公子不妨多相信别人一些。虽然凌公子看起来很冒险，但你也知道这世上真正热衷于找死的人并不那么多。所以凌公子到底是盘算过后的决定还是冒险找死，云公子总要区分一下再想要不要反对吧？"

"闭嘴！"

云行月翻了白眼不再理他。只能在心里默念，君无欢，你要是来晚了，楚凌出了什么事儿可别怪我啊。

楚凌循着探子提供的消息在思安县边界附近看到了北晋的兵马。果然是南宫御月领兵，在那一群灰扑扑的南军中间，无论是貂族士兵的黑甲还是南宫御月一行人的白衣都十分显眼。

南宫御月并没有骑马，而是坐在一辆宽大的马车里。四周都有身着白衣的男子护卫着，周围是身披黑甲的貂族士兵，然后才是南军士兵。如此严密的护卫，就算是一流的高手要接近他也不是一件容易的事情。

楚凌蹲在路边垂眸思索着该怎么行事，队伍已经慢慢从她跟前经过，朝着思安县的方向而去了。

楚凌并没有急着动手，而是不紧不慢地缀在了后面。

葛丹枫显然也并不是一个坐等敌人来袭的人，北晋兵马在距离思安还有不到十里的地方就被人伏击了。

葛丹枫带着人迎上了前来剿灭他们的南军，并不算宽敞的官道上顿时厮杀声四起。

马车里，南宫御月睁开了微闭的眼睛："怎么回事？"马车的车厢被人拉开，一个白衣男子半跪在外面道："公子，我们被伏击了。"

"哦？"南宫御月微微扬眉，"胆子不小，竟然还敢主动出击？"

白衣男子道："那些人必然不是我们的对手，请公子放心。"

南宫御月冷笑了一声，垂眸道："有胆子偷袭，想必心中多少是有底的。本座……"南宫御月话还没说完，却突然停住了。神色微变，侧耳凝神似乎在听着什么。

白衣男子有些疑惑地看着南宫御月："国师？"

南宫御月微微眯眼道："你有没有听到什么声音？"

白衣男子茫然地摇了摇头，这外面一片混乱，除了厮杀打斗的声音还能听到什么？

南宫御月起身钻出了马车，目光凌厉地向着四周扫去。终于在战场以外的远处山坡上，他看到了一个有些熟悉的身影。

那是一个并不算高挑而且有些纤细的身影，穿着一件有些单薄的茶白色布衣，衣摆在寒风中翻飞着。她披着一头长发，发丝并没有绾起，更没有什么饰品。她正在漫不经心地吹着一首貊族的小调。在战场上，这样的声音寻常人自然是听不见的。南宫御月显然不是寻常人，在这种地方出现曲声本来就是一件诡异的事情，所以他也顺利地看到了那吹曲的人。

南宫御月微微一眯眼，身上的气息在一瞬间变得冷凝慑人。但是很快，他眼中又多了几分外人看不出来的狂热和兴奋。目光定定地盯着那山坡上的人，一个字一个字地慢慢道："曲、笙……"

身边的白衣男子根本没有听清楚南宫御月说了什么，正想要问却见南宫御月已经一跃而起朝着远处的山坡掠了过去。

楚凌站在山坡上看到南宫御月朝自己这边而来，立刻掉头就走。

轻功施展到了极致，在山坡的转弯处停着一匹早就准备好了的骏马。楚凌一跃上了马背，一提缰绳便朝着前方狂奔而去。

等南宫御月到了山坡前的时候，就只看到了地上留下的一路马蹄踏过的痕迹。

南宫御月冷漠的脸上突然露出了一丝诡异的笑意，他喃喃道："曲笙……笙笙，你可终于出现了。本座就知道，你不会那么容易死的。"

"公子！"不远处一群白衣男子快步追了上来，却看到南宫御月站在路边，脸上那诡异的笑容还没有褪去。虽然南宫御月大多数时候都是一副面无表情的模样，但是他也并非不会笑。只是每当他笑的时候总会有一些不太好的事情发生，所以即便是天天对着冷脸，南宫御月身边的人也并不太想要看到国师的笑容。

南宫御月道："备马。"

"公子，这……"为首的白衣男子一愣，这还要剿灭逆贼，公子这是要去哪儿？

南宫御月淡淡地斜了他一眼，道："怎么？几个逆贼还要本座亲自动手不成？拓跋梁手底下果真都是酒囊饭袋了？"

白衣男子哪里敢多说什么连忙让人去备马，然后才小心翼翼地问道："公子方才是看到什么了吗？"

南宫御月微微眯眼道："本座看到一个有趣的人。本座就知道她不会那么容易死，不过没想到她竟然会出现在这里。"

楚凌心里明白，论跑路她肯定是跑不过南宫御月的。楚凌骑着马跑了没多久，就直接弃了马儿一头扎进了大山之中。

虽然南宫御月手下的人不少，但是无边无际的山林更大。楚凌在山中转悠了两天，也只是碰到过两次四处搜寻她的白衣人。一次被她给杀了，第二次她自己逃走了。

不过楚凌的运气似乎在第三天早上耗尽了。

清晨，楚凌蹲在溪边喝水，却听到身后传来了轻微的脚步声。

楚凌手下一顿，有些无奈地轻叹了口气转身看向身后。果然，不远处的一棵大树下，一身白衣若雪的冷漠男子正站在树下看着她。楚凌回头对他挥了挥手算是打招呼："国师，好久不见。"

南宫御月微微眯眼："笙笙若是真想要见我，这两天又何必一直躲着本座？"

楚凌耸耸肩，笑道："国师既然知道我躲着你，你又何必追？"

南宫御月轻哼一声："笙笙若是不想让我追，又怎么会突然出现在我面前？笙笙，这次可是你自己招惹本座的！"

楚凌不动声色地后退了两步，道："我出现你就追？你就一点儿也不担心你手下的人打败仗吗？"

"他们不是我的手下。"南宫御月不以为然地道："本座去，只是想要看看到底是什么人在葛丹枫背后操纵。现如今，笙笙，你可不要告诉本座，葛丹枫背后那个人就是你。"

楚凌笑道："国师想太多了，什么葛丹枫？我根本就不认识他。"

南宫御月也不在意她的话是真是假，只是对着楚凌伸出手道："笙笙，跟我回去。"

楚凌眨巴了一下眼睛，道："回去？回哪儿去？"

南宫御月道："自然是回上京去，现在没有君无欢那个碍事的病秧子了，笙笙可以跟我回去做白塔的主人，可好？"楚凌有些惊奇："国师，你可别跟我说，你真的看上我了。"

南宫御月理所当然道："我自然是看上笙笙了，除了笙笙，别的女人本座连一眼都懒得看。"

"你看上我哪儿了?"楚凌问道。

南宫御月道:"笙笙很有趣。"

我怎么没有看出来我哪儿有趣,南宫御月却很为自己的想法得意,"我看到笙笙就觉得很高兴,况且等笙笙做了我的夫人,我就带着你去君无欢跟前。当着你的面杀了他,你就知道本座着实比他强得多。等我把他的脑袋割下来摆在白塔里天天让他看着我们恩爱,他的表情一定很有趣。"

看着眼前的人难得露出一脸陶醉的神情,楚凌忍不住抽了抽嘴角。不,你不是看上我了,你其实是看上君无欢了吧?

南宫御月再次向楚凌伸出了手,声音越发温柔:"笙笙,来,跟我回去。"

楚凌嘿嘿一笑,抖掉了自己一身的鸡皮疙瘩。

"还是算了吧,我觉得咱俩不合适!"说话间楚凌一跃而起,袖间流月刀凌空一扫。平静的溪水被卷了起来,化作道道水箭射向了南宫御月。楚凌当空扭身已经越过了小溪朝着山林深处而去了。

南宫御月一挥袖扫开了射向自己的水箭,慢条斯理地理了一下自己的衣服,方才看向楚凌的方向:"笙笙,你跑不掉的。"

楚凌飞快地在山林中奔跑,越过了溪流,跳过了谷地,跃上了山崖。连她自己都有些不知道自己跑了多久了。不过能跟得上她的白衣人越来越少,最后她几乎能确定真正还缀在她身后的就只剩下一个南宫御月了。

楚凌原本以为南宫御月抓不住她很快就会放弃了,毕竟堂堂国师事情还是很多的。没想到南宫御月竟然如此锲而不舍,一直在后面追着她不放。若不是楚凌的轻功和实力都不差,又远比南宫御月更能适应野外丛林中的环境,说不定早就被南宫御月抓住了。几天下来楚凌也累得不轻。

"笙笙!笙笙……"

楚凌找了一处天然的山洞坐在里面避雨,天色阴暗加上森林之中树丛茂密,越发显得山洞中晦暗不明。外面正在下着大雨,楚凌越过外面的雨幕望着灰蒙蒙的天空,这天气下雨也就罢了,越来越冷看着像是还要下雪。

南宫御月的声音在雨幕中传来,显然是用上了内力。

楚凌叹了口气,南宫御月当真是个难缠的精神病。无冤无仇的正常人哪里会追着别人跑这么远?

"笙笙!笙笙!"

楚凌有些头痛地叹了口气,一边有些不知味地吃着刚刚烤好了的野味。有了大雨和阴天的掩饰,楚凌终于能好好地生火吃一顿热食了。

只是一边吃东西烤火,耳边却有源源不断叫魂的声音,实在是让楚凌有些消化不良。

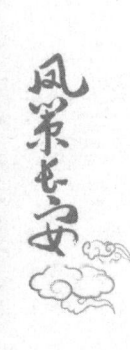

南宫御月此时的状况确实不太好，原本一尘不染的白衣早就已经撕破了几条口子。原本还沾染了不少泥土和血污，不过这会儿被雨水冲洗过后倒是又恢复了几分原本的颜色。

　　追着楚凌进山的第四天跟在他身后的侍从就已经追不上他们了，南宫御月又不愿意放弃只得独自一人跟着。楚凌很善于在山林中隐藏行踪，南宫御月要找她还要兼顾自己，两天下来就将自己折腾得十分狼狈。

　　今天一早发现自己被不知名的小虫子咬了一口，南宫御月开始有些发烧了。一上午没吃东西，下午还遇到了一群饿着肚子的野狼。等到南宫御月觉得不对的时候，已经躺在山坳里不想动弹了。

　　他知道曲笙肯定能听到他的声音，却不知道曲笙到底会不会出来。

　　南宫御月心里觉得有些委屈，他那么喜欢笙笙，笙笙为什么宁愿跑到这种危险重重的深山里也不肯跟他回去呢？难道笙笙真的那么喜欢君无欢？

　　想到君无欢，南宫御月心中又涌起了数不清的杀意。

　　等他出去了一定要先杀掉君无欢永绝后患！

　　"笙笙！笙笙，我要死了……"

　　雨水打在南宫御月的脸上，让他的眼睛都有些发红了。一边叫着，南宫御月竟然生出一种他真的要死了的感觉。心中更是无限委屈和幽怨，他都要死了，笙笙还是不肯出来救他。果然这世上没有人会对他好，所有人都讨厌他……

　　渐渐地，雨水打得南宫御月有些睁不开眼睛，他也懒得再挣扎，干脆就躺在那里任由雨水打在自己身上，模模糊糊地睡了过去。睡过去之前，南宫御月还在心中想着："笙笙可真狠心，不愧是本座看上的人……"

　　不知过了多久，一道纤细的身影悄无声息地出现在了不远处。看着躺在山坳处半截身体都已经泡在了水里的人，楚凌脸上的神色有些复杂起来。

　　沉默了片刻，她方才飞身掠到了南宫御月身边，俯身将他拉了起来。

　　雨下了一整夜，第二天早上楚凌醒来的时候外面已经洋洋洒洒地下雪了。山洞里的火堆不知何时已经熄灭了。南宫御月躺在火堆旁边，依然昏迷不醒。楚凌走过去伸手摸了摸他的额头和脉搏，还是有些低热，但是看起来并无大碍。只是南宫御月却一直没有醒来，楚凌摸着他的手腕冰凉宛如死尸一般。

　　楚凌看了一眼他苍白的脸色，站起身来飞身出了山洞。

　　楚凌离开之后不久，原本躺在地上一动不动的南宫御月慢慢睁开了眼睛。

　　等到楚凌抱着一堆柴火回来的时候，就看到南宫御月安静地坐在早已经只剩下灰烬的火堆边上发呆。看到清醒的南宫御月，楚凌也不惊讶只是淡淡道："给我药的人说，药效能维持十天。不过以你的功力，我认为最多五天。所以在你恢复功力或者我们分道扬镳之前，希望大家能和平共处。"

　　南宫御月看了看楚凌，慢慢地点了点头。

他一醒来就发现，自己内力全失。

"笙笙为什么不杀了我呢？"南宫御月看着忙碌着重新生火的楚凌问道。

楚凌抬眼看了他一眼，淡然道："如果你觉得有必要的话，我会的。"

南宫御月仿佛害怕一般，缩了缩脖子，摇头道："不要，笙笙不要杀我好不好？"

楚凌眼皮跳了跳："国师当真是能屈能伸。"

南宫御月垂眸，有些委屈地道："我是为了笙笙才这般狼狈的，笙笙还喂我吃毒药，笙笙不能杀我。"

"真希望在你杀别人的时候也能有这样的觉悟。"楚凌道。

南宫御月撇了下嘴角，不以为然地道："我又不会杀笙笙。"

我不会杀你，所以你也不能杀我。这就是南宫国师的逻辑。

楚凌并不打算在山林中久留，毕竟这山里不仅有要过冬的野兽，还有随时可能会找来的南宫御月的人。现在南宫御月没有内力动弹不得，她能够打得过南宫御月，不代表再来一群人她还能打得过。

她想走，南宫御月却并不那么乐意，磨磨蹭蹭地坐在地上不肯起来："笙笙，外面在下雪。"

"我知道啊。"楚凌看了看外面，雪下得并不大，不妨碍走路。

南宫御月道："我冷，不走。"

楚凌点点头，指了指山洞里还堆着的不少柴火道："那些够你烧两天了，你既然不想走就在这等着人来接你吧。"南宫御月脸上的神色顿时有些阴郁起来，"山上有野兽。"

"野兽怕火，不会来吃你的。"楚凌道，"你也不是手无缚鸡之力的人，有野兽又怎么了？"

南宫御月悻悻地望着她："笙笙，你好狠心。"

楚凌懒得理他，翻了个白眼便转身出了山洞往山下的方向而去了。

从楚凌入山到现在算起来也有六七日了，楚凌都不太确定她到底在群山的哪个位置了。毕竟被南宫御月追得急的时候，也就没有心思去记什么方位了。

身后突然传来一阵急促的脚步声，楚凌刚要掠到一边的树上却又突然停了下来。闪到旁边的树后面往身后望去，果然没一会儿工夫就看到南宫御月从后面追了上来。只是他脚下虽然走得快，但是没有内力毕竟不如平时那般如履平地踏雪无痕，总算他这些年的功夫也没有白练并没有摔倒。

他一边快步往前走，脸色却阴沉得快要滴出水来了。

楚凌也不知道他此时在脑补一些什么。虽然相处时间不久，但是楚凌却已经有些看出来了，这位北晋国师面部表情欠缺但是脑子却十分活跃。一个简简单单的动作，他说不定都能给你脑补出一场腥风血雨的旷世大战。

大约是脑补得太专注，脚下被地上的一枝枯藤绊了一下，南宫御月整个人朝着地上扑去。虽然他反应极快地伸手够住了旁边的一棵树，却还是半个身子摔了出去，撞到了树干上撞得生疼。

南宫御月撑着树干脸色越发难看，似乎实在忍无可忍，一掌便朝着那树干拍了过去。若是平时这一掌拍过去那棵树必定被拦腰折断，只是南宫御月却忘了他这会儿半分内力都使不出来。一掌拍过去，树干安然无恙地动了动，撒了他一身雪沫和雪水，他的手却痛得快要麻木了。南宫御月抿了抿唇，竟然又一拳打了过去。这一拳下去，不出楚凌预料的那样鲜血淋漓。

南宫御月的手和树干都一样。

楚凌皱了皱眉，看着跪坐在树下的人只觉得有些心力交瘁。她终于有点体会到君无欢面对南宫御月的时候的无力了。南宫御月竟然是君无欢的师弟，楚凌觉得自己更同情长离公子了。

"那棵树跟你有什么仇？"楚凌从大树后走出来，淡淡问道。

南宫御月回头看到楚凌，眼睛蓦地一亮："笙笙，你没走？"

楚凌道："原本不用那么快走，现在要走了。"

南宫御月毫不在意地击落了树梢上堆积的薄雪往自己手指上搓了搓，再往衣服上一抹，便举起手对着楚凌晃了晃表示，干净了！

楚凌看着因为被霜雪冻住而暂时不再渗血的手掌，眼角抽了抽。她从袖中掏出一个瓷瓶抛了过去。从云行月那里拿的药，她自己没怎么用倒是都用到南宫御月的身上了。

南宫御月也不在乎楚凌给他的是什么药，直接就往自己手上倒，脸上的神色丝毫没变，仿佛完全感觉不到痛楚一般。

只是他自理能力实在是太差，指节上一点伤，竟然用了大半瓶的药才涂好。裹伤更是费劲，最后还是楚凌实在看不下去了走过去两三下替他裹好了。

"走吧。"

南宫御月深知如果自己说不走的话，笙笙是绝对不会留下来陪他的。他也就识趣地跟着楚凌往山下走去了，只是一路上叽叽咕咕毫无高冷男神的风范，嘴里的说辞无外乎"笙笙好冷淡""笙笙好狠心""笙笙怎么不说话"之类毫无意义的废话。楚凌想起当初第一次见面还以为他是高冷男神的自己，恨不得回到那时候戳瞎自己的眼睛。

两人在山里走了两天，才终于走出了大山。回头对视了一眼，发现双方看起来都很狼狈，谁也笑不着谁，这才满意地松了口气。

"现在出来了，咱们就此告别？"

南宫御月立刻沉下了脸："笙笙，你要去哪儿？你不跟我回上京？你不要你师父了？"

楚凌沉默了片刻，叹了口气道："我毕竟是中原人，去了上京只会给他带来麻烦，不是吗？"南宫御月道："不会的，我不会让人伤害笙笙的。笙笙如果一定要拓跋兴业当师父，我也会帮你的。"

楚凌笑道："前提是我师父投靠你对不对？就算我跟你回去，如果我师父挡了你的路，你还是会对他下手的吧？"

南宫御月沉默不语，他当然可以舌灿莲花地说一堆好话，但是他知道曲笙是不会相信的，而他现在也不想说假话。他喜欢所有的人和事物都掌握在自己的手中，一旦有什么超出了控制就会让他觉得无比烦躁。他总想要杀君无欢并且无比憎恨拓跋兴业，从来都不是单纯看他们不顺眼，也不只是君无欢拿了他想要的东西。而是他知道君无欢和拓跋兴业都是他无法控制的人，既然不受控制就去死好了。

笙笙除外。

"你跟君无欢在一起是不是？"南宫御月咬牙道，"如果我将你和君无欢在一起的事情告诉皇帝和拓跋梁……"

楚凌淡淡一笑道："我师父是北晋兵马大元帅，无论是皇帝还是拓跋梁，都只会想要拉拢他而不是想要杀了他。就算你说了又如何？我跟君无欢本来就是定了亲的，别人只会当我为了君无欢一时糊涂，忘恩负义跟着君无欢跑了。只会觉得我师父看错了人而已，难道还会认为他也投靠了君无欢不成？"

南宫御月神色阴沉："不许提君无欢！"

楚凌不由一笑："你跟他有什么仇什么恨我管不着，不过我是不会跟你回去的，跟任何人都无关。我们不是一路人。"

南宫御月道："你不跟我回去，怎么知道我们不是一路人？"

楚凌眼睛一转，笑吟吟地道："不如这样，你别回去了，跟着我走吧。"

"去哪儿？"南宫御月问道。

楚凌道："外面太危险了，咱们找个地方隐居吧。以后再也不出来了，这样我不去见君无欢，你也不用回上京当什么国师了。"南宫御月沉默不语。

楚凌轻叹了口气，道："你看，你并不能够放弃那些东西。"

"君无欢一样不会为了你放弃他拥有的东西，你凭什么这么要求我！"南宫御月咬牙道。

楚凌眨了眨眼睛，道："大概是因为，我跟他不会有冲突，但是跟你会吧。"

"说到底，就是他运气比我好！"南宫御月阴郁地看着楚凌，恨恨道，"他的运气一直都比我好！"

楚凌沉吟了片刻，道："老实说，我真的没有看出来他运气比你好多少。国师，虽然世人都说，人生八苦，但是我觉得除了生老病死无人能避免，剩下的大部分都是自己找来的罪受。求不得苦，若真的求到了，你就真的会高兴吗？"

"笙笙是在跟我说教吗？"南宫御月道，"笙笙不是在塞外长大的吗？天启人那些没用的废话倒也学了不少。我只知道，我想要的就一定要得到。"

楚凌点点头："好吧，方才那些废话你就当没听过。我行事的标准一向是，我不想要的，谁也不能强迫我要。既然这样，不如干脆先杀了你以绝后患吧？"楚凌撑着下巴打量着南宫御月低喃着。南宫御月立刻警惕地后退了两步，穿着一身布衣的他看起来没有了国师的高高在上，倒是显得有几分乖巧可爱了。

楚凌不由一笑道："你看，我说一句杀了你你就真的戒备起来了，可见你是真的相信我会动手杀了你的。就这样，你还想要我留在你身边？你打算这辈子都睁着眼睛不睡觉了吗？"

南宫御月咬牙看着楚凌半响说不出话来，但是眼神却是变了又变，也不知道脑补了什么，看起来十分的挣扎。渐渐地，眼眶竟然隐隐有些红了，楚凌正想着要不要再加一把火，却见南宫御月狠狠地瞪了她一眼，转身走了。

看着南宫御月离去的背影，楚凌愣了一下无语地拍了拍自己的脑门决定换一条路走了。

虽然她要去的方向跟南宫御月是一条路，但是好不容易南宫御月自己走了她绕一点路也没关系。

两人从山里出来的地方距离思安县和蔚县都不近，恰巧在两县之间的位置而且还是在山背面的余江沿岸。从沿途的百姓口中楚凌断断续续得到了一些消息，葛丹枫带着思安县的人终究还是打退了进攻的北晋兵马。白塔的人正在忙着找自家的国师，自然也没有工夫再掺和信州的事情了。

还有之前楚凌还没有来得及听到的消息，早前蔚县的人偷袭了南军大营，信州镇守将军重伤，南军伤亡惨重。算起来，如今信州倒是没有多少兵马了。让楚凌有些防备的润州军也并没有来支援，也不知道君无欢做了什么。所有的消息都算是好消息，让楚凌稍稍松了口气。不过也有一个不太好的消息，这么多天折腾得楚凌都忘了时间，等她和南宫御月从山里出来，新年都过了。

她这个年竟然是跟南宫御月在山里过的，真是想想就糟心！

楚凌决定找人给葛丹枫送个信，然后先回蔚县一趟。

打定了主意正要到前面镇上找人，却见一群百姓从那小镇里匆匆跑了出来。看起来像是后面有什么怪兽在追着他们一般。楚凌抓住一个从自己身边跑过的年轻人，道："大哥，前面出什么事了？"

那年轻人连忙拽回自己的胳膊道："那里面有人打起来了，小兄弟别进去了，赶快走吧！"

楚凌皱眉还想再问，那年轻人已经急匆匆地跑了，只留下一句："快跑吧，是貊族人！貊族人来了！"

楚凌心中微沉，貊族人跟人打起来了？那另一方又是什么人？

楚凌避开了冲出来的人群小心潜入了小镇里，果然发现小镇最中间的位置已经成为了战场。

只是打起来的双方或者是三方人马，有些奇怪。

其中一方个个身穿白衣自然是好认得很，是白塔的人。这些人此时正将一个人围在中间，那人正是南宫御月。南宫御月显然是受了重伤，动弹不得。

另一方身穿黑衣，楚凌也认识——冥狱中人。

奇怪的是，现在打起来的也正是这双方人马。

反倒是另一方的人身份有些古怪，这些人并没有什么特定的衣着，都是寻常的百姓或江湖中人的装扮。

这一群人也比较少，只有五个人。看起来像是跟南宫御月的人站一边的，但是明显又并不亲近，反倒是带着几分疏离和戒备。

楚凌微微蹙眉，信州什么时候出现这些……等等！楚凌脑海中突然灵光一闪，这些人是君无欢的人！

三年前，救谢廷泽的时候楚凌见过一些君无欢身边的高手，这几个人当时都在其中。但是现在他们怎么会在这里？楚凌还在思索着这些事情关键的时候，南宫御月等人已经被冥狱众人逼得步步后退了。楚凌心中略有些歉意，如果不是她喂了南宫御月药，又担心给了他解药他还会来找自己麻烦，南宫御月恐怕也不会受这么重的伤。

不过拓跋梁这个时候对南宫御月下手，是想要卸磨杀驴杀了南宫御月吗？

南宫御月坐在地上皱眉看着眼前的一切。他胸口有一道箭伤，伤口一阵阵抽痛让他的理智处在崩溃的边缘，整个人都被一股浓烈的杀气环绕着。

一个黑衣人瞅准了时机，趁着南宫御月身边的白衣人都被敌人缠住了，一剑刺向了南宫御月的心口。

南宫御月微微眯眼，袖底的手摩挲了一下手中的剑柄用力地握住。

黑衣人的剑锋刚到南宫御月跟前，眼前银光一闪，下一刻背后传来一阵剧痛，黑衣人不甘地望着自己手中已经断得只剩下半截的剑慢慢倒了下去。

他身后楚凌右手提着染血的短刀笑看着南宫御月："又见面了，国师好像有点狼狈啊。"

看着眼前言笑晏晏的布衣少女，南宫御月张了张嘴想要说什么却低头闷咳了几声，咳出了一口血来。再抬头的时候，却见楚凌已经随手将一瓶药丢给了终于摆脱了黑衣人冲回他身边的侍卫，然后转身朝着被黑衣人围住的那几个天启人而去了。

"公子，这药……"白衣侍卫有些担心地问道。

"用！"

南宫御月目光定定地落在已经冲入了战局中的人身上，咬牙道。

楚凌飞身扫开了围住那几个人的黑衣人，转身问道："你们怎么会在这里？"

那几个人虽然三年前见过楚凌一面,但是三年前的楚凌和现在的楚凌变化太大了,根本就不可能认得出来。

楚凌皱了皱眉,有些不耐烦地一脚踢开一个扑上来的黑衣人。沉声道:"你们跟南宫御月在一起做什么?君无欢在哪里?"

"姑娘是我们公子的朋友?"一个男子终于回过神来,问道。

楚凌点了下头道:"算是吧。"

几人这才松了口气,方才见楚凌救了南宫御月,他们还以为这姑娘是南宫御月的人呢。

"公子不在这里。"六个人背对着围成了一圈儿,应付着四周扑上来的敌人。楚凌身边的男子回答了她的问题。

楚凌问道:"你们怎么会跟南宫御月在一起?"

男子也有些郁闷,道:"我们也是一时不慎,那些人好像将我们当成那北晋国师的同党了。"

你们到底是做了什么才让人家以为你们是南宫御月的同党的?

这几个人也觉得自己很冤枉,他们只是奉命出来找人而已。正好这位北晋国师也算是他们要找的人之一,既然看到了自然要跟着了。谁知道这群黑衣人突然冲出来,对着南宫御月又是放箭又是砍杀的。他们只是稍微犹豫了一下,就被这些黑衣人一起给砍了。

楚凌听了他们的解释也是半晌无语,挥刀将自己跟前的人全部挥开,扫出了一条路来。侧首对几人道:"咱们先走!"

那几个人也来不及思考楚凌的身份来历了,既然在这个时候跳出来帮他们,应该真的是公子的朋友吧。

"多谢姑娘!"男子郑重地对楚凌一点头,带着人往小镇外面冲去,楚凌紧跟在他们后面。"笙笙,你真要丢下我?!"身后,南宫御月幽幽道。

楚凌顿时觉得方才她根本就不应该多事,让这人再被人捅上两剑说不出话来也没有什么大不了的。

"武安郡主?!"冥狱的人突然叫道。

南宫御月有些得意地对楚凌一笑,楚凌顾不上理会他,对身边的几个人沉声道:"快走!"

"拦住他们!"那领头的人厉声道。

楚凌咬牙,随手将手中的短刀掷了出去。下一刻手里已经换了一把刀,青光湛湛锋利无匹,正是流月刀。

被她挡在身后的几个人见机也快,不用楚凌招呼就已经挥舞着兵器朝着小镇外面冲去了。楚凌拉着落在最后的一个因为受了伤而行动有些迟缓的青年边战边退,手里的刀也越发不留情面。

"郡主，请跟我们回去！"几个黑衣人包抄过来沉声道。

楚凌冷笑一声，跟他们回去？也要她能活着回上京见到她师父才行啊。拓跋梁若真的抓到了她，又怎么会轻易就放了她？

南宫御月被人扶着站了起来，看到楚凌被人围攻却很有些幸灾乐祸："笙笙，你甩不掉我的。"

楚凌冷声道："你是在嘲讽我没有趁机宰了你才有现在的报应吗？"

南宫御月偏着头很是无辜地道："你若是不跑，我自然不会叫破你的身份。谁让笙笙这般狠心，要丢下我自己跑了呢？"楚凌道："你自己要死了，我还要给你陪葬不成？"

南宫御月笑道："笙笙想太多了，我怎么会死呢？你过来，跟我一起回上京吧。"

楚凌拉着身边的人，一边在人群中穿梭一边嘲讽道："你们不是来杀南宫御月的吗？冥狱的人果然半点用处都没有，什么事情交到你们手里都要办砸！"

冥狱的首领被她的话气得脸色铁青，阴恻恻地看了一眼楚凌又看了看南宫御月，冷声道："两个一起，拿下！"

"姑娘，你自己走吧！"被楚凌抓着的青年看着四周越来越多的人，忍不住道。

楚凌一言不发地挥开跟前的人，方才抽空回了他一句，"别废话，自己走我还进来干什么！他们的第一目标是南宫御月，咱们能冲出去！"说罢她又扬声道："你确定你要跟我死磕？别到时候竹篮打水一场空，两头都捞不着。"

冥狱首领也见识过楚凌的战力，今天若不是南宫御月不知怎么的内力全无，他们只怕也没有这个机会重创他。若是错过了这个机会让南宫御月平安回到了上京……

想到此处冥狱首领立刻下定了决心，"先杀南宫御月！"

楚凌满意了，拎起身边的人一跃出了包围圈。

带着人一口气奔出了好几十丈，发现那些人果然没有来追他们这才松了口气。将人放开，那青年忍不住问道："这位姑……呃，郡主，那个南宫御月不会有事吧？"

楚凌不解，"他有没有事跟你有什么关系？"

青年道："他是我们公子的师弟啊。"

楚凌道："相爱相杀的师弟，你知道的倒是不少。"

青年也喘匀了气，道："公子若是要杀他早就杀了啊。而且，这次是公子让我们来找他的，说是找到了就给他传个消息。"

楚凌道："你们公子肯定不会吩咐让你们为了救他拼命吧？"

青年点了点头道："公子只是让我们看到了就离他远一点。"

楚凌点点头："你们公子说得对，所以我现在就是在带你远离他。快走吧，你在这儿也帮不上什么忙，而且南宫御月那种人怎么可能这么容易就死了？"青年点头，有些疑惑地看向楚凌，"你真的是北晋的那位武安郡主？"

楚凌对他笑了笑，正要说话却听到不远处传来一阵有些惊慌的喧闹声。回头去看，就看到原本连站都站不稳的南宫御月不知怎么的竟然握着剑在杀人！

站在楚凌两人的角度看过去，南宫御月真的只是在杀人。完全没有什么花哨的动作和精妙招数，一把剑在他手里见人就劈，毫无章法但是却完全没有人敢跟他硬碰硬。因为上一个不自量力想要以刀去挡南宫御月的剑的倒霉鬼已经连刀带人被劈成了两半儿。

南宫御月的内力竟然完全恢复了！

原本围着南宫御月胜券在握的冥狱众人顿时兵败如山倒。不过那些白衣侍卫也不敢离南宫御月太近了，因为南宫御月不分敌我见人就杀。

楚凌看着那些黑衣人朝着他们的方向冲来就觉得不好，沉声道："咱们快走！"

两人转身飞快地朝着小镇外面跑去，身后是一片哀号。

眼看着快要跑出小镇了，楚凌听到身后有风声袭来，立刻将身边的人推开，回身流月刀就朝着来人劈了过去。流月刀带起一缕血花，同时，袭向他们的劲风也偏了一些，原来，是两个黑衣人见南宫御月扑向楚凌，以为有机可乘立刻趁机朝着南宫御月的后背补了两刀。南宫御月身形微微一顿，楚凌立刻飞身让开。他这次却没有再看楚凌，而是反身一剑劈向了那两个黑衣人。

其中一个黑衣人直接被一剑挥倒在地，另一个人趁机想要逃走，却在冲出去十几步的时候猝然倒下。

南宫御月提着染血的长剑，一双眼眸仿佛染了血一般慢慢扫过四周的众人。唇边勾起了一抹笑意："该你们了。"

染血的长剑直指对面的众人，下一刻整个人犹如一只夜枭朝着猎物扑了过去。

无论是冥狱还是白塔的人，都可谓是身经百战。即便是如此，依然还是被这样的南宫御月吓得两股战战，几乎要握不住手里的兵器。南宫御月的剑却并没有因此放过他们，凌厉的剑气带着杀意扫向了所有的人。

铛！

一声清脆的撞击声，长剑与银枪撞击迸射出几许火星。南宫御月挥出去的剑被人牢牢地架在了半空。

来人穿着一身黑衣，一张面具遮住了大半张脸。手中握着一柄长枪，身形修长玉立，薄唇微抿，眼光如刀。

"南宫御月，醒醒！"他手中长枪一划，将南宫御月震得后退了两步，沉声道。

南宫御月迟疑了一下，猩红的双眸定定地盯着来人。却在下一刻提剑刺了过去。

围观的众人都忍不住惊呼出声，甚至忘了去计较突然出现在这里的男子的身份。毕竟方才南宫御月突然发疯的杀伤力实在是有些吓人，无论是敌人还是自己人都被他吓得魂都掉了。

"小心！"

晏翎手中的长枪往前一挡，不偏不倚地封住了南宫御月的剑锋。南宫御月眼睛眨都不眨一下，刺不下去他立刻就提起剑直接往下劈。这样毫无章法的打法在面对实力弱于他的人的时候自然是很有效果，但是用来对付跟他旗鼓相当的对手的时候却没有那么好用了。

晏翎手中长枪刺挑拨挡，行云流水恍若天成。南宫御月剑法狂乱，往往十剑里有九剑对晏翎都毫无用处。一个不慎被长枪狠狠地一枪杆打在了腹部，南宫御月直接被打出去了好几丈远。

南宫御月似乎完全感觉不到疼痛，站起身来又再次朝着晏翎扑了过去。

晏翎也不再手下留情，虽然没有见血但是银枪被他当作棍子一般，一下一下砸在南宫御月身上，南宫御月本就受了严重的外伤，不多时就伤口崩裂口吐鲜血了。

南宫御月终于再也没有力气从地上爬起来了，只是趴在地上挣扎着。毫无神采的目光还死死地瞪着晏翎，看起来像是想要张嘴咬他一口。晏翎手中的长枪直接插入了南宫御月脖子边上的地面上，居高临下看着他冷冷问道："清醒了吗？"

南宫御月依然挣扎不休，吐血也全然不顾。

晏翎皱了皱眉，俯身一掌拍在了他的颈后，南宫御月无声地倒了下去，猩红的眼睛直勾勾地望着前方，片刻，终于慢慢地闭上了。

所有人都忍不住暗暗松了口气，看到南宫御月睡过去了许多人这才觉得自己终于敢放松呼吸了。

只是如此一来，被南宫御月吓到的人也终于回过神来了。冥狱众人立刻将晏翎和南宫御月围在了中间。

晏翎淡淡地扫了一眼围在自己周围的黑衣人，冷声道："滚。"

黑衣人自然不会滚，但是也没有立刻冲上前去。

晏翎侧首看向楚凌，楚凌含笑对他点了点头提着刀漫步走了过来。

黑衣人犹豫了一下，果断将目光转移到楚凌的身上："武安郡主，请跟我们回京。大将军想必也很想念你。"

楚凌轻笑一声，把玩着手中的刀笑道："怎么？你们是觉得我的流月刀不如这位的枪锋利是吧？"

黑衣人立刻后退了一步，沉声道："郡主外出许久，难道不想念大将军吗？"

楚凌脸上的笑容一收，冷笑道："少拿我师父说事儿，拓跋梁敢让你们这些人出面做证吗？空口无凭的谁信呢？若是有人问起，你们是在何处看到我的，你们敢说是为了追杀南宫御月吗？"就算南宫御月狗嫌猫憎，那也是宁都郡侯的亲弟弟，太后跟前最得宠的后辈。楚凌道："我劝各位，最好是当今儿的事情没发生过。不然我也不怕费一些力气，杀人灭口。"

黑衣人看了看楚凌，再看了看一边的晏翎以及那些将晏翎和南宫御月团团围住的白衣人，终究还是心有不甘却无可奈何地走了。

等到黑衣人退走，楚凌方才转身看向晏翎笑道："晏城主，好久不见。"

晏翎微微点头："姑娘安好？"

楚凌笑道："多谢关心，一切都好。"

晏翎俯身一把提起南宫御月，他也没有半点讲究，直接抓起南宫御月后背的衣服就将他整个人提了起来。看得周围的白衣侍卫眼角直抽抽，忍不住都握紧了手中的刀。

晏翎扫了众人一眼道："你们走吧，他我先带走了。"

白衣侍卫自然不肯，晏翎轻哼一声："要不，我将他弄醒还给你们？"

所有人脸色都是一变，顿时觉得晏翎提着的并不是一个北晋国师，而是一个烫手的山芋。

晏翎也不在意，只是道："他死不了，好了之后会自己回去。"

人群里沉默了片刻，终于有人站出来道："晏城主是当世豪杰，我等自然相信城主的话。公子就有劳晏城主了！"说完，也当真干脆一挥手带着一群白衣人离开了。

片刻间原本还挤挤攘攘的街道上就只剩下四个人了，还有一个是昏迷不醒的。

楚凌对那年轻人道："快走吧，去跟你们的人会合。"不远处之前跑出去的那几个人正站在那边等着，显然是打算这边有什么不对立刻就冲过来。

"你呢？"年轻人顾不得为看到了沧云城主而激动，有些担心地问道。楚凌笑道："我跟晏城主是旧识，跟他说几句话。"

青年看了晏翎一眼，见他没有反驳的意思这才松了口气。感激地对楚凌笑了笑，快步朝着自己的伙伴而去。

打发了青年人，楚凌回身看着大街上躺了一地的尸体和满地血腥叹了口气，"晏城主？你跟南宫御月，认识？"

晏翎微微点头道："凌姑娘这是打算去哪儿？"

楚凌道："回蔚县一趟，没想到晏城主竟然也会在信州。"

晏翎道："听说最近信州很是热闹，自然要来看看。之前的事情，是沧云城的过失，还望凌姑娘见谅。"楚凌微微挑眉，笑道："晏城主客气了。晏城主带着南宫御月是准备回沧云城？"

晏翎摇了摇头道："我也打算去一趟蔚县，不知姑娘可否稍缓行程？"

楚凌看了一眼被他拎在手里的人，了然地道："没问题。"

三日后，楚凌和晏翎坐在余江上的一条小船上。船尾扔着依然昏迷不醒的南宫御月。

这三日，南宫御月自然也醒来过。只是他每次醒来不是发疯就是想要挟持楚凌逃走。第一次被楚凌一脚踢飞之后被晏翎狠狠地揍了一顿。第二天，南宫御月放弃了楚凌准备自己逃跑，被晏翎抓住拎回去又狠狠地揍了一顿。第三天，南宫御月拒绝喝药，还报复性地把药喷了晏翎一身，被晏翎再一次狠揍了一顿，直接按着脑袋灌了两大碗药。

总的来说他们这三天的日常就是：吃饭睡觉打南宫。

楚凌看了一眼船尾昏迷的人，道："晏城主，你打算一直这么带着他？"

晏翎微微蹙眉，沉吟了片刻才道："他快要好得差不多了。"别人是越打越伤，南宫御月是越打越好。

楚凌道："没想到晏城主竟然会救南宫御月。"晏翎道："他这情况再不用药，不出一个月就要神志全无了。"

楚凌看了一眼躺在船里的昏迷不醒的南宫御月，忍不住道："他这病是因为从小……"

晏翎摇了摇头，深深看了楚凌一眼道："是人为的。"

楚凌不由睁大了眼睛，倒吸了一口凉气。也就是说，南宫御月是被人弄疯的，而且这个人只怕是跟晏翎大有渊源，否则晏翎不会为了南宫御月这么费心费力。

楚凌看看身形笔挺地站在船尾的晏翎，忍不住问道："晏城主，你不觉得累吗？能不能坐下来说话？"

晏翎沉默了片刻，还是在船尾坐了下来。

船上的艄公用力地划着船，小船在山水之间慢慢行走着，只有船底下水流哗哗的响声。

楚凌靠着船头坐着，不觉渐渐有些困顿起来。看了看四周发现并没有什么危险，便偏过头静静地睡了过去。

等到楚凌睡熟了，晏翎方才起身悄无声息地走到了楚凌身边，将身上的披风盖在了她的身上。他的披风刚碰到楚凌，原本睡梦中的楚凌就微微睁开了眼睛。似乎是看清了站在自己跟前的人，她低声说了一句什么便又重新闭上了眼睛。

晏翎轻叹了口气，在楚凌身边坐了下来用自己的身体为她挡住了旁边吹来的寒风。

"船慢一些。"晏翎吩咐道。

"是，城主。"前面的艄公低声应道，船果然又慢了许多。

原本躺在船里的南宫御月突然动了动身体慢慢坐起身来。此时的南宫御月神色冷峻，目光凌厉，看到坐在楚凌身边的晏翎冷笑了一声，道："在本座面前装什么情圣？"

晏翎淡淡扫了他一眼："看来这次是真的清醒了。"

南宫御月脸色一变，低头看了一眼自己身上累累的伤痕，咬牙道："晏翎！这笔账本座迟早会跟你算的！"这三天他虽然不太清楚，但是却并没有失忆。

晏翎道："你怎么发疯我管不着，但是别忘了正事。"

南宫御月嘲讽地笑了一声："用不着你来教训本座，你把笙笙给本座让本座带回上京。本座保证你想做的事情帮你办得妥妥帖帖，保证不让拓跋梁抓到半点破绽。"

晏翎低笑了一声，道："南宫，现在是在江面上。"

南宫御月看着他，眼神里清楚明白地写着：那又如何？

晏翎道："我把你扔下去，你觉得如何？"

南宫御月一只手狠狠地抓住船舷，看起来像是想要直接将小船给掀翻了，指甲抓得船舷嘎吱作响。晏翎微微蹙眉，伸手轻抚了一下楚凌柔顺的发丝，遮住了她的耳朵。另一只手一道劲风射向了南宫御月抓着船舷的手。

南宫御月连忙收手，指风擦着船舷而过，在江面上激起了一道水花。

晏翎冷声道："南宫，这些年我一直让着你，不代表我会一直让着你。"

南宫御月咬牙，看着晏翎的目光充血："晏翎，你凭什么总是比我运气好？"

晏翎淡淡道："你觉得你命不好，是因为无论你得到了什么都弃如敝屣。所以你永远都觉得自己什么都没有，永远都想要去抢别人的。"

南宫御月冷哼一声："你以为笙笙是你的吗？"

"至少，不会是你的。"晏翎道。

楚凌睁开眼睛的时候南宫御月已经不见了，小船倒是依然在江面上漂着。她坐起身来，低头看了一眼自己身上披着的披风，抬头对坐在身边的晏翎微微挑眉。

晏翎看到她清澈明亮的眼眸也不由得一愣，"凌姑娘醒了？"

楚凌似笑非笑地道："那个神经病走了，我自然就醒了啊。"

晏翎原本要去接她递过来的披风的手微微顿了一下，才慢慢接了过来。沉默了片刻，道："让你见笑了。"楚凌趴在船舷上，看着江面上清澈流动的水流，悠然道："看来晏城主跟南宫国师的关系当真是不错，该不会又是师兄弟吧？"

晏翎觉得，这个"又"字有些微妙，只好沉默不语。

楚凌也不在意，只是回头笑看着他问道："能把面具摘掉吗？"

晏翎沉默了片刻问道："阿凌当真要看吗？"

楚凌笑道："你跟南宫御月说话，既不肯给我下药也不肯点我穴道，不就是想要跟我摊牌吗？"晏翎垂眸道："我以为阿凌并不想知道这么多。"

楚凌站起身来，抬眼望着江边慢慢后退的江景，道："都到了眼前了，我也不能装瞎子吧？"

她回头定定地看着坐在船头的黑衣男子，晏翎轻叹了口气伸手拿下了脸上的面具。面具下面，是一张苍白清瘦却无比清俊的容颜。确实很难想象，这样一张脸的主人竟然会是名震天下的沧云城主。

楚凌有些无奈地轻叹了口气。

晏翎垂眸，道："让阿凌失望了吗？"

楚凌摇摇头，道："我只是在想，以后应该称呼你晏翎呢，还是君无欢。"这天下恐怕没有几个人会知道，若是传了出去只怕也能让无数人惊掉下巴。

沧云城主与长离公子，竟然会是同一个人。

君无欢淡笑道："我本姓君，名凤霄。晏是我母亲的姓，所以阿凌无论叫晏翎还是君无欢都无妨。"楚凌飞快地将这几个名字在脑海中过了一遍，君凤霄，晏翎，字凤霄，君无欢，字长离。都是很好听的名字，但是念出来却仿佛能体会出其中的艰辛和酸楚。

楚凌问道："南宫御月知道你的身份？"

君无欢笑了笑，对楚凌伸出了手。楚凌抬手任由他握住，将自己拉到了他的跟前坐下。只听君无欢轻声道："我跟阿凌说过，南宫是我师弟。不过他比我晚两年入门。我的事情他确实是知道的。"

楚凌有些诧异："他竟然没有泄露你的身份？"

君无欢轻笑一声道："他虽然有些疯却还没疯彻底，他也有想要做的事情想要达成的目标。所以他知道底线是哪里，就如同我也没有揪着他的弱点去害他不是吗？"

真是奇怪的师兄弟关系。

君无欢把玩着楚凌的手道："阿凌是何时猜到我的身份的？"

楚凌笑道："晏翎和君无欢确实差别很大，晏翎和君无欢的武功内力截然不同，更是最让人觉得迷惑的地方。"

君无欢点点头，若不是这一点他也不可能成功地让两个角色分离开来。晏翎的武功内力霸道刚猛，走的是典型的武将路子。但是君无欢的内力却偏向阴柔多变，与南宫御月接近但是却没有走阴柔路子的南宫御月纯粹。

"那阿凌是……"

楚凌道："我虽然一开始也没有这么想，但是你跟晏翎出现的时间地点都太巧合了，让我不得不多想。"

"哦？"君无欢有些好奇。

楚凌道："我第一次遇见你不出几天，就在同一个地方遇到了晏翎。第二次也是同样的，然后是这一次，君无欢在蔚县，本该在沧云城的晏翎也毫无征兆地出现在了这里。关键是晏翎一直都戴着面具。第一次见到晏翎的时候我就在想，一个人为什么要随时随地戴着面具？不过这些都不重要，你猜我是怎么真正确定你的身份的？"

"我露出过什么破绽？"君无欢问。

楚凌叹了口气："三年前我替你包扎过伤口。"

君无欢愣了一会儿，忍不住低声笑了起来。三年前，阿凌替晏翎包扎过伤口同样也替君无欢包扎过伤口。

君无欢望着楚凌，声音幽幽地道："阿凌既然早就知道了，你为何还……"

君无欢并不介意将自己的身份全部告诉阿凌，但是他却害怕阿凌根本不想知道。有时候，将自己的秘密强行告诉别人，其实是一件很让人增加负累的事情，在君无欢看来这几近于强迫和绑架。

楚凌叹了口气，看着君无欢道："因为我还没有想好。"

"嗯？"君无欢微微扬眉，状似不解地看着她。

楚凌道："现在我知道你的身份了，你也知道我的身份了。你有什么想法？"

君无欢笑看着她道："我很高兴。"

楚凌无奈，抬手从脖子上扯下了两块红绳系着的玉佩。因为玉佩并不大，所以即便是两块系在一起也并不觉得累赘。君无欢目光落在了那玉佩上，两块玉佩都是极品的羊脂白玉，上面刻着精致的鸾鸟图案。其中一块背面一个刻着"灵犀"二字，旁边还有"赐长女拂衣"字样。另一块上面却还空着，只在下方刻着"赐小女卿衣"。

君无欢伸手握住了那块写着卿衣名字的玉佩，低头看向楚凌道："原来，阿凌的真名是叫卿衣吗？"

楚凌坚定地摇了摇头道："我叫楚凌。"

君无欢轻轻摩挲着那块玉佩，笑意温柔，"阿凌肯将这个给我看，是表示相信我了吗？"

楚凌定定地望着他："你真不知道我为什么将这玉佩给你看么？"

君无欢摇头："我只知道我恐怕是这世间唯一知道阿凌真正身份的人了。阿凌相信我。"

楚凌顿时有些哭笑不得，"君无欢，你这样竟然没有被人坑得血本无归。"

君无欢也不在意，伸手将楚凌揽入怀中，轻声道："只有阿凌才会觉得我会被人坑，我也愿意让阿凌坑，可惜阿凌总是不肯。"

楚凌觉得忍无可忍，抬起头来："你不觉得，你现在这个模样很败坏沧云城主的形象吗？"

"阿凌果然更喜欢晏翎一些。"君无欢蹙眉，有些不悦地道。

楚凌望天翻了个白眼。

"阿凌那些年在上京，受苦了。"君无欢搂着楚凌轻声道。君无欢有些后悔，早些年他自然知道有两位公主被关在上京浣衣苑。他却从未在意过。那么多的大事需要他处理，他为什么要去管两个皇室女眷的死活？

但是现在，君无欢却是真真切切地后悔了。

楚凌也不挣扎，靠在君无欢怀中摇摇头道："没什么，那时候我还小，而且她们都在保护我。"

君无欢将下巴枕着她的头顶，闭上了眼睛不说话。

楚凌不愿他为了这些事情难过自责，问道："你的病，就是因为强行练了两种内力导致的吗？"

君无欢睁开眼睛低头看她，点了点头。

"阿凌，如果有一天我……"君无欢脸上的笑容有些苦涩，"我本不该招惹你，但是如果我就这么死了，我实在是不甘心！"

楚凌抬起头来看着他苍白的容颜皱了皱眉，伸手捏了捏他的脸，让那苍白的脸颊多了几分血色，方才满意地点了点头道："身在乱世，谁还指望长命百岁不成？更何况，你又怎么知道你的病就没有法子治了？"

君无欢笑道："阿凌肯定会长命百岁的。"

楚凌道："我倒是没有这么伟大的理想。我只知道六个字。"

"哪六个字？"

楚凌看着他，道："生尽欢，死无憾。若真想要长命百岁，我当初从浣衣苑逃出来就不会到处跑。以我的本事，随便找个深山老林隐居下来，你觉得我活不到七老八十吗？"

"生尽欢，死无憾……"君无欢轻声呢喃道。

曾经他也是这么想的，所以他竭尽全力地去做自己该做的事情。就算哪一天他突然死了，他也知道剩下的事情会有人接下去替他做完。哪怕最后仍然是失败了，他至少努力过了。

但是不知从什么时候开始，他开始有了不舍，有了牵挂，也有了一丝怨恨。

南宫御月说他的运气总是比他好，但是南宫御月又怎么知道他心中的怨和恨呢？

他怨这样的世道，怨自己这总归不能长久的身体。他恨自己明知道不能长久，却还是忍不住想要将自己心仪的女子拉下水。君无欢这一生二十多年，无论是千般算计，万般手段，他心中都始终坚信自己做的是该做的事情，他问心无愧。而遇到她，却终于做了一件今生唯一让他感到心虚的事情。偏偏知道心虚愧疚，他却依然固执地不愿意放手。

楚凌坐起身来，跪坐在船头看着君无欢道："君无欢，你实话实说，你的病如果一直治不好最后会怎么样？"

君无欢沉默了良久，方才道："若要保全性命，就只能废掉武功，四肢瘫痪。"

"哦。"楚凌微微松了口气，君无欢有些奇怪地看着她，"就这样？"

楚凌道："不然还要怎样？我抱着你哭一场？现在没有办法不代表将来也没有办法，就算真到了最后，只要还活着总还有希望的。"

君无欢默然，他着实没想到楚凌会给他这样的答案。但是想想似乎也在情理之中，她这样的脾气性子，又怎么会如寻常女子一般因为这种可能会发生在遥远将来的结果而痛哭流涕惊慌失措。

楚凌靠近他，含笑道："君公子，你既然招惹了我，就别想随便抽身。不然的话，不用等你发病，我可以先让你感受一下什么是四肢瘫痪。另外我也用不着你担心愧疚同情，好像我一开始不知道你身体不好似的。"

"阿凌！"君无欢看着眼前笑吟吟的少女，明明应该很感动，但是他觉得自己完全感动不起来。

"乖，别想这么多。有时间想这些乱七八糟的事情，不如想点别的啊。"楚凌道。

"别的？"君无欢扬眉，"阿凌想什么？"

楚凌一根手指抬起他的下巴笑道："长离公子秀色可餐，此时风景如画，月色迷人……"就是稍微有点冷。

不等楚凌说完，君无欢已经低头吻上了她含笑的唇角。

阿凌，是你自己要招惹我的！

月光静静地洒在水面，江水潺潺流过小船边上。船头上一双璧人相拥而坐。月光在两人身上披上了一层浅浅的银纱。少女含笑的眼眸仿佛闪着星光，脸颊微红，轻轻喘息着补上了一句，"不如让我一亲芳泽可好？"

"如卿所愿。"男子低头，愉悦的笑声从唇边溢出。

下一刻，双唇再一次缠绵在一处。

清晨的时候，小船在歌罗山脚下停了下来。楚凌和君无欢下了船，送了他们一路的艄公便划着小船往下游去了。冬日的朝阳洒在两人身上，带着几分淡淡的暖意。楚凌侧首看向君无欢，道："你打算用什么身份去蔚县？"

君无欢无奈地一笑道："晏翎自然不会现在去蔚县。"

楚凌挑眉道："但是冥狱和白塔的人都知道你在蔚县了。"

君无欢道："白塔的人不会说什么，至于拓跋梁，他知不知道关系都不大。"

楚凌点点头："好吧，长离公子请。"

"阿凌请。"

原本说好了半个月就回，但是楚凌这一趟下来却足足用了二十多天。若不是前几天派人给蔚县送了信，黑龙寨众人当真要着急了。

两人一回到蔚县，叶二娘等人就迎了上来将楚凌围在了中间，关心的话接二连三地问出。

"小五，怎么样，有没有受伤？"

"过年你是在哪儿过的？"

"小五，你怎么跟长离公子一起回来的？"

"阿凌，饿不饿？我准备了你爱吃的东西！"

君无欢站在不远处，含笑看着楚凌被众人围在中间有些无奈却依然含笑的模样。

明遥竟然也还在蔚县，站在一边看了看君无欢微微扬眉，道："长离公子心情仿佛不错？"

君无欢侧首看了他一眼，淡淡道："过年，心情好不是应该的吗？"

哪年不过年？也没见过你心情这么好啊。明遥看看楚凌道："长离公子，你看是不是该跟凌公子引见一下我们？"

君无欢有些诧异地看着他："阿凌又不是不认识你，还有什么好引见的？"

不是，对待普通的合作者和对待未来的主母兼嫂夫人，能一样吗？明遥正想要为自己的地位争取一下，就听到君无欢淡淡道："过些日子，叫齐了桓毓他们一起说吧。"

明遥立刻点头："明白了。"得想办法让桓毓几个尽快过来一趟啊。不知道那些人知道他们沧云城将会有一位城主夫人了，会是个什么表情？

他们回来的时候是大年初六，年还没有过完。蔚县如今虽然形势紧张，却因为之前北晋人退兵依然保持了往年的喜庆。秦知节这些年虽然一直当着蔚县知县，但是楚凌并没有看走眼，本事还是有不少的。将整个蔚县打理得妥妥帖帖，就连跟他们新来蔚县那一万多人都安安稳稳地过了个好年。

君无欢对秦知节也颇为改观："能力不错良心也还有点，而且识时务。"

识时务这一点最重要，如果秦知节为了活命投靠了黑龙寨，回头又暗地里跟北晋人勾三搭四的话，不用别人，只怕明遥早就直接出手宰了他了。"阿凌眼光不错。"两人站在长楼上，俯身望着城楼下不远处的街道。街上来来往往已经有不少人了，城楼上驻守的士兵并没有影响到普通百姓的日常。

楚凌回头笑看着他道："现在三县合并的话，我们的兵力大约能有四万多。不过要应对开春以后北晋人的攻势，只怕还有些困难。"

君无欢点头："确实如此，不过这个阿凌其实不用担心。乱世最不缺的，就是兵马。"

楚凌默然，可不是吗？乱世最重要的是兵马，但是最不缺的其实也是兵马。只要给粮，给吃的，多的是人不要性命来投。楚凌道："你的意思是我们公开征兵？"

君无欢轻抚了一下她的发丝，点头道："眼下也只能如此，黑龙寨要在信州壮大这也是必然的路。眼下你们手里有粮，但如果无法正面与北晋人抗衡，即便是你们占着几座县城，也无法收到粮税，必然无法长久。"

楚凌点了点头道："这个我之前跟葛丹枫也讨论过。不过若是公开征兵的话，总不能还打着黑龙寨的旗号吧？"

君无欢不由一笑，道："阿凌说得是，不过这事儿我却不好说话。"不管君无欢原本是什么身份,眼下在蔚县却只能算是客人。楚凌点了点头道:"我回头与大哥他们商量一下。"

这两个月,大概是黑龙寨众人最繁忙的两个月了。之前被各种事情推着往前走,其实谁都没有回过神来。倒是这两天因为过年稍微闲下来了一些,四个人这才有空认真地回想自己最近都做了一些什么。蓦然发现,如今的黑龙寨早已经不是两个月前的黑龙寨了。

他们就这么在信州占据了三座县城?!手底下多了几万兵马?

"大哥,听说你们找我有事要商量?"楚凌从外面进来,含笑问道。

叶二娘对她招招手,道:"方才派人去找你,听说你一早就出去了?"

楚凌大方地承认,笑道:"跟君无欢去城里逛了一圈,城里的防御似乎做得不错。"

叶二娘笑道:"这都要多亏了长离公子,没想到他一个做生意的人,竟然连守城打仗都能精通。"

楚凌心中暗道,那是你不知道他的另一重身份和家学渊源啊。

"大哥方才说有什么事情要问我?"楚凌问道。

郑洛看向窦央,窦央思索了一下问道:"小五,你跟长离公子,可是有成婚的打算了?"

楚凌眨了眨眼睛,道:"这个暂时还没有。"

叶二娘不解:"怎么你们还没有……"

楚凌笑道:"二姐,如今这世道成不成婚的又有什么要紧的?你和大哥三哥四哥都还单着呢,我着急什么?君无欢的身份特殊,这婚事无论是大办还是从简,都不方便。"

这倒不是她刻意拖延婚期,楚凌对这种事情其实很随性。反倒是君无欢不乐意,长离公子在某些方面还是十分守旧的,坚持认为要三媒六聘昭告天下的风光迎娶才算是成婚。

对此楚凌表示随意,反正她现在是妙龄少女,真的不恨嫁。

叶二娘看楚凌不像是不开心的模样,反倒是透着几分隐隐的甜意,这才放心了下来。

"怎么?大哥要说的事情跟君无欢有关?"

窦央道:"小五,既然你不打算现在成婚,应该也不会跟长离公子走了吧?"

楚凌有些不解地看着他,不太明白这话是什么意思。

郑洛轻咳了一声道:"小五,既然这样,要不,你来当这黑龙寨的大寨主吧。"

楚凌半晌无语,望着郑洛指了指他,再指了指自己:"大哥,我才十六岁。"

窦央忍不住闷笑了一声,低声道:"小五,大哥的意思是,以后黑龙寨的事情由你做主我们都听你的。"

楚凌有些意外地看向郑洛，郑洛叹了口气道："小五，你是知道大哥的，你看着我像是乱世枭雄吗？"

确实不像。楚凌心中暗道。郑洛为人多了几分正直，少了几分霸气和野心。虽然很容易得到属下和兄弟的忠心，但是注定成不了乱世中的枭雄。楚凌并非没有考虑过这个问题，这也是当初她建议黑龙寨与沧云城合作而不是让郑洛自己干的原因。

但是，现在……

以为楚凌不同意，狄钧道："小五，当黑龙寨的大寨主不好吗？到时候四哥我也要听你的啊。"

楚凌当没听见他的废话，垂眸思索了片刻道："大哥，这事我要先跟君无欢商量一下。"

郑洛点头道："应该的。"

楚凌又跟四人提了黑龙寨的名号的问题，四人都觉得有道理，不过具体要改个什么却还得想一想。按郑洛的意思，就让小五自己决定就好了。郑洛是个很正直豪爽的人，既然决定了想要将当家的位置让出去就不会再留恋太多。

楚凌去找君无欢的时候，君无欢正在书房里跟明遥议事。明遥毕竟是沧云城的明鉴司主事，并不能长久地停留在蔚县这样一个小小的地方。

看到楚凌进来，君无欢将手中的卷宗递给了明遥，很是无情地道："你可以走了。"

明遥忍不住抽了抽嘴角，对楚凌拱手很是恭敬地道："凌公子，这些日子叨扰诸位寨主了。在下今日便先行告辞，有缘再见。"楚凌点头笑道："是我们劳烦明公子了才是，明公子现在就要走？"

明遥晃了晃自己手里的东西，笑道："有些琐事需要处理。告辞。"

楚凌与他道了告辞，目送他出去方才回头道："我怎么觉得这位明公子的笑容有点奇怪？"

君无欢笑道："也没什么奇怪的，他想到眼前站着的是未来的城主夫人，自然免不了恭敬一些。"楚凌对他翻了个白眼，没好气地道："城主夫人？我跟晏城主不过是数面之缘，可当不起啊。"

君无欢幽幽道："阿凌前两日刚应了我，这就要反悔了吗？"

看着眼前的男子一脸"你负心薄幸"的表情，楚凌就忍不住想要伸手往他脸上拍两下。盯着君无欢的脸看了半响，楚凌忍不住叹了口气道："只要一想到你就是晏翎，我就有一种憧憬幻灭的感觉。"

"这是为何？"君无欢不解，起身拉着楚凌到一边坐了下来。

楚凌道："我一直觉得，二十年后晏翎会长成我师父那样。长离公子，你觉得你会变成那样吗？"

君无欢望着她的眼神更加复杂纠结了。

阿凌你到底是真看中晏翎，还是觉得晏翎像你师父？

轻咳了两声，君无欢道："阿凌，其实我也是个正直威严的人。另外，你觉得晏翎和拓跋兴业好，可能是你想念血亲长辈的缘故？"

挥挥手楚凌表示不讨论这个问题，将郑洛之前的意思跟君无欢说了一遍。君无欢微微蹙了下眉倒是没有反对。点头道："郑寨主是个好人。"

"嗯？"楚凌诧异地看着他，"这就是你的想法？"

君无欢笑道："这世上的人，什么都没有的时候大多能做一做英雄。但是若有了些什么的时候，想要让他们放弃自己手里的东西给别人，那是千难万难的。郑寨主能看得清自己，还能如此洒脱地放手，不是好人是什么？"

楚凌道："所以，你也认为大哥他……"

君无欢摇摇头道："若是太平盛世，不，太平盛世郑寨主这样的性子也更适合过太平日子。钩心斗角，筹算谋划这些事情都不是他能做的。反倒是如今乱世，拼一拼或许能留下个身后名声。他确实不适合当家做主。以阿凌的眼界，若不是看明白了这一点，当初何必劝他带黑龙寨投靠沧云城。只是沧云城让阿凌失望了，实在是抱歉得很。"

楚凌蹙眉道："我倒是不介意女子的身份如何，只是实话实说我并没有如今就招兵买马占地为王的计划。"

君无欢笑道："两个月前，阿凌想过你会攻打蔚县吗？"

楚凌摇头，自然不会。

君无欢点头道："这就是了，这世上哪有那么多计划之内的事情。顺势而为，阿凌应当明白这个道理。"

楚凌挑眉道："这么说，你是不介意我接手黑龙寨了？"

君无欢道："我为何要介意？只要阿凌愿意就好。"

楚凌道："若是将来黑龙寨实力强盛甚至与沧云城争锋，你觉得我们还能如现在这般相处吗？"君无欢忍不住伸手将她揽入怀中，靠着她的肩膀低头闷笑了两声。方才道："大不了，到时候我带沧云城投靠阿凌便是了。"

楚凌动了动，直觉不太喜欢这个姿势。长离公子，沧云城主，你能有一点当世豪杰的样子吗？君无欢轻叹了口气，靠在楚凌耳边轻声叹息道："阿凌，虽然你性子看着爽朗外向，但是想的事情却总是比旁人多得多。旁人走一步看十步已经了不得了，你却是还没走就已经看到头了，你这样不累吗？"

楚凌沉默了片刻，"你比我好多少？"

君无欢叹了口气，轻声道："阿凌说得是。"

君无欢轻轻搂着她，柔声道，"阿凌不用担心，无论你做出什么样的决定，我都会支持你的。"

"嗯。"楚凌点了点头,"谢谢你,有你在……"

　　"我说过,我会陪你的。"君无欢道。

　　楚凌并不是个拖拖拉拉的人,将自己独自一人关在书房里沉思了一天之后便做出了决定。同意了郑洛的提议,接手黑龙寨。听到楚凌的回复,郑洛欣慰之余也松了口气,同时难免也有几分愧疚。小五能力出众是真的,但年纪小也是真的。才这个年纪就承担了太多不属于她该承担的责任了。

　　楚凌接手黑龙寨之后,便宣布黑龙寨更名为靖北军。同时带人驻扎在思安一带的葛丹枫也公开表明驻扎思安的南军归顺靖北军。一时间整个信州包括信州附近的州府哗然,快马急报的信函一封接一封地往上京传送,却始终没有哪一路兵马来征讨靖北军。

　　一来有心帮忙的润州镇守军被沧云城牵制,别的几个州却跟明王府无关,甚至有北晋皇帝的心腹镇守,要不要替明王府收拾烂摊子自然还要看上面的意思。靖北军虽然看起来声势不小,其实也没有多少人真放在眼里,毕竟只是占了三个县而已。大多数北晋将领听闻此事第一个反应并不是将楚凌和靖北军视为大敌,而是大骂镇守信州的巫将军太过废物!

　　二来却是都知道南宫御月如今正在信州养伤,这位尊神是谁也不想去招惹的。到时候不管能不能平乱吧,说不准他一个心情不好自己就人头落地了。

　　因为这两点,大多数人自然也都是袖手旁观着等待朝廷的态度了。至于靖北军?不过是几只小苍蝇罢了,真想要收拾抬手就能够拍死了。

　　这些北晋将领隔岸观火看热闹,蔚县的人却没有闲着。楚凌一声令下,全军上下统一整合改编。楚凌也知道欲速则不达的道理,并没有要求太多。领兵的将领却需要好好地规划,军中的规矩也要立起来,更重要的是士兵的训练都要加强。

　　如今军中绝大部分不是刚来的新兵,就是快要被养废了的南军。即便是原本黑龙寨的精锐,楚凌也并不多么看好。带着郑洛、葛丹枫、狄钧等人忙了好几天,终于弄出了一份勉强满意的士兵训练计划。又有君无欢从旁建议,很快便推广了下去。

　　同时,蔚县、思安、若沧三地也开始广招兵马。

　　君无欢说得不错,这年头不愁没有兵马。

　　来报名从军的人比楚凌想象中的要多得多。如今许多百姓家里根本没有田地,就算是有田地的,高昂的税赋让他们一年到头忙碌也填不饱肚子。许多孤家寡人的干脆就跑来投军了,家中有妻小的安置了妻小也来了。不过短短十天,靖北军的兵马就从原本的四万人扩充到了十二万,楚凌当即下令停止征兵。

　　"阿凌!"

　　楚凌忙完了一天的事情,才想起已经有许多天没有见过雅朵了。楚凌出门,去她最近常去的地方寻她,看到雅朵正和一群姑娘一起做针线。雅朵从小生活在塞外，女红方面虽然有母亲教导，做得也不错，但是兴趣却着实不大，这会儿却跟一群姑娘坐在一起做针线倒是有些奇怪。

看到楚凌，雅朵立刻站起身来欢喜地迎了上来。

楚凌看了看里面："阿朵，你在做什么？"

雅朵道："段公子说军中的士兵需要不少衣裳，便召集了不少人家的姑娘来做事。我过来帮忙啊。"

楚凌微微蹙眉道："你喜欢做女红？"

雅朵摇摇头，笑道："我没有在这里做，我跟段公子和秦大人接了打理这些的事情，以后军中的士兵的衣服这些事情就是由我负责啦。段公子和秦大人都相信我，我很高兴。"

看着雅朵的笑颜，楚凌知道她是真的高兴的。因为血统的关系，貊族人从不认可雅朵，天启人对她也心存芥蒂。如今段云和秦知节愿意让她帮忙，雅朵只怕比留在县衙里什么都不做要开心得多。

抬手顺了顺她有些乱的发丝笑道："你高兴就好。"

雅朵拉着楚凌一边往外走，一边道："阿凌你放心，我都盘算过了。我们召集一些妇人来织布印染，还有这些会做女红的姑娘。她们既有事情做还能赚一些钱补贴家用。军中的衣服不用愁了，说不定做得好了，咱们还可以卖到别处去，还能赚一些钱呢。"

楚凌忍不住笑道："看来阿朵还是更喜欢做生意？"

雅朵眨了眨眼睛，她的父亲是商人，她从小看到大，自然也是喜欢做生意的。楚凌点点头道，"既然阿朵高兴，这里就先做着。等以后有机会，咱们再看看能不能做大。"

"好，阿凌你放心，姐姐以后一定赚好多钱给你。"

楚凌笑道："好啊，我就等着阿朵姐姐养了啊。"

两人出了小院，便一路回县衙去了。如今条件有限，也还远没有到能够追求享乐的时候，楚凌一行人便还是住在县衙里。所幸县衙的面积不算太小，不太讲究的话倒也勉强住得下。

雅朵如今有了事情忙碌，倒是忘记了突然从上京来到信州人生地不熟的紧张，每天都过得十分充实满足。即便是楚凌成为了靖北军的首领，她也不觉得有什么奇怪。笙笙可是拓跋大将军的亲传弟子，有什么做不到的？不过雅朵并不想拖楚凌的后腿，一直努力找一些自己能做的事情来做。

原本段云还有些担心她，不过相处了一段日子以后倒是觉得这个有貊族血统的小姑娘挺不错的，至少是全心全意向着小寨主的，便帮她在秦知节面前说了两句话，才让秦知节放心地将事情交给她做。

"阿凌，段公子说等我们什么时候去了信州，纺织印染的作坊就可以开起来了。我们会去信州吗？"雅朵挽着楚凌的胳膊一起踏入县衙大门，兴致勃勃地问道。

楚凌看了看雅朵，轻笑道："自然会的，阿朵想去吗？"

雅朵点头道："阿凌想去，我自然也想去。以后阿凌就负责带兵打仗，我负责给你们做衣服赚钱。"

楚凌含笑摇了摇头，有些好奇地道："你最近好像跟段云关系很不错？"雅朵想了想，点头道："段公子也很照顾我。"楚凌道："那就好，正好我经常事忙也怕没人照顾你，回头我要去好好谢谢段云。"

雅朵不以为然道："我谢过段公子啦，他说都是自己人没关系的。"

两人正说话间，迎面走来一个穿着丫头服饰的女子，却在看到楚凌的时候眼神微变，然后转了个身朝另一个方向而去。

"等等。"楚凌微微眯眼，沉声道。

那丫头停下脚步，转过身来面对两人，恭敬地道："凌公子。"

楚凌慢慢朝她走了过去，那女子忍不住往后退了一步。楚凌淡笑道："你怕什么？"

女子竭力想要露出个笑容，却在看到楚凌脸上似笑非笑的了然表情时僵住了。一咬牙抽出一把匕首就朝着楚凌刺了过去。

"阿凌小心！"雅朵惊呼道。

楚凌轻哼一声，往后一仰避开了匕首，一只手抓住女子的手臂将人甩了出去。

"小寨主！"府里的护卫闻讯赶了过来，看到这一幕也吓了一跳。楚凌拍拍衣袖道："带去书房。"

"是。"

书房里只有窦央和段云在忙碌着，两人见到被扔进来的女子都吓了一跳，窦央看向跟在后面的楚凌问道："小五，这是什么？"

楚凌笑道："三哥，多明显啊，这是个女人啊。"

窦央无语："我是问她是什么人。"

段云看了看，道："是谁派来的细作吧？"楚凌对段云竖起了大拇指，笑道："既然小段你这么聪明，这个女人就交给你啦。把她的底细问出来，另外这府里府外的，最好也清理一下。"

段云默默地看了她一眼，道："小将军，我只是个账房。"

楚凌有些郁闷："话说，你们叫我就叫我，为什么总是喜欢加一个小字？"

段云沉默地上下打量了她一番，虽然没有说话但是意思却很清楚。

因为你看起来就很小。

楚凌忍不住磨牙，行吧，小就小吧，就当是称赞她年少有为好了。

窦央看着那女子皱眉道："这么快，都有细作混进府里来了？"

楚凌点头道："难免的，以后只会更多。这一个应该是明王府的人吧？"

"信州是明王府的地盘，倒是有这个可能。"窦央点点头道，"我去找秦大人，跟他商量一下这个事情。"窦央如今做事也有几分雷厉风行，话音刚落人就已经站起身来走了。

楚凌眨了眨眼睛，也没有拦他。而是扭头看向段云，笑眯眯道："小段呐。"

段云忍不住打了个寒战："小将军，有事您吩咐。"

楚凌道："你看啊，咱们现在人手不足，大哥二姐他们每天都忙得团团转。"

段云道："我也很忙。"楚凌撑着下巴看着他道："但是我觉得，你可以做一点更有意义的事情。"

段云沉默了一下道："属下才疏学浅，就只有算术还能拿得出手。"

楚凌微微眯眼，道："你知道的，眼下靖北军一共十二万兵马。分别由葛统领、大哥、四哥还有我自己带着。突然扩充兵马并不是什么好事，葛将军那里我不担心他，大哥性格豪迈却不莽撞，又有二姐辅佐，我也不担心。但是四哥那里……"

段云放下手中的笔注视着楚凌，"如何？"

楚凌叹了口气道："四哥那里缺一个随军军师。"

段云皱眉道："多谢小将军抬爱，不过属下平生从未上过战场，更没打过仗。"楚凌也不在意："没关系，现在大多数人都没打过仗，打仗这种事情，打着打着就会了。至少兵书你读得比他多，性格比他稳。"

段云道："既然小将军觉得我比四寨主厉害，还要他做什么？"

楚凌摊手道："谁让你是个弱书生呢，你要是能压服军中那些人的话，我让四哥给你当副将啊。"

段云顿时哭笑不得："小将军，你这样随意就不怕四寨主伤心吗？"楚凌道："四哥只要能上战场就高兴了，不让他打理那些琐事说不定他更高兴呢。小段，咱们都这么熟了，行不行给句话呗。"

"不……"段云话还没说完，楚凌笑吟吟地悠然道："我不喜欢否定的答案。"

段云果断地闭嘴，那你问我干什么？

见段云一脸无话可说的表情，楚凌叹了口气，道："小段，你也体谅我一下。巧妇难为无米之炊啊，要是可以，我当然希望我手底下连个算账的都是深藏不露的高人，随便抓看门的过来都能独当一面。这不是没这个条件嘛，等以后有人了，不管你是喜欢深藏功与名还是单纯喜欢算账，都可以商量的。"

段云有些无奈："小将军，属下自问只是多读了一些书而已，你到底为什么非要认为我是深藏不露的高人？"

楚凌微笑："这个啊，我有特殊的识人技巧啊。小段，虽然你已经尽量低调了。但是一看就不像是普通的读书人啊。最重要的是我先前在上京的时候，仿佛看到一个跟你长得有点像的人。"

段云闻言，神色却是一僵。

抬眼见楚凌正定定地望着他，立刻垂下了眼眸道："段某孤家寡人，想必是相貌平庸才让小将军觉得跟人长得像。"

楚凌道："小段太谦虚了，你这相貌怎么也称不上平庸啊。而且那个人恰好也姓段，我想着是不是你失散已久的亲人呢，要不找君无欢帮你找找？"

"不用！"段云咬牙道，"我答应小将军的要求，以后可以不提这事儿吗？"

楚凌愉快地点头："当然没问题。"

段云轻哼一声，收拾起桌上的东西抱着就往外走了。

楚凌也不生气，只是看着他笑眯眯地道："小段，我刚才是跟你开玩笑的。虽然我确实认识一个姓段的人，不过他跟你长得也不太像。"

段云深吸了一口气，快步走了。

他好想把怀里的一堆账本全部砸她脸上！

楚凌托着下巴看他离开的背影轻叹了口气，算起来她跟段公子好像还有点亲戚关系啊。片刻后，有人进来将那地上的女子带了出去。

"阿凌，你们这黑龙寨倒是有些卧虎藏龙啊。"门外传来君无欢含笑的声音。楚凌抬眼，长离公子一身青衣风采翩然地走了进来。楚凌看了看他的脸色，蹙眉道："你的脸色不太好。"

君无欢摇摇头："昨晚睡得晚了些。"

楚凌道："等云行月回来，让他看看吧。"

君无欢无所谓地点了点头，走到楚凌身边坐下，道："这个段云，是襄国公府段家的人？"

楚凌道："八九不离十吧。"

君无欢看着他，"我倒是有些好奇，阿凌是怎么知道的？当初沧云城也派人查过黑龙寨，连明鉴司的人都没有怀疑过他的身份。"楚凌笑道："那是因为他够低调，不过他先前跟我说了一些东西，明显就不是寻常人家能知道的。听说段家当年南迁的时候，丢了一个小儿子。"

"就这样？"君无欢有些不信。

楚凌道："我当然不可能认定了，我刚才是诈他的。他明显知道先前襄国公去过上京。当年上京能清楚地知道君家的事情，又姓段的人应该也不多吧。方才可是他自己先认输的。"

君无欢笑道："是阿凌聪明。"

楚凌轻哼一声，偏过头靠在君无欢肩膀上忍不住叹了口气："好累。"

君无欢伸手扶了一下她，柔声道："累了就好好休息。"

楚凌睁开眼睛叹了口气道："我也不是故意非要强人所难，但是你看我这边忙

得头都快要炸了，他在那里慢悠悠地给我算账，不抓他抓谁啊？"

君无欢低头看看楚凌，眼睛下方果然已经有一片阴影了。显然已经不是一天没有睡好了。轻叹了口气，道："我真有些怀疑，让你接下这些事情到底对不对了。"

楚凌眼皮又垂了下去，有些含含糊糊地道："哪有什么对不对？你劝不劝我，其实也是一样的。有些事情，总要有人来做。更何况当初攻打蔚县的决定是我定的，总不能做到一半就扔下不管吧。"

君无欢点了点头，看着她的眼神里有欢喜，有欣赏，也有怜惜。

半晌他才轻叹道："阿凌，这世道能力越强的人越辛苦。我倒是希望你没有那么厉害才好。"

楚凌轻笑一声："我若没有那么厉害怎么能遇上长离公子？就算遇上了也是路人吧？厉害的人只会跟厉害的人玩儿……"

君无欢愣了愣，认真地理解了一番楚凌的话，方才哑然失笑。伸手轻抚着她的脸颊："也许阿凌说得没错，不过，我总是会心疼的。"

楚凌已经睡得有些昏昏沉沉了："别说话，吵！我睡一会儿，还要干活儿呢。"

"睡吧。"君无欢轻叹了口气，低头看看她靠在自己身上的模样，这个姿势睡过去一会儿醒来脖子都要僵硬。小心翼翼地扶着她坐起身来，然后他俯身将她抱了起来。

楚凌睁了一下疲惫的眼，君无欢柔声道："没事，睡吧。"

楚凌点了点头果然睡了过去，君无欢抱起她往里间走去，才刚越过书桌就看到段云匆匆从外面走了过来。段云还没进门就看到这一幕，立刻停下了脚步睁大了眼睛望着他们，脸上的表情看起来无比诡异。

君无欢淡淡瞥了他一眼，抱着楚凌转身进了里间。将人放在了里间专门用来小憩的软榻上，拉过被子盖上还细心地掖好了被角，君无欢方才起身走了出去。

可怜的段公子还站在门口出神，就连脸上的表情都跟君无欢进去之前一模一样。

君无欢淡定地道："段公子，何事？"

段云终于回过神来，轻咳了一声道："哦，我有点东西忘了拿。过来取东西。我刚才……"段云想说他什么都没看见，又觉得太傻了干脆闭口不言。

君无欢也不在意，含笑让到一边道："请便。"

段云连忙进来，走到自己之前坐的桌案后面，一阵乱翻找到了自己要的东西，便匆匆告辞了。君无欢神色从容地看着他的背影消失在门口，也不解释。好一会儿方才叹了口气，道："既然是出身世家，这也未免太不淡定了一些。"

此时一脸纠结的段云正抱着账本快步疾行：我真的什么都没看见！

◆第十五章◆
连战连胜

上京皇城，明王府里。

收到润州快马急报的消息，明王拓跋梁当场便气乐了。盯着手中的信函不知看了多久，才终于从牙缝里挤出了一句话，"这个蠢货！本王要杀了他！"还跪在堂中送信的信使闻言，忍不住抬头看了明王一眼，又飞快地低下了头。踌躇着低声道："启禀王爷，小人来上京的途中，听说……听说……"

"听说什么？"拓跋梁不耐烦地道，"不要吞吞吐吐！"

信使道："听说，巫将军已经被南宫国师杀了。"

"什么？！"拓跋梁的心又是一沉，南宫御月素来不爱管这些事情，如果信州镇守将军真的被他杀了，绝对不会是因为他丢了信州的三个县城。想起自己暗中派出去的那些人，拓跋梁拧起的双眉皱得更紧了，沉声道："退下！"

"是，王爷。"

等信使退下，拓跋梁扫了一眼书房里的几个人沉声道："信州出了乱子，信州镇守又被南宫御月给杀了，你们怎么看？"不等让人说话，坐在最前面的明王世子便抢先开口，道："父王，区区三座县城不足为虑，想必那些乱贼也不是什么厉害的。现在最要紧的事情，倒是派人去补上信州镇守的位置。"

坐在他对面的拓跋明珠也道："父王，大哥说得不错。如果咱们晚了，只怕宫里那边就要派人补上去了。"

虽然拓跋明珠是向着明王世子说话的，但是明王世子却显然并不想领情。他冷飕飕地看了拓跋明珠一眼，没有说话。自从上次在乱军中被君无欢挟持然后扔给了拓跋胤，被救回来之后这位明王世子的性格就变得有些阴沉了。

拓跋梁扫了一双儿女一眼，目光落到了坐在拓跋明珠身边的百里轻鸿身上，道："谨之，你是武将你怎么看？"

百里轻鸿微微蹙眉："能在短短时间内连下三城，恐怕也不是什么简单的山贼土匪之流。"

拓跋梁盯着他道："谨之的意思是，我们应该立刻派兵平反？"

百里轻鸿沉吟了片刻，道："开春之后陛下打算对沧云城用兵，如果明王府在这时候派兵，赢了还好，若是损兵折将只怕不妥。但若是放任不管任其壮大，只怕也是养虎为患。"

明王世子不悦地道："这也不行，那也不行，你这不是废话吗？"

百里轻鸿抬眼看了明王世子一眼淡淡道："世子有何高见？"拓跋梁皱眉道："本王想听听谨之的意见。"

百里轻鸿抬头看了一眼拓跋梁，思索了片刻沉声道："眼下此事若闹大了，有损王爷威信。最好的办法自然是暗地里扑杀了这些反贼。王爷可暗中令润州镇守调兵与信州兵马会合，镇压反贼。"

拓跋梁摇了摇头："原本此事可行，但是昨日本王收到润州镇守消息，沧云城近日蠢蠢欲动，似乎有往东扩张之意。"

百里轻鸿沉默了良久，方才抬起头来，道："王爷可有想过，如果沧云城吞并润州之后会如何？"

拓跋梁神色微沉，作为一个北晋王爷，他自然不喜欢听到被人吞并自己的领地的事情。拓跋梁却也没有动怒，沉声道："你的意思是……"

百里轻鸿垂眸："这支兵马短短时间异军突起连下三城，领头的人绝不是寻常人物。信州不过方寸之地，哪里来的这么厉害的人物和兵马？沧云城这个时候本该小心戒备，提防朝廷兵马，他们却主动往东扩张。会不会信州境内的这支兵马本来就跟沧云城有关系呢？"

"若是如此……"拓跋梁脸色微沉，这些年一直只守不攻的沧云城主只怕是已经厌倦了蛰伏，想要出来做点什么了。

百里轻鸿继续道："王爷现在最需要担心的还不是信州的事情。"

书房里三人齐齐看向百里轻鸿："哦？还有什么事本王需要担心的？"

百里轻鸿露出一个莫名的笑，目光注视着拓跋梁道："这些年，北方只有晏翎和谢廷泽坚持与北晋对抗，谢廷泽兵败不知所终，整个北方反抗北晋的势力更是几近土崩瓦解。但是现在如果突然出现一个沧云城以外的势力，连战连胜而朝廷又不能迅速地剿灭。王爷说别的人，会不会死灰复燃？"

拓跋梁眼神一厉，他当然知道百里轻鸿说得没错。虽然貂族在北方已经十余年，但是那些暗地里想要反对貂族的人却从未消失过。有灵沧江以南的南朝存在，北方还有沧云城的存在，永远也不可能让所有的天启人甘心诚服的。拓跋梁手抓着身边的扶手，剑眉紧皱显然是在思考着百里轻鸿的话。对面的明王世子眼神阴郁地扫了百里轻鸿一眼，被拓跋明珠毫不犹豫地瞪了回去。自从上次被俘，明王世子在上京皇城的权贵中就几乎成了笑话一般的存在。拓跋胤最后并没有杀他却也没有让他好过，明王世子被拓跋胤挑断了一条腿上的经脉，正好跟拓跋罗断了的那条腿是同一边。

貂族崇尚英雄，而一个断了一条腿的人是不可能成为马背上的英雄的。

百里轻鸿的目光在明王世子的断腿上一飘而过,神色依然淡漠,仿佛什么都没有做一般。明王世子眼神蓦地狠厉起来,死死地瞪着百里轻鸿。

拓跋梁冷声道:"本王倒要看看那些天启人有多少能耐敢与我貊族铁骑对抗!明日早朝本王便启奏陛下,密切监视各地天启人,但有异动,一律杀无赦!"

拓跋明珠皱眉道:"陛下只怕未必会听父王的。"如今朝堂上虽然看似和谐,但是皇帝和明王之间的明争暗斗却从未停止过。自从上次宫变之后,皇帝的身体就一直不好,加上大皇子重伤残疾,导致北晋皇帝一派的实力大减。若不是有拓跋兴业坐镇,说不定真让拓跋梁坐上皇位了。

拓跋梁道:"事关貊族的天下,陛下想必会有决断的。"

北晋皇帝确实眷恋皇位,更想要将皇位传给自己的儿子,但他毕竟不是个昏君。

思索了片刻,拓跋梁道:"传本王命令,命余靖将军率军前往信州平乱,三王子随行。"迟疑了片刻,拓跋梁还是加上了一句,并没有看到旁边明王世子的神色变化。

他又看向百里轻鸿道:"开春之后出征沧云城势在必行,不要让本王失望,更不要让拓跋胤占了便宜!"

百里轻鸿微微扬眉:"战功和拓跋胤,到底要哪个?还请王爷示下。"

拓跋梁脸上露出一丝怒意,拓跋明珠连忙道:"父王,谨之的意思是,若是两件事有了冲突……"拓跋梁垂眸,显然是在进行激烈的挣扎,不知过了多久方才抬起头来盯着百里轻鸿的脸,慢慢道:"若能杀了拓跋胤,自然是最好。"

"遵命。"百里轻鸿垂眸,淡淡应道。

所谓的雄才大略,在个人利益面前,也不过如此。

从书房出来,拓跋明珠在门口又被明王世子阴阳怪气地挤对了几句。拓跋明珠自然不会甘心被挤对,毫不客气地怼了回去。她这个大哥是她同母的哥哥没错,但是三王子同样也是与她同母所生。无论是谁成为明王世子,对拓跋明珠都没什么影响。"大哥这些日子,脾气越发古怪了。"拓跋明珠不悦地道,"简直跟疯狗一样。"

百里轻鸿淡淡道:"心情不好吧。"

拓跋明珠轻哼一声道:"他自己无能被君无欢抓住了羞辱,还能怪别人不成?"

百里轻鸿看了她一眼道:"别在这里说这些,回去吧。"

拓跋明珠点点头,含笑拉着百里轻鸿走了。

两人离开了片刻后,一个妖娆的身影从不远处的花丛后面走了出来。她望着两人远处的背影,偏着头微微勾起菱唇一笑,"这个陵川县主有点意思啊。陵川县马也……呵呵,公子说得不错,明王府果真是个有趣的地方。"

说罢,她也转身悄无声息地离去,却是朝着明王世子离开的方向而去的。

拓跋罗坐在大皇子府的一张轮椅里晒太阳,他原本带着几分温文贵气的容颜不过短短两三个月就添上了几分寥落和沧桑。

贺兰真将一件厚厚的狐裘披在他的肩上，道："王爷，小心着凉。"

拓跋罗拢了拢肩头的狐裘，抬头对她一笑："多谢。"

他的腿伤得比明王世子更重，虽然已经过了两个多月了依然不能下地行走。天启人总说人情冷暖，他如今才明白了这是什么意思。自从他伤了腿，他就再也不是曾经的北晋大皇子了。就连曾经对他无比看重的父王也只是派人来看了看送了一些东西之后再无任何过问。除了拓跋大将军那样对权势名利毫无兴趣的人以及四弟和十七弟，真正还关心着他的也就只有这个才刚刚成婚不久的王妃了。

贺兰真对他笑了笑道："四弟来了，王爷要见见吗？"

拓跋罗点头："请四弟进来吧。"

片刻后拓跋胤便被人领进了花厅，身后还跟着拓跋赞。

"四弟来了，坐下说话。阿赞怎么也来了？"拓跋罗对两人笑笑点头示意两人坐下说话。拓跋赞看了看拓跋罗，小声道："好些日子没有见到大哥，我跟四哥来看看你。"

拓跋罗道："听大将军说你这些日子长进了，这很好，你也该长大了。"

拓跋赞抿着唇没说话，这两个月他也沉稳了不少。

拓跋胤坐了下来，看着拓跋罗道："大哥，你可还好？"

拓跋罗笑道："我有什么好不好的？倒是你，这些日子难为你了。"一场宫变大约是让北晋皇帝感到十分不安，倒是对手握兵权战功赫赫的拓跋胤多了几分倚重。但是北晋皇帝倚重归倚重，却半点没有让拓跋胤插手朝中政务的意思，明显是将他当成一个单纯的武将来用。

拓跋胤道："过些日子我便要出征了，我有些担心大哥这里。"

拓跋胤向来对拓跋罗是有话直说，拓跋罗也习惯了笑道："我如今这个样子，也威胁不到别人了，还有什么好担心的？"见拓跋胤皱眉，拓跋罗道："倒是四弟你，这次出征千万要小心。"

拓跋赞道："大哥，你是怕有人要害四哥？"拓跋胤早几年也常年出征在外，大哥从来没有说过这种话。拓跋罗叹了口气，道："不管怎么样，在明王的眼中四弟都是大敌。"

提起明王，拓跋胤眼底也多了几分冷意道："拓跋梁以为只有他要算账吗？"

拓跋罗轻笑一声，道："阿胤，朝堂上的事情不是有仇报仇有怨报怨那么简单。原本你不喜欢这些我也不跟你说，但是现在……以后的路要你自己走了。"

拓跋胤眼神一黯，望着拓跋罗道："大哥，你的腿，我会想办法的。"

拓跋罗摇摇头，并没有将他的话当真，他的腿伤得有多重他心知肚明。拓跋胤沉声道："我知道有一个很厉害的神医，只要能找到他，我定然将他带回上京来！"

弟弟的心意，不管怎么说，拓跋罗还是接受的。他叮嘱道："出门在外，还是要将心思都放在军中，莫要耽误了正事。最重要的是小心百里轻鸿。"百里轻鸿这个人，直到现在拓跋罗都没有琢磨明白。拓跋胤点头："我知道了，大哥放心便是，我走的时候将麾下护卫留下给大哥。"

拓跋罗想起拓跋胤对百里轻鸿的敌意，想来他也不会对百里轻鸿降低了戒备，便也放下了心来。

坐在旁边的拓跋赞左右打量着两人也不插话，只在拓跋胤说他要出征的时候眼神闪了闪，不知在想些什么。

楚凌收到明王府派兵前来信州的消息的时候，正在军中巡视士兵的训练。靖北军虽然才刚刚成立不久，但是楚凌规定的军纪和训练都被严格地执行着。虽然其中依然免不了有一些不安分的人，但毕竟是少数。

这些人也知道靖北军并不是混吃等死的地方，是真的要上战场打仗的。若是不想死在战场上，自然要加倍地训练了。

"小将军，你看怎么样？"莫晓廷跟在楚凌身边，有些得意地道。

不远处的校场上，一群士兵正在挥舞着兵器训练，看起来倒是有些样子了。

楚凌淡淡瞥了他一眼，道："花架子。"

"啊？"莫晓廷脸上的得意顿时僵住了，"我们就是按照小将军吩咐下来的训练的啊，半点也不敢怠慢。"怎么就得了这么个评价？

楚凌斜了他一眼道："若是短短不到一个月就能练成能上战场的精兵，谁还愁兵马的事情？好好练着吧。"

莫晓廷只得沮丧地点了点头。楚凌见他如此，便出言宽慰道："这不是你的错，不用着急慢慢来就是了。"

莫晓廷愁眉苦脸地道："但是万一貊族人来了，咱们还没有准备好……"

楚凌道："晓廷，上战场永远都没有准备好的时候。你好好看着他们训练就好，现在多练一会以后活下来的机会就会大一些。孙泽，军中可还有什么困难？"

孙泽道："别的倒是没什么，不过小将军，兵器……"靖北军扩充得太快，兵器自然就跟不上了。

楚凌道："没事，这事我已经跟沧云城和凌霄商行商量过了。先从他们手里购买一批铁石和兵器。"就是欠了君无欢一大笔钱，楚凌觉得有些愁。虽然这几年她也攒了不少钱，但是养军队是个烧钱的事儿，养着十几万兵马她那点钱是杯水车薪。

孙泽闻言倒是松了口气："那就好。"

"启禀小将军，秦大人请将军即刻回城。"一个侍卫模样的男子快步来报。楚凌问道："秦大人可说了何事？"

侍卫道："秦大人接到消息，明王府派兵马往信州来了。"

楚凌神色一肃，立刻转身回城去了。

楚凌回到县衙的时候，除了前日去驻守思安的郑洛和叶二娘，其他人都到了。就连往常鲜少过问靖北军事务的君无欢都来了。看到楚凌进来，众人连忙起身："小将军。"

楚凌挥手示意众人不必客气，目光直指秦知节道："秦大人，消息怎么说？"

秦知节道："回将军，明王府命麾下将领余靖率领一万貊族军和八万南军往信州来了。"

楚凌微微扬眉："一共九万人？加上信州境内应当还有几千貊族兵马和五六万南军。"算下来，总共也有十五万人马了。重要的是，那一万多的貊族兵马非常不好对付。

楚凌叹了口气，侧首去看君无欢："长离公子，我要的兵器什么时候能到？"

君无欢对她一笑道："最多两天，不过之前阿凌答应我的条件可别忘了。拿下信州之后，三年之内凌霄商行在信州的税减三成。"

楚凌笑眯眯地拱手道："多谢长离公子对我靖北军如此信任。"如果他们败了，那君无欢这批兵器就等于白给了。

君无欢轻声道："我自然是相信阿凌的。"

坐在末尾的段云看了看两人，低下头去没有吭声。

北晋大军即将来袭的消息楚凌并没有下令瞒着，整个蔚县几乎立刻就进入了一种凝重紧绷的气氛中，刚刚赶回来的云行月险些被吓了一跳。

"还没进城就杀气腾腾的，我差点以为自己要被当成细作给砍了。"云行月走进书房，有些不满地道。

楚凌抬头看了他一眼，笑道："谁敢砍了云公子啊，不过是给他们增加一点压力罢了。"

云行月摇头晃脑地道："你这可不是增加一点压力啊。让他们这么紧张下去，搞不好还没开打你自己就先溃败了。"楚凌笑眯眯地看着他："你想太多了，即便是普通百姓也并不是如你所想的那么脆弱。"

云行月有些不以为然，楚凌道："那我们打个赌如何？"

云行月微微眯眼，警惕地看着楚凌："赌什么？"

楚凌道："赌和北晋人交手的第一战，我们会赢的。如果我赢了就劳烦云公子帮我指导一下蔚县的大夫。"云行月道："如果你输了呢？"

楚凌摊手："要求你提。"

云行月眼睛一转，目光却落到了坐在旁边不远处正低头提笔疾书的君无欢身上。有些遗憾地叹了口气道："如果我赢了，凌姑娘叫我一声哥哥如何？"

君无欢闻言，抬眼冷冷地扫了云行月一眼，到底没有阻止。

楚凌笑眯眯地点头道："好呀，一言为定。"

"一言为定！"

各自都觉得自己占了大便宜，心满意足地对视一笑。云行月才走向君无欢道："听说你碰上南宫御月那个疯子了？"

君无欢淡淡道："都过去大半个月了，你才来关心我未免太迟了一些。"

云行月没好气地道："我是为了谁？下面传了消息，说惠州那边找到了一个古方，本公子辛辛苦苦地赶过去容易吗？"楚凌闻言，也走了过来问道："是跟君无欢的身体有关的吗？怎么样？"

"差不多吧，不过用处不大，回头我再看看。"

云行月摸着下巴将两人打量了半晌，总觉得这两人的关系好像比之前又更亲近了一些。云行月不怀好意地对着君无欢笑了笑，君无欢给了他一个冷飕飕的眼刀。

云行月只当看不见："手伸出来我看看。"

君无欢伸出手让他把脉，云行月按着他的脉搏沉吟了许久，微微皱眉道："没什么大事，好好休息。"

君无欢点点头，收回了手。楚凌走到旁边坐下来，看着云行月道："真的没事？"

云行月笑道："本公子说没事，能有什么事？话说，两位这是发生了什么事情，本公子这才离开几天啊，怎么感觉这么不一样呢？"楚凌对他翻了个白眼，道："这大概是因为我最近又知道了一些大秘密。你知道的，人和人之间如果有了共同的秘密，关系自然就亲密了嘛。"

云行月仔细打量了楚凌一番，只见她白皙的小脸上带着几分笑意，连一丝脸红的迹象都没有。云行月还在想着怎么扳回一城，就听到君无欢淡然道："既然没事，你可以走了。"

"走？"云行月不解，"我去哪儿？"

君无欢道："去帮阿凌教蔚县的那些大夫。"

云行月怒瞪着眼前的两人，最后目光恨恨地落在君无欢身上道："你觉得我肯定会输？"

君无欢点头，"我是这么认为的，你有意见？"

深呼吸，再一次深呼吸，云行月恶狠狠地瞪了君无欢良久，终于还是轻哼一声转身拂袖而去。

"他看起来像是想要扑上来。"楚凌托着下巴，饶有兴致地道。

君无欢道："他不敢。阿凌当真有把握能赢？"楚凌道："只要长离公子能够及时将兵器送到，若是连第一战都赢不了，那往后就更没有什么指望了。"

君无欢点点头："余靖这个人，阿凌当初在上京的时候听说过吧？"

楚凌点头道："放心，我心里有数。"

君无欢笑道："我对阿凌自然是放心的。"

君无欢果然说到做到，两天后楚凌所需要的兵器就全部送到了。全军整装之后，楚凌选择的并不是建立防线准备抵挡敌军，而是主动出击。

楚凌带着狄钧、段云和六万兵马主动出击去拦截明王府的兵马，葛丹枫率领三万兵马坐镇蔚县附近。

站在城楼上，目睹楚凌等人带着兵马远去，云行月摸了摸下巴忍不住低声道："若不是……我真不相信凌姑娘是个女子。"

君无欢侧首看了他一眼，问道："为何？"

云行月道："你见过几个女人这么厉害的？正面跟貊族人开战，这天底下就算是男人也没有几个敢这么想的。"君无欢垂眸，淡淡道："你将貊族人想得太厉害了。"

云行月蹙眉，君无欢道："貊族铁骑确实厉害，但是再厉害也还是血肉之躯。当初貊族人能以十几万兵马将天启赶到南方去，你觉得只是兵马的原因吗？"

自然不是。云行月心知肚明，若不是天启朝堂争斗，吏治腐败，无论文官武将都没有将心思用在该用的地方，天启何至于败得那么惨那么快？

"这么说，你看好凌姑娘？"云行月问道。

君无欢微微蹙眉，道："难，但也并非全无希望。"

云行月想了想，道："我们去帮忙吧。"

君无欢有些意外地看着云行月，云行月理所当然地道："咱们好歹在蔚县白吃白喝人家这么久，特别是你长离公子，幸好靖北军的人不知道他们的小将军是个女的。不然人家还以为你是凌姑娘养的小白脸呢。"

君无欢沉默了良久，突然纵身一跃从城楼上跳了下来。云行月吓了一跳："喂，你做什么去？"君无欢的声音从城楼下飘来："不是你说的么？去帮阿凌啊。"

云行月半晌无语，最后只能揉了揉自己的脸也跟着纵身跳了下去。

此时的南宫御月还在信州舒舒服服地享受着属下殷勤的侍候。他脸上和身上的伤都还没好全，而按照南宫国师爱面子的脾气，哪怕就是天塌了也别指望他出门见人。

有些懒洋洋地靠在软榻上，南宫御月仰头喝了一口壶中的美酒，方才睁开眼睛问道："今天可有什么消息？"

站在他跟前的白衣男子躬身道："回公子，明王派了余靖和三王子带着兵马朝信州来了。不出意外的话，三天后就能到达信州。"南宫御月微微点头，并不在意："信州剩下的兵马现在如何了？"

白衣男子道："尊公子之命，剩下的兵马我们已经接手了。就算余靖来了，也不能轻易拿回去。"

南宫御月这才满意地点了下头道："做得不错，本座替拓跋梁收拾烂摊子，总要有点收获吧？"

白衣男子点头称是，心中却忍不住吐槽："您只是杀了人家的信州镇守将军，顺手接手了人家的兵权而已。

"那余靖奉了明王之命来此，只怕不会善罢甘休。"白衣男子提醒道。

南宫御月轻笑一声道："那也要他有本事或者来信州，收拾收拾，咱们启程回京吧。信州的兵马……"白衣男子连忙道："公子放心，宁都郡侯已经暗中派人过来接替了，有陛下的任命诏书。公子不等人来交接了再走吗？万一余靖……"

南宫御月嗤笑一声，道："赶紧走，不然万一余靖还是谁死了，拓跋梁怪到本座身上怎么办？"

白衣男子心中有些惊骇，公子竟然断定了余靖一定会败吗？若是如此，为何又要宁都郡侯派人来接掌信州兵权？

"是，属下这就去传令！"白衣男子也顾不得多想，转身快步走了出去。

南宫御月从软榻上站起身来，随手将酒壶扔到一边就要往外走。

走到门口南宫御月却站住了，不知何时君无欢一身青衣站在不远处的屋檐下。南宫御月微微眯眼，道："君无欢，你胆子不小。这个时候还敢擅闯将军府。"

君无欢并没有与他一般见识，只是道："你要走了？"

南宫御月冷笑道："不走等着给你们背锅？本座没空陪你玩这些游戏，上京皇城里还有人等着我回去跟他算账呢。"

君无欢也无所谓，抬手将一个东西朝着南宫御月抛了过去。南宫御月接在手中却是一个药瓶。

君无欢道："云行月替你配的新药，你若是不放心可以找人看看。"其实这话是多余的，这些年君无欢前后拿过不少药给南宫御月，但除了动弹不得的时候被强灌下去的，南宫御月只怕从来没有多少真的吃进去的。

南宫御月看了一眼，方才轻哼一声收进了袖中。看着君无欢道："你还有什么事？"

君无欢道："没什么大事，你这次回去想要对付拓跋梁？"

"有什么问题？"

君无欢摇摇头道："你暂时只怕还动不了拓跋梁。"

南宫御月冷笑一声，笑容轻蔑地道："就凭冥狱吗？"

君无欢看着他："就算你不承认，白塔的实力确实不如冥狱。更何况你打算将所有的实力都砸在拓跋梁身上吗？"南宫御月有些烦躁地道："本座不需要你提醒怎么做。"

君无欢摇头笑道："不，我可以帮你，不费吹灰之力就可以给拓跋梁一个深刻的教训。不过，你得帮我一个忙。"

南宫御月扬起下巴扫视站在对面与他隔着一个院子对望的君无欢，道："你想杀谁？"

君无欢一愣，有些好笑："你怎么知道我要找你杀人？"

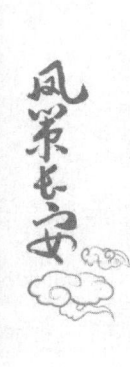

南宫御月笑容更冷："除了杀人，你还能有什么事情需要找我？"

君无欢叹了口气，道："好吧，不过这次我不需要你杀人。你只需要去刺杀一个人就行，不需要他的命，最好是能伤到，伤不到也无所谓。"

"哦？这倒是有意思了。你想要我刺杀谁？"君无欢要的不是伤人，而是有人要刺杀这个事实。

君无欢轻声道："拓跋兴业。"

"拓跋兴业？"南宫御月微微挑眉，思索了半晌突然笑出声来，"君无欢，这个时候你让我去刺杀拓跋兴业？看来你果然还念着他是笙笙的师父，是想要替你的未来的师父摆脱麻烦吗？"

君无欢瞥了他一眼，不以为意。淡然道："局势需要，你若不敢就罢了。"

"这种激将法对本座没用。"南宫御月不屑地道："不就是拓跋兴业吗？本座答应了。"还是有用的。

"小五，咱们怎么打？"

狄钧坐在马背上，看着不远处的靖北军大营兴致勃勃地道。楚凌有些无奈地叹了口气道："四哥，你能不能不要这样兴高采烈的？"狄钧不解："为什么？"他就是很兴奋啊。

楚凌道："虽然我觉得战前打击你的积极性确实不太好。但是说真的，这一仗很难打。"

狄钧点头道："我知道啊，所以呢。"

"千万小心。"楚凌叮嘱道，看到狄钧这个热血上头的状态，楚凌真的有点担心。旁边段云阴沉着一张俊脸道："小将军不用担心狄统领冲动行事，昨晚他愁得一晚上没睡着。"

楚凌有些诧异地扭头去看狄钧，狄钧没好气地瞪了段云一眼，连忙对楚凌道："小五，你别听他胡说，我才没有。四哥我胆子大着呢，才不会怕这点小阵仗。"

楚凌看着他急忙解释的模样，有些忍俊不禁。连忙安抚道："好了，四哥，我知道你不怕。"

狄钧这才满意地点点头道："小五，你说吧，咱们怎么打？"

楚凌道："明王府的兵马，最快也要今天晚上才会与咱们撞上。余靖手里一共有九万兵马，硬碰硬我们是绝对没有胜算的。"

狄钧点头，楚凌直接从地上捡起一根树枝，在地面上画了几条线道："貊族铁骑尤其擅长平原作战，而且他们全部都是骑兵，我们却没有足够用来对付骑兵的器械。所以，只能让他们无法发挥出他们的优势。"

狄钧看着楚凌在地上画的，皱眉思索了片刻道："我明白了，你的意思是我们要将貊族人堵在前面的峡谷里？"距离他们驻扎的地方十多里外，有一条大峡谷。原本是一条大河流淌经过的地方，不过如今是枯水的季节，里面便是一片河谷，有泥沙也有嶙峋的石头。楚凌对他一笑道："不错，只要能困住这一万人，剩下那些南军就好解决多了。"这次明王府派来的南军同样是从明王府麾下镇守的各地抽调而来的，战斗力并不会比信州的南军高多少。

段云若有所思地皱了皱眉道："小将军，貂族人打仗习惯了让南军在前面冲锋陷阵，你用什么办法单独将貂族骑兵引入峡谷？"

楚凌道："这个我正想要请教段公子呢。"

对上楚凌亮闪闪的大眼睛，段云半响无语。这位小将军的眼底分明写着：你是军师啊，这种事情不是应该你来想办法吗？

段云吸了口气，道："小将军如果能解决掉前面那几万南军的话，我可以试一试。"

楚凌大喜，伸手一拍段云的肩膀笑道："我就知道小段你肯定有办法，南军我来解决，貂族骑兵就交给你啦。"

段云淡淡道："小将军太抬举我了。"他真的只是一个手无缚鸡之力的读书人，一万貂族骑兵交给他解决？看着他被貂族人的马给踩死吗？

楚凌有点尴尬地笑道："开个玩笑，你们只要将人引进去然后自己从另一边尽快离开就好了。"

段云微微扬眉："小将军打算带着三万人解决掉八万南军，然后还要回头解决一万貂族骑兵？难道小将军真的是哪位战神转世？"

我怎么觉得小段最近嘴皮子溜了很多？

楚凌叹了口气，一脸真诚地看着他们道："所以，我只能给你们一万兵马。剩下两万我要了。"

狄钧微微眯眼，抓了抓自己的头发道："我怎么觉得这一仗我还是打不成啊？"一万靖北军对一万貂族骑兵，怎么看都不像是能正面开打的模样。不是狄钧妄自菲薄，现在他们的实力真的是不如貂族人。别说是一对一，就是十对一，他都不敢保证他们就一定能赢。

楚凌一脸无辜地看着他，笑道："四哥，仗总会有机会打的。现在咱们实力太弱了，要低调。"

再低调，那九万兵马也不可能给你吃了啊。

段云既然应下了这件事，楚凌便放心地将这件事交给段云和狄钧去处理了。小段公子虽然平时鲜少说话，表现得十分低调，但是交给他的事情却从未出过纰漏。段云和狄钧带着人去做准备了，楚凌便带着自己剩下的兵马开始谋划起来。

孙泽和莫晓廷站在一边看着楚凌正对着桌上的地图发呆，楚凌不说话他们也不敢说话。

楚凌抬眼看了两人一眼，淡定地道："有什么看法，说说看啊。"她哪里是在思考什么排兵布阵啊，她是还有点没缓过神儿来。孙泽有些犹豫地看了看楚凌，楚凌笑道："没关系，想说什么都可以。"

孙泽道："咱们现在的实力肯定拼不过貂族人，是不是可以出奇制胜？"

"怎么个出奇制胜？"楚凌问道。

孙泽想了想道："小将军说要我们引开南军。但是貂族人虽然习惯用南军打头阵，几万南军也未必就那么容易被我们引走。而且，南军想必也知道他们自己的身份和用处，在前面开路的时候必定会小心翼翼，肯定不会轻易被咱们牵着鼻子走。"

楚凌点点头："说得很有道理。"

孙泽有些腼腆地笑了笑，道："所以，如果我们能让他们主动加快行军速度的话……"

莫晓廷问道："怎么让他们主动？"

孙泽道："如果我们佯攻距离这里最近的邺县，他们会不会赶着去支援？"

莫晓廷扭头去看楚凌，想要知道她的看法。

楚凌打量着孙泽好一会儿，方才露出了一个笑容，道："想法很有趣，邺县距离此处不到二十里，驻守的兵马也不多。你们两人谁愿意去拿下邺县？"

莫晓廷眨了眨眼睛提醒道："小将军，孙泽说的是佯攻。"佯攻！假的啊！虽然邺县的兵马不多，但他们现在也没有必要整个信州地招猫逗狗吧？

楚凌道："既然都要做了，干吗不当真？更何况，就邺县那点人，还用得着你佯攻吗？"县城这种地方基本上是不驻军的，只是最近信州有些乱，才少量地派了一些兵马意思一下。并不是每一个县城都跟思安县一样，也正是这样他们才能轻而易举拿下了蔚县。

莫晓廷和孙泽对视了一眼，觉得小将军说得好像也没错。真打假打不都是打吗？

"小将军，我去！"

"我去！"两人齐声请战。

楚凌看了看两人，沉吟了片刻道："既然是孙泽的提议，那还是孙泽去吧。一切小心。"

孙泽点了点头，拱手应是。莫晓廷没有抢到任务难免有些沮丧，楚凌斜了他一眼道："都到这地方来了，你还怕没活干？"莫晓廷一想也对，立刻将方才那点沮丧抛到了脑后，兴致勃勃地问起楚凌接下来还有什么计划来了。楚凌看着他来得快去得更快的情绪有些羡慕，到底都还是少年人啊。

君无欢和云行月从信州赶到楚凌等人所在的地方时候已经是深夜了。原本驻扎的大营已经消失无踪只留下一块空荡荡的野地。云行月有些惊讶："怎么回事？难不成凌姑娘打算夜袭？"他忍不住回头看了一眼君无欢道，"你非要先去信州见一趟南宫御月,现在好了,咱们来晚了人家都拔营走了。"

君无欢倒很是从容自在,淡定地道:"你急什么?就算走了也不会太远,找这么多兵马还不简单?"

两人说话间,已经有两个人影飞快地朝着这边掠了过来:"见过公子。"两个人还未走近,便已经停下了脚步躬身见礼。君无欢微微点头道:"阿凌他们去哪儿了?"

两人将靖北军的动向告知,其中一人方才道:"公子,凌公子给你留了话。"

君无欢有些诧异地挑眉:"阿凌知道我会来?"他可没有告诉过阿凌他会跟着来的。男子摇头:"属下不知。"君无欢点点头,问道:"阿凌要你带什么话?"

男子道:"凌公子说,他可以应付,请公子旁观就好。"

"哦?"君无欢微微蹙眉,思索了片刻便明白了楚凌的意思,点头道:"我知道了,你们去吧。"

"属下告退。"

等到两人退去,云行月方才问道:"凌姑娘这是什么意思?不让你插手?"君无欢道:"阿凌是想拿明王府的人练手,她以后要执掌靖北军,不可能一直靠我帮忙。趁着现在这个时候练练手也没什么坏处。"

云行月翻了个白眼,"你一个生意人,打仗的事情上能给她帮什么忙?你们俩是不是有什么事情瞒着我?"

君无欢回头,眼神悠然地扫了他一眼。云行月突然就悟了,道:"她已经知道你的身份了?"

君无欢也不理他,转身慢悠悠地朝着方才那两个男子提供的方向而去。云行月气得在后面跳脚:"既然这样,你干吗不告诉我?害得本公子还要在凌姑娘面前演戏!"

君无欢的声音从野地里传来,带着几分笑意:"阿凌说过了,是你自己笨。"

拓跋梁派出来剿灭靖北军的麾下将领和明王府三王子拓跋祀并不知道前方已经有人张开了一张大网等着他们了。出了上京之后两人一路收拢了兵马,便带着九万兵马直扑信州。

倒不是他们行军风格就是如此快如闪电,而是不得不为。

拓跋梁第一时间得到消息就派了两人离京,就是为了在事情闹大之前剿灭信州的叛军。如果他们晚了,就会给北晋皇帝留下插手的余地和攻击他的机会。所以余靖一路上鲜少停留,就是为了能够尽快赶到信州。

余靖能够受得了这样日夜兼程的行军,却不代表拓跋祀也能受得了。拓跋祀是明王府的三皇子,也是大王妃的嫡子。因为前面有个世子在,明王府并不指望他继承家业。拓跋梁忙于朝政无暇教导儿女,大王妃却对这个小儿子十分疼爱。拓跋祀已经年近三十了,却连战场都没有上过一次,这在貊族权贵中间也是相当少见的。

这一次，拓跋祀明白是大哥不行了父王才给了自己这个机会，自然雄心勃勃地想要立下战功让父王另眼相看。但有心是一回事，能做到却是另一回事。"余将军……"坐在马背上，拓跋祀有些灰头土脸地道，身上再也没有了第一天刚出上京时的意气风发。余靖侧首看了他一眼，微微蹙眉，口中却还是恭敬地道："三王子，有何吩咐？"

拓跋祀道："这么晚了，咱们是不是找个地方安营休息？将士们也受不了这样的奔波啊，若是累倒了，到了信州还怎么打仗？"余靖不以为然："我貊族将士怎会如此不济？"

拓跋祀脸上的笑容一僵，不过很快又消失了，补充道："我说的是南军士兵。"

余靖抬头望了一眼，也忍不住皱起了眉头，比起貊族骑兵，全靠双腿跑的南军确实要狼狈得多："三王子，王爷命令我们尽快赶到信州接手防务。"

见余靖坚持，拓跋祀也只得作罢。毕竟余靖才是主将，他只是一个过来帮忙的。

余靖心里有些失望，王爷当年也是骁勇善战冲锋陷阵从不落人后的。怎么两位嫡出王子一个轻易就被个病秧子给抓了，一个连行军都受不了，这还怎么打仗？

两人的心思对方自然都不知道，又在黑暗中赶了一段路。就在拓跋祀实在有些受不了的时候，突然前方传来一阵马蹄声，所有人精神都是一振。

一个斥候骑着快马朝着他们冲了过来，"启禀将军，前方斥候报：前方二十里邺县遭叛军围攻！"

"什么？！"闻言，余靖大惊，"叛军竟然绕过了信州围攻邺县？信州的兵马在做什么！"

斥候道："信州南军前些日子接连惨败，兵力不济。且畏惧责罚，军中常有士兵出逃。如今已经是一盘散沙，只怕是无力抗衡叛军。"

深吸了一口气，余靖厉声道："传令，全军加快脚步，前往邺县解围！"

"是！"旁边的人沉声道。

很快便传来了貊族军中独特的啸声，似在催促着人加快脚步一般。楚凌站在山林中看着山下突然加快了速度的兵马，站在她身后的莫晓廷道："看来北晋人已经知道邺县被围攻的消息了。"楚凌点点头，道："你记住，一旦南军的大部队过了谷口的岔路，就立刻带人将他们截断。若是南军回身反击，就将他们挡回去。如果他们不回击而是继续往前跑，就不用管他们，配合狄钧和段云，将貊族骑兵赶入河谷。"

莫晓廷咬着牙重重地点头，又皱眉道："如果南军一直往前跑，那孙泽就麻烦了。"

楚凌看了他一眼笑道："你能想到这点很好。不用担心，孙泽脑子灵活不会困守邺县的。"

"那就好。"

楚凌道："去准备吧。"

莫晓廷点点头要走，突然想起来一件事："小将军，你做什么啊？"

楚凌看着山下的人流中的一个点，笑道："我去杀人。"

杀人？杀谁？

莫晓廷也顾不得多问，领了军令便飞快地转身走了。少年人平生第一次遭遇大战，即便在黑夜中，一双眼睛也闪烁着熊熊火焰。

楚凌一直不紧不慢地跟着貊族兵马的队伍。直到前面的南军已经大半通过了前方通往河谷的岔路，神色这才渐渐地专注起来，原本有些慵懒的姿态也变得紧绷。

原本寂静的深夜里只能听见兵马前进的声音，突然一道火光在前方冲天而起。前方似乎出现了一阵骚乱。

余靖神色一变："前面有埋伏？！"

拓跋祀脸色也变了，一手拉着缰绳，一手握着手中的弯刀警惕地看向四周。

余靖轻哼一声，"好大的胆子，传令围住，一个也不许放走！"

说着他便拍马向着前方而去。

就在这时，嗖的一声羽箭破空的声音在夜幕中袭来。余靖反应很快，立刻就意识到对方不是冲着自己来的，"保护三王子！"

拓跋祀却没有余靖这样的反应，等他想要闪避的时候羽箭已经到了跟前。还是旁边一个侍卫见来不及保护拓跋祀，一刀砍断了拓跋祀座下的马腿才让他避过了这一箭。

拓跋祀滚落到地上，很是狼狈。

余靖没有工夫理他，只是吩咐道："保护三王子，其他人跟我来！"便带着人匆匆往前面督战去了，拓跋祀被人从地上扶起来，恼羞成怒地道："给本王子将那刺客抓出来！"

"王子……"身边的侍卫有些担心，这乱军之中最忌多生事端。拓跋祀刚刚丢了大脸，怎么能忍得住？

"还不快去！"拓跋祀厉声道。

侍卫无奈，只得拱手应是。他还没来得及转身叫人，就见一个身形有些矮小消瘦的骑兵朝着这边过来。拓跋祀刚刚失去了爱马，便开口道："你，下来！把马给本王子！"

那人拉了一下缰绳，似乎犹豫了一下才打马朝着拓跋祀而去了。

"放肆！"拓跋祀微怒，"本王子让你下来！"

只是片刻间那一人一马已经到了跟前，拓跋祀挥手想要身边的侍卫将人拉下

来，旁边的侍卫却突然惊呼一声，"三王子，小心！"

话音未落，寒光乍现。一道刀当空落下，劈向了站在马下的拓跋祀。

拓跋祀有些惊恐地看着朝着自己劈过来的刀，他虽然没有上过战场但也还是从小习武的。本能地举起手中弯刀迎了上去，只是已经晚了。对方手中的刀凌空劈下，强横的撞击力直接将他的刀压回了肩膀上。

见一刀没有成功，对方并不惊慌。在马背上飞身踢出，将周围想要围上来的侍卫全部踢飞了出去。人还在半空中没有落回马背上，手中的刀就已经再一次劈向了拓跋祀。

这一次拓跋祀没有了之前的好运，方才那一刀他虽然勉强算是挡住了，却也让他握刀的手就被震得剧痛，根本不可能举起来第二次。马背上的骑士手中的刀在他跟前划出了一道绚丽的弧度，拓跋祀只觉得脖子上一凉便什么都不知道了。

"三皇子遇刺！"

拓跋祀倒下去的身影让周围的侍卫大惊，纷纷不要命一般地围攻刺客。刺客坐在马背上，被头顶的兜帽遮住了大半张脸，只露出下方小巧光洁的下巴和薄唇。她一提缰绳，马儿嘶鸣一声便朝着人群外围冲了过去。

周围的侍卫怎么敢放跑了刺杀三皇子的人，立刻纷纷涌了上来堵住了她的去路。手中的兵器也纷纷朝她招呼了过来，马背上的人也不甘示弱，虽然身在马背上腾挪转让却半点也不含糊。侧首避过了一支射向她的羽箭，兜帽被羽箭带着落到了颈后，露出一张清俊的少年面孔。楚凌微微勾唇，伸手接住了两支射向自己的羽箭，反手将箭送了回去。同时抽出一条长鞭毫不客气地朝着周围的守卫扫了过去。长鞭狂舞，马儿受了惊吓也开始疯狂朝前方冲去。马儿跑得再快，楚凌也依然在马背上坐得稳稳的。直到冲出了人群她才从马背上一跃而去掠上了路边的山坡，片刻后消失在了黑暗的山林中。

"追！"

君无欢和云行月站在一处隐秘的高处俯视下方的战事。本该幽静的夜晚，放眼望去却到处火光晃动，人声马鸣不绝于耳。山下还有兵器撞击和士兵厮杀的声音，让这个夜晚显得格外热闹和血腥。

看到楚凌顺利脱身，云行月也长长地松了口气。

侧首看向君无欢道："你要不要再考虑一下？"

"考虑什么？"君无欢不解地问道。

云行月指了指楚凌消失的地方，道："这个也太厉害了一点，你身体虚弱，我怕你招架不住。"手底下就区区十二万的乌合之众，就敢杀拓跋梁的儿子了。这样彪悍的姑娘，当真不是一般人能招架得住的。

君无欢优雅地拢了一下自己身上的披风，道："不要将我与你相提并论。"

"什么意思?！"云行月怒视着他，不悦地道。

君无欢微笑："自己想。"

云行月翻了个白眼懒得想，反正不是什么好话。

段云说能引貂族人入河谷，还当真没有食言。当楚凌摆脱了追杀自己的侍卫赶到预定地点的时候，果然看到了一群貂族骑兵已经杀气腾腾地追着靖北军进了河谷。峡谷中间是一条足有十来丈宽的河，两边都是水干了之后裸露出来的沙石和石块。骑兵一进入峡谷，两岸就有箭雨袭来。

前面正在夺路狂奔的靖北军不知道做了什么惹怒了这些骑兵，竟然让他们锲而不舍地追了上去，半点也不惧怕两岸射来的羽箭。

或者他们也并不将这些羽箭看在眼里，毕竟射出去的羽箭，十支里面至少有九支都是落空的。若不是如今情况特殊，又是段云在指挥，楚凌都想让他们省省算了免得浪费箭矢。

"你做了什么让他们这么锲而不舍地追着跑？"楚凌走到段云身边有些好奇地问道。

段云扭头看了她一眼，道："我让人在岔路口摆了一头死猪和一尊木头的雕像。"

"就这么简单？"楚凌惊讶。

段云点了点头："就这么简单。"

楚凌摸了摸脑袋，深深地为自己的孤陋寡闻和不学无术感到羞愧。段云倒是也没有卖关子的意思，淡定地解释道："貂族王室的先祖名为纳尕，意为蠡，也就是猪的意思，拓跋氏崛起之后便将纳尕尊为貂族的神。"楚凌点了点头，恍然大悟："所以，那个雕像……"段云道："貂族人在各地都建了庙宇妄图取代天启人信奉的神佛供人参拜。那是我让人从附近的一座庙宇中搬来的。"

楚凌忍不住赞道："小段，你真是天才。就是这样，那些貂族人就嗷嗷叫着追进来了？"

段云道："我还用貂族话在雕像上写了几句话。"

行吧。楚凌点点头，事情办完就好了，她也不问段云写的是什么了。她还是不想听太多的污言秽语。

段云朝着身边的人点了点头，身边的护卫开弓朝着天空射出了一支羽箭。带着火光和啸声的羽箭射向天空，发出尖锐的啸声。河谷中的狄钧立刻回过神来，对着身边的人高声吼道："撤！"

靖北军大部分士兵还是很有危机意识的，早早地跑得远远的了。狄钧被落在了后面，被几个貂族骑兵给拖住了。段云看在眼里，有些无奈地叹了口气："抱歉，小将军，我以为狄统领听进去我的劝告了。"

楚凌很能理解，"没关系，战场上热血沸腾的情况很常见，吃点苦头他就能记住了。"

话虽然这么说，楚凌还是伸手接过了旁边人的弓箭，开弓，放箭。

"嗖！"

一个正举刀砍向狄钧的骑兵手腕被羽箭射穿，顿时弯刀落地血流如注。

"嗖！嗖！"两个挥刀拦截狄钧的骑兵座下的马儿被射中，马儿跪地不起，人自然也从马背上翻了下去。

"让开！"楚凌一把将身边的段云推到护卫身边，自己已经闪身换了个地方。

"嗖嗖嗖！"一阵箭雨朝着他们方才站立的地方射了过来。

楚凌穿梭在树下瞅准了机会继续放箭，看到狄钧摆脱了那些骑兵方才松了口气。

"小将军，貊族人要上来了！"不远处段云提醒道。

楚凌低头向下面看去，果然看到不少貊族骑兵朝着他们的方向来了。

楚凌微微眯眼，深吸了一口气。随手扔开了手中的羽箭，抬手抽出了一把小巧的弩机。弩机上已经装好了一支箭头，箭头寒光闪闪显然是十分锋利。楚凌将弩箭对准了山下的某处，扣动了扳机，弩箭瞬间破空朝着山下的河谷射了过去。

段云怔了一下，有些不解。突然他脸色微变，扭头看向楚凌道："你！"

楚凌回头，对他启唇一笑。幽暗中段云却没有从那双眼眸中看到任何的笑意，只有无边的清寒。

轰的一声，一道红光冲天而起。河谷边上突然燃起了烈火。这烈火迅速地向着四周蔓延，片刻间就连整个河面上都燃烧了起来。楚凌面不改色地又射出了几箭，在所有人都还来不及反应的工夫，整个河谷都成为了一片火海。

"撤！"

段云听到山下有人用貊族话高声喊道。

旁边传来楚凌幽幽的声音："来不及了。"

又是一声轰然巨响，这次是河谷入口的方向。段云并不知道那边发生了什么事情，但是心中却隐隐觉得身边的少年说的是真的，来不及了，那些貊族人出不去了。

心中的寒冷和黯然只是片刻间的事情，下一刻段云就听到自己冷静地命令："传令，所有人，不要让貊族人爬上来！"

楚凌站在他旁边，淡淡道："他们上不来，所有人，一刻钟之后入场杀敌！"

"是，小将军！"

传令的人飞快地离去，段云听着不远处传来的厮杀声和惨叫声。俊雅的容颜被远处的红光照亮。他侧首看向身边的少年，问道："你从哪里得来这么多的猛火油？"

楚凌偏着头对他笑了笑，道："你猜啊。"

段云蹙眉思索了片刻，道："凌霄商行？这天下，除了凌霄商行只怕也没有人能在这么短时间内给你提供这么多东西了。"楚凌道："我倒确实想过要请君无欢帮忙，不过他毕竟是生意人，这玩意儿，用的人不多还挺贵的。我们现在都穷，跟凌霄商行做生意还是要慎重一些的。"

段云有些意外，不过很快就不再纠结，想了想道："信州州志上确实记载过信州境内有石脂，但大都是用来生火照明，想要点燃整个河谷，小将军是从什么时候开始准备的？"

楚凌叹了口气道："夺下蔚县那天就开始准备了，我原本打算万一挡不住貂族大军，就拿来跟大家同归于尽，也好死个轰轰烈烈来着。"

段云当然知道这是瞎话，不过废话中总算有点有用的。便点了点头当她是回答了自己。他深深地看了楚凌一眼，道："小将军胆识非凡，段云佩服。"

楚凌看了看他，半晌没有开口。

气氛似乎有些沉默了，仿佛能听到远处传来烈火燃烧的声音。

好一会儿，楚凌方才道："这火其实不大，烧不死人的。让他们准备吧，该下去了。"

段云道："正是因此，我才说佩服小将军。小将军若一把火烧死了这些人，对靖北军将士来说什么用处都没有。但如果让他们面对面胜过了貂族骑兵，才是真正的一战成名。"

楚凌笑道："实力不济，只能取巧，见笑，见笑。"

"岂敢，我去看着狄统领。"说罢，段云对楚凌拱手告退。楚凌看着他离去的背影，摸着下巴道："莫不是被我给吓着了？我也差点被自己吓到了啊。火攻果然是好用啊，本姑娘怎么这么厉害呢？"

天亮的时候整个河谷中都弥漫着一股奇怪的气味。那是混合了鲜血，烟火以及某种少见的火油燃烧过的味道。两边干涸的河道上，有些地方还在冒着黑烟，若是置身其中甚至隐约能闻到某种肉烤焦了的味道。

这一场与貂族骑兵的交锋到底还是他们赢了，虽然赢得也并不那么轻松。这次楚凌带出来了六万兵马，除了孙泽带走了五千人，莫晓廷带了一万人在外面堵住了貂族骑兵的退路，剩下的四万多人都被楚凌辗转又送回了这个地方。但即便是楚凌前期做了无数的准备，花费了不知道多少心思和财力，即便是杀了貂族骑兵一个措手不及，即便是以一敌三，他们的伤亡依然不少。

狄钧正蹲在河边吐得搜肠刮肚，倒是段云站在旁边虽然脸色有些难看却没有想要呕吐的意思。狄钧这会儿浑身上下已经是一片狼藉，不仅有被烟火熏过的痕迹，更是血迹斑斑还有不少伤痕。这会儿他正趴在地上，一只手捂着胃一只手抓着地上的焦土。

"小将军。"段云侧首，恭声拱手道。

楚凌微微点头，问道："怎么样？"

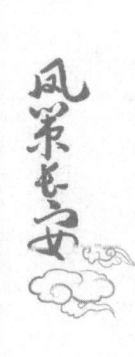

段云道："还在统计，进入谷中的貊族兵马几乎死伤殆尽，我军折损过半。"

也就是说，即便是以多欺少，几乎是三对一的局面，靖北军的伤亡依然比貊族骑兵要多。但即便是如此，昨晚这一仗也足以震惊天下了。要知道当年貊族入关的时候，能对貊族造成如此大伤亡的战役也不算多。

上一次造成如此大的貊族兵马伤亡的是沧云城主。九年前，晏翎独守沧云城八十一天，连斩北晋十数名将领，最后与拓跋胤一战，沧云城伤亡两万人马，貊族折损一万两千人。当然，这算的是貊族骑兵，貊族人计算伤亡是从来不会算上那数万被当成了炮灰的南军的。也正是这一战，让沧云城成功在北方立足。沧云城附近的大片地区被划入了沧云城的控制之下。

楚凌轻轻吐了口气，空气中弥漫的气味让她也有些不舒服。低头看向旁边正抬头看她的狄钧，问道："四哥，伤得不重吧？"狄钧摇了摇头，苍白着脸道："小伤。小五，我……"

楚凌眨了下眼睛看着他笑道："怎么？吐得腿软站不起来了？"

狄钧道："我昨晚，杀了好多人。"

楚凌扯了扯嘴角，正想要安慰他，旁边的段云不冷不热地道："狄统领，你是第一次杀人吗？"

狄钧打了个寒战，不知道是为杀人还是为了段云的冷酷，不过原本心中的反胃和不适却瞬间消失了。他忍不住瞪了段云一眼，就算不是第一次杀人，也是第一次杀了这么多人啊？他想让小五安慰一下怎么了？

段云瞥了他一眼道："狄统领这是想要小将军安慰你？小将军可比你还小着好几岁呢？"

狄钧看看才刚到自己肩膀的楚凌，立刻说不出话来了。

楚凌笑了笑，道："四哥没事就好了，眼下还有很多事情要做。等回去了，我们再给四哥庆功？"

狄钧望了一眼满谷的血腥和尸体，立刻点了点头道："小五说得对，正事要紧。我去看看下面的人怎么样了！"

狄钧都吐成了这样，更不用说别的普通士兵了，胆子小的这会儿回过神来直接就放声大哭起来了。胆子大的也是一脸木然，显然都是受到了不小的冲击。

段云轻叹了口气，道："小将军这次煞费苦心，只希望这些人能够撑得住。"

楚凌淡淡一笑道："都是为了活命罢了，想得少的人反而更能撑得住一些。"

段云皱眉看向楚凌问道："之前小将军做什么去了？"楚凌对段云微笑道："我去杀了个人。"

"谁？"

"明王府三王子，拓跋祀。"

虽然这一场仗奇迹般地胜利了，但是让楚凌有些失望的是，乱军之中叫余靖给跑掉了。

还有那几万南军,他们早先被驱赶着在前面赶路,后来发现后面出了变故却也并没有返回。倒不是莫晓廷有什么本事吓住了他们,而是南军的将领也不傻,知道自己是炮灰但也不代表要主动往枪口上撞吧?于是南军的将领只当没听见,依然督促南军飞速赶往邺县救援。只是等他们赶到邺县的时候,孙泽已经带人走了。

南军直接在邺县城外驻扎了下来,等到第二天天亮收到后方传来的消息才发现事情不好,再想要赶回去却已经来不及了。

南军将领顿时欲哭无泪,他们是不想被貂族人当成炮灰,想要趁机给他们使个绊子。他没有想到貂族人竟然会真的被叛军给剿灭了啊。

如此一来,倒是将自己陷入了进退两难。

因为他们故意不支援,导致将近一万的貂族士兵伤亡,如此大的罪名任凭他们如何巧舌如簧也是难逃一死的。更何况还死了一个明王府嫡子,他们自然是不想死的,但若是不想死……

不想死就只能反了!

那些叛军最初也不过区区两三万兵马都敢占领大片地方自立为王,他们有足足八万南军,有什么不敢的?

这是乱世,想要活下去就不能胆子太小了。俗话说,饿死胆小的,撑死胆大的!几个将领各自对视几眼,合计了一番之后齐齐拍案:反了!

此时的楚凌自然不知道这些南军将领在想什么,一面提防着这些南军的动向,一面让驻守思安的郑洛叶二娘前来接应以防南军突然对他们发难。等收到南军反了的消息的时候,楚凌都忍不住愣了愣。

狄钧等人倒是一片惊喜,"原本咱们还担心那些人,没想到他们自己窝里反了。真是天助我也!"

段云点点头道:"貂族人伤亡惨重,那些南军若是回去也免不了一死。反了说不定还有一条生路。"

狄钧摆摆手道:"我才不管他们是为什么反了的,反正这对咱们来说不是坏事就对了!"

段云想了想,笑道:"这话倒是不错,北晋越乱对咱们越有好处。"这世上从不缺少有热血的人,更不缺少有野心的人。

楚凌点点头道:"派个人去跟南军的统领谈谈,能相安无事最好。"

段云点头,思索了一下主动揽下了这件事:"小将军,我去吧。"

难得段云主动揽事儿,更何况楚凌原本就想让他去,自然没有不答应的。点头道:"很好,那就有劳段公子了。这种事,眼下也只有段公子能胜任了。"段云淡笑道:"定不辜负小将军期望。另外,段某还有一个建议不知小将军觉得如何?"

"段公子请说。"楚凌笑道。

段云道："既然暂时没有了貂族兵马的威胁，小将军不如回程的时候趁势拿下信州。"

楚凌一愣，定定地看着段云没有说话。段云不闪不避任由她打量，好一会儿楚凌方才笑道："段公子果然气魄非凡。"段云谦逊地笑了笑，"小将军谬赞了，小将军这次一战成名，想必很快就会有人慕名前来投靠，总不能让人看着咱们那般穷酸。"楚凌直接拍板道："也好，蔚县到底是小了一些。"

狄钧看看楚凌，再看看段云，摸摸鼻子决定自己还是暂时不要说话比较好。

明王府派余靖带着九万兵马入信州，才刚进入信州境内，一万貂族骑兵就几乎全歼，八万南军也快速占据了信州边界两座小城叛离，起兵反了北晋。

这消息一传出来，天下震惊。

之后靖北军以迅雷不及掩耳之势直接占据了信州。如此，信州将近三分之二的地方都归靖北军所有了，这声势不可谓不大。

如此一来，整个北方都开始变得人心惶惶起来。这些年被北晋朝廷打压的各路人马也开始蠢蠢欲动。就连不少占地为王的小山头都开始自称抵抗貂族，恢复正统。

消息传到上京，还没能得意上两天的拓跋梁自然是被北晋皇帝一派的人在朝堂上嘲讽得灰头土脸。谁让信州的镇守将军是拓跋梁的人，而之后派去接手信州的余靖也是明王府的人呢？

短短时间内就丢了信州大半的土地，不找拓跋梁找谁？

明王在朝堂上受了气，回到家中立刻将整个书房给砸了。他损兵折将死了儿子，还要在朝堂上强撑着被北晋皇帝的人嘲讽。仿佛事情到了这个地步，都是他一个人的错一般！

心情不好的拓跋梁将跟前的人都狠狠地骂了一顿，就连百里轻鸿也未能幸免。从书房出来，百里轻鸿负手沿着王府的回廊漫步而行，走回了自己的院子。院子里空荡荡的，这个时候孩子都在念书习武，女儿也被拓跋明珠带着出去参加宴会了。

百里轻鸿推开书房的门进去，一抹桃红色映入了眼底。

"什么事？"百里轻鸿声音淡漠地问道。

对方回头，妩媚的容颜上带着几分调侃的笑意："知道陵川县马孤身一人，难免寂寞，我来看看你不成吗？"百里轻鸿冷冷地扫了她一眼，脸上是拒人于千里之外的淡漠："有事说事，你主子又有什么事情要你传话？"

祝摇红喷了一声，笑吟吟地道："真是不客气，难不成县马这一辈子只会对县主一人温柔？却不知道九泉之下的灵犀公主心中有何感想。"

咔嚓！

祝摇红惊诧地看着被百里轻鸿捏碎了的椅子扶手，很快又故作惊吓地拍拍自己的心口嗔笑道："县马好大的脾气，吓死我了。我忘了，灵犀公主如今就算还在，关心的也该是四皇子了。"

"你到底有什么事！"百里轻鸿忍耐着道。

祝摇红很明白何谓见好就收，很快便收起了脸上的笑意，正色道："公子说，他的诚意陵川县马已经看到了，接下来该你了。"

百里轻鸿道："君无欢想要什么？"

祝摇红笑吟吟地道："北晋皇帝和拓跋梁，请陵川县马选一个。"

百里轻鸿皱眉，道："选一个？做什么？"

祝摇红道："当然是选一个留下来，剩下的那个送上西天。"

百里轻鸿神色微变："君无欢好大的胆子。"祝摇红摇头道："公子的本事和胆子，陵川县马又不是没见识过。难不成夫妻多年，县马终于对陵川县主起了怜香惜玉之心？公子说了，若是如此也无妨，留下拓跋梁便是。我可要恭喜百里公子，以后就不能称为县马，而要叫一声驸马了。"

百里轻鸿不为所动，目光定定地落在祝摇红身上，道："时隔多年，明王依然对你宠爱有加，你就当真半点也不为所动？"

祝摇红掩唇轻笑出声，声音也越发妖娆却仿佛少了几分人气，"我为何要被畜生感动？我清楚自己的身份，陵川县马，你可还记得自己是谁？"

百里轻鸿垂眸不语，半晌方才道："我知道了，我需要时间考虑。"

祝摇红也不为难他，只是深深地望了他一眼道："希望陵川县马能尽快回复我。"便转身出了书房飘然而去。

出了百里轻鸿的院子，祝摇红漫步行走在花园里。想起方才百里轻鸿的神色，唇边勾起了一抹意味深长的笑容。她不太明白公子为何要选择与百里轻鸿合作，不过明王女婿这个身份确实是非常好用的。但是百里轻鸿这个人……

一个能抛弃一切，在明王府当了十多年的上门女婿的男人真的会那么简单吗？

百里轻鸿不是寻常的纨绔子弟，他是百里世家培养出来的嫡长孙，年少成名，惊才绝艳。这样的人，让他抛弃名誉，抛弃尊严地寄人篱下，有时候比让他去死更加困难。更不用说他明知道因为他的投降百里家在南朝受到了怎样的待遇。

这样的人，若非大善便是大恶。若不是有大毅力大决心，那便是有大野心。

前方不远处传来了女人的痛哭声，祝摇红停下了脚步抬眼望过去。明王妃正撕心裂肺地哭泣着，旁边围了一圈人纷纷安慰着。只是失去爱子的痛苦又怎么是外人的几句言语就可以安慰的？

正在安慰明王妃的明王世子突然回过头来，正好看到了不远处花丛后面的红衣女子。明王世子微微一怔，祝摇红却大方地对他嫣然一笑，一闪身消失在了花丛后面。

从去年年底到今年年初，信州的百姓们都仿佛是在做梦一般经历着惊天的巨变。许多经历过十多年前貂族入关时期的人甚至胆战心惊地等待着又一场灭顶之灾。

但是却奇迹般的，这一场混乱在短短两个月的时间里平息了下来，也并没有波及多少普通百姓。只是当人们回过神来的时候，信州城里那些耀武扬威的貂族人大半都已经消失了，守城的人也换了一批，那些仗着貂族人的势力狐假虎威的人似乎也安静下来了。

就像是一梦醒来突然换了一个天地一般，所有人茫然中都还带着几分不知所措。

楚凌并没有和边境上占据着那两座小城的南军纠缠，直接下令撤兵了。不管那些人想要做什么，刚刚才损失惨重的靖北军都不宜与他们过多纠缠。

外人只能看到靖北军以一万多人的代价干掉了一万多的貂族骑兵，是震惊天下的丰功伟绩。这些人却没有看到为了这一场胜利靖北军付出了多少。

楚凌几乎掏空了黑龙寨这么多年来大半的积蓄，这次战死的士兵几乎都是靖北军中最能打的一部分士兵。更不用说，靖北军本身就是一支刚刚成立，几乎没有经过任何风吹雨打的兵马。此时，外人一片惊叹和称赞，内部实际气氛低迷，充满了身边的人突然战死的悲伤和无措。再打下去，所有的将士都会崩溃，必败无疑。

楚凌带着人进了信州的时候，郑洛亲自带着人将他们迎了进去。郑洛接到楚凌的消息原本还有些意外，却也没有多问，直接带兵围攻信州，又有在蔚县的葛丹枫出兵相助，拿下信州虽然费了一些功夫倒也没有伤筋动骨。

"大哥，二姐，辛苦了。"看着并肩而立的郑洛和叶二娘，楚凌不由笑道。

郑洛摇头道："我们只是听命行事哪里就辛苦了。倒是你，听四弟说，你这几天累得不轻。"

楚凌道："虽然累了一些，但是总算结果是让人满意的。拿下了信州，就等于信州大半地方都在我们手中了。总比之前处处受制要方便得多。"叶二娘点头笑道："这话倒是不错，还是小五厉害。"

葛丹枫站在一边笑道："小将军，郑统领，咱们还是先进城说话吧？"

郑洛连连点头："葛统领说得不错，小五，快进城。"

信州城里比起往日要安静了许多，街道上走动的人不及往常的三四成。

信州是信州府城，自然是有知州坐镇的。不过在北晋只要有驻军的地方，文官除非后台过硬能力超群，否则基本上是没有什么存在感的。

信州是明王的地盘，知州自然也是明王府的人，可惜因为是天启人只能处处让着信州镇守，平时总是感觉名声不显。等郑洛攻入了信州，他直接就带着全家老小投降了，干脆利落不带半点犹豫的。

郑洛等人没有擅自处理，只是将人羁押在了信州知州府衙里，等着楚凌回来处理。

等楚凌见过了众人，安顿好了各路兵马，叶二娘方才提起要不要见见这位信州知州，楚凌当即点头同意了。当然要见，她现在正缺钱呢，信州知州绝对是个难得一见的肥羊。

信州知州是一个五十来岁的老者，看起来有些骨瘦如柴，颧骨高耸，还留着一把小胡子。可能是这两天受到了不小的惊吓，看起来有些像是病入膏肓了。

楚凌有些慵懒地靠在宽大的椅子里，看着颤颤巍巍走进来的老者，忍不住打了个呵欠。

"胡通？"楚凌懒懒问道。

胡通连忙点头："下官胡通见过小将军。"

楚凌仔细打量了他几眼，突然轻笑了一声道："胡大人这明哲保身的本事，厉害啊。"

胡通有些尴尬地赔笑了两声，脸上却没有半丝的羞愧之色，俨然是个能屈能伸的主儿。

楚凌问道："胡大人降得这般快，就不怕我为了招揽民心直接杀了你吗？要知道，你在信州的名声可不太好。"楚凌是不会随便杀人，但是那也得分人。胡通搓着手，有些觍着脸道："小将军容禀。"

楚凌点点头："说说看。"

胡通道："下官也是有苦衷的啊，下官这一家了老的老小的小，当年未能及时追随陛下南去，为保一家老小平安，不得不暂时屈从了貊族人。但是下官虽然人在北晋，心却是时刻向着南朝的。如今小将军神勇逐走了貊族人，下官感激涕零，恨不能跪地行大礼恭迎小将军和义军入城。只盼小将军能早日复我山河，匡扶正统啊。"说话间当真是涕泗横流，当真一副万分激动的模样。

楚凌和坐在一边的葛丹枫叶二娘等人只觉得浑身鸡皮疙瘩都起来了。叶二娘连忙看向楚凌，生怕她真的听信了这老家伙的话。却见楚凌单手撑着下巴，漫不经心地道："哦？我说过我要匡扶正统吗？"

"啊？！"胡通一愣，老泪纵横的脸顿时僵住了。

"我说过我要匡扶正统吗？本将军其实就是混口饭吃罢了，既然胡大人如此心念故国，本将军也不是不通人情的人，本将军回头便派人将你送回南朝，你看如何？"

送回南朝？

她把胡通吓了一跳，他自然不会不知道自己若是真的去了南朝会是个什么下场。

"小……小将军？！"胡通吓得脸色发白，"下官是真心投靠小将军的，以后下官一定誓死效忠小将军，求小将军收容啊。"

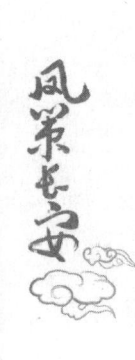

楚凌摆摆手道:"别,我可不敢要你效忠。问你几个事儿,你若是能配合呢,我可以做主留你一命,你觉得这个买卖合算吗?"

胡通犹豫着,还想要谈一谈条件。

楚凌显然没有跟他谈条件的兴趣,道:"同意就点点头,不同意你就可以先出去了。"

看着座上看似笑着实则眼神冷淡的少年,胡通终于沮丧地低下了头。这个少年并不像是他以为的那么好糊弄,甚至他都还没有开口摆出自己的价码,对方就直接堵死了自己的出路。

楚凌满意地点了点头道:"很好,我就喜欢胡大人这样知情识趣的人。"

胡通抬眼看了楚凌一眼,低声道:"小将军有什么话,就问吧。下官……小的,一定知无不言言无不尽。"

楚凌笑道:"也不是什么大事儿,我就想问问,信州去年的税收,还在知州府库吧?"

胡通道:"如今整个信州都在小将军的手中,小将军派人去看看不就知道了么?何必问小老儿?"楚凌偏着头笑眯眯道:"这不一样啊,我真正好奇的是,信州每年的税收,你跟朝廷是怎么分的?你能拿几成?"

"什么?!"胡通脸色顿变,震惊地望着楚凌。仿佛眼前不是一个俊俏含笑的少年,而是一个虎视眈眈地盯着他随时要将他剥皮抽筋的鬼怪一般。震惊之后,胡通终于回过神来深吸了一口气道:"小将军说笑了,貊族人严酷,我哪里敢……"

楚凌笑道:"貊族人是严酷,但是他们傻啊。根本搞不清楚中原人这些个道道,还有民间的各种税收。所以他们一向都是一刀切的,只要你交够了貊族人要的,剩下的不就都是你的了吗?"

胡通还想要狡辩,旁边的葛丹枫道:"胡大人,咱们在座的人都是信州的,你再遮遮掩掩就没什么意思了啊。"

貊族人的税赋都是一刀切,也就是说他们不管你这个地方富裕还是贫穷,是丰年还是灾年。只将所有的州府都分成上中下三等,按户交税。信州正好是中等,但是据她所知信州的百姓交的税远超过北晋朝廷规定的上等州。楚凌拨了下颌边的头发,道:"我对你是个贪官还是清官不感兴趣,也没那个功夫去查。咱们就说说胡大人的家里吧。"说着她从旁边拿起一本账册,道:"胡大人的父母几年前已经仙逝就不说了,咱们单说胡大人。你有一位正室,六位侧室以及侍妾若干。这些人一共为你生了八子六女。你这八个儿子除了嫡妻之外,还有二十多个侧室分别又生了十几个孙子孙女。这也算是难得的人丁兴旺了。"

胡通看了看楚凌,想说什么。却听楚凌继续道:"然后胡大人名下共有信州境内旺铺三十处,良田两千亩,别院六座。你的夫人,儿女,甚至还未成年的孙儿孙女名下也各有产业。据城中的绸缎首饰铺子的统计，贵府每个月只是后院的支出就高达四五千两。果然是天高皇帝远啊，这水平在上京差不多也是个公侯之家的水平了吧？"

拓跋兴业府上一个月是绝对花不了这么多钱的，当然这也跟拓跋兴业后院空旷没什么人有关系。

"小……小将军……"胡通有些战战兢兢地道。

楚凌对他微笑道："有一个词儿胡大人应该听说过吧？"

"请……请小将军指点。"

楚凌道："破财消灾。"

众人都是一愣，看向楚凌的表情都有些一言难尽。楚凌倒是十分坦然，他们现在穷啊。开源节流才是正道，她这是在开源啊，有什么问题吗？

胡通也是个十分识趣的人，立刻道："小的，小的愿意献上一半的家产，支持小将军抗击北晋。"

楚凌嗤笑一声："一半？你搞错了，我全要。"

胡通惊骇，有些不愿："小将军，你这是不是……"

楚凌笑道："你该不会以为我是开玩笑的吧？破财消灾，限你三天之内将你家里的所有财产清点清楚了，包括你那些儿孙手里的东西。我全部都要了。少了一两银子，别怪我不讲情面。另外我这不是在跟你商量，我这是命令。跟你好好说，是因为我懒得为了你这点破事儿派人去查闹得人仰马翻。你若是不给我面子，我也不好给你面子了。"

对上楚凌有些冰冷的眼神，胡通即便是再不甘心也只得低下了头。这小将军看着斯斯文文面带笑容好说话的模样，没想到却是个真土匪！果然是黑龙寨那种山贼寨子里出来的啊！

让人将胡通拉下去，书房里也还是一片沉默。过了好一会儿，狄钧才忍不住道："小五，你刚才……"

楚凌不解地挑眉道："我刚才怎么了？"

狄钧小声道："你刚才可真像个山贼。"楚凌笑道："我本来就是山贼出身啊。"

倒是葛丹枫笑道："小将军是担心靖北军军饷不够吧？"

楚凌轻叹了口气道："这一次虽然胜了北晋人，但是伤亡也太大了。伤亡的人总要给一些抚恤。为了打赢这一仗，我将原本黑龙寨的家底都掏出来了。距离今年夏收还有好几个月，这段时间总要撑过去吧。更何况，胡通那种人我搜刮起来可是半点也不会觉得不好意思的。若是连他这样的也放过，传了出去外人还以为我靖北军是专门藏污纳垢的呢。"

叶二娘等人自然也不会同情胡通，很快便将他抛到了脑后。叶二娘道："小五说的是，胡通这种人不能留，留下了也是个祸害。"

楚凌看向郑洛等人道："如今信州境内除了北边的那支南军，基本上没有什么人了。咱们目前的威胁主要是来自润州和惠州两地。润州那边有沧云城在，暂时应该也抽不出工夫来对付我们。惠州那边，就有劳大哥和二姐了。"

郑洛点头道："尽管放心便是，大哥就算拼了性命也不会让貂族人再踏入信州一步！"

楚凌摇摇头道："哪里就到大哥去拼命的地步了，不管怎么说还是大哥和二姐的安危更重要一些。"

叶二娘笑道："小五放心，我会看着大哥的。"

楚凌点头一笑，有二姐在她是一点都不担心大哥的。

又侧首看向葛丹枫问道："葛先生，往后你是打算继续从军还是……"

葛丹枫微微挑眉道："怎么？小将军打算夺我兵权？"

楚凌也不生气，笑道："葛先生也知道，我们这些人都是草莽出身没念过什么书。如今靖北军中算得上读书人的也就是一个秦知节一个段云一个云翼还有就是葛先生了。云翼年少，也不算是靖北军的人，所以葛先生若是有兴趣……"

葛丹枫拒绝得毫不留情："多谢小将军赏识，不过当年念了些什么我也早就忘了，如今葛某也只是一个粗人罢了。"

楚凌心中轻叹了口气，知道葛丹枫是铁了心要投笔从戎了也不好勉强，只得叹气道："如此，信州的防务还有四哥就有劳葛先生多多教导了。"

狄钧扭头看了看葛丹枫，葛丹枫思索了一下还是沉默地点了点头。楚凌按住了想要说话的狄钧，道："四哥，葛将军也是名门之后，以后有空你跟着他多学一学。"狄钧有些不乐意道："我要跟着他学什么？"

楚凌笑道："你若觉得你不需要学了，我就将段云调回来了。现在到处都缺人啊，你不能让小段一直跟在你身边替你打点那些琐事吧？"狄钧想起那些让他头大的琐事，再看看对面带着几分笑意显得脸上的伤痕越发狰狞的葛丹枫，忍不住打了个哆嗦点头应了下来。

等到楚凌处理完了事情回到知州府中为自己安排的房间已经是深夜了。楚凌站在门口看着里面还亮着灯，以为是府中的下人侍候得殷勤一些想要卖好。推开门却看到君无欢正坐在房间里的桌边看书，听到推门声君无欢回头看了她一眼，笑道："阿凌回来了？"

楚凌走进去，看着桌上放着一个大盒子，有些不解地道："这么晚了，怎么还不睡？"

君无欢将手中的书放到一边，轻叹了口气打开跟前的盒子，一股浓郁的香味从里面飘了出来。

君无欢一边将食盒里的饭菜取了出来放在桌上，一边有些无奈地道："我要走了，总要等阿凌回来告个别啊。可惜阿凌今天一直都很忙……"

楚凌闻言倒是有些愧疚了,这几天她都没怎么注意到君无欢:"你要走了?"

君无欢看着她脸上愧疚的神色,不由轻笑出声,拉着她到跟前坐下道:"是该走了。听说你下午就吃了几口饭,先吃一些吧。"

楚凌坐下来,看着他:"你什么时候走?"

君无欢道:"明天早上走。"

楚凌道:"你在信州陪了我这么久,我如今却忙得连给你送别的时间都没有。等这边忙过来,我去沧云城看你?"

君无欢笑道:"阿凌肯来看我自然是最好,我只盼着阿凌会喜欢沧云城。"

"虽然我没有去过,却听许多人说起过。"楚凌道,"沧云城可是天启在北方仅剩的桃花源,我觉得我一定会喜欢的。"君无欢看着她用膳,眼神温柔而悠远:"有时候我在想,如果当年在信州的时候就直接将阿凌带回沧云城会怎么样?"

楚凌眨了眨眼睛,偏着头思索了片刻也忍不住笑了道:"说不定,我会变成一个不思进取的懒虫。"

君无欢摇头道:"不,阿凌会成为沧云城最惊才绝艳的少年名将。不过,阿凌这样也挺好的。"

"嗯?"楚凌有些好奇地看着君无欢。

君无欢握着茶杯,轻笑道:"原本我还有些懊悔,不过今天上午,我看到阿凌站在信州城楼上的时候,就突然觉得,阿凌还是现在这样更合适一些。"

"合适什么?"楚凌不解地问道。

"光芒万丈。"君无欢道,"若是当初去了沧云城,固然要平顺安定得多。但是,沧云城必然会压制阿凌的光芒,无论阿凌做了什么,都不会脱离沧云城和晏翎的影响。我觉得比起被遮挡在别人的羽翼下,凌空翱翔才更适合阿凌。"

楚凌握着筷子的手顿住了,望着君无欢的眼神有些复杂难辨。

不知道过了多久,楚凌方才轻叹了口气,道:"谢谢你。"

"谢什么?"君无欢挑眉,楚凌道:"谢谢你相信我。"

这世上平庸的人很容易相信别人,越是厉害的人却越不肯相信别人的能力。厉害的男人更是不愿意轻易地相信一个女人的能力,但是君无欢却说,比起被遮挡在别人的羽翼下,她更适合自己凌空飞翔。

君无欢含笑伸手拨开她额边的发丝,笑道:"我不相信阿凌,还能相信谁?"

楚凌笑道:"好,我也相信晏城主能够一举击退貊族大军的。嗯,要是打不赢也没关系,派人送个信给我,我去救你啊。"

君无欢深深地望了楚凌一眼,笑道:"好啊,我就等着阿凌来救我了。"

楚凌忍不住对他翻了个白眼:"我开玩笑的,晏城主怎么会打不过百里轻鸿那些人?"

君无欢却不太高兴一般,蹙眉道:"阿凌这是不愿意救我?"

"……"楚凌看着他半响，方才从口中艰难地挤出了一个字，"救！"

"这还差不多。"君无欢满意了，"我就知道，阿凌定然舍不得我的。"

云行月蹲在黑漆漆的房顶上，脸色阴沉地瞪着院子里那还亮着灯的房间。"凭什么你能在里面陪美人儿说说笑笑，本公子就要蹲在外面餐风饮露？"云行月念念有词。

"君无欢你这个混账东西！见色忘义，狼心狗肺……"

不知道过了多久，云行月靠着房顶都要睡着了，才终于听到下面传来了轻轻的开门的声音。坐起身来一看，果然看到君无欢已经从里面走了出来，反手关上了门。云行月立刻从房顶上一跃而下落到了君无欢跟前："君无欢，你这个见色忘义的家伙！"

君无欢微微皱眉，有些不悦地道："你又犯什么病了？"

云行月气得手指颤抖："你在里面陪凌姑娘吃喝说笑情意绵绵，我在外面吹冷风。你简直是丧心病狂！"

君无欢无语："我只是告诉你今晚走，什么时候让你守在房顶上了？也就是我和阿凌脾气好，遇到个脾气不好的早就打断你的狗腿了。云行月，你这是什么奇怪的癖好？"云行月瞪着君无欢简直想要吐血："你只说去见了凌姑娘就走，我怎么知道你要在里面待一两个时辰？！君无欢，你没对凌姑娘做什么不该做的事情吧？"

君无欢懒得理他满脑子的污秽想法，直接越过他往外面走去。

云行月连忙追了上去，兴致勃勃地问道："该不会真的做了什么吧？大家好歹都是兄弟，说说有什么关系？不过话说回来，这满打满算才一个半时辰，还要扣除吃饭聊天告别等等，君无欢你……咳咳，你要不要休息一晚上再走？"

君无欢回头，斜了他一眼，心平气和地道："云行月，你看起来真的不是很想走。正好你答应了阿凌帮她教导信州的大夫，腿断了应该不妨碍教学吧？"

云行月立刻闭嘴，飞快地从君无欢身边掠过，瞬间到了几丈以外。

脾气这么暴躁，看来是真的什么都没干。

君无欢回头看了一眼身后的院子里，轻叹了口气，眼底多了几分留恋不舍。

阿凌，相信我们很快就会再见的。

楚凌醒来的时候发现自己已经躺在床上了，被子也好好地盖在身上。她抬头看向外面，隔着窗户也能看到外面的明亮，显然已经天亮了。她连忙从床上下来随手拨弄了一下头发便朝着外面走去，却在路过外间的桌边时停下了脚步。

昨晚摆放在桌上的饭菜食盒都被收走了，空荡荡的桌面上只有一张平展的纸笺。信上只有寥寥数语的告别之辞，楚凌的目光定定地落在最后那几个字上。

长离于沧云城静候阿凌。

楚凌纤细的手指轻轻摩挲着手中的纸笺，心里突然有些空荡荡。

"小五、小五！醒了吗？"门外传来叶二娘的声音。楚凌连忙收起了信笺走到门口拉开了门道:"二姐,起来了。有什么急事吗?"叶二娘摇摇头道:"倒也不是什么急事,不过长离公子和云公子昨晚走了。"

楚凌点头笑道:"他们还有要事在身,原本就是因为担心信州的局势才在这里留了这么久,昨晚他跟我告过别了。"

叶二娘这才放心一下,打量了楚凌几眼,叶二娘小声问道:"长离公子走了,小五不难过吗?"

楚凌淡淡一笑,道:"有点失落,不过,我们都还年轻,他有他要做的事情,我也有我要做的事情。不着急的。"

叶二娘道:"你倒是还年轻,但是长离公子可不年轻了。"

在世人眼中,君无欢纵然是年少有为的英才。但是从婚嫁方面说已经二十六岁的君无欢着实已不年轻了。

楚凌含笑推了推叶二娘道:"好了,二姐。君无欢的事情就先不说了,等我换身衣裳再去用早膳。"

叶二娘顺从地转身,一边还不忘道:"什么早膳,现在都该用午膳了。你这几天辛苦了,好好歇着吧。"

楚凌关上门,低头看了一眼手中的纸笺不由得轻咬了一下唇角。

平时没什么感觉,这会儿真走了还真的有点想念君无欢了。

靖北军占领信州的消息如一道龙卷风飞快地席卷了整个北方,甚至传到了一江之隔的南朝。北方各地不甘心被貂族压制的豪杰纷纷蠢蠢欲动,有不少更是付诸行动。虽然遭到了貂族的残酷镇压,却依然有一部分还在挣扎着继续与貂族人对抗。一时间,北晋原本以为已经尽在掌握中的北方大地的统治似乎又有些摇摇欲坠起来。

就在这个时候,沧云城晏翎抢先一步出兵攻打润州,一路歼灭了数万南军和貂族骑兵。只差一步就险些占了润州的府城润阳。北晋皇帝当场雷霆大怒,下令出兵沧云城。至于靖北军自然也不能放任他们坐大,先派人直接切断了信州通往北方各地的道路,想要先将靖北军困死在信州。

此时的南朝同样也不平静。

南朝平京的皇宫并不若上京宏伟巍峨,却也依然是雕梁画栋宫阙连城。带着几分南方特有的细腻和婉约,华丽中更多了几分奢靡和脂粉气息。

永嘉帝今年四十有二,即便是身在皇家享受着天下人的供奉,吃穿用度无不精细无比,他看起来却依然比真实年纪要大上许多。鬓间已经有了几缕若隐若现的白发,平时总是被内侍小心翼翼地隐藏在黑发之下,但若是凑近了看的话却也能看得清清楚楚。脸上也已经出现了皱纹,眼袋微微往下耷拉着,让他原本有几分俊秀的容貌看起来毫无精神,更少了几分皇室的雍容和霸气。

此时永嘉帝正坐在御花园中望着不远处的一株梅花出神。身边的内侍宫女纷纷低下了头大气也不敢出,更不敢提醒他御书房里还有许多大臣在等着。

不知过了多久,永嘉帝方才渐渐回过神来道:"陈琪,咱们来平京几年了?"

站在他身边一个看起来与他年纪相差无几的内侍连忙恭敬地回答道:"回陛下,十三年了。"

"十三年了啊。"永嘉帝目光定定地落在绽放着红梅的枝头上,喃喃道:"卿儿若是还活着,也该十六岁了。"

叫陈琪的内侍连忙安慰道:"陛下尽管放心,小公主洪福齐天,定然、定然不会有事的。"

永嘉帝垂眸,嘲讽地一笑道:"洪福齐天……这算什么洪福齐天。可怜她小小的一个人儿,竟生在了皇家……"

"陛下。"陈琪看了看又要陷入沉思中的永嘉帝,小心翼翼地提醒道:"各位大人还在御书房候着,陛下……"

永嘉帝撑着桌面从凳子上站了起来,挥挥手拒绝了陈琪上前扶他,道:"走吧,去看看他们还有什么要说的。"

"是,陛下。"

御书房里,七八个穿着官服的大臣正吵得不可开交。永嘉帝才走到门口,就听到里面有人高声道:"老朽也是为了我天启的江山社稷着想,襄国公若觉得老朽卖国求荣,老朽不如当庭撞死在陛下跟前,以证清白!"

"谁卖国求荣?谁又要当庭撞死啊?"永嘉帝走进了御书房,淡淡道。

原本闹哄哄的御书房顿时安静了下来,众人连忙起身恭迎:"陛下圣安。"

永嘉帝摆摆手,道:"都坐下说话吧。"

众人纷纷谢过,才重新坐了回去。永嘉帝走到御案后面坐下,扫了众人一眼淡淡道:"众卿急匆匆进宫求见,所为何事?"

坐在最前列的一个官员站起身来,道:"启禀陛下,北晋派使者来了。"

永嘉帝眼皮都懒得掀一下,问道:"他们这次又要什么?钱还是粮食布匹?"

那老臣摇头道:"回陛下,都不是。"

"哦?"永嘉帝微微挑眉,"这次他们又想要什么?"

老臣道:"回陛下,北晋人准备对沧云城出兵,希望我们配合。事成之后,北晋愿将明年的岁贡减半,并放回天启在上京的所有皇室亲贵。"

永嘉帝皱眉,看向沉默地坐在一边的襄国公道:"襄国公和上官丞相先前去北晋不是说过这事儿吗?北晋人还有什么不满?"

襄国公起身道:"启禀陛下,最近北晋形势有变。不仅沧云城主动出兵攻击润州,更有信州一带靖北军异军突起短短一月便占据了大半个信州。如今貊族人急于平定北方,所以才派使者来我天启示好。"

永嘉帝道:"如此,襄国公如何看?"

襄国公断然道："自然不能应。"

"哦？"永嘉帝微微挑眉，襄国公抬眼望着永嘉帝沉声道："陛下，沧云城与靖北军虽然皆是草莽出身，却名声在外。陛下若当真与北晋人合作令沧云城和靖北军有了什么损失。只怕会民心涣散啊。"有些事情暗地里做一做也就罢了，当真明摆着告诉天下人天启容不下沧云城，那当真是疯了！

先前说话的老者道："襄国公此言未免太耸人听闻了！那沧云城主眼高于顶绝不是什么忠君爱国之辈。我等几次三番暗中对沧云城示好，他也爱理不理。分明就是暗藏狼子野心，如何当得起襄国公一句令民心涣散？"

襄国公冷笑一声道："哦？高相的意思是我们就听从貊族人的话，与他们联手攻下沧云城？这对天启有什么好处？貊族人是你亲爹还是你祖宗！"

"你……你！"老者气得脸色通红，颤抖着手指指着襄国公道："你简直有辱斯文！"

另一个中年男子看了襄国公一眼，道："襄国公，你别忘了北晋人不仅答应将皇室贵胄送回天启，还答应了将已故之人的尸骨也送回来。难道襄国公不愿意迎了皇室眷属与皇后娘娘的遗骸？"

襄国公的眼神一冷，脸色瞬间铁青。

皇后娘娘的遗骸……皇后是怎么死的？！还有那些被留在上京的皇室贵戚，那不仅是段家的耻辱，也是整个天启的耻辱。

段家世代忠于皇室，当年摄政王当政各家权贵对永嘉帝避如蛇蝎，段家将嫡长女送入宫中为后。段皇后原本诞下了一子一女，却在生儿子的时候被人算计从此身体虚弱。不久之后皇子夭折，段皇后更是一病不起。皇后薨逝之前，恳求同母的妹妹入宫照顾自己的女儿。

小段氏入宫之后并未封后，而是被封为贵妃统摄六宫。几年之后才生下了小公主。可惜好景不长，貊族入关小段氏和两位公主都被貊族所虏。永嘉帝南渡之后，没几年小段氏也死了，永嘉帝追封其为皇后。但是这又有什么用？

每到夜深人静，襄国公就忍不住在心里问自己，当初赔进去一个妹妹也就罢了，后来又赔进去一个。再看看坐在龙椅上的那个帝王，这样真的有意义吗？

襄国公脸色不好看，永嘉帝的脸色也同样好看不了。

"够了！"永嘉帝沉声道，"朕不是在这里听你们吵架的。你们若是拿不出来个章程，就明日大朝会上再议。"

双方人马各有立场自然谁也说服不了谁，但是永嘉帝摆明了两不相帮，只得狠狠地瞪了对方几眼各自暂时休兵了。

襄国公微微闭了下眼睛，心中悲愤。

再议？！这种可笑的事情根本就是连提都不该提！

众臣告退后从御书房出来，一个内侍快步追上了沉着脸往外走的襄国公，道：

"襄国公，陛下召见。"

襄国公脚下一顿，到底还是忍下了心中的怒火道："多谢。"

看着襄国公离去的背影，几个大臣也跟着停了下来小声议论道："陛下召见襄国公作甚？"

"毕竟是皇亲国戚，召见又有什么奇怪的？"

"皇亲国戚？呵呵……"有人不屑地笑道。段家前后两个皇后为陛下生下了三个孩子不假，可惜两个都死了，剩下的一个说是失踪了，谁知道到底是怎么回事？一个老臣叹了口气道："陛下这些年一直无所出，国无储君，如何能安定啊。"

永嘉帝早年在摄政王手底下讨生活，日子不好过。虽然前后也有过几个孩子，活下来的却不多。后来貊族入关，永嘉帝仓皇出逃，两个皇子都是带在身边的。谁知道一个小皇子不耐旅途劳顿，半路上就薨了。另一个虽然活着到了平京，却因为惊吓过度大病不起，没过几年也没了。

自从来到平京之后，永嘉帝虽然也纳了几个妃子，但是后宫却始终无所出，朝中大臣们终日为皇嗣忧心却也无济于事。

可能最后只能从宗室过继一个皇嗣了。

襄国公重新走进御书房，就看到永嘉帝正坐在书案后面出神。襄国公微微蹙眉，拱手道："陛下。"

永嘉帝抬头看向襄国公，叹了口气道："则知，朕最近总是梦到皇后。"

襄国公皱眉，不知道他说的到底是哪一个皇后。就听到永嘉帝继续道："皇后跟朕说，她要走了，卿儿还小，要朕好好照顾她……"襄国公垂眸，眼底闪过一丝嘲讽。皇后真死的时候也没见你梦见她，这都过了好几年了倒是突然想起来了。

正打算开口不咸不淡地安慰几句，襄国公突然一顿，脑海里闪过了一个有些熟悉的面容。如果小公主还活着，想必也该跟那姑娘差不多大了吧？想起离开上京之前君无欢对自己的警告，襄国公摇了摇头。人家好好一个北晋郡主，又有拓跋兴业那样的师父护着，可是比小公主的命要好得多了。

"则知？"永嘉帝看着站在殿中，明显是在出神的襄国公有些疑惑地道。

襄国公回过神来，拱手道："陛下想必是太过思念先皇后了，先皇后在天有灵，必然能理解陛下的难处。"

永嘉帝看着襄国公道："方才的事情，则知不愿与北晋交易？"

襄国公抬头，正色道："陛下，万望陛下三思。这件事，谁都能做，唯独陛下您绝对不能做。沧云城这么多年一直坚守北方，乃是北方百姓心中最后的希望。这最后的希望由陛下你亲手打碎。北方只怕是，永远都收不回来了。"就算将来真赶走了貊族人，只怕也不会姓楚了。

永嘉帝垂眸，自嘲地笑道："是啊，可惜朕的这些臣子却并不这么想。"

永嘉帝性格是不够刚强，也不够睿智决断，但并不代表他真的不知道什么是对的什么是错的。只是他总是会被身边的朝臣裹挟，难以坚持自己的意见，时间久了再如何效忠的臣子都忍不住要失望了。

即便是襄国公这样的世代都效忠于正统的人有时候都忍不住要想，如果当初上位的是摄政王，是不是如今的局面会更好一些？

襄国公知道，性格使然，永嘉帝永远也不可能变成一个真正杀伐决断的帝王。

"陛下，此事绝不能松口。望陛下千万慎重，莫要伤了天下有志之士的心啊。"襄国公沉声劝道。

永嘉帝点了点头，有些疲惫地道："朕知道了，则知，寻找卿儿的人，可有消息了？"

襄国公摇了摇头道："还没有，自从小公主在浣衣苑失踪，就再也没有她的消息了。"

永嘉帝有些失望，半晌才摆了摆手："则知退下吧。"

"臣告退。"

转眼间，靖北军进驻信州已经两个月过去了，其间靖北军和周围前来试探的北晋兵马打了几次，双方各有胜负，但是靖北军依然还是稳稳地占据着信州这块地方。这些日子，有不少人都纷纷前来信州投靠。

一个月前，北晋皇帝正式下旨命拓跋胤为主帅，百里轻鸿为副将出征沧云城。这个消息传出去之后，百里轻鸿的名声再一次响彻了天下。

上一次百里轻鸿的名声响起已经是三年多前生擒谢廷泽的时候了。但是那时候百里轻鸿虽然是主力，但并没有挂帅。这一次却是北晋皇帝亲自昭告天下，也让天下所有的还存着些微希冀的人彻底死了心。这个百里家曾经的麒麟儿，终究是已经成为貊族人了。

听到这个消息，云翼直接将自己的房间给砸了。抓起一把刀就要往外冲，被楚凌打了一顿扔进房间里关了起来。几天后，云翼从房间里出来已经恢复了平静，但是楚凌却从他的眼中看到了淡淡的郁色和沉痛。

楚凌知道，这个少年终于长大了。

"小将军。"楚凌站在城楼上抬头眺望远方，听到身后传来的声音回头看向来人道："你又不是靖北军的人，不必叫我将军。"

云翼淡淡一笑道："我现在已经是了。"

楚凌这才看到云翼身上已经换上了一身靖北军士兵的衣服，最底层的普通士兵的衣服。楚凌微微挑眉道："你决定了？"

云翼点了点头，道："是。"

楚凌想了想道："把你这身衣服换了，去找葛丹枫。"

云翼微微抿唇，眉宇间露出几分倔强："不，我可以的！"

楚凌淡淡道："我没问你可不可以，单凭个人实力你并不比任何一个普通士兵优秀。一场仗打下来，你活下来的机会也并不会比他们多。"云翼咬牙道："我不在乎！"

楚凌轻笑一声道："我也不在乎，但是，我希望你能发挥自己最大的长处，而不是为了一些愚蠢的念头去做一些根本不擅长的事情。"看着云翼想说什么，楚凌打断了他道："你也不必觉得对别人不公平，我不是看百里家的面子才优待你的。你命好，生在百里家，懂得比他们多这是事实。我身为主将，不可能为了公平让一个会算账的人去搬石头，让一个擅长谋算的人去拿刀砍人，反而要让一个大字不识的人去从头学起。我现在没这个条件，也没这个时间。你明白了吗？"

云翼低头思索了良久方才点头道："我明白了，我不会给表哥拖后腿的！"

楚凌点了点头："明白了就好，去吧。还有，百里轻鸿的事情不要放在心上，不管事情是怎么样的那都跟你没有关系。"

云翼眼睛有些发红，飞快地点了点头转身走了。

看着云翼远去，楚凌唇边露出了一丝淡淡的笑意，扭头看向另一边道："听了这么久，还不出来？"段云从另一边走了出来，有些歉意地道："我不是故意偷听的，云公子比我先来一步……"

楚凌摆摆手道："也不是什么不能听的秘密，小段特意来这里找我，所为何事？"段云平时看到她恨不得绕着走，没有正事绝不往前凑。

段云抽出一封折子道："润州密报，十天前百里轻鸿和拓跋胤与沧云城在润阳西南五十里大战，两败俱伤。"

楚凌心中一惊，快步走过去抓过段云手中的折子："怎么两败俱伤？！"

段云道："双方伤亡不轻，拓跋胤身受重伤，晏翎旧伤复发。两军各自退兵三十里。"

楚凌心中不由一紧，飞快地扫过了手中的折子。好一会儿方才微微松了口气，晏翎在战场上旧伤复发，但是看来并不算严重，沧云城的兵马也没有混乱的迹象。即便是如此，楚凌心中依然觉得有些不安。

段云认真地打量了楚凌几眼，方才道："小将军很担心沧云城主？"

楚凌扬眉："难道我不该担心？沧云城若是出了什么事，咱们也好不了。唇亡齿寒啊小段。"

段云面无表情地道："小将军教训得是，还有一件事不知小将军有没有兴趣？"

"什么？"楚凌问道。

段云道："同样是十天前，上京皇城中拓跋兴业遇刺。"

"什么？！"楚凌一惊。

段云以为她没有听清楚，重复了一遍，"十日前，拓跋兴业遇刺。他伤势不重，右肩受伤。不过，刺客逃逸不知所终。"

师父遇刺？！

楚凌有一瞬间都有些回不过神来。在她的印象中，拓跋兴业是天下第一高手，这世上哪里有什么人能够伤得了他？而且，不仅伤了他还能全身而退？这个时候上京皇城中有这个机会和能力的只有一个人——南宫御月。

"小将军？"见楚凌明显有些出神，段云有些疑惑地道。

楚凌回过神来，对他笑了笑道："没事，我在想什么样的人竟然能够伤到拓跋兴业。"段云理解地点了点头，拓跋兴业的威名即便是他这个不习武的人也是如雷贯耳，更何况小将军。不过段云对是谁伤了拓跋兴业兴趣不大，他有兴趣的是拓跋兴业被刺这件事对局势的影响。

楚凌看着段云，挑眉道："小段有什么话要说？"

段云习惯性地皱了下眉，忽略掉楚凌对他的称呼问道："小将军认为，刺杀拓跋兴业的人是谁？"

楚凌摸着下巴笑道："这个就不好说了，明王的可能性不小，毕竟拓跋兴业是支持北晋皇帝的，如果这个时候拓跋兴业出了什么事，拓跋胤又出征在外，明王很有可能再一次趁机夺取皇位。当然，也有可能是想要挑拨北晋皇帝和明王关系的人。"

段云道："对我们来说，幕后黑手是明王是最有利的。"

楚凌点点头，对他的话表示赞同。

段云抬眼看向楚凌欲言又止，楚凌心道不好，警惕地看着段云："小段，你想要干什么？"

段云似乎觉得楚凌这个模样很有趣，不由笑道："小将军不是猜到我想要做什么了吗？"楚凌连连摇头："不不不，我书读得少资质愚钝，并不能猜到你们这些读书人在想些什么。"段云道："若是不知道，小将军这么紧张做什么？"

楚凌叹了口气道："我的预感告诉我，你在想的事情很危险。"

段云左右看看，确定四周都没有人方才道："小将军也不想咱们信州附近总是有人虎视眈眈吧？"

楚凌点点头："你有什么高见？"

段云上前了两步，低声道："小将军，咱们玩一把大的如何？"

楚凌眨巴着大眼睛："说来听听。"

"想办法干掉北晋皇帝。"段云冷声道。

楚凌觉得自己应该庆幸现在并没有喝水，她神色有些诡异地上下打量着眼前的温文公子。段云被她看得有些不自在，道："小将军觉得我的提议有什么问题吗？"楚凌摇了摇头："不，并没有。我只是觉得吧，没想到小段竟然是如此有雄才大略的人。"

段云无语地看着楚凌，觉得自己是被眼前的少年嘲讽了。雄才大略？他是想说胆大包天吧？

见他神色不对，楚凌连忙澄清，"我是诚心诚意的。"

段云道："小寨主觉得，我的提议如何？"

"好啊。"楚凌赞道，"非常好。不过有个小问题哈。"

段云点头，一副恭听指点的模样。楚凌问道："谁去杀北晋皇帝？你去还是我去啊？"

段云默然。

楚凌伸手拍拍段云的肩膀，有些不好意思地道："别介意啊，我是真的觉得这个提议很不错。北晋皇帝要是现在就死了，咱们的日子就能好过许多了。就是你知道的，咱们的力量不够，沧云城在打仗指望不上啊。"

段云轻叹了口气，他其实也没有指望现在就能成，只是单纯觉得这也算是一个机会罢了。

两人从城楼上下来，一路往城中心的府衙而去。

经过这两个月，信州几乎已经恢复了原本的秩序。原本还担心着貊族人会不会再打回来的信州百姓也渐渐相信了貊族人真的被赶出了信州。原本脸上的麻木不仁少了，多了几分干劲和生气。

楚凌对此很是欣慰，却也同样感觉到了肩头上担子的沉重。他们夺回了信州自然是一件好事，但是如果夺回了再失去，对信州百姓来说远比从来就没有夺回来要残忍许多。

回到府衙，楚凌刚走进自己的院子里便停下了脚步，沉声道："什么人？出来！"

"凌姑娘。"

"云行月？！"楚凌一惊，看着眼前虽然衣着整齐但是眼底却带着几缕血丝，有几分风尘仆仆的云行月心中不由一沉。

"君无欢出什么事了？"

云行月有些无奈地叹了口气，楚凌皱眉有些着急地道："说话啊，君无欢怎么了？"

云行月道："旧伤复发，危在旦夕。"

楚凌只觉得有什么在她的心上重重地敲了一记，脸色微沉："不是说不严重吗？"

云行月叹了口气道："对外自然不能说严重，否则军心乱了后面还怎么办？还有那么多北晋兵马虎视眈眈。拓跋胤虽然受了伤，但是百里轻鸿还好好的呢。"

楚凌盯着云行月道："既然如此，你这个时候不是应该在君无欢身边吗？跑到信州来做什么？"若是真有什么话要传给她，也用不着云行月亲自跑一趟。楚凌决定，如果云行月敢说什么"让她去见君无欢最后一面"之类的话，她就先弄死云行月！

云行月道："我要去找一种药，路过信州觉得应该过来跟你说一声。"

"去哪里找？什么药？"楚凌问道。

云行月看着她，道："上京，皇宫。玉蕤膏。"

楚凌没听说过也不知道他说的是什么药，但是却知道这个东西或许能救君无欢的命。

云行月也不着急，只是目光定定地落在楚凌身上也不知道她在想些什么。楚凌垂眸，脑海里飞快地转着无数个念头，不知道过了多久方才抬起头来问道："沧云城和凌霄商行在上京还有能用的人吗？"

云行月点了点头，眼眸中却多了几分失望。

却听楚凌道："我跟你去上京，人借给我用用。"

云行月有些惊讶地挑眉看着楚凌，楚凌抬头与他对视，道："我不知道君无欢伤得有多重，但是既然让你千里迢迢亲自去上京取药想必确实是不轻。但是我也不能放着信州不管不顾，所以……"

"所以什么？"云行月有些好奇地道。

楚凌道："所以，在北晋想要对信州动手之前，让他们无暇分身。反正拿药也要去皇宫不是吗？正好之前有人给了我一个不错的提议，看看有没有机会一起办了。"

云行月偏着头思索了片刻，点头道："行，反正君无欢相信你，我自然也是信你的。不过，这东西到底在哪儿我自己也说不准，有消息说是在北晋皇宫，我们想要找到东西就已经很麻烦了，未必真的有时间让你办你要办的事情。"楚凌问道："君无欢有多少时间等你取药？"

云行月道："最多一个月。一个月之内君无欢若是醒不过来……"云行月顿了一下，看着楚凌沉声道："整个沧云城，都要跟着完蛋。"

楚凌道："足够了。"

君无欢的病情确实是出乎楚凌的意料，但是无论如何她也不可能放任君无欢不管，让云行月独自前往上京取药。云行月的实力她清楚，自保有余，但若说真有多高却不见得，他毕竟是一个大夫而不是一个高手。将信州的事情交代给了葛丹枫和郑洛等人，楚凌便带着段云跟着云行月一起悄无声息地出了信州。信州的百姓和靖北军的将士并不知道他们的小将军已经不在城中了。

离开信州老远，段云的神色都还有些恍惚。

他只是提了一个建议，而且小将军分明已经驳回了他的建议。但事情变化得太快，还不到两个时辰小将军便要他收拾行李，跟她一起去上京谋划如何干掉北晋皇帝。

"小段，走！咱们一起去上京干掉北晋皇帝！"这是凌小将军的原话。北晋皇帝是那么容易干掉的吗！？从信州到上京，一路快马加鞭六七日可到。因为这次真的赶时间，即便是有段云这个拖后腿的，楚凌也狠心地没有做太多的停留，第七天上午一行人就到了上京。

凌霄商行明面上的产业都已经全数被北晋朝廷查封，阿朵这些年置办的产业自然也不能回去了。于是一行三人只得暂时住进了凌霄商行暗地里的一处不起眼的小院子。恰好这院子就靠近上京的贫民窟，倒是让楚凌想起了她在上京还有一个勉强算是熟人的故交。

站在有些狭小的院子里，段云面有土色地看了看身边依然神采奕奕的两个人，将想要说的话给吞了回去。

楚凌看着云行月道："说吧，你要的药还有什么消息？"

云行月叹了口气道："我之前没有骗你，若是玉蕤膏那么容易找到的话，何必我亲自跑一趟？"楚凌听了云行月的话不由皱眉："所以，除了这个东西在宫里，没有任何线索对吧？"

云行月道："这玉蕤膏是一种天然的药膏，在塞外苦寒之地的高山之巅生长着一种雪玉参，这种雪玉参的果实被埋在雪地里，有的历经百年而不腐。果实吸收了雪山的寒气和雪玉参的药性，经过特殊的手段封存三年，便成了这玉蕤膏。这种药膏虽然没有活死人肉白骨的奇效，但是古书上说对调和体质蕴养经脉有奇效。我师父也说，这种药膏虽然不能完全解决君无欢的病，却比寻常药有效得多。这些年凌霄商行的人一直在塞外寻找，但是……"

云行月叹了口气没有说话，楚凌却明白了。这种东西本来就是可遇而不可求的，并不是你拼命去找就一定能够找到的。

楚凌看着云行月道："如果那个玉蕤膏不在皇宫，或者已经没有了呢？"

云行月看着她，对她挤出了一个十分难看的笑容，道："我也不知道。"

楚凌心中不由一沉，脸色有些难看起来。

旁边的段云沉默地听着两人的话，神色也跟着严肃了起来。长离公子名动天下，这样一个人就算跟他们信州没有关系段云也绝不希望他就这么死了。段云沉吟了一会儿，道："你们要找玉蕤膏？如果我没记错的话，应该是在北晋皇宫。"

两双眼睛直勾勾地盯着段云，段云被两人看得有些毛骨悚然，连忙道："我记得，大约是永嘉七年，摄政王寿辰的时候貊族人送的礼物里面就有一瓶玉蕤膏，不过那东西既不能疗伤治病也不能延年益寿，并没有多少人看重。后来，永嘉帝的皇后病重，摄政王妃将玉蕤膏连着一大堆药材一起送进了宫中。皇后用了一些但是并没有什么用处，之后就一直收在宫中的御药房里。这种说起来很稀有很珍贵，但实际上没什么用处而且只有独一份的东西，在御药房是没有人会轻易动用的。永嘉帝南迁的时候并没有回宫，宫中的药材自然也被留下了。如果貊族人没有毁掉的话，应该还在宫里。那本来就是貊族人的东西，他们应该会比天启人识货一些。"

楚凌和云行月对视了一眼，都没有去问段云一个才二十七八岁的人是怎么知道永嘉七年貊族送给摄政王的贺礼里面有什么这种问题。

"那我们只能希望，玉蕤膏真的还在原本的地方了。"云行月道。

楚凌道："在不在，去看了就知道了。"

云行月道："这个我来想办法。"

楚凌点点头，凌霄商行虽然已经被北晋人抄没了，但是隐藏在暗处没有暴露的细作探子肯定也不少。打探消息这种事情自然是他们来做最合适了。看了一眼两人，楚凌道："我出去见一个人，有什么事情晚上再说。小段，呃，你好好休息吧。"

段云确实是累得不轻，也没有心情跟她抬杠，点了点头只叮嘱了一声小心便作罢了。

半个时辰后，楚凌再一次坐到了熟悉的花厅中喝茶。

黄老大笑眯眯地捧着茶杯看着楚凌笑道："好些日子没见，小公子风采依旧啊。"

楚凌微微挑眉，笑道："比不得黄老大财源广进。"

黄老大叹了口气，道："哪里呀，小公子这些日子不在上京不知道，如今上京城里的日子不好过啊。"楚凌含笑看着他，慢条斯理地喝着茶道："黄老大怎么知道我这些日子不在上京？"

黄老大眼珠子转了转，赔笑道："前些日子下面的人有眼无珠不是对小公子不敬吗？我估摸着，小公子跟长离公子是朋友，长离公子既然不在京城里，这小公子想必也跟着长离公子走了。"

楚凌笑道："黄老大说得是，我确实离开了一段时间。这不一回到上京就来找黄老大了吗？"

黄老大看看楚凌苦笑道："我只怕小公子是无事不登三宝殿啊。"

楚凌也不绕弯子，笑道："确实有事儿要麻烦黄老大。"

黄老大看着楚凌不说话，楚凌伸手将两张银票放到黄老大跟前，笑道："黄老大的规矩，我懂。"

黄老大看了一眼银票，脸上顿时笑开了花。

"小公子果然还是一如既往的爽快，有什么吩咐你尽管说。"

楚凌道："倒也不是什么大事儿，前些日子拓跋大将军受伤的事情，黄老大可知道？"

黄老大点头，"这是自然，上京皇城里还有谁不知道？不过，小公子要问的应该不单单是拓跋大将军受伤的事儿吧？"

楚凌道："我想知道，刺客是谁。"

"这个……"黄老大有些为难，楚凌扬眉道："怎么？"

黄老大叹了口气道："小公子若只是想要问我知不知道刺客是谁，我知道。但是你若要我拿证据，我却是没有。"

楚凌点点头道："那黄老大觉得是谁？"

黄老大嘿嘿一笑道："这上京皇城，除了白塔那位，如今还有几个能伤到拓跋大将军？"

楚凌道："既然如此，又怎么会没有证据呢？"

黄老大摊手道："这算什么证据？只是猜测罢了，如今只怕皇城里有一半的人都在猜测是白塔那位干的。不过我得到的消息说，拓跋大将军遇刺的时候那位正在宫里陪太后娘娘用膳呢。有太后娘娘做证，谁敢说是他？"

楚凌有些惊讶，倒是没想到南宫御月竟然能让太后为他做证。

"据白塔的人说那位是前些日子在外面受了重伤回来的。就算平时有本事伤了拓跋大将军，如今也是没有的。陛下派了太医去看病，身上的伤确实不轻，但是没有一道是拓跋大将军留下的。"

楚凌撑着下巴道："会不会根本就不是南宫国师做的呢？"

黄老大有些诧异："哦？小公子有什么高见？"

楚凌道："我觉得是明王干的！"

"小公子说得是。"你说是就是吧。

楚凌笑道："我希望上京皇城里的另一半人也以为是。"

黄老大顿时一脸菜色，面带惊恐地看了楚凌好一会儿方才有些迟疑地道："小公子，您这个玩得是不是有点大了？"您这活儿太大了，咱们小本生意干不了啊。

楚凌笑道："我相信，这点小事难不倒黄老大的。"

黄老大看了看自己跟前厚厚的一叠银票，终于忍不住吞了口口水面色凝重地点头："您放心！"他这是豁出了命去挣钱了啊。

楚凌满意地微笑，"静候佳音。如此，在下告辞了。"

"你慢走。"黄老板谄媚地笑道。

亲自将楚凌送到门外，目送她渐渐远去。黄老大的目光里也多了几分味道，饶有兴致地道："玉小六的朋友？你说他怎么不怕我转手将他卖给北晋人呢？"

不知何时他身后已经出现了一个黑衣人，听了这话淡淡道："凭她的身手，捏死你比捏死一只蚂蚁费不了多少力气。更何况她既然是玉六公子介绍来的，你说玉六公子背后又是谁？"

黄老大叹了口气："也是，玉小六肯定没那么大本事。可惜咱们只在上京一地，不然我还真想知道玉小六背后到底是哪尊神了。"其实他也不是完全猜不到，不过这年头知道太多了容易短命啊。

黄老大办事的速度是对得起他收的钱的，第二天一早楚凌跟着段云一块儿上街吃早膳，就隐约听到有人在议论这件事。其实拓跋兴业遇刺这件事已经过了好些天了，上京皇城里的舆论也几乎是一面倒地倾向于认为是南宫御月动的手。这时候突然冒出来另外一种言论，有点眼力的人也看得出来这必然是有人在暗中操纵的。

但是知道归知道，想还是要想的。更何况，之前所有人都一直认为是南宫御月的手笔，难道就没有人暗中操纵吗？

楚凌和段云坐在街头一个十分热闹的摊子上，一边吃东西一边听着周围的议论声。当然，敢当街议论这种事情的自然只有貂族人，天启人再好奇也不会在大庭广众之下参与这种讨论。

段云看了看坐在自己对面的楚凌欲言又止，楚凌对他挑了挑眉轻声笑道："有什么就说啊小段，不用不好意思的。"段云问道："小公子，昨天出去就是为了做这个？"

楚凌眨了眨眼睛道："我什么都没有做，你不要随便冤枉我。"

段云无语，楚凌也不由笑了。压低了声音道："我真的什么也没有做，就是花了点钱啊。"

有钱能使鬼推磨，这话放到哪儿都是行得通的。

段云淡淡道："我听云公子的意思，他仿佛很赶时间，你这事儿就算成了也需要不少时间，根本没什么用吧？"一个月的时间还要扣掉他们来回路上的，除非是云行月能悄无声息不惊动任何人地将药偷出来。

楚凌轻叹了口气，道："能不动武的话我们当然是尽量用温雅一点的方式解决问题，但是如果实在是不行的话也只好拼一把了。"

"拼一把？"段云回味着这三个字，很想问问眼前的少年，你想要拼一把为什么还要带我来？楚凌仿佛猜透了段云心中所想，伸手拍拍他的肩膀道："别怕，到时候我会让人先送你走的。"

段云放下手中的筷子看着楚凌，斯文地擦了一下唇角才道："小公子，你非要我来上京到底是为了什么？"

楚凌道："你的提议，不带你来，小段岂不是会在心中怪我抢了你的……"

"喂，小子！"楚凌的话还没说完，就被一个粗暴的声音给打断了。两人抬头，就看到了一个身形高大壮硕的貂族男子站在了他们桌边，目光却盯着段云腰间挂着的一块玉佩。

"你这块玉佩还不错，拿来，给我！"男子粗暴地道。

楚凌微微扬眉打量了一眼段云的玉佩，不太能认同这貂族人的眼光。

只是一块寻常的玉佩而已，雕工还能看，材质也只能算是一般。

貂族人也不是人人都眼高于顶，比如说眼前这一位。全身上下除了那把刀值几两银子，剩下的加起来也没段公子这块玉值钱。

"小段呀，早就跟你说了财不外露，你看现在该怎么办吧？"楚凌幸灾乐祸地道。

段云咬牙瞪了楚凌一眼，随手扯下腰间的玉佩。就在那貊族男子将要露出一个得意的笑容的时候，却见他抬手将玉佩抛进了楚凌的怀中。

楚凌嫌弃地捏着玉佩不知道能说什么。

那貊族男子见状也不由得怒了："臭小子，你耍我！"

说着男子伸手就一拳朝着段云的脸上砸了过去，周围的人都忍不住发出一声惊呼。这书生看起来文文弱弱的，一拳砸过去还能有命在吗？

却见那拳头在段云跟前两三寸的地方稳稳地停住了。

一只纤细修长且白皙的手轻轻地抓着男子的手腕，看起来仿佛只是随意地捏着，半分力气都没有用一般。但那貊族男子却已经憋红了脸，无论他怎么使劲，拳头都不能再上前半分。貊族男子警惕地看了楚凌一眼，心知遇上了棘手的人物了。

楚凌站起身来，一只手拎着段云的玉佩，一只手还捏着男子的手腕笑眯眯地道："这位大哥别着急啊。不就是一块玉吗？我这哥哥不懂事，大哥别见怪啊。别说是一块玉佩，就算是十块八块，大哥想要还不是一句话的事吗？"

"哦？"貊族男子眼睛一亮，他原本家境还不错。只是来中原之后染上了赌瘾，因此日子过得很是艰难，就连妻子孩子都离他而去了。平时若没有钱了，就靠打劫一些外地来的中原人为生。

楚凌笑道："大哥，不如小弟请你喝杯茶，算是赔礼？顺便商量一下玉佩的事儿？实不相瞒，这块玉佩是我嫂子送给大哥的，因此他才十分舍不得。"

貊族男子舔了舔嘴唇，故作大方地道："也罢，给你个面子。"

楚凌笑得犹如善财童子一般："多谢大哥，请。"

段云跟在后面，对他家小将军的变脸绝技佩服不已。

三人离开早餐摊子，楚凌在前面带路朝着街对面的一个胡同走去。

走了一段路，那貊族男子终于觉得有点不对劲了，立刻停住了脚步道："你要带我去哪儿？！"

楚凌回过头来，偏着头对他笑得十分单纯无辜，晃了晃手中的玉佩道："去我家啊，玉佩不想要了么？"

一股不妙的直觉袭上男子心头，男子立刻果断地道："不要了，大爷先走了！"

想走？

楚凌冷笑一声，手中的玉佩直接砸了出去，玉佩撞上男子的脖子然后弹了出去落在了跟在后面的段云身上，段云连忙伸手接住。那男子只觉得脖子一阵剧痛，连忙伸手捂住就想要往外跑，却被人从身后一拉直接往后面倒去。一根长鞭的鞭梢缠住了他的脖子："别叫哟，要是我一不小心把你脖子勒断了，多不好意思啊。"

男子连忙伸手想要抓住鞭子，只是他的手才刚抬起来，缠在他脖子上的鞭梢就立刻紧了，他连忙挣扎着道："别……不、不要……"

楚凌点点头，笑道："乖乖听话就好。"

段云将自己的玉佩系回了腰间上，道："小公子这是打算做什么？你若不杀了他必留大患，若是杀了他也挺麻烦的。"楚凌对他翻了个白眼道："知道麻烦你还把玉佩抛给我？又不值钱直接给他不就完了？"

"你怎么不给他？"段云问道。

两人对视一眼，双双别过了脸去。

要是被这么一个小瘪三威胁了，多丢脸啊。

地上被勒得难受的男人一脸愤怒加惊恐地瞪着两人，楚凌摸着下巴有些苦恼地道："该怎么处理你呢？"

"饶……饶命！"男子结结巴巴地道。

楚凌摇摇头，"我这会儿饶了你，回头你就带人来堵我，确实是遗患无穷，还是……"

"不……不敢！"男子连忙道。

楚凌思索了片刻，突然打了个响指，将一颗药丸塞进了男子的口中。男子自然不愿意吞下这来历不明的东西，只是如今这情形也容不得他拒绝了，虽然极力抗拒却还是只能无力地将药丸咽了下去。

下一刻，一股剧烈的疼痛就从腹中弥漫开来，一瞬间，全身上下都疼痛不止了，男子忍不住开始颤抖起来，楚凌抖了一下长鞭放开了他被缠着的喉咙。楚凌蹲下身对委顿在地上的男子笑道："这个呢，是我找神医配制的断肠丸，滋味如何你感受到了吧？"

男子无力地点了点头："你……你想要做什么？"

楚凌笑道："别想太多了，我不想让你做什么。就凭你，也做不了什么事儿。只不过我们还要在上京待一段时间，为免被人找麻烦，只好麻烦你当今天的事情没有发生过。当然了，你不答应也没关系，我猜你是孤家寡人生活落魄。在上京这样的地方，死这样一个人也没什么大不了的吧？哪怕他是个貂族人。"

男子忍不住抖了抖："我……我知道了。"虽然活得落魄，但那也不代表他就想死。

楚凌满意地点了点头，将一个小药瓶丢在他身边道："里面有三粒药丸，每三天服一粒。之后我会再派人送药给你的，当然如果我出了什么事情，你就只好自求多福了。你也可以去找找看，有没有哪个神医能救你。"

他去哪儿找神医？

楚凌说完这些也不再管他，站起身来示意段云可以走了。

两人走出了小巷，段云回头看了一眼，里面那貂族人正挣扎着从地上爬起来，将一粒药丸往嘴里送。段云问道："这样行吗？"楚凌道："有什么不行的？除非他

下定决心这会儿马上就去报官，不然之后他也没个力气去了。"

段云神色有些怪异地看着她，道："你……"

"想什么呢？那东西吃了，不回去躺个十天半个月，怎么对得起我的药呢。"之前从云行月那里拿了不少稀奇古怪的药，只是一直没什么机会用。

段云叹了口气，低头看看自己腰间的玉佩，想了想还是将玉佩扯下来收进了袖袋之中。

两人回到暂住的院子，云行月已经在等着他们了。见两人进来，云行月有些不悦地道："我忙碌了一晚上没有合眼，你们倒是悠闲，还有心情跑出去吃早膳。"楚凌一扬手，将手中提着的一个包裹抛了过去道："别抱怨了，给你带了。"

云行月打开小包裹闻了闻，这才满意地闭了嘴。

两人走到云行月旁边坐下来，楚凌问道："怎么样，玉蕤膏有下落了吗？"

云行月摇了摇头道："如今宫中貂族的大夫和中原的大夫都有。但是貂族人信不过中原人，中原人出身的大夫不管医术多好都接触不到上面的贵人，也很难接触到真正放名贵药材的地方。我看倒是像貂族人想要偷师才故意放了几个天启人进去的。"

不过医术这个东西，可不是随随便便偷师就能学会的。天启人在这方面一向有些个敝帚自珍，就算师徒间往往都会留一手，更何况是外族人。

楚凌蹙眉道："这么说，找不到了？"

云行月摇头道："我明天打算亲自去太医院一趟。"

楚凌问道："你见过玉蕤膏吗？"

云行月摇头，楚凌道："也就是说，就算你看到了玉蕤膏，也未必能认得出来？"

云行月蹙眉，思索了一会儿道："我师父说，这东西被雪玉参的药气和冰雪浸染百年，所以我猜应该会有雪玉参的味道。我可以试试看。"楚凌看着云行月，又侧首看了一眼段云。段云会意，起身道："我还有点事，小公子和云公子慢聊。"

看着段云离开，云行月方才挑眉道："什么事情还要让段公子回避？"

楚凌问道："南宫御月到底能不能信得过？"

云行月一怔，望着楚凌沉默了良久方才叹了口气道："我不知道。"

"不知道？"楚凌挑眉，云行月有些无奈地苦笑道："凌姑娘，南宫御月是个疯子，谁也不知道他到底可不可信。不过我可以告诉你，南宫御月和君无欢的关系，除了我、桓毓和明遥以外沧云城也没有别的人知道了。"

"但是，桓毓并不相信南宫御月。"云行月最后补充道。

楚凌看着他，有些明白他的意思。不仅是桓毓不信任南宫御月，他和明遥同样也不信任。所以即便是事情棘手，云行月也没有想过去找南宫御月帮忙。

楚凌叹了口气，也有点头痛。平心而论，她也不觉得南宫御月是什么可靠的人，但是他们现在需要南宫御月帮忙，而且君无欢似乎是相信南宫御月的。至少……"南宫御月应该不希望君无欢现在就死了吧？"

云行月叹息道："谁知道呢。"

楚凌揉了揉眉心道："那么，咱们算一下吧。如果我们不能按时找到玉蕤膏，君无欢会死，正在被北晋人围攻的沧云城要完。如果南宫御月背后捅我们一刀的话，药自然是拿不到，君无欢会死，沧云城要完，我们大概也要完。云公子，选一个吧。"

云行月眼眸微沉，咬牙道："我今晚进宫去一次，如果实在找不到再……"

楚凌也不催他，点头道："行，明王府有沧云城的人吗？"

云行月沉吟了片刻，将一块令牌塞给了楚凌。令牌不大，还不及楚凌的手掌大小，上面雕刻着一只展翅的凤凰。云行月道："这是君无欢让我给你的，说如果他真的出了什么事，凭这个可以掌握凌霄商行在北方的一部分探子。我想提前给你应该也没什么。用这个你可以联系影，他是负责整个上京的情报消息的。"

楚凌一怔，望着掌中被塞过来的凤凰展翅令牌："这……"

云行月洒脱地道："你自己看着办，我相信君无欢不会看错人的。"

楚凌轻轻握住了令牌，垂眸道："多谢。"

南宫御月最近的心情很不错，虽然被满上京的人怀疑自己刺杀拓跋兴业，但那毕竟不算是污蔑，所以南宫国师大度地决定原谅他们。

"公子，宁都郡侯来了。"一个侍女进来躬身禀告道。

南宫御月微微扬眉，斜眼道："他来做什么？"

侍女自然不敢贸然回答这种问题，只能低头不语。南宫御月摆摆手，不在意地道："罢了，让他进来吧。"

"是，公子。"

片刻之后焉陀邑从外面走了进来，看着南宫御月一副没长骨头般靠在软榻上的模样忍不住皱了皱眉。焉陀邑年纪轻轻就成为焉陀家的家主，一向严于律己也严于待人，最见不得年轻人这种懒散的模样。

南宫御月瞥了他一眼，道："你现在怎么还有心情来我这里？"

焉陀邑没好气地瞪了他一眼道："你还好意思说，之前若不是你给我找麻烦，我哪里会这么忙？"先前南宫御月让他弄一个焉陀家的人去信州接管信州驻军，结果人还没到他自己先撤了，等他们的人到了信州已经被靖北军给拿下了。所幸那人见机得快，才没有丢了性命。

南宫御月嗤笑一声，道："大哥，我这可是为你好。你瞧最近朝堂上的人都骂我，可没有人骂你啊。"整个上京的人都知道，南宫御月连自己的亲哥哥都害。宁都郡侯有这么一个弟弟，简直是倒了八辈子的霉了。

焉陀邑皱眉，看着南宫御月道："你到底想要做什么，你已经不是不懂事的孩子了，将自己的名声弄成这样。既得罪陛下又得罪明王，以后你要怎么办？"

南宫御月不以为然地道："得罪了就得罪了，能怎么样？"

焉陀邑看着这糟心的弟弟有些焦急地道："你怎么就不懂呢，如今不是在关外了，若不是陛下和明王还在争锋，只怕早就……"早就对他们这些手握重权的权贵动手了。即便是当初在关外，焉陀家还不是一样因为外部的压力让南宫御月小时候受了不少委屈？南宫御月懒洋洋地笑道："大哥，你是想要以后跪在皇帝脚边做奴才，还是跟在关外的时候一般自在？"

焉陀邑心中一惊："你……你想要干什么？"

南宫御月微微眯眼道："你也说了，今时不同往日。就算你再怎么低调，等北晋皇帝和明王决出了胜负，下一个要对付的是谁？天启人讲究什么仁义礼智信，说什么'与士大夫共治天下'。但是咱们貊族可没有这个规矩，除了皇室，权贵，平民便是奴隶。我估摸着，无论是北晋皇帝还是明王，都不是很想要中间那两个。"

"你胡说什么！"焉陀邑没好气地道，心中却忍不住有些发沉。

南宫御月懒洋洋地道："大哥，这十年除了几家手里握着兵权的人家，当年在关外的大部落首领还剩下几个？那些人可不是当初统一各部的时候消失的，当时拓跋家是怎么说的？嗯，大家都是兄弟，呵呵。这才十多年，皇帝陛下是怎么对他们的？当年楚越抄了君傲满门，天启人在摄政王的威势下不敢说什么，三年后楚越就被永嘉帝算计死在了战场上。以楚越当时的权势，若真的人心所向，至少给他通风报信的人总该有吧？结果呢？还不是那些读书人觉得楚越动辄灭人满门太过残忍，自己想要整死他又不敢动手，正好借着永嘉帝的机会弄死了楚越。但是你看看咱们，皇帝陛下弄死了那么多人，有谁说过一句话吗？"

焉陀邑沉默了半晌，方才道："我族天生血性，陛下杀伐决断自然不同天启人那般假仁假义。"在焉陀邑看来，天启的皇帝着实是可笑。

南宫御月笑道："确实杀伐决断，就是不知道哪天若是那把刀落到了焉陀家头上，大哥还能不能如此推崇？"

焉陀邑有些头痛地揉了揉眉心，道："我不听你这些歪理邪说，你知不知道外面出了什么事？"

南宫御月道："不就是都在暗地里骂我吗？有本事让他们来给拓跋兴业报仇啊。"焉陀邑抽了口冷气，瞪着南宫御月道："大将军的事情，真是你……"

南宫御月皱眉道："开个玩笑找拓跋兴业切磋一下，怎么了？拓跋兴业伤得又不重，用得着大惊小怪吗？"

切磋一下？你不会光明正大地上门挑战，非要穿着夜行衣大晚上在拓跋兴业回家的路上堵人？！

"这件事不要再提了！"焉陀邑沉声道。

南宫御月淡淡提醒道："大哥，你还没说有什么事。"

焉陀邑道:"京城里突然流传出一些言论,将这事指向了明王。"

南宫御月一愣,很快又回过神来挑眉道:"这不是很好吗?"

焉陀邑看着他道:"不是你让人做的?"

南宫御月难得地对他露出一个还算和善的笑容,却并没有回答他的问题。

焉陀邑沉声道:"之前的事情,明王府和陛下都插手了,你也说了不用理会,我便当你清者自清……"显然,宁都郡侯并不十分了解自己的亲弟弟。

"现在这样,明眼人一看就知道有人暗中操控。明王和陛下只怕都会怀疑你。"焉陀邑皱眉道。

南宫御月道:"他们是不是很闲?拓跋兴业自己都没有打上门来,他们折腾什么?沧云城打下来了吗?靖北军平掉了?对手已经干掉了?把这些都做完了再来想怎么对付我成不成?"

焉陀邑道:"你若再这么胡闹起来,只怕那两位就要先转头对付你了。"南宫御月点点头,道:"你别念叨了,我知道了。"

焉陀邑问道:"接下来你打算怎么做?"

南宫御月摸了一下唇边,微微眯眼道:"拓跋罗废了,皇帝那里没什么指望了,大哥你还是继续押注在拓跋梁身上吧。反正之前你站在拓跋梁那边,皇帝也看你不顺眼了。"

我之前站在拓跋梁那边,是被谁害的?

"拓跋梁?你确定?十皇子那里……"焉陀邑有些迟疑地道。

南宫御月有些厌烦地道:"别跟我提那个废物,拓跋梁那边的人都很有意思,我估计就算咱们不插手,他上位的可能性也比较大。"

焉陀邑道:"你别忘了,之前在信州……"

南宫御月嗤笑一声,轻蔑地道:"那又怎么了?现在焉陀家肯帮他,拓跋梁再恨我也只能笑脸欢迎。至于他上位以后……以后的事情就以后再说吧。"

你这么说,我怎么敢听你的?

送走了忧心忡忡的焉陀邑,南宫御月靠着软榻垂眸思索了良久方才唤了人来。

"公子。"一个白衣侍卫恭敬地道。

南宫御月问道:"这两天可有什么外人来上京?"

侍卫一愣,这问题问得实在是让人头大。上京这么大每天都有不少人从外地来也有人离开,白塔就算势力再大也不可能知道每一个人的身份来历。

"属下立刻让人去查。"侍卫自然知道这个答案无法让南宫御月满意,又道,"公子是认为突然出现的言论是外来者所致?"

南宫御月淡淡道:"拓跋梁和皇帝陛下都想保持平衡,这个时候出来搅局的自然是外人了。罢了,你先下去吧,本座心里有数。"

"是,公子。"国师最近的心情果然不错。

云行月果然没有顺利找到玉蕤膏。看着阴沉着脸回来的云行月，楚凌倒是并不觉得意外。如果连在太医院待了很多年的人都找不到，没道理云行月一个刚去的人就能够找到。

楚凌安慰道："不用担心，我们还有时间。"

云行月皱着眉叹了口气，道："你打算约见南宫御月？"

楚凌点了点头，道："我知道你信不过南宫御月，老实说我也觉得他太危险了。但是，我觉得我们不妨相信一次君无欢的判断。君无欢这么多年都没弄死南宫御月，我猜南宫御月也不想君无欢这么快死的。"

云行月道："就算他不想弄死君无欢，也不妨碍他乘人之危占点别的便宜啊。"

楚凌笑道："比起损失一些东西，命能活下来不是最重要的吗？你有空担心南宫御月，不如帮我想想有什么能够跟南宫御月做交换的。"

云行月瞥了楚凌一眼，似笑非笑地道："你不是知道吗，他想要娶武安郡主为妻。"

楚凌翻了白眼："抱歉，我不卖身。"

云行月耸耸肩道："南宫御月这人不好捉摸，反正这么多年我是没见过除了君无欢以外能在他面前占到便宜的人。哦，拓跋兴业那种不算。"

楚凌点点头："看来还是要见一见影再说。"

"这就对了，地头蛇总是比咱们外来的人知道的东西多一些的。"

影是君无欢手下专门管情报消息的一个神秘人物。虽然凌霄商行高层都知道有这么一个人存在，但事实上除了君无欢谁也没有见过他的真面目。他可能是一个人，也有可能是一群人，但是谁知道呢？如今楚凌有君无欢的令牌在手，要见到影却不是什么难事。

那是一个身形消瘦挺拔的黑衣男子，只是他脸上戴着一张遮住了整张脸的面具，除了两只眼睛从面具上两个窟窿露出幽冷的光，什么都看不到。

见到楚凌，他竟然也不觉得惊讶，拱手道："见过凌姑娘。"

"影？"站在阴影处本就是一身黑衣的男子仿佛要与黑暗融为一体了一般。

黑衣男子点头："正是，不知凌姑娘有何吩咐？"

楚凌道："你知道我的身份？"

黑衣男子沉默了一下，点了点头。楚凌又问道："你可知道玉蕤膏的下落？"

影摇了摇头道："这几年，属下也曾经设法寻找过，但是并没有发现玉蕤膏的下落。"楚凌有些失望，良久才叹了口气道："我要我们离京之后北晋皇帝，明王府以及京城手握实权的权贵的所有动向和消息。"

影干脆利落地点头道："天亮之前一定送到。"

楚凌满意地点了点头："多谢了。"

影道："凌姑娘客气了，不知凌姑娘可还有别的什么吩咐？"

楚凌想了想，问道："西秦大皇子，最近在做什么？"

影思索了片刻，答道："武安郡主失踪之后，西秦大皇子曾经派人寻找过一段时间，只是一直没有消息便只得作罢了。"

楚凌有些好奇，问道："那位许姑娘后来怎么样了？"之后的事情太多，她也没工夫关注许月彤了，这会儿提起秦殊才想起来。

影道："那位许姑娘进了明王府。"

"呃？"楚凌有些愕然，许月彤还惦记着秦殊，宁愿自杀也不肯给拓跋罗做妾，怎么反倒是进了明王府了？

"是那位许姑娘自己要进去的，大皇子妃已经拒绝了许姑娘进大皇子府的事情。但是之后没过几天那位许姑娘就成了明王的侍妾。据说，是用了一点不太光明正大的手段。这几个月，明王对她也颇为看重。"

说到此处影看了看楚凌，犹豫了一下方才道："西秦大皇子似乎和明王府暗地里有些来往。"

楚凌一怔，倒是并没有觉得太过震惊和意外，秦殊那样的人不是真的与世无争安分守己的质子，他的身份和处境也容不得他那般全然地置身事外。只是想起明王府，再想想许月彤，楚凌突然觉得心里隐隐有几分不太舒服。

贺兰真亲自拒绝了许月彤，虽然是保全大皇子府的面子，但也确实是给了楚凌面子以及放过了西秦一马。结果转眼就被人打了脸……

轻叹了口气，楚凌点头道："我知道了，辛苦你了。"

影也不再多说什么，微微拱手示意便悄无声息地消失在了黑暗之中。

看着影消失，楚凌深吸了一口气一跃而起掠过了墙头很快也消失在了黑暗之中。

白塔中，南宫御月正坐在窗口喝酒。四周静悄悄的一个人也没有，南宫御月靠着窗口正好能看到远处的皇宫。坐在这里，竟然能够一目了然地看清楚这座宏伟皇宫。烛火越多越亮的地方，住着的必然是身份越高贵权势越鼎盛的人。而只有零星几点灯火甚至是隐藏在一片漆黑中的，自然是冷宫和无人问津之处了。

南宫御月嗤笑了一声，一仰头，饮尽了杯中美酒。

"我猜今晚有贵客来访，只是阁下未免也太晚了一些。"不知道过了多久，南宫御月突然淡淡道。

转过身来，门口不知何时已经多了一个穿着黑衣的纤细身影。

南宫御月看到来人却是一愣，好一会儿方才回过神来仿佛有些惊喜："笙笙？！"

楚凌含笑对他点了点头，道："南宫国师，打扰了。"

南宫御月有些不悦地道："怎么会是你来？"

楚凌不解："不然应该谁来？"

南宫御月轻哼一声道:"我还以为是桓毓或者姓明的那个小子,笙笙对君无欢可真好。"

楚凌无语,人家明遥也不比你小两岁好吗?

楚凌看着他道:"所以,你已经知道君无欢出事了?"

南宫御月哼了一声,偏过头去欣赏窗外的风景,假装没有听到楚凌的话。楚凌有些头痛地叹了口气,道:"国师是对我有什么不满吗?我回去换个人再来跟你谈?"

南宫御月扭头,看着楚凌道:"笙笙帮我做一件事,我就告诉你。"

楚凌扬眉看着他:"说说看。"

南宫御月道:"先答应我。"

楚凌笑道:"若是国师要我去杀人,难道我也要答应?"

南宫御月幽幽道:"你又不是没有替君无欢杀过人,帮我杀两个又怎么了?"

"你当杀人是过家家吗?"楚凌忍不住抽了抽嘴角,道,"不说算了,我先走了等国师想谈了再说。"

"笙笙好狠心啊。"南宫御月道,"你就不怕我一怒之下拖死君无欢吗?"楚凌叹了口气:"行吧,你说说看,我看看能不能办。"

南宫御月微微勾唇,"回头帮我揍君无欢一顿,要笙笙亲自动手。"

揍君无欢一顿?!堂堂北晋国师的愿望竟然如此单纯吗?楚凌有些惊愕地回不过神来。

南宫御月见状,有些不悦地眯起了狭长的眼眸:"怎么?笙笙不愿意?"楚凌连忙摇头表示否认:"你确定,你只是想要揍君无欢一顿而已?"南宫御月道:"要你亲自动手。"亲自两个字咬得格外地重,提醒楚凌这才是重点。

楚凌眨了眨眼睛,思索了片刻便愉快地答应了下来。

"没问题,一言为定。"

南宫御月有些诧异地道:"你真的愿意帮我揍君无欢一顿?"

楚凌轻咳了一声,突然觉得自己好像有点占了南宫御月的便宜。提醒道:"那个什么……我可能打不过君无欢。"

南宫御月却毫无顾虑:"没关系,如果他敢还手的话,我就帮你一起揍!"楚凌半晌说不出话来,话说你对君无欢到底有什么样的怨念?

不过想起几个月前在信州被君无欢狠狠地揍了好几天,以及君无欢看起来娴熟流畅的手法,又觉得好像也不是不能理解了。安抚好了南宫御月,楚凌暗暗松了口气。跟南宫御月相处片刻,她都觉得比跟别人钩心斗角一整天还要心累。偏偏有时候这家伙又似乎出奇简单。然而你若真的因此就将他当成一个软萌无害的小可爱,那简直是自己找死。

楚凌叹了口气道:"既然条件谈完了,咱们是不是可以谈谈正事了?"

南宫御月抬起下巴点了点不远处，示意楚凌坐下说话，楚凌这时候才有空打量这闻名京城的白塔。楚凌其实也有些吃惊，里面这完全纯白的风格跟南宫御月这人复杂的性格实在是有些不搭。若是不认识南宫御月，楚凌八成要以为白塔的主人应该是一个性格冷淡还有洁癖的世外高人。

　　南宫御月走回了殿中，看着楚凌道："怎么样笙笙，白塔是不是很漂亮？想不想留下来？本座这白塔正好缺一个女主人。"

　　楚凌淡笑道："多谢国师厚爱，不过我大概坐不起这个重要的位置。"

　　南宫御月不悦地轻哼了一声，道："我知道你舍不得君无欢，君无欢到底有什么好的！"

　　楚凌心累，似乎每一次见南宫御月，这位爷总是要将君无欢诋毁一番才肯善罢甘休的。楚凌很想说，你跟君无欢的孽缘能不能不要算上我？

　　"我眼瞎。"楚凌面无表情地道。

　　南宫御月偏着头打量了她半晌，方才点头道："我也觉得。"

　　见楚凌脸色有些不好了，南宫御月终于识趣地转移了话题，道："你们是想要找玉蕤膏？君无欢要死了？"

　　楚凌挑眉道："你知道的可真不少。"南宫御月轻呵了一声，懒懒道："不是为了找玉蕤膏，云行月跑到上京来还跑去太医院干吗。"楚凌微微眯眼看着南宫御月，南宫御月道："现在知道本座厉害了？"

　　楚凌道："太医院有你的人，玉蕤膏的下落你也知道。"这南宫御月道："前两年逛太医院的时候，正好看到没人要玉蕤膏就顺手拿走了啊。不过被我丢在哪儿了我都忘记了。要是被人当成不要的废物丢出去了，那就不好意思了。"

　　看着眼前的人眼中明显地不怀好意，楚凌半晌不语。

　　南宫御月却不肯放过她，略带几分兴致勃勃地道："笙笙没有什么话要说吗？"楚凌问道："国师想要我说什么？"南宫御月道："求求我呀，笙笙求我的话，说不定我心情一好就想起来了呢。"楚凌淡定地道："我要是不求呢？你就不给了？"

　　南宫御月傲然道："本座凭什么将辛苦找到的宝贝给君无欢？笙笙别忘了，我跟姓君的有不共戴天之仇。"

　　不是，怎么就不共戴天了？对了，君无欢说南宫御月最宝贝他的脸，上次好像打得确实挺狠的。楚凌站起身来道："那好吧，我先回去了。打扰国师了。"

　　看着楚凌站起身来，走得毫不犹豫。南宫御月顿时呆住了，这跟说好的不一样啊！

　　"等等！"南宫御月身形一闪拦在了楚凌跟前，"你不救君无欢了？"楚凌道："玉蕤膏又不能彻底根治君无欢的病，早晚不还得复发吗？况且，国师这个师弟都不在乎，我也只好尽人事听天命了。"南宫御月郁闷地盯着楚凌：你这不是还没尽人事吗？

楚凌看着南宫御月，叹了口气道："国师，君无欢现在若是真的死了，你也会很麻烦吧？反正君无欢现在不在这里，你无论是想要跟我还是云行月谈条件，他都是看不见的。"南宫御月冷哼一声，眼眸中却多了几分认真，道："玉蕤膏可以给你，帮本座办一件事。这次是认真的，不是揍君无欢一顿那种。"

楚凌点点头："国师请说。"

南宫御月微微眯眼道："现在君无欢半死不活的，沧云城应该也很艰难吧？有一个办法正好可以化解沧云城的麻烦，你我都得利，笙笙觉得如何？"楚凌侧首，含笑看着南宫御月："洗耳恭听。"南宫御月微微眯眼，道："如果现在北晋突然换一个皇帝，你觉得拓跋胤和百里轻鸿还有心情在外面打仗吗？"

楚凌看着南宫御月半晌没有说话，南宫御月不解地道："笙笙在看什么？"

楚凌蹙眉道："也没什么，我只是有些奇怪。"

南宫御月道："奇怪？"

楚凌点头："你身为北晋国师，但是其实跟北晋有不共戴天之仇吧？"楚凌确实很难想象，像南宫御月这样的身份地位，竟然会兴致勃勃地跟着君无欢一起算计北晋。

南宫御月眼眸微闪，突然勾唇一笑。楚凌瞬间从他身上感觉到一股危险的气息。只听南宫御月轻声笑道："哦？笙笙是这么认为的？"

楚凌警惕地看着眼前一身白衣的北晋国师。

半晌才听到南宫御月低沉的笑声："笙笙说得也没错，我跟北晋确实有不共戴天之仇啊。"

感觉全世界都跟你有不共戴天之仇。

"怎么？笙笙不愿意帮我？"南宫御月看着楚凌道。

楚凌低眉一笑，道："怎么会？国师不是也说了吗，这对沧云城也有好处，我有什么理由不答应？不过国师既然有如此气魄，想必也是早就有所准备了？"

南宫御月道："准备么？有的。不过有一个麻烦需要提前解决。"

楚凌突然有一点不太好的预感，果然下一瞬便听到南宫御月恶狠狠地道："拓跋兴业那个老家伙十分碍事，想要除掉北晋皇帝就要先解决掉他！"楚凌神色微变，不动声色地道："拓跋大将军武功盖世，国师是打算自我牺牲去牵制他么？"

南宫御月轻哼了一声，道："本座自然有办法解决拓跋兴业，不过需要笙笙配合啊。"

楚凌垂眸："国师，拓跋兴业是我师父。"

"所以呢？"南宫御月挑眉，状似不解地问道。

楚凌道："我是不会对我师父出手的，国师。在天启，这叫欺师灭祖。"

南宫御月眼眸中闪过一丝狠厉，但是很快又变成了一抹带着恶意的笑："哦？如果拓跋兴业要杀君无欢，你还能说出你不会对他出手的话吗？"楚凌垂眸，淡淡道："这种事情，只有发生了才知道。"

南宫御月轻哼一声道："解决不掉拓跋兴业，君无欢早晚是要死的，既然如此，早死早超生，你回去让他等死吧。"

楚凌叹了口气道："国师，你真的觉得有我帮忙就能杀掉天下第一高手吗？这样的绝顶高手，一旦杀不死让他活下来，你觉得会怎么样？"

南宫御月道："说到底，你就是不肯。"

楚凌大方地承认，道："不错，我不会对师父在战场以外的地方用阴谋诡计。"

"你可真善良。"南宫御月嘲讽地道，"你可知道若是现在杀掉拓跋兴业，沧云城会少死多少人？"

楚凌道："前提是，你真的能杀掉他。国师，不是所有的人都可以用阴谋解决的。"

南宫御月微微眯眼："我若一定要杀了他呢。"

楚凌微笑道："我不会插手，你可以自己去试试。"

跟南宫御月的谈判不算失败，但是楚凌却着实高兴不起来。南宫御月的性子楚凌也算是了解一些，他既然说了想要杀了拓跋兴业，就算明知道不会成功也绝对不会放弃去尝试的。"南宫御月要咱们帮忙一起弄死北晋皇帝？"云行月满脸惊愕地看着楚凌，一脸的难以置信，"他又改变主意准备支持明王了？明王年前不是差点让人弄死他吗？"楚凌耸耸肩道："这是他的条件，玉蕤膏就在他手里。"

云行月有些踌躇地问道："有没有可能他是骗你的？"

楚凌摇摇头，取出了一块手帕递给了云行月。云行月眨了眨眼睛一脸无辜地望着楚凌："干吗？"楚凌没好气地道："闻闻看是不是玉蕤膏的味道。"云行月这才恍然，伸手抢过了楚凌手中的帕子放到鼻子闻了闻，眼睛不由得一亮道："应该是真的！"高兴之余忍不住在心中暗骂南宫御月缺德，明知道他们这两年一直在寻找玉蕤膏，姓南宫的竟然一声不吭地隐藏了这么久。

云行月有些兴奋地道："阿凌，咱们想办法从南宫御月手里弄出来怎么样？"楚凌道："他说如果你敢轻举妄动，他就算毁了玉蕤膏也不会让你得到。"

段云倒是颇为淡定，道："既然双方目的一致合作也未尝不可，有一国国师相助，总比什么都要我们自己来方便得多吧？不过小将军，那位北晋国师信得过吗？"

"应该……"大概可能……楚凌迟疑着道："信得过吧？"忍不住侧首去看云行月，云行月也同样一脸茫然无助地望着她，两人半晌相对无言。

无论南宫御月是否信得过，楚凌等人其实也并没有多少选择。玉蕤膏要拿，北晋皇帝要杀，所以明王刺杀拓跋兴业嫁祸给南宫国师的消息在有心人士的推波助澜下，以极快的速度在上京皇城里蔓延开来。

普通的貂族平民早年多数性格淳朴豪爽，但是到了上京这繁华地，性格里似乎也多多少少沾染了一些中原人的特性。或者凑热闹和阴谋论是全天下人们的共同特征并不区分天启人和貊族人。

最近京城的百姓们最津津乐道的事情就是明王、拓跋大将军以及南宫国师之间的恩恩怨怨了。明王虽然对此恼怒不已却也无可奈何，他总不能将这些人都抓起来杀了或者命令他们闭嘴。防民之口甚于防川，这个道理明王还是懂的。这个时候越是表现得气急败坏，越是会让人觉得他心虚。但若是不予理会，那些传言只会愈演愈烈，甚至以讹传讹，更加匪夷所思。

祝摇红有些慵懒地坐在明王府花园里晒太阳，如今北方的天气还有些冷，但是暖融融的太阳晒在身上还是让人觉得十分舒服的。

"夫人。"一个侍女匆匆过来，俯身在祝摇红耳边低语了几句，祝摇红唇边勾起了一抹极浅的笑意，被遮盖在了挡在唇边的团扇之下。眼中却恰到好处地露出了几分诧异之色："哦？怀孕了？这倒是有意思了。"

侍女有些担心地望着祝摇红："夫人，你不担心吗？"

祝摇红轻笑一声，道："担心什么？就算是担心，也不该我担心才是。"

"夫人的意思是……"侍女脸上闪过一丝了然。

祝摇红慢悠悠地道："这个时候，最紧张的不是王妃吗？人家身为原配嫡妻都不着急的话，咱们这些做妾的着什么急？"

"夫人说得是。"王妃原本有两子一女，长子是世子陵川县主又深受王爷宠爱地位自然稳固。然而现在，世子瘸了一条腿即将地位不保，三王子又在信州送了性命。县主就算再受宠也是个女儿，并不能继承王爷的爵位。

祝摇红站起身来，悠然道："走吧，咱们也去瞧瞧。"

侍女有些担心地劝道："夫人，那位一向喜欢挑事儿，咱们还是别去了吧。万一出了什么事……"她对那位西秦来的新宠并没有什么好感，奈何王爷宠爱，她们这些人自然也只能避着敬着了。

祝摇红笑道："能出什么事？走吧。"

侍女无奈，只得匆忙跟了上去。

两人一路不紧不慢地走到后院的一座小楼前，却发现门外已经有了不少人。见到祝摇红这些人都不由得微变了神色，纷纷上前见礼。祝摇红笑吟吟地道："王妃身边的人，都在这里做什么？"

一个年纪大一些的侍女上前一步，不卑不亢地道："回扶摇夫人，王妃正在里面探望许夫人呢。"

祝摇红点点头，问道："原来王妃也得到消息了，我正要来向许夫人道贺呢，现在方便进去吗？"

侍女有心想要拒绝，但祝摇红已经举步往里面走去，显然也并不是真的想要给她拒绝的机会。

侍女咬了咬牙对着守在门口的侍卫使了个眼色，侍卫立刻上前一步挡在了祝摇红面前："夫人，请止步。"

祝摇红蹙眉道："怎么？我不能进去？"

"王妃在里面，请夫人稍后。"

祝摇红眼珠一转，无所谓地点了点头："也罢，那我就回去待会儿再来。"说罢，转身便往外面走去。就在众人刚刚松了口气的时候，楼上突然传来了一声惨叫。众人都是一怔，侍卫一时没有反应过来，等他回神祝摇红已经从两人之间穿过去闪入了内堂。

没想到这位夫人身手倒是相当利落，顾不得多想，众人连忙追着祝摇红往里面走去。

二楼的一个房间里，明王妃脸色铁青地站在厅中。在她不远处一个消瘦的紫衣女子正跌坐在地上，额头被旁边的柜子撞青了一片，她正捂着肚子神色痛楚地望着眼前的明王妃。

这便是近些日子明王府中颇为得宠的新晋夫人，许月彤。

祝摇红的身影出现在门口，看着里面的情形微微扬眉轻声笑道："王妃，许夫人，这是怎么了？"

许月彤见有人来了，立刻朝着祝摇红伸出了手，颤声道："扶摇夫人救我……"

明王拓跋梁除了一个正妃，府中的侧室侍妾也数量不少。不过最近一年最得宠的莫过于去年才被带回府中的扶摇夫人，以及年前的时候被纳入府中的许夫人。不过现在的情况却不一样了。因为许月彤怀孕了。

明王的子嗣并不少，但是能让明王满意的人却并不多。而貊族以多子多孙为福，明王自然也不介意多生一些。不过这两年明王殿下忙着筹划朝堂上的事情，明王府倒是有些日子没有传出好消息了。

如今明王府刚折损了两个公子，这个时候传出有孕的消息对明王府来说应该也算是一桩喜事。

跟着祝摇红上来的众人见到这房间里的情形也都吓了一跳。许月彤一脸虚弱地靠在柜子边上，明王妃就站在不远处阴沉着脸看着她，这模样难不成……

明王妃回过神来，脸色越发阴沉。几个月前她还是雍容端庄的明王妃，在两个儿子废的废死的死之后，她终于还是不可免俗地成为了一个普通的失去了依靠的女人。

她现在对明王府每一个拥有子嗣或者宠爱的女人都充满了敌意和戒备。许月彤在这个时候怀孕更是戳中了她的痛处。她自然恨不得许月彤干脆连着肚子里的孽种一起死了算了。但是，这个女人方才明明是故意的！

"都出去！"明王妃扭头看向门口的众人，沉声道。

祝摇红似笑非笑地看了一眼里面，却并没有多事。含笑道："既然如此，我便告辞了。王妃，许夫人肚子里毕竟是王爷的孩子，还是小心一些的好。"明王妃冷声道："用不着你多管闲事！"

祝摇红点点头，干脆利落地转身走了。

"不，扶摇夫人，救救我！王妃会杀了我的！她要害死我的孩子！"许月彤虚弱地叫道。

祝摇红轻笑了一声，道："许夫人言重了，王妃她还害不死你。"

祝摇红走出了小楼，对着等在门口的侍女道："这儿没有咱们的事儿了，走吧。"

侍女小心地看了一眼里面，连忙跟在祝摇红身后走了。两人刚走出不远，就看到明王带着人快步而来，明王眉头紧蹙，显然心情也不太好。看到祝摇红，明王停下了脚步想要对她说些什么。祝摇红微微一福，道："王爷，许夫人那里似乎出了点事儿，您还是快去看看吧。"

明王看了一眼不远处的小楼，点了点头，终究没有再说什么，带着人快步走了。祝摇红回身看着他匆匆而去的背影，眼底闪过一丝嘲讽的笑意。

"夫人？"侍女以为明王的举动让祝摇红心中不悦，有些关切地望着她道。

祝摇红淡定地道："走吧，回去了。别人的事情还是不要掺和的好。"早就知道这位西秦来的许夫人不是省油的灯，不过倒是没有想到竟然是个这么能闹腾的人。如果只是靠着这一个小小的棋子就能让拓跋梁和明王妃娘家离心的话，倒是不枉费她看了这两个月无聊的戏了。

"是，夫人。"侍女恭声道。

"许夫人有了身孕，还险些被明王妃给害得小产了？"楚凌坐在房间里听到影的汇报，神色有些古怪地道。而且按照影的说法，这次的事情只怕这许月彤主动挑衅的成分还更多一些。

这位许姑娘几个月前还一心痴恋秦殊，甚至不惜自杀也不肯嫁入大皇子府。这才短短几个月，竟然已经全身心地投入了轰轰烈烈的宅斗事业中了吗？

影点了点头道："消息确凿，那位王妃这次应该是被陷害了。"

楚凌嗤笑一声，看向影问道："你觉得这个许月彤如何？"

影沉默了片刻，方才淡淡道："天真。"

楚凌点头道："可不是天真吗？以她的身份地位想要撼动明王妃难如登天。"

影道："公子觉得离间明王和明王妃的计划不可行？"

楚凌摇头道："倒也未必就不可行。只是短期内只怕是难以看到效果。更何况，咱们如今要帮着拓跋梁对付北晋皇帝的话，就不能让它立刻生效，在明王府埋下一颗雷倒是也不错。"

影有些意外："公子同意？"

楚凌笑道："这有什么不同意的，君无欢如此信任你，我自然也相信你的提议不会是无的放矢。不过，有些细节咱们还要再讨论一下。另外，明王府的人不会有什么危险吧？"影沉默了片刻，点头道："多谢凌公子关心，尽管放心。我们公子待属下一向优厚，不会随意用属下的性命冒险的。"楚凌点头道："那就好。"

影一向来无踪去无影，说完了话就走，楚凌也早就习惯了。送走了影，楚凌坐在房间里沉思了许久，神色也多了几分凝重。

云行月和段云推门进来就看到楚凌还在出神，云行月连忙问道："怎么？影说了什么坏消息吗？"

楚凌摇了摇头道："那倒没有，只是说了一些明王府的事情罢了。"

云行月和段云听了楚凌转述的消息，段云有些担心地道："如果拓跋梁上位，明王妃娘家只会与他关系更加密切，又怎么会反他？"

云行月笑道："段公子，你别忘了，明王妃的两个儿子一个死了一个废了，除非明王妃能立刻生出来一个儿子并且养到成年，否则明王的爵位甚至是更多的东西，都只会便宜了别的女人。"

楚凌道："当初勒叶部嫁了两个公主到貊族，但是这些年来勒叶部更多还是支持明王，可见勒叶部是更看好拓跋梁一些的。但是如果拓跋梁膝下没有了带着勒叶部血统的王子做继承人，勒叶部还能那么放心吗？到时候勒叶部对拓跋梁的支持只怕也会开始动摇，毕竟以貊族人的寿命来说，拓跋梁已经不算年轻了。"

段云很快就打开了思路："以拓跋梁的性子，如果他真的登上了皇位，未必会还想要一个勒叶部公主所生的皇子。勒叶部在关外太过强大，一旦有了这样一个皇子，勒叶部将来必然会全力以赴支持这个皇子继承皇位。到时候，貊族的天下到底姓什么就不好说了。而且现在再生孩子未免有些晚了，一旦拓跋梁出了什么事，子少母壮只怕是祸非福。"

楚凌点头，赞道："我也是这么认为的。所以，小段觉得这个计划如何？"

段云微微点头道："可行，但是最好是有人能够亲自去勒叶部。"

楚凌一怔，就听到段云道："小将军若是信得过，我想亲自去一趟。"

楚凌微微蹙眉，道："塞外苦寒，更何况现在只是咱们三个的想法，就让你千里迢迢地跑到勒叶部去，未免太过冒险了。"如果她没有弄错的话，段云毕竟是她的表哥，就算不是，好歹认识了这么久，楚凌自然不愿意让他轻易冒险。

段云摇摇头道："我觉得比起行军打仗，我还是更适合做一些别的。现在说这个或许是太早了，但是，有些事情不正是应该尽早布置吗？"

楚凌依然不同意，段云却难得坚持己见，让楚凌很是无奈。段公子对这些麻烦一向是能避则避，今天怎么突然就像是热血上头了一般？段云看着她道："小将军这次带我一起来上京，但实际上我能做的事情很有限，就算不带我来小将军和云公子也一样能做完这些事情吧？"

楚凌叹息道："我们这两天也没什么可做的。"段云摆摆手笑道："小将军应该知道我的身份吧？"

楚凌一怔，点了点头。

段云道："小将军可知道我为何留在北方？"

楚凌摇了摇头，襄国公府门庭高贵，段云身为襄国公府的子弟不管是嫡出还是庶出按理说都不会被留下才是。

段云淡笑道："我是家中嫡子，当初是我自己从南渡的队伍中跑出来的。我当时不懂事，只有一腔悲愤想要偷偷回去救我姑母和表姐。可惜，还没能跑多远就险些死了。后来流落在外面经历得多了，我才明白就算我去了上京也不可能救得了她们的，只能让她们跟我一起死。但是我也不想去南方，只能四处流浪，后来偶然被大寨主他们救了，才留在黑龙寨当账房先生。我原本以为，这辈子也就这么过了。但是现在，我觉得或许我还是应该试着做一点事情的。"

楚凌小心翼翼地看着他，问道："你是不是听说了什么事情？"

段云沉默了片刻，方才道："我听人说了一些浣衣苑的事情。"

浣衣苑的存在其实全天下人都知道，这是貂族人用来炫耀的战利品和践踏天启人尊严的道具，也是所有天启人的耻辱。但是远远地听说只言片语，和近在咫尺地听人议论完全是两回事。可能段云还站在一个不远不近的地方眺望过那个地方，想象着他的亲人和以往认识的人在里面经受了怎样的耻辱。

"这不怪你。"楚凌轻声道。

段云对她笑了笑，道："小将军不相信我吗？"

楚凌叹了口气道："你是天启人，只身去塞外太危险了。"

段云道："我会小心的，如果小将军最后还是要派人去做的话，不是我也是别人。"

楚凌看着他坚定的神色，良久才道："如果上京的事情一切顺利，我就让你去。"

段云这才展颜一笑道："多谢小将军。"

如何对付北晋皇帝这件事，楚凌和南宫御月的意见倒是十分吻合。

只有一个，暗杀！

事实上，他们也没有别的更好的法子了。毕竟宫变的路子不久前已经被拓跋梁证明是行不通的了。刺杀一国皇帝也从来不是一件容易的事情，否则古往今来不知道有多少皇帝要死于刺杀。

南宫御月在楚凌认真严肃的分析下也决定暂时放弃弄死拓跋兴业的计划。除非他们有能力同时刺杀拓跋兴业和北晋皇帝，否则再次刺杀拓跋兴业只会打草惊蛇，让北晋皇帝更加警惕。

但是如果直接刺杀北晋皇帝的话，就必须考虑如何避开拓跋兴业了。

拓跋兴业武功绝顶，如果他在京城，一旦北晋皇帝遭到刺杀他很快就能够赶到。所以他们只能一击必杀，绝对不能拖延时间让拓跋兴业有时间赶来救驾。

如今京城里除了她和南宫御月自己也没有什么能用又不引起人怀疑的高手，楚凌只能亲自动手了。

听说楚凌要亲自动手，南宫御月倒是有些不愿意了。

"笙笙，这太危险了。就算拓跋兴业不在，坚昆也很厉害，你绝对不是他的对手。"南宫御月皱眉道，思索了片刻又加上了一句，"加上我也不行。"北晋皇帝身边不只是坚昆一个高手，但是就这一个就很难对付了。

楚凌叹气道："所以说，是暗杀啊。"就是因为实力不够所以才需要暗杀，不然直接潜入皇宫碾压不就完了吗？

南宫御月道："北晋皇帝身边随时随地都有不下于四个一流高手保护，上次宫变之后不知道还有没有增加。一旦他出了什么事，下一刻那些高手就会出现将接近过他的可疑之人击杀。就算是想要下毒也很难，北晋皇帝用的无论是饭菜茶水还是喝的药，都有人试毒。"

楚凌撑着下巴道："这世上没有真正的绝对防御，只看你能不能找到破绽。这就要靠国师和明王府了。"

"哦？"南宫御月怀疑地看着楚凌，"笙笙想要做什么？"

楚凌道："我自然要进宫，要一个绝对不会惹人怀疑的身份。"

南宫御月道："生人突然出现在北晋皇帝跟前，不可能不惹人怀疑。"

楚凌笑道："你放心，不到最后关头我不会随意出现在北晋皇帝跟前的。"

南宫御月问道："笙笙想要什么身份？"

楚凌思索了片刻，道："如果是右皇后身边的宫女，出现在宫中什么地方都是正常的吧？"

南宫御月微微眯眼，思索了片刻道："我去跟拓跋梁谈谈，或许会有更好的安排。"

楚凌点头笑道："也好，静候国师佳音。"

南宫御月皱眉道："笙笙，你一定要自己去吗？君无欢手下连几个暗杀的高手都没有了？"楚凌淡定地道："原本是有的，现在，你说呢？"凌霄商行除了隐藏在深处的探子全部撤出了上京，现在想要找到合用的人真的不容易。

南宫御月想起凌霄商行撤出上京好像也有自己一份功劳，顿时哑口无言。

楚凌笑道："国师不用担心，我虽然不敢保证一定成功，但是自保总是不成问题的。"

南宫御月皱着眉沉吟了良久道："你不能轻举妄动，一定要我在场你才能动手！"

楚凌笑道："没问题，没有国师压阵我哪里敢随便动手啊。"

南宫御月这才满意地点头："这还差不多。"

◆第十六章◆
帝王之死

拓跋梁对任何能够弄死北晋皇帝的提议都非常感兴趣,即便这个提议是南宫御月给出的。当然,被南宫御月坑过几次之后,拓跋梁也比从前更加谨慎了。

拓跋梁看着坐在自己对面一副慵懒模样的南宫御月,问道:"本王凭什么相信你?"拓跋梁当然不会健忘到忘记就在不久前他还差点就让人成功弄死了南宫御月,而南宫御月在信州也杀了他的人。

南宫御月淡淡地瞥了他一眼道:"谁要你相信本座了,干不干不就是一句话的事儿么?磨磨蹭蹭的做什么?"

拓跋梁看着眼前的白衣男子,很想当场破口大骂。这是一句话的事儿吗?

沉默了良久,拓跋梁方才深吸了一口气沉声道:"国师办的事情,可没有一件结果是好的。"

南宫御月挑眉道:"明王这可是在污蔑本座,去年的事情本座早就提醒过王爷君无欢这人不可信,王爷当时是怎么说的?现在事情不成了就怪罪本座?至于在信州的事,本座这般大度王爷还觉得不够?"

拓跋梁的脸色顿时有些难堪,被君无欢欺骗的事情确实是他此生最大的污点之一。南宫御月看着拓跋梁,"到底同不同意,给句话吧,本座也是很忙的。"

拓跋梁咬牙道:"国师这般直截了当地告诉本王,不就是算准了本王一定会答应的吗?"南宫御月眼底露出几分诧异的表情,道:"王爷说笑了,本座怎么会知道王爷竟然如此迫不及待地想要对陛下不利?"再次被南宫御月嘲讽,拓跋梁也不在意,他是想要对北晋皇帝不利,但是南宫御月也没有对北晋皇帝怀着什么好意。

拓跋梁道:"国师说,只需要我帮忙送一个人进宫?国师是打算让人刺杀陛下?恕我直言,就算是国师这样的高手亲自出手胜算也不大。"

南宫御月道:"这就不劳烦王爷操心了,王爷只要替我办好身份将人送进去就行了。"

"为什么一定要是右皇后身边的人?"拓跋梁谨慎地问道。

南宫御月道:"如今北晋皇宫里,身份最高的不就是左右皇后吗?王爷想要本座去求左皇后?"

谁不知道南宫御月跟焉陀氏的关系不好，拓跋梁可不敢这么指望。更何况焉陀氏如今虽然名义上还是皇后，谁不知道北晋皇帝早就厌弃她了？拓跋梁深吸了一口气，沉声道，"本王答应你，希望国师这次不要再让本王失望了。"

南宫御月满意地点了点头，仿佛全然没有察觉到拓跋梁将他当成属下一般的口气，道："王爷尽管放心，毕竟这一次，我们的目的都是一样的。"

"哼！"

楚凌对南宫御月和明王府的办事速度很是惊讶，或许是想要弄死北晋皇帝的心情太过急迫了，当天傍晚时分楚凌就已经置身在右皇后宫中了。而这一切，右皇后却并不知道。

普通侍女并不能在右皇后跟前贴身侍候，右皇后对她自然也不熟悉。右皇后宫中更有不少明王府的人替她打掩护，根本没有人会注意到宫中什么时候换了一个不起眼的宫女。

楚凌只用了半个晚上时间，连右皇后的宫门都没有出就摸清了整个皇宫的地形和北晋皇帝每天大概的日程。

自从年前的宫变之后，北晋皇帝的身体状况就开始急剧下滑。直到现在北晋皇帝也没有临幸过后宫。这自然不是因为北晋皇帝被吓得力不从心了，楚凌心中明白，北晋皇帝会如此，只怕是为了对外界遮掩自己病重的消息。

只是，这样的消息连她都瞒不住真的能瞒得过明王吗？

明王如果早知道北晋皇帝快要不行了，还愿意配合南宫御月的计划又是为了什么？深夜里，楚凌坐在右皇后宫中最高处的屋脊下方的阴影处，打量着不远处的巍峨宫殿。如今北晋皇帝对整个后宫都心存防备，即便是右皇后也不能轻易见到北晋皇帝。至于楚凌，如今不过是个普通宫女就更不用说了。看来得想想其他法子。

正想起身下去，楚凌却突然顿住了。

不远处的房顶上，一个有些消瘦的身影正飞快地从一个屋顶掠向另一个屋顶。他的轻功并不算好，即便是两个房顶之间的距离并不算远，他落地的时候也有些不稳地颠簸了一下。楚凌心中微微一动：拓跋赞，这么晚了他在这里做什么？！

楚凌没有想到会这么快遇到拓跋赞，事实上这次来上京她并不太想见到故人。如今大家立场已经分明，再次相遇十之八九就是敌对关系了，再见只能徒增尴尬了。

虽然这么想着，楚凌思索了一下还是打算跟上去看看。还没行动却看到拓跋赞竟然是朝着北晋皇帝寝宫的方向去了，而且在进入寝宫范围之后并没有被人拦截。

拓跋赞这个时候去北晋皇帝寝宫还能一路畅行无阻，显然是得到了北晋皇帝的同意的。即便是拜了拓跋兴业为师，北晋皇帝也依然并没有多看中拓跋赞，如今这般却又是为了什么？

望着寝宫的方向思索了良久，楚凌方才轻叹了口气飞身下了房顶。

第二天见到南宫御月，楚凌将自己的计划跟他说了一遍。南宫御月有些惊讶地道："这么快就决定了？"楚凌耸耸肩道："北晋皇帝现在除了早朝几乎都待在寝宫里哪儿都不去，还有什么好考虑的？"

南宫御月颇有些幸灾乐祸地道："去年的事情似乎将我们的皇帝陛下的胆子吓破了。"

北晋皇帝堂堂一代帝王，倒也不至于因为一场宫变就被吓破了胆子。南宫御月这话也只能听听就算了，不过北晋皇帝身体差倒是可以肯定的。楚凌微微蹙眉道："现在这个时候，北晋皇帝将拓跋胤派出去未免有些不值得。"

南宫御月淡然道："出兵沧云是早就计划好的事情，除非北晋皇帝要死了，否则不可能改变。就算北晋皇帝自己想要改变主意，别人也不会同意的。貂族好战，北晋已经有几年没有大规模用兵了，许多人早就已经急不可待。如果拓跋胤不去，出征沧云城的兵马就是明王府一家独大了。若是输了还好，赢了明王府声望日盛，北晋皇帝也会压不住他们的。"

楚凌叹了口气，对这些朝堂上的权衡利弊头疼不已。

"这么说，国师对我的计划没有意见？"楚凌问道。

南宫御月看着她，思索了片刻道："就像是笙笙说的，有意见也没办法啊。不过，你真的有把握在坚昆动手之前杀了北晋皇帝然后逃出来吗？"

楚凌道："确实有点危险，也不是全无机会的。"南宫御月打量着她，道："看来，我还是小看了笙笙。既然笙笙有把握，那就按照你的计划行事吧。无论需要什么，本座和明王府都可以配合。"楚凌道："只有一个问题，如果北晋皇帝被刺杀的消息传出来，我师父多长时间内会赶到？"

南宫御月道："这就要看你选在什么时候动手了，拓跋兴业的习惯你是知道的，大多数时候不会改变。"楚凌点头，思索了片刻道："后天早上正好是大朝会，之后师父便会出城巡视军营。如果我们在这个时候动手的话，师父得到消息，再赶回来，至少需要……不对，皇帝遇刺这种事情，不能以寻常情况来算。宫中一定会动用狼烟和狼啸。以师父的脚程，说不定我们只有两刻钟时间都不到。"

南宫御月点头，楚凌分析得很准确。不过……"只要北晋皇帝死了，你又能扛过皇帝身边的高手的话一切都好说。难道，拓跋兴业还会杀了你不成？"

楚凌苦笑："这个可不好说，况且，我不希望有人知道这件事跟我有关系。特别是明王府，我能杀北晋皇帝就能杀明王，明王难道不想杀了我以绝后患？"

她就算杀了北晋皇帝也未必就有同样的机会杀明王。明王却未必会这么想，越是位高权重的人，对自己的性命总是看得格外重要一些。

南宫御月道："所以，笙笙要在拓跋兴业赶到之前离开上京？"

楚凌点头，南宫御月点头道："好，到时候我让人拖住坚昆，剩下的事情就要你自己想办法了。"

楚凌笑道："多谢国师。"

说完了正事，楚凌才有工夫提起了拓跋赞。南宫御月的神色却有些古怪，楚凌不解："怎么了？阿赞出什么事了吗？"

南宫御月道："倒是没有什么事，那小子最近好像是开窍了。北晋皇帝对他十分看重，还让坚昆亲自教他武功。"

楚凌微微蹙眉，"坚昆亲自教他武功？"拓跋赞是拓跋兴业的徒弟，这个级别的高手一般人不会随意去指点他的徒弟的。

南宫御月道："对了，笙笙可能还不知道，拓跋赞现在不是拓跋兴业的徒弟了，所以也就不是你的师弟了。"楚凌一愣："不是师父的徒弟了？"

南宫御月轻哼了一声道："你这个师弟胆子大得有点吓人啊，前些日子竟然趁着跟在拓跋兴业身边的机会，暗中想要拉拢拓跋兴业的部下为己用。被拓跋兴业的部下给告了，之后原本拓跋兴业已经暗中将这件事压了下来，他竟然还暗中对告了他的那个将领下手，险些就将人给弄死了。拓跋兴业便将他逐出师门了，虽然明面上替他遮掩得挺好，在陛下面前只说他的武功路子不适合拓跋赞。北晋皇帝倒是没有怪罪拓跋赞，反倒是十分欣赏的模样，转头就让坚昆指点拓跋赞。"

楚凌一时有些回不过神来，这几天她为了玉蕤膏的事情忙得晕头转向，连听八卦的时间都没有了，没想到师父和阿赞竟然发生了这样的变故。

拓跋赞的性格她是了解的，对这些明争暗斗的权力争锋一向没有什么兴趣。如今突然变成这样，定然是出了什么变故。

南宫御月看着她笑道："你用不着替他担心，本座看你那前任师弟如今也不是简单的角色。担心他还不如担心担心你自己的事情吧。"

楚凌问道："这几个月，阿赞可是出了什么事情？"

南宫御月摸着下巴思索着道："出了什么事情？好像也没有吧。真要说的话，大概就是拓跋罗废了之后，十七皇子的地位待遇也一落千丈了吧？以前有拓跋罗护着，自然没什么人敢欺负他。但是现在，就连拓跋罗自己的日子都过得有些不太舒服了，要操心也只能操心亲弟弟，哪里还有空管他啊。"

楚凌早就习惯了南宫御月这样的说话语气，也不在意。只是一双秀眉皱得更紧了一些。

身穿黑衣的男子站在明王府书房里恭敬地看着坐在主位上的拓跋梁。沉声道："启禀王爷，南宫御月那边似乎开始准备行动了。"

"哦？"拓跋梁神色微动，"南宫御月这次终于肯办点实事了吗？"坐在下首的拓跋明珠道："父王，咱们要怎么做？"拓跋梁轻哼一声道："让人暗中看着，他们要做什么都任由他们，关键时候尽力协助便是。但是，一旦事成……"

拓跋明珠点头笑道："女儿明白，立刻趁机拿下南宫御月和那个刺客。"

拓跋梁满意地点了点头，道："既然南宫御月打算亲自动手，与坚昆交手之后必然会元气大伤，正是除掉他最好的时机。还有那个刺客，刺杀了皇帝还想要全身而退？"

拓跋明珠点头笑道："父王说得是。"说罢又看向那黑衣男子问道："那个刺客的身份打探清楚了么？"

黑衣人有些为难地皱眉道："属下无能，请王爷和县主恕罪。"

拓跋明珠沉声道："打探不出来？"

黑衣男子点头道："那假扮入宫的女子脸上应该做过一些伪装，具体看不太出来像谁，江湖上似乎也没有听说过有这么一个刺杀高手。南宫御月事先警告过我们不能去打探那女刺客，否则他就要毁约，因此我们也不能靠近了看。她几乎没有出手过，所以无论是武功招式还是内功路数，属下等都无法查探。"

拓跋梁皱了皱眉，还是忍了下来道："若是她真能达到我们的目的，这些都可以暂时忍下。但是一定要记住，绝对不能放走了她。"

"是，王爷。属下让人随时在暗中盯着她。只要她一成功，我们立刻就将她拿下。"

拓跋梁满意地点了点头道："经过了上次的事情，再想要宫变是不容易了。皇帝陛下还是不要死在我们手里的好。"拓跋明珠看了看拓跋梁，迟疑了一下方才问道："父王，既然我们已经知道陛下活不长了，何不再等等？"跟南宫御月合作，总是让她有些不安。拓跋梁轻哼一声道："陛下绝不会坐以待毙的，谁知道他临死之前会不会突然来一招鱼死网破？若是等他从容布置好了再死，还不如来个出其不意，让他赶紧去死了算了。"

拓跋明珠低头想了想，也觉得拓跋梁的担心有些道理："父王说得是。"

明王府后院一个幽静的院子里，祝摇红正悠然地依靠在软榻上看书。阳光穿过敞开的窗户洒在她身上，让她忍不住微微眯起了眼睛。一个侍女匆匆从外面走了进来，快步走到祝摇红身边压低了声音道："夫人，世子那边传来了一个消息。"

祝摇红眼眸一闪，坐起身来。侍女在她耳边低语了几句，祝摇红唇边勾起了一抹冷笑。很快又恢复了，淡然轻声道："知道了，去告诉世子，让他不要操之过急。这事儿对他没有坏处。"

"是，夫人。"侍女躬身应道。

祝摇红扶了扶额边，继续道："对了，我被太阳晒得有些头晕了先睡一会儿，不要让人来烦我。"

"奴婢明白。"侍女应了一声，探身为她关好了窗户方才躬身退了出去。看着侍女出去关上了门，已经走到床边坐下的祝摇红方才轻笑一声："好一个螳螂捕蝉黄雀在后。"

在右皇后宫中的楚凌正在一处小阁楼上用拂尘慢慢地拂去房间各处的灰尘，这算是个相当轻松而且自由的工作。

不过楚凌选中这里最大的原因却是这小阁楼是整个右皇后宫中最高的地方，站在窗口可以清楚地俯览整个右皇后宫。

楚凌一边漫不经心地拂着灰尘，一边看向窗外。楼下的宫苑之中，侍女们正忙碌着洒扫，原本冬日里枯黄的花草也渐渐地冒出了绿叶，枝头上也绽出了花蕾。一派春暖花开的勃勃生机。

楚凌神色平淡地看着一个穿着高等侍女服饰的女子端着一盏汤走进了右皇后的寝殿，片刻之后，里面突然传来了一声惊呼："快请太医，皇后娘娘病了！"

楚凌眼底闪过一丝淡淡的微笑，开始了。

下面很快就忙碌了起来，原本悠悠然做着各自事情的宫女们也纷纷慌乱起来。躲在一边纷纷议论。不久之后，就有太医被人急匆匆地请进了寝殿，跟在太医后面的还有一个中年男子和一个青年，两人都是一脸焦急的模样。这是右皇后所生的两位皇子。

楚凌在心中轻叹了一声，这个右皇后也不知道运气好还是倒霉。明明是北晋皇后还给北晋皇帝生了两个皇子，却从未得到过北晋皇帝的宠爱，即便是去年她旗帜鲜明地支持了北晋皇帝。就连娘家对她和她的两个儿子都远不如对明王妃母子几个上心，如今还要被人如此利用。

这个时候，北晋皇帝应该已经下了早朝，正在御书房和朝臣议事。一般情况下，右皇后突然病重垂危，即便是右皇后不受宠，北晋皇帝还是必须要过来看看的。

楚凌一边思索着一边退到了窗户后面，小心地检查了一下自己身上的兵器。

半个时辰后，楚凌敏锐地发现有人潜入了右皇后宫中。她站在高处，自然能够清楚地看到那是几个穿着灰色宫中侍卫服饰的男子。看他们的身手，绝不会是普通的侍卫。

楚凌看着其中一人掠入了皇后的寝殿，很快又出来离开了。剩下的几个人却已经在不惊动任何人的情况下各自潜入到了几个隐蔽的角落中。此时整个皇后宫中的人都在为皇后突然病重而惶惶不安，竟然完全没有人注意到这几个人的行踪。

楚凌暗暗在心中记下了几个人的位置，整理了一下身上的衣服转身下楼去了。

北晋皇帝来得很快，龙辇在皇宫宫门外停下，整个皇后宫中的人都连忙俯身跪迎圣驾。楚凌不动声色地跟着人群跪在不起眼的角落里，看着北晋皇帝从外面走了进来。只是匆匆一眼，北晋皇帝的脸色和身形就映入了她眼中。

北晋皇帝如今的身体确实是不太好，虽然他是自己走进来的没有让人扶持，但是气息却明显可见有些混乱沉重。南宫御月和明王也跟在他身边，但是离北晋皇帝最近的却是坚昆。有坚昆这样的高手在，即便是南宫御月想要突然出手偷袭北晋皇帝也未必能够一击奏效。

楚凌只看了一眼就飞快地低下了头，她并没有急着出手，而是平静地等着北晋皇帝走进了皇后的寝殿。

南宫御月和拓跋梁虽然一个是国师，一个是右皇后的姐夫，但是皇后的寝殿内还是不方便他们进去的。两人走到门口就停下了脚步，只有北晋皇帝带着坚昆走了进去。

楚凌从地上站起身来，状似不经意地跟着身边的侍女往一边走去，目光却落在了站在屋檐下的南宫御月身上。

南宫御月很快就发现了她的视线，他恍若未觉一般朝着楚凌的方向看了一眼微微勾唇一笑。

"国师。"拓跋梁站在一边低声警告道。

皇后病重垂危，南宫御月身为国师却无端发笑，让人看到了可不好。

侧首向着南宫御月笑的方向望去，那里却空荡荡的什么都没有。

南宫御月轻哼一声，淡淡道："王爷好胆量。"

拓跋梁道："国师不也是吗？"南宫御月亲自出手刺杀北晋皇帝，胆子也是不小。他就不怕……才刚想到此处，就对上了南宫御月幽冷的眼眸，拓跋梁心中不由得一冷，还未来得及升起的念头瞬间熄灭了下去。

北晋皇帝并没有在里面久留，出来的时候北晋皇帝的脸色比方才进去的时候更加难看了几分。太医说右皇后是突然恶疾，只怕是不容易好起来了，这让已经病了很久的北晋皇帝心中犹如蒙上了一层阴影。

看到北晋皇帝出来，拓跋梁和南宫御月都齐齐躬身行礼，"陛下。"

拓跋梁道："陛下，右皇后可还安好？"

北晋皇帝有些深陷的眼眸幽幽望了拓跋梁一眼，道："不太好，明王回头让王妃入宫来看看皇后吧。"这样说几乎就等于是说右皇后的病治不了了。明王脸上适时露出了一丝伤感担忧之色，道："是，陛下。我明日便让王妃入宫侍奉皇后。"

北晋皇帝轻哼一声，点了点头道："走吧。"

"是，陛下。"

北晋皇帝刚刚要走，斜对面的小楼一角突然闪过一道亮光。站在北晋皇帝身边的坚昆立刻上前一步，抽过身边一个护卫腰间的刀就射向了小楼一角那光亮的来处。

"有刺客，保护陛下！"

同一时间，一股浓烟突然从北晋皇帝的脚下升起，瞬间笼罩了小半个院子。

坚昆刚将刀掷出去就察觉不对，立刻回身就去拉北晋皇帝。他并没有太过惊慌，因为除了他，北晋皇帝四周还有四个高手护卫，即便是拓跋兴业那样的高手，也没有把握在这一瞬间同时击杀四个护卫。

突如其来的浓烟并不会影响高手对方向的判断，坚昆顺利地抓住了一个人的胳膊。但是下一刻他就察觉到了不对："你不是陛下？！"

"是本王！"拓跋梁有些气急败坏地道。

坚昆立刻收回了想要拍出去的手掌，反身一掌拍向了身后："哪里走！"

昏暗中有人闷哼了一声，坚昆立刻又一掌补了上去。只听浓烟之中有衣袂晃动的声音，对方随即与他动起手来。两人转眼间过了几招，对面的人略带怒气地道："坚昆，你想干什么?!"

坚昆心中一沉，是南宫御月！不对，方才这附近绝对有另外一个人存在。南宫御月这样的高手一向是坚昆防备的重点。即便是被浓烟遮蔽了视线，坚昆也没有放弃锁定南宫御月的位置。这样一来，却让他对别处的掌控力弱了一些。

坚昆怒吼一声，掌风猛烈地扫向四周，原本已经渐渐散开的浓雾瞬间被挥散了。让所有人都错愕不已的是，北晋皇帝已经倒在了地上。他就在距离坚昆不到两步远的地上悄无声息地躺着，一摊血正从他的脖子上蔓延开来滑落到地上。

拓跋梁一只手捂着自己刚刚被坚昆抓伤了的胳膊，眼底的狂喜被脸上的震惊神色掩盖得恰到好处。坚昆脸色铁青，他根本无法相信竟然有人能在自己的眼皮子底下悄无声息地杀死北晋皇帝并且全身而退。怀疑的目光落到了南宫御月的身上，南宫御月神色默然地睥睨着眼前的坚昆，冷声道："大统领该不会想要诬赖本座刺杀了陛下吧？"

坚昆神色又是一变，从头到尾他的注意力都在南宫御月身上，至少可以肯定南宫御月在最后跟他动手之前是绝对没有移动过位置的。看着北晋皇帝脖子上那条已经完全绽开的血线，那是被人用极其轻薄的刀刃划出来的，坚昆一时看不出来是什么兵器造成的，比匕首甚至是薄如蝉翼的软剑还要更加轻薄锋利。

坚昆的这些怀疑思量其实也只是在一瞬间，下一刻他就厉声吩咐道："立刻封锁整个皇宫，整个后宫所有出入的人全部拿下，若有违抗格杀勿论！那人受了伤，走不远！"他可以肯定，第一掌绝对不是打在了南宫御月的身上，南宫御月依然还是有嫌疑。否则为什么好巧不巧地他突然挡下了自己的攻势？

南宫御月却并不怕他怀疑，只是冷漠地凝视着坚昆并不言语。

这时候，终于有人回过神来，一个宫女的声音凄厉地叫道："陛下……陛下遇刺了!?"

声音尖锐而凄厉，一瞬间仿佛所有人都回过神来了一般，惶恐的叫声此起彼伏，就连原本在右皇后寝殿中的两名皇子也闻讯冲了出来。见到眼前的情景，却让两人吓得瞬间呆在了当场，"父……父皇?!"

北晋皇帝静静地躺在地上，眼睛大大地睁着。脖子上已经被鲜血染红了。鲜血浸湿了一大片地面，也让他的半边贴着地面的脸颊染上了血污。

一代雄主，竟然在大庭广众之下死得如此难堪。刺客，却连一个影子都没有看到。

"大统领，这是怎么回事?!"三皇子又急又怒地道。

坚昆脸色铁青地拱手道："微臣失职，待抓到刺客，微臣当以死谢罪！"说罢，就要转身往外走去。

旁边的南宫御月身形一闪已经挡在了坚昆跟前，坚昆抬眼沉声道："国师，你这是什么意思？"

南宫御月淡淡道："谁知道大统领这是想要去找刺客还是想要畏罪潜逃呢？"

"你！"坚昆大怒，看了一眼站在旁边的拓跋梁冷声道："明王殿下也是这么认为的？"

拓跋梁微微眯眼，似乎在思索着什么。片刻后方才道："本王自然是信得过大统领的人品，只是陛下驾崩毕竟事关重大……"

"在微臣看来，没有什么是比抓住刺客更重要的事情了。"坚昆道，"陛下对我恩重如山，如今陛下在我跟前遇刺，坚昆万死难赎此罪。只要让我亲手抓住刺客，微臣立刻自尽以谢陛下！"

拓跋梁有些为难地看了看南宫御月，道："大统领的忠心本王自然知道，既然如此，国师你看是不是先通融一二？"

南宫御月岂会不知道拓跋梁打的什么主意？冷笑一声道："随你。"说罢竟当真让到了一边，坚昆深深地看了他一眼扶着腰间的刀快步往外走去。

院子里，拓跋梁有些遗憾地看着地上的北晋皇帝轻叹了口气道："没想到，陛下竟然会如此……"如此轻易就被人给杀了，拓跋梁甚至有些回不过神来。这种感觉就像是你千辛万苦费尽心思地想要跨越一个关卡，结果来了一个人一抬脚就直接将关卡的门给踹飞了一般。

让人高兴之余，忍不住也有几分遗憾和失落。他原本已经做好了牺牲掉大批高手的准备，但是现在显然没有这个必要了。

北晋皇帝死了！

拓跋赞闻讯赶到的时候，整个宫殿都已经被人团团围住了。

"出什么事了？"

其实不用问，拓跋赞已经知道发生了什么事情，走到半路上的时候就听到了皇宫中的丧钟敲响。此时大概整个皇城的人都知道，北晋皇帝驾崩了。

拓跋赞觉得有些难以接受。他的父皇，那个带领貊族入主中原的一代雄主，竟然就这么死了？

"十七殿下……"侍卫还没来得及说完，拓跋赞已经一把推开他朝着里面跑去了。坚昆已经不在了，北晋皇帝的尸体却依然还放在地上，明王和南宫御月站在一边都没有说话。三皇子和九皇子神色呆滞地望着地上的尸体，显然也还没有回过神来。

因为没有人出声，北晋皇帝陛下尊贵的遗体就只能这样毫无体面地躺在冰冷的地上。

"这是怎么回事!？"拓跋赞高声道，因为震惊，声音显得有几分尖锐。

拓跋梁看向拓跋赞，眼底却并没有什么变化。面上倒是一派沉痛之色道："十七殿下，陛下驾崩了。"

"怎么会?!"拓跋赞奔了过去跪倒在北晋皇帝的跟前。虽然这个父皇从来没有关心过他，虽然这些日子的看重他心知肚明必然不会是因为单纯的疼爱，此时突然看到他的尸体躺在自己跟前，拓跋赞心中依然忍不住升起了无法抑制的悲伤。

明王垂眸束手站在一边道："陛下遇刺，刺客尚且逍遥法外，还请十七殿下节哀。"

拓跋赞猛然回头，目光通红地瞪着拓跋梁。

拓跋梁自然不会将一个十多岁的毛头小子放在眼里，神色自若地低头与他对视，目光不偏不倚半点也看不出来心虚和不自在。站在一边的南宫御月懒懒地看了一眼两人，淡淡道："明王殿下，十七皇子，现在最重要的事情应该是让人为陛下收殓遗体吧？两位这是想要做什么。"

拓跋赞轻哼一声，瞪着拓跋梁咬牙道："杀害父皇的凶手本皇子自然会抓住，一个都不会漏掉！"

拓跋梁不为所动，道："十七皇子孝心可嘉，陛下在天之灵想必也会十分感动的。"

与拓跋梁这样的人交锋，拓跋赞自然占不到什么便宜。所幸很快有更多的人闻讯而来了，原本还算安静的右皇后宫殿也变得热闹起来同样也变得肃杀起来。皇室朝堂各路人马言语争锋，每个人都仿佛戴上了一副悲痛欲绝的面具，却毫不犹豫地为自己的利益争执不休，真正因为北晋皇帝的死而悲伤的人又有多少？

拓跋赞沉默地站在拓跋罗身边，只觉得心中一片冰凉。

楚凌有些郁闷地将自己挂在马车底下，因为一只手不能使力让她的这个动作做起来格外辛苦和困难。上面传来浓郁诡异的味道更是让她恨不得自己从此不用呼吸。这里是皇宫中最靠近御膳房的一个院子，每一天的固定时候，御膳房里的人都会将一天中御膳房所有厨余送出宫去处理掉。

一个内侍走了过来，仔细检查了一下马车。便转身准备要出发了，却不想刚转过身就看到眼前一个影子闪过，还没等他仔细看，眼前一黑就已经晕了过去。楚凌一把扶住被打晕了的内侍，将他拖进了一个没人的房间。片刻后，楚凌穿着一身内侍的服饰从小门里走了出来。

"小陈子，时间到了还不走！"外面传来一个有些阴阳怪气的声音。

楚凌思索了一下，回忆着方才那内侍应付侍卫的声音道："来了！"

爬上了马车，一提缰绳，马车飞快地出了院门朝着外面去了。路过院门口的时候，倒是将门口的人吓了一跳。背后传来方才那人有些不满的声音："你小子今天倒是勤快了，急急忙忙地赶着投胎呢？"

楚凌只当没听见，低下头赶着马车往宫门口而去。这小院离最近的宫门确实很近，出了门拐个弯儿就到了。御膳房这种地方贵人们平时自然是绝不会来的，

守卫也没有别处森严。不过今天却是三步一岗五步一哨，对每一个过往的人虎视眈眈，仿佛稍有不对，两旁的侍卫就会举起兵器砍过来一般。

楚凌垂眸，小心翼翼地驾着马车往宫门的方向而去。

"站住！什么人！"宫门口果然有人盘查，一个头领模样的侍卫站在宫门口盯着楚凌道，"什么人？！"

楚凌连忙取下腰间的腰牌赔笑道："小的是御书房跑腿的，小陈子。送这些……出宫去，免得污了贵人的眼。"

她身后的几个桶里浓郁的味道即便是隔着这么远也能闻到，那人对着身边的侍卫使了个眼色，立刻有人上了马车将马车上上下下都检查了一遍，甚至打开了盖子检查了里面的东西方才一脸嫌恶地跃下了马车。楚凌做出一副憋屈又不敢得罪的模样，有些手忙脚乱地重新盖好了盖子。小心翼翼地问道："大人，小的能走了吗？"

那守卫打量了她一眼，见眼前的内侍不闪不避带着几分谄媚的笑望着自己，不由一阵厌烦，挥挥手道："走吧。"

"是，大人。"楚凌连连谢过，驾着马车再一次往宫门外走去。

马车慢慢地出了宫门，但是楚凌却丝毫不敢懈怠。因为宫门外面同样站了不少的侍卫和兵马。楚凌只能在所有人的注视下，驾着马车往原本的小陈子应该去的方向而去。

终于将马车送到了倾倒厨余的地方，楚凌暗暗松了口气。看看附近没有人，她便准备脱身离开。还没来得及行动，一阵凌厉的掌风便向着她的后脑袭来。楚凌立刻侧身闪过，身形敏捷地从马车上一跃而起，三两步掠上了旁边的房顶。

对面的房顶上站着一个黑衣人，下面的院子里也多了好几个黑衣人。这些人都盯着楚凌，而楚凌对他们的衣着打扮也很熟悉。

"你们冥狱的人，真是到哪儿都阴魂不散啊。"

房顶上的男子轻哼一声道："刺杀陛下，罪该万死！阁下最好识相一点老老实实跟咱们走，不然受苦的是你自己。"

楚凌挑眉道："笑话，我一个闲人刺杀陛下干什么？你有什么证据？这世上，最想刺杀陛下的人不是你们的主子吗？养着这么多见不得人的高手，谁知道是做些什么偷鸡摸狗的事情？"对方冷笑一声道："你再牙尖嘴利也没用！王爷只吩咐要刺客，可没说要死的还是活的。"

楚凌脸色一变，道："我就知道拓跋梁那个老东西不讲信用，早就做了准备了。只要我一死，立刻就会有人将是他指使人刺杀陛下和拓跋大将军的事情传遍整个上京。"黑衣人却并不受她影响，冷声道："这跟我们没关系，王爷的命令是捉拿刺客！"

楚凌低咒了一声，一抬手十几道暗器从她袖中射出，然后转身朝着另一边的房顶掠去。但是很快她就停住了脚步，因为就在前方的不远处，同样也站了不少的黑衣人。

楚凌微微眯眼，冷笑一声道："看来今天明王是铁了心要拿我顶缸了？可惜我也不是那么好利用的。既然要玩，不如咱们就玩个更大的。"说罢，楚凌突然抬手，袖间一道暗影夹着尖锐的啸声冲入空中，片刻后在空中绽放出一朵血一般夭红的花朵。

黑衣男子一怔，显然没有想到楚凌会这样做。这样无异于自己将附近的兵马都引了过来。只听楚凌笑道："就拓跋梁那种脑子还想利用本姑娘，省省吧。本姑娘送他一份大礼，算是祝贺他即将大权在握。"

话音刚落就见上京皇城中各个方向有同样的焰火升起。仔细分辨就会发现这些升起焰火的地方都有些特别。

"明王府、大皇子府，还有左右丞相府……"黑衣人心中一沉，看向楚凌的眼神有些冷凝，"你做了什么？"

楚凌笑道："都说了，送拓跋梁一份大礼啊。"

"先抓住她！"黑衣人来不及多想，指着楚凌厉声道。

楚凌对着他露出一个挑衅的笑容，转身朝着前方冲了过去。

在这种地方打斗，不惊动此时整个京城满街道都是的士兵几乎是不可能的。更何况方才楚凌还弄出了那么大的动静，不过片刻间就听到数不清的脚步声飞快地朝着这边奔来。看到跑在最前的人的时候，楚凌已经落到了小院外面的街道上。她立刻开口，用熟练的貊族话叫道："抓刺客！刺杀陛下的刺客在这里！"

一个看起来有点狼狈，穿着宫中内侍服饰的少年。

一群穿着黑衣蒙着面巾带着兵器的来历不明的男人。

谁看起来更像刺客不言而喻。

楚凌回头对领头的黑衣男子露出了一个愉悦的笑容。从容地冲到了貊族士兵后面。一面不忘继续用貊族话叫道："他们是刺客，想要杀我灭口。军爷救命啊。"

这些士兵并没有怀疑一个看起来十分弱小的内侍，齐刷刷地举起兵器朝着黑衣人冲去，也让楚凌顺利地穿过人群消失在了街头。

"分头追！"黑衣男子有些气急败坏地道。一部分人点了点头，转身换了个方向去追楚凌，剩下的人拖住了貊族士兵的脚步。双方人马当即在街道上打了起来。

摆脱了黑衣人之后，楚凌飞快地找了个地方换了一身衣服出来。重新站在街道上的时候已经变成了一个穿着有些不太合身的布衣的普通少女。不过此时，街道上布满了手握兵器的士兵，街道上几乎已经没有了什么人走动。楚凌只得避开大街，挑选人最少的地方离开。她并没有回去跟云行月和段云会合，而是尽量往城外的方向而去。

夜幕降临的时候，楚凌坐在了靠近城门的一处早已经荒废的院落中。坐在满是灰尘的幽暗房间里，楚凌有些无奈地叹了口气。她低头看看自己的左肩，伸手

轻轻碰了一下立刻痛得一阵抽搐。从早上到现在，天已经完全黑下来了，她没吃没喝没休息，连伤药都没来得及吃一颗。幸好这左臂的伤虽然痛却没有伤到要害，不然这一天折腾下来，她的一条胳膊都要废了。

靠着墙坐着闭目养神，城门和城楼上的防守出乎意料地森严。以她现在的情况想要用轻功不惊动任何人地从城楼离开几乎是不可能的事情。楚凌打算等到下半夜的时候从城中通往城外护城河的水路离开，虽然她目前的情况不太适合潜水。

这一天楚凌过得很是疲惫，即便是坐在这样的环境中，还是不过片刻工夫就昏昏沉沉地睡了过去。

此时明王府中，拓跋明珠脸色有些难看地看着满脸羞愧显得有些无精打采的黑衣人。好半晌她方才咬牙道："所以说，这一整天的工夫，你们除了知道刺客是个女的，什么收获都没有？！"

黑衣男子低下了头："那刺客实在太过狡猾，竟然利用城中的兵马对付我们。请县主降罪。"

拓跋明珠轻哼一声道："你们这么多人，却抓不住一个女人？这是你们冥狱第几次将事情办砸了？冥狱这样的能力，让我父王以后如何信任你们？"

院子里一群黑衣人纷纷低下了头羞愧得不敢言语。

今天他们遇到的麻烦还不只是城中的守卫，还有明王府以及几家和明王府有关系的人家纷纷都出了事情。等他们派人赶到的时候才发现根本就是虚惊一场。

这些事情拓跋明珠自然也是知道的，正因为知道，反而觉得更加憋屈。毕竟无论是谁被人技高一筹地算计了都不会觉得很愉快，拓跋明珠更是一个骄傲的人。同一时间所有跟明王府关系好的重要权贵家中都被人虚晃一招，偏偏明王府还不能置之不理。万一是真的，哪怕只有一家出事了这个时候明王府都承受不起。

"我不管你们用什么办法，抓不到那个刺客就不要回来见我了！"拓跋明珠厉声道。

"小妹好生威风。"背后不远处一个声音幽幽地响起，明王世子带着人从不远处走了过来。已经几个月过去了，他瘸了的腿却再也没有办法恢复，走起路来总是一瘸一拐。

拓跋明珠对这位仅剩的同母兄长的到来却并不太欢迎，微微蹙眉道："大哥，你怎么来了？"

明王世子微微扬眉道："怎么？我不能来？我这个世子现在就连府中的事情都过问不得了？"

拓跋明珠即便心中是这么想的，也不会傻到当着他的面说出来："怎么会？大哥多虑了。大哥是明王府世子，哪里有你问不得的事情？"明王世子嘲讽地冷笑了一声，没有再说什么而是将目光看向了站在院子里的黑衣人，笑道："先前小妹在父王跟前夸下了海口说一定会抓到刺客，现在看来只怕是不太顺利啊。"

拓跋明珠咬牙道："多谢大哥关心。"

明王世子拄着手杖走到拓跋明珠跟前，道："我确实想要关心小妹，小妹最好现在就想想回头怎么跟父王交代。毕竟，南宫御月也不是好惹的，你没抓到人还得罪了南宫御月。若是回头南宫御月来找麻烦。小妹，你觉得父王会不会为了你得罪南宫御月那个疯子？"

拓跋明珠心中一跳，面上却不动声色地道："大哥，你太高看南宫御月了。等父皇……南宫御月算什么？"

明王世子悠悠笑道："南宫御月不算什么？只是他背后站着太后的势力，焉陀家的势力还有这些年……谁也不知道白塔到底隐藏了多深的实力。"

拓跋明珠沉默不语，明王世子靠近了她笑道："小妹，你这么费劲有什么用处？你也只是个女人而已。难不成你以为，父王会将爵位传给一个女人？"

拓跋明珠咬牙看着明王世子，明王世子却不再多说什么，干脆利落地转身而去。一边走还一边笑出了声来，声音里似乎带着几分愉悦以及幸灾乐祸。

拓跋明珠狠狠地握紧了垂在身侧的手，脸上的神色一时间阴沉不定。

"县主？"

站在拓跋明珠身边的人小心翼翼地看了看神色阴沉的拓跋明珠，低声叫道。

拓跋明珠冷哼一声，微微眯眼道："腿断了，脑子倒像是突然长好了一些。"身边的侍从自然知道她说的是谁，吓了一跳连忙低下了头不敢说话。这话若是让干妃听见了可不得了！

拓跋明珠垂眸，明王世子的话仿佛有了生命一般久久地在她脑海中回荡。

"你这么费劲有什么用处？难道你以为，父王会将爵位传给一个女人？"

女人！

就因为她是一个女子，所以她就天生应该不如那些废物男人吗？凭什么！

深吸了一口气，拓跋明珠看向院子里的人沉声道："刺客不可能这么快逃出京城，给我继续找！不惜一切代价，在父王回来之前一定要给我抓住那个刺客！"

"是，县主！"

楚凌突然从沉睡中醒来，外面隐约传来一阵脚步声还有熟悉的嘈杂声。貊族士兵又开始了新一轮的搜查，这样的事情一下午楚凌已经遇到过几次了。

很快楚凌的眼神微微一凝，整个人瞬间进入了戒备状态。

拓跋赞看着眼前一片漆黑的废弃院子微微蹙眉，跟在他身边的将领小声道："十七皇子，这座宅子是早已经废弃的荒宅，先前已经搜查过了。"

拓跋赞回头看了他一眼，眼神有些冷漠。片刻之后方才冷声道："再搜！"

将领有些迟疑，"十七皇子觉得刺客会躲在这里面？"

拓跋赞道："我不知道，但是只要能藏人的地方都要仔细搜查，今晚一定要抓住那罪该万死的刺客！"

"是，十七皇子。"将领拱手，恭声应道。

"来人，进去搜！"

拓跋赞当先一步走了进去，那将领不由愣了愣连忙也跟了上去。听说十七皇子从小就不学无术，就连跟着拓跋大将军那样的人物都不能有所进步，但是如今看来倒也没有那么糟糕。

原本漆黑的院子瞬间被火把照亮了，院子里静悄悄的连个人影都看不到。

拓跋赞扫了一眼院子里的每一个角落，便快步朝着已经有些破败却依然紧闭的房门走去。

"十七皇子，小心。"将领连忙拦在了拓跋赞的跟前。拓跋赞也没有勉强，站在了原地任由旁边的守卫上前。

门刚刚被打开，两个举着火把的守卫还没来得及进去，一个人影就从里面闪了出来。

炫目的刀光骤然亮起，两个人甚至还没反应过来发生了什么事情就倒在了地上。守在拓跋赞身边的将领心中一惊，立刻拔刀挡在了拓跋赞的跟前同时厉声道："发信号，发现刺客了！"

楚凌脸上蒙着一块面巾只露出了一双明亮的眼眸。她单手与那将领过招，匆忙中还抬手射出一支暗器打落了想要发出信号的士兵手中的讯烟。外面的士兵听到动静立刻也冲了进来。楚凌很快就顾不得再管讯号的事情了，只能专心应付跟前将自己团团围住的敌人。

拓跋赞红着双眼盯着人群中刀锋凌厉无比的纤细身影，右手已经握住了腰间的刀。就是这个人，一定就是这个人杀了他的父皇！

人群中的楚凌却正在暗暗叫苦，若是平时她还有一搏之力，但是现在却着实有些勉强。更可怕的却不是眼前的这些人，而是即将源源不断到来的更多的人。如果不尽快离开，就真的走不了了。

楚凌深吸了一口气，手中的刀更快了。刀刀凌厉，直逼对面之人的要害，一时间竟逼得那将领连连后退。见到包围圈破了一条口子，楚凌也不敢恋战连忙想要从这个缺口中冲出去，却感到身后一阵劲风袭来。

犹如排山倒海的强大压迫力让原本就受了内伤的楚凌险些又是一口血吐了出来。

糟了！坚昆来了！

楚凌对拓跋兴业太过熟悉，自然能感觉到这出手的人并不是拓跋兴业。对于现在的楚凌来说，拓跋兴业和坚昆的差别并不大，反正她都不是对手。

楚凌用尽了全力顶着强大的压迫力腾挪开自己的身体，想要避开这一掌。同时却又听到另一侧传来风声，寒光一亮，拓跋赞一刀朝着自己劈了过来。

难道真的是天要亡我？！

紧要关头，楚凌竟然有些苦中作乐地想着。

"砰！"

一个人影突然出现在楚凌跟前不远的地方，浓烟再一次腾起。楚凌反射性地避开了拓跋赞刺过来的一刀，并顺手将他甩了出去。同时她的身后也传来一声闷响，那是两道劲力相撞的声音。原本笼罩在楚凌周身的强大劲力骤然消失，楚凌只觉得腰间被人一揽，整个人便跟着飞了出去。

楚凌被人挟着掠上了院墙，很快就听到了背后传来的风声。毫不犹豫地抬手便对着风声袭来的方向射出了自己手中仅剩的暗器。楚凌本身内力就与对方相差甚远，又受了内伤，这样的暗器射出去对坚昆实在构不成什么威胁。追在后面的那一掌只是稍微停顿了片刻，又再一次朝着他们打了过来。

楚凌有些无奈地叹了口气，抓着她的那人却是身形一闪改变方向朝着另一边掠了过去。下一刻，拓跋赞被人抓在了手中。

楚凌这才有工夫看清楚，方才从坚昆手中救了她的是一个穿着黑衣，头上罩着只露出一双眼睛的黑布，连一根头发丝都没有露出来的男子。虽然对方将自己包裹得严严实实，但是楚凌还是能察觉到这人是谁。

南宫御月。

楚凌突然觉得有点感动了。

北晋皇帝已经死了，南宫御月的目的已经达到了。他如果不来救她的话，也没什么损失。如果他这个时候毁约不救她也不给君无欢玉蕤膏的话，等于是一箭双雕同时除掉了北晋皇帝和君无欢，自己什么都不用付出。他出现在这里，对自己才是百害而无一利。

南宫御月五指紧紧捏着拓跋赞的脖子，冷声道："放我们走。"

坚昆站在墙头上，脸色阴沉地盯着院子里被围住了的两人。坚昆冷笑一声道："休想！我必要你等为陛下殉葬！"

南宫御月扣着拓跋赞脖子的手立刻就收紧了几分，墙头上的坚昆却不为所动。他自己都要死了，又怎么会在意一个皇子死不死的？

当下也不再废话，坚昆直接提刀朝着南宫御月劈了过来。只看坚昆那仿佛破釜沉舟的表情楚凌就知道抓拓跋赞为人质的计划行不通，早早地握紧了手中的刀。却见南宫御月轻笑一声，提起拓跋赞就朝着坚昆扔了过去。

人被抓住了，坚昆可以不受威胁坚持不救。但是人被扔向了自己，坚昆就不可能一脚将他踢开，或者闪到一边任由拓跋赞在自己面前被摔死。只得伸手接住了飞快朝自己撞来的拓跋赞，却没有看到南宫御月抛出拓跋赞一瞬间眼底的恶意。

南宫御月抛出拓跋赞的一瞬间，再一次抓住楚凌腾空而去。周围的貊族士兵反应也不慢，箭矢如雨一般地朝着两人激射而来。南宫御月一手抓着楚凌，一手横刀挥出，同时整个人已经朝着城楼的方向射去。楚凌用力将袖中最后一件东西掷出，浓烟再一次在院子里腾起，而这一次却不只是遮蔽视线，浓烟中还伴随着士兵的惨叫声，这些人很快就被两人抛到了身后。

另一边的墙头上，坚昆刚刚接住拓跋赞就发现不对。连忙伸手将拓跋赞推向了墙外的街道。只是已经来不及了，拓跋赞胸前一簇暗器已经嗖地射向了坚昆的心口。虽然避开了心脏要害，却也结结实实地扎进了胸膛。

坚昆脸色冰冷地伸手拔掉自己胸口的暗器，暗器上面闪烁着让人不安的色泽，坚昆却什么都没有说甚至连看一眼自己胸前的伤都没有，再一次飞身追向了两人离开的方向。

南宫御月一路带着楚凌掠过墙头出了皇城依然不停歇地一路狂奔。楚凌靠在南宫御月的肩头，原本手中的刀早已经不知去了哪里，脸色更是已经一片惨白。

南宫御月不知道奔出了多远，直到身后再也没有追兵的声息方才停了下来。看了看四周是一片幽静的山林，夜色幽冷，冷风袭人。

"坚昆这家伙倒是有几分本事。"南宫御月放开了楚凌闷咳了两声，有些不满地道。

楚凌一被南宫御月放开，就整个人朝着地面倒了下去。南宫御月吓了一跳，连忙伸手扶住了她，另一只手扯掉了自己头上的黑巾露出了俊美的容颜。往日里总是若冰雕玉琢一般的容颜上此时也布满了汗水，可见这一路南宫御月自己也并不轻松。

"你怎么了？"南宫御月惊道，这才看到楚凌背后竟然插着一支箭。突然想起方才从城楼上掠下的时候，他分明感觉到有一支箭没能避开且笙笙动了一下之后就没有声音了。他以为是被笙笙给挡开了，但是现在想想，笙笙手里的刀早就在途中当暗器丢掉了又身受内伤，用什么去挥开那一支羽箭？

"笙笙，你……你的伤……"

楚凌有些疲惫地眨了眨眼睛，看着幽暗的夜色下似乎有些无措的南宫御月，笑道："没事……没伤到要害，我就是有点累了。多谢国师亲自冒险来救我。"南宫御月有些别扭地别过脸道："我说过会来的，本座一向说话算数。"

楚凌点点头，道："玉蕤膏……"

南宫御月咬牙："君无欢对你就那么重要！"

楚凌道："这不是我们的交易吗？"

南宫御月轻哼一声道："你放心，我已经交给云行月了！"

楚凌点点头，道："我有点累了，要休息一会儿……"话音未落，就已经闭上了眼睛。南宫御月低头一看，怀中的少女已经陷入了昏迷。

等到楚凌再次醒来的时候发现自己躺在一个有些简陋的小屋子。身上的伤已经处理过了，就连内伤似乎都好了几分。正想要坐起身来，却听到外面传来南宫御月似乎有些气急败坏的声音："死老头！云行月，笙笙为什么还没醒！你们到底有没有用?!"

"有本事你自己救啊！老夫又不是大夫！"一个陌生的老者没好气地道。

南宫御月恶狠狠地道："要是笙笙出了什么事，本座就把你给大卸八块丢到穆兰河里喂鱼！"

老者冷哼一声，不悦地道："死小子，要不是老夫，你早就被拓跋兴业和坚昆那两个家伙联手大卸八块了，还有小命来这里威胁老夫？"南宫御月冷笑一声道："你真有那么好心来救本座？是君无欢要你来的吧？你又被他抓住什么把柄了？他怎么还没弄死你呢！"

"就算是又怎么样?！还不是老夫救了你？救命之恩大如天，老夫没要你做牛做马你还有什么不满意的？"老者似乎有些心虚，声音也不由得提高了几分。南宫御月嗤笑一声道："做一件事还想拿两份好处？做梦吧你！本座没有将你碎尸万段你就该千恩万谢了！"

"阿凌还没醒，你们能不能闭嘴！"云行月没好气地道，"南宫国师，上京城里你没有事要做吗？明王没有派人盯着你吗？你不要回去跟他们争权夺利吗？大伯，阿凌要是出了事，君无欢会很生气的！""很生气"三个字说得很重，那老者似乎有些忌惮，迟疑着道："那丫头真是翎儿的媳妇儿？"

"没错！"

"胡说！"

两个声音同样时响起，一个斩钉截铁，一个气急败坏。

老者有些茫然地问道："到底是不是啊？"

"是。"

"不是！"

云行月不耐烦地看了南宫御月一眼："国师，没你的事儿了，你先请移驾回你的白塔行么？"

南宫御月轻哼一声，傲然道："本座做什么，用得着你来管？"眼看着两人就要打起来了，里面突然传来一身闷哼。

楚凌刚坐起身来，原本紧闭的房门就被人撞开了，南宫御月和云行月同时挤在了门口。那狭窄的小门哪里容得下两个人同时通过，还是南宫御月仗着自己实力强大一把将云行月扯开，抢先一步冲了进去："笙笙！笙笙，你没事吧？"

楚凌点点头道："我没事，让你们担心了。"

云行月也扶着腰走了进来，狠狠地瞪了南宫御月一眼方才道："凌姑娘，你终于醒了。"

楚凌笑道："让云公子担心了，你……"云行月也知道她想问什么，笑道："不用担心，玉蕤膏已经让人送回去了。我看到你醒了就放心了，马上也要启程回去。"云公子当然不敢说，看不到楚凌醒过来他根本就不敢回去见君无欢。

楚凌正想要说什么，就看到一个人影嗖地窜了进来，那速度竟然比南宫御月还要快上两分。

"徒弟媳妇？"

眼前的是一个看起来已经年过花甲头发花白还有些乱糟糟的老头子。虽然满脸的皱纹，但只看轮廓也能看出来年轻时候应该长相也颇为英俊。只是他望着自己的眼神太过火热，让楚凌忍不住心中有些发怵。

还有这老头儿叫什么？徒弟媳妇？这老者是君无欢和南宫御月的师父？他刚刚好像还听到云行月叫他大伯？敢情这几个人都是一家人啊。

眨了眨眼睛，楚凌看向站在一边的云行月。云行月翻了个白眼，抬头看屋顶。南宫御月却已经不耐烦了，一掌拍向老者道："死老头子，你有完没完！"

老者微微侧身，看似随意地一歪却正好避过了南宫御月的一掌。

"徒弟媳妇儿，听说你是拓跋兴业的弟子？"老者兴致勃勃地问道。

楚凌轻咳了一声，道："不知先生是……"

老者捋着自己有些凌乱的胡须，一派高深莫测的模样："咳咳，老夫是三十年前威震江湖名震天下的……"

"手下败将！"南宫御月冷冷道。

老者大怒，"不肖徒弟，你乱说什么！"

南宫御月冷哼一声，对楚凌道："这死老头子从前到处跟人吹嘘他天下第一，还不自量力去挑战当时的一位成名高手。结果不长眼挑上了君傲的师父，被还未及弱冠碰巧也在的君傲打得落荒而逃从此羞于见人只能隐居深山。足足练了二十年才终于敢出来，结果君傲已经死了，君傲的师父更是早就寿终正寝了，于是他又觉得自己是天下第一了。你可以问问看他有没有打赢拓跋兴业。"

楚凌扭头去看那老者，老者有些尴尬地轻咳了一声道："老夫是担心你们几个小年轻被坚昆那家伙给追上，就没跟拓跋兴业多作纠缠。"

南宫御月冷笑道："你是根本不敢跟拓跋兴业多作纠缠吧？这一次再被打个半死，可没有二十年给你卧薪尝胆了。"

老者气得脸色通红，指着南宫御月眯眼道："至少老夫收拾你这不肖之徒，还是可以的！"

"怕你？来啊！"南宫御月道，当真便抽出了刀来似乎只要对面的老头稍有动作他就要立刻一刀砍过去。楚凌和云行月对视了一眼，都觉得看着这两个人十分碍眼。楚凌眼珠子一转，突然捂住头痛吟了一声："我的头好疼……"

"笙笙，你怎么了？"

"徒弟媳妇，你怎么了？难道伤到脑子了？"

原本剑拔弩张的两个人连忙凑了过来。云行月拨开两人没好气地道："让开让开，我才是大夫！"

"你赶紧看看,我徒弟媳妇怎么了?"老者颐指气使地道。云行月一边把脉,一边飞快地报出了一长串的药名道:"这些药,赶紧去准备。还有阿凌很久没有吃东西了,去准备一点吃的。"

两人竟也没有什么不满,双双转身朝着门外去了。

看着两人消失在门外的背影,房间里的两人齐齐松了口气。楚凌与云行月对视了一眼,都从对方眼里看到了同样的含义。

将两个碍事的支了出去,楚凌才终于有时间跟云行月了解一下目前的情况。

他们现在暂时落脚的地方是距离上京皇城并不太远的一处山林中,勉强也算是凌霄商行下面的一个落脚处。

楚凌已经昏睡了三日了,那日南宫御月带着重伤的楚凌险些就被坚昆给追上了。幸好云行月等人赶来,这才从坚昆手下顺利脱身。之后才遇到了方才那个老者,那老者确实是君无欢和南宫御月那据说该被千刀万剐的师父,而且这个师父还是云行月亲爹的大哥,他要叫一声大伯。这人平常为了躲避两个徒弟的追杀一向是行踪不定的,这次也不知道君无欢是怎么找到他的,还让他特意赶来帮他们拦住了拓跋兴业。若非如此,一个坚昆再加上一个拓跋兴业,楚凌和南宫御月就算是真的长了翅膀只怕也难以逃出生天。

"南宫国师在这里,没事吗?"楚凌问道。

云行月倒是坦然:"你放心,现在拓跋梁为了跟北晋皇帝的儿子们争皇位,已经是狗咬狗一嘴毛了。没人想在这个时候得罪南宫御月那个疯子。"北晋皇帝死都死了,当然是皇位更重要。

楚凌点了点头:"我已经没事了,云公子也可以回沧云城了。对了,段云去哪儿了?"

云行月看了楚凌一眼,掏出一封信递给了楚凌:"这是段云给你的。"

楚凌微微蹙眉,心中不由一沉:"段云走了?"

云行月点了点头道:"他坚持要走,我拦不住。不过我让人暗中跟着他了,如果你需要的话我让人将他带回来,现在他应该还走得不远。"楚凌打开信一目十行地扫过,脸上的神色也变得更加严肃了几分。云行月看着她,有些不解地问道:"怎么了?他说了什么?"

楚凌有些无奈地苦笑了一声,道:"没什么,他既然下定了决心就由他去吧。只是这一去,不知何时才能再见了。"

云行月点点头道:"段公子一个读书人,还肯千里迢迢跑到关外那种地方去,也是勇气可嘉了。吉人自有天相,凌姑娘倒也不必太过担心。"楚凌轻叹了口气,问道:"段云是怎么知道我就是曲笙的?"

云行月耸耸肩道:"你也不想想,这天底下哪儿来的这么多厉害姑娘,偏偏还都跟君无欢认识。对了,也可能是南宫御月那口无遮拦的家伙……"南宫御月那家伙整天笙笙长笙笙短地，一看就是想要撬君无欢的墙脚。回去一定要告诉君无欢，让君无欢赶紧打死他。

楚凌轻叹了口气："段云的事情，只怕还需要沧云城和凌霄商行鼎力相助。"

云行月道："这种事你自己去找君无欢商量，本公子就是个大夫管不着这些。"

楚凌也不在意，问道："你打算什么时候走？"云行月看了看她，有些担心地皱起了眉头道："我本该等你的伤好一些了一起启程，但是我实在有些担心君无欢那边，所以等一下就要启程了。凌姑娘你……"

楚凌笑道："不用管我，我的伤只怕还要养几天，跟你一起走只会拖累你的行程。你赶紧回去看看君无欢吧，我受伤的事情就别说了。"

云行月心中暗道："就算你不说，我也不敢告诉君无欢你替南宫御月挨了一箭啊。"

"北晋皇帝驾崩，北晋国丧期间各地兵马都不会轻易动弹。信州也可以趁机休整一番，凌姑娘不妨趁着这个工夫去沧云城走一走。"云行月道。

楚凌含笑点头："会的。"

云行月当天就告辞出发了。上京这边，楚凌虽然受了伤，但是有南宫御月和大伯在，就算真遇上了拓跋兴业也未必没有一战之力，倒也不用他太过担心。

云行月走了，最高兴的自然就是南宫御月。南宫国师深深觉得自己没有一巴掌拍死云行月真是善良。

"国师，你不用回城去吗？"楚凌坐在小屋外面晒太阳，一边问有些慵懒地坐在一边闭目养神的南宫御月。

南宫御月不以为然地道："回去？做什么？"

楚凌一噎，道："北晋皇帝刚刚驾崩，京城应该有很多事情吧？"

南宫御月坐起身来，道："我就是个国师而已，除了主持祭典，别的时候用不着我。拓跋梁和那些人只怕现在也不想看到本座，我不出现他们高兴还来不及呢。"

国师而已！

天启是没有国师这个职位的，祭典一般由礼部，钦天监和太常寺各负责一部分。貊族的国师这个职位其实在入关之前就是貊族的大祭司，对信奉神明的貊族人来说，大祭司的身份十分超然且掌握实权。这也就是为什么南宫御月身为国师坐镇白塔可以名正言顺地拥有几乎可以与明王的冥狱相抗衡的守卫。虽然楚凌并不是很明白，貊族人是怎么觉得南宫御月适合当大祭司的。

楚凌打量着南宫御月，道："北晋皇帝膝下的皇子，没有能够与拓跋梁抗衡的，除非国师现在改变主意另外扶持一个皇子。不过比起另外扶持一个皇子和拓跋梁抗衡，我看国师似乎更想要直接跟拓跋梁争锋吧？"

南宫御月回头打量着楚凌，道："先前我倒是没有发现，笙笙竟然这般聪慧。"

楚凌挑眉："难不成国师一直觉得我蠢笨？"南宫御月道："笙笙当初在上京的

时候，还是藏拙了吧？只有君无欢才知道你的真面目，所以你才对他那么好的吗？"楚凌一听他扯到君无欢身上，就觉得不好。她立刻不动声色地转移话题，"虽然国师谬赞，但是很多问题我还是想不明白。比如说国师这么做是为了什么？这些年，国师也同样隐藏了白塔的实力吧？如果拓跋梁顺利上位，国师又想要做什么呢？"

南宫御月有些不悦地轻哼了一声，却没有再纠缠君无欢的问题。南宫御月挑眉道："笙笙猜猜看。"

楚凌摇头："我猜不出来。"神经病的想法哪儿那么容易猜啊。

南宫御月微微眯眼，问道："笙笙觉得，如果北晋皇帝不死，死的是拓跋梁会怎么样？"

楚凌想了好一会儿方才道："大约皇位会顺利传给哪位皇子吧？"

南宫御月点头："没错，就算北晋皇帝和拓跋梁一起死了，北晋也不会一下子就灭亡。而是会从一大堆的皇子中重新杀出来一个最厉害的王者。其实很多人未必就真的那么平庸，只是要看有没有机会给他施展而已。"

楚凌挑眉："例如？"

南宫御月微微勾唇："你可知道为什么断腿的是拓跋罗，而不是别的皇子？"

楚凌道："不是因为他是北晋皇帝的嫡长子吗？"

南宫御月微微摇头道："因为……拓跋梁知道，拓跋罗一直都在藏拙。如果给他机会和足够的势力，他会比北晋皇帝还难缠。如果让他顺利登上皇位，又有拓跋胤和拓跋兴业辅佐，还有拓跋梁什么事儿？笙笙想不想知道，这个消息是谁告诉拓跋梁的？"

楚凌思索了片刻："不是国师就是君无欢吧？"

南宫御月道："笙笙果然很聪明，是君无欢。君无欢这个人最喜欢在背后算计别人了，先设计弄断了明王世子的腿，又挑拨明王弄断了拓跋罗的腿。笙笙，你可要小心一点呀，要是让他算计了，本座就算是想要救你也是鞭长莫及啊。"楚凌有些哭笑不得，轻叹了口气道："多谢国师关心，我会小心的。北晋皇帝和拓跋罗被废了，但是拓跋梁也不是省油的灯吧？"

南宫御月道："笙笙，你要知道现在就算北晋群龙无首一片混乱，天启也不是北晋的对手，沧云城当然也不是。对貊族人来说，皇帝其实没那么重要，当年貊族尚未入关前，最混乱的时候甚至有过一年换三个王还依然保持连续打胜仗的记录。虽然入主中原之后，那个皇位好像变得越来越重要了，不过也还远没有到天启那种所有人都要受皇位变动影响的地步。无论皇位上那个人换成了谁，短时间内所有的兵马势力都不会有什么变动。一旦打起来，甚至会因为外部矛盾让貊族人之间的内乱加速被解决掉。"

楚凌托着下巴道："我还是不明白，国师到底想要做什么？你想要貊族灭亡？"

南宫御月自己就是貊族人，若真是有这种想法这是要有多大仇多大怨？

南宫御月看着她，突然对她露出一个古怪的笑容："不，我没有想过要貊族灭亡。我只是觉得所有姓拓跋的人，都得死！"

楚凌靠在椅子里微微蹙眉思索着南宫御月的话，就连南宫御月什么时候离开的都没有发现。直到有人偷偷摸摸地靠近，她方才回过神来，一眼就看到站在自己不远处还保持着一个古怪姿势看起来有些尴尬的老者。

"前辈。"楚凌淡淡笑道。

老者立刻蹿到了楚凌跟前，笑得十分殷勤让楚凌有些不自在。轻咳了一声道："前辈，你有什么指教还请直说。"

老者眨了眨眼睛："你真的是翎儿的媳妇儿？"

楚凌迟疑了一下道："现在还不是。"

老者也不在意，那就是早晚会是了。

老者脸上不由露出看到救星的神色："徒弟媳妇儿，你一定要帮帮为师啊。"

楚凌忍不住想要扶额："前辈，有话你慢慢说。"还能不能有点高人风范了？

老者看看楚凌，不由悲从中来："徒弟媳妇儿，你不知道啊。老夫命苦啊，竟然收了两个不肖徒弟！不好好孝顺我这个师父就不算，竟然还敢大逆不道，到处派人找为师的麻烦。老夫当初眼瞎啊，竟然将这两个混账东西捡了回去……老夫每每想起自己将来连个养老送终的人都没有，就心痛欲绝。呜呜……说不定哪天就被那两个孽障给害死了，落得个死不瞑目啊。"

连收两个徒弟都要追杀你，你老人家就不从自己身上找找原因吗？

楚凌轻咳了一声道："前辈，我好像帮不上什么忙。"

老者连忙道："怎么会？你肯定能帮上大忙的。"

"您说说看？"楚凌道。

老者赔笑道："这个，你不是翎儿的媳妇吗？你替我劝劝他呗，年纪轻轻的别那么小肚鸡肠，很容易短命的。"楚凌道："我觉得君无欢脾气还不错，火气也不大啊。"

老者苦着脸道："这是你不知道啊，他脾气哪儿好了？老夫当初不过就是不小心弄错了一点小事，他翻脸就不认人，派人追杀了我五年啊！老夫可是他师父，老夫救了他的命，不肖徒弟！"

楚凌好奇："我能问问，您做了什么吗？"

老者道："他不是要练功吗，但是他的身体不好体质也不合适啊。不过根骨倒确实不错，比君傲那小子年轻时候还强一些。"

"所以？"

老者理所当然道："所以，我费尽了心思帮他改变体质啊，虽然没完全成功至少也成功了一半吧？"

楚凌谨慎地道："我能问问，您是怎么做的吗？"老者得意非凡地道："我把他扔进玄冰寒池泡了一个月。"

君无欢怎么就没打死你呢？

玄冰寒池是什么东西？寻常人可能不知道，但是跟着拓跋兴业这样的高手学习了两年多的楚凌却是知道的。据拓跋兴业说，玄冰寒池只会出现在常年不化的冰川深处。千万年都不化的坚冰之中不被冻结的寒池，这便是玄冰寒池。但是如果你认为这玄冰寒池跟传说中的不冻泉一样，那却大错特错了。

据拓跋兴业说，玄冰寒池的水寒冷彻骨。寻常人若是掉下去不出片刻就会被直接冻死，但却是绝顶高手用来淬炼身体的最佳所在。当年拓跋兴业武功初成，就曾经遍寻玄冰寒池想要淬炼自己的体质。但即便是如此，拓跋兴业也只在里面坚持了二十多天而已。

将一个才十多岁根本就没什么内力的孩子扔在那种地方的人，是何等的该被天打雷劈。楚凌觉得面前这个可怜巴巴地望着自己的老头，分明就是个变态。

见楚凌用一种十分古怪的眼神望着自己，老者有些不安："徒弟……媳妇儿？"

楚凌揉了揉眉心道："前辈，这个事情我记住了。"记住了，但是做不做就是另一回事了。楚凌忍不住看了一眼门外，问道："前辈，君无欢追杀你是因为他……呃，小肚鸡肠，那南宫御月又是为了什么？"

提起南宫御月，老者更加火冒三丈。

老者愤愤不平地道："老夫不知道啊！"

楚凌一愣，她还以为肯定是这老头做了什么比把君无欢扔寒池更变态的事情呢。毕竟南宫御月看起来就比君无欢要不正常得多，难不成是误会他了？

老者忍不住为自己抹了一把伤心泪："翎儿就罢了，当初为了练功确实吃了不少苦，身体不好脾气坏老夫不怪他。但是老夫对南宫御月多好啊，他竟然也跟着欺师灭祖！"

还没等楚凌回答，一把明晃晃的刀就朝着老者砍了过来。老者连忙一闪身躲开了，回过头惊魂未定地看着那定在墙壁上轻轻摇晃的刀怒道："臭小子你……"

"对我好？"南宫御月出现在了小屋前，眼神阴恻恻地盯着眼前的老者。

老者眨了眨眼睛，有些心虚地摸了摸自己满是皱纹的脸，道："要不是老夫，你能当上北晋国师吗？你早就被那些貊族人弄死了好不好？"

南宫御月冷笑道："是啊，但是你原本不是打算抓我回去给你试药的吗？"老者往楚凌身边挤了挤，道："老夫跟你无亲无故的，救了你的命还教你武功，你替我做点事怎么了？"南宫御月素来有些面瘫的俊脸竟然扭曲了起来，终于觉得忍无可忍了，一掌朝着老者拍了过来。

老者连忙往后一翻，灵巧地让过了南宫御月这一掌。

"混账小子！不肖徒弟！欺师灭祖！"南宫御月一言不发，疯狂地朝着老者攻去。只是这老者虽然看起来疯疯癫癫不靠谱，实力却是相当的靠谱的，否则君无欢也不敢让他去硬扛拓跋兴业。南宫御月此时已经气得失去了理智，就更不是他的对手了。

楚凌坐在一边却看到南宫御月眼里闪烁着猩红的光芒，心中一沉，连忙叫道："前辈，别打了！他要发病了！"

老者显然也知道南宫御月的病情，当下便如幻影一般出现在了南宫御月身后。南宫御月一旦失去理智虽然武功威力有所增加，但是洞察力反应力却会大减，竟然全然没有察觉被老者从后面敲晕了过去。楚凌站起身来走到南宫御月旁边看了看，方才抬头看向明显一脸心虚的老者。

老者连忙缩了缩脖子，摆手道："不关我的事！"

难道是我把他气得失去理智的？

"现在怎么办？"楚凌问道。老者迟疑了一下，道："放着等他自己醒过来吧？"

楚凌想起之前在信州南宫御月醒来的模样，觉得不太靠谱。老者大约也知道自己理亏，小声道："我去抓药，我记得药方。"

楚凌点点头："有劳。"

南宫御月并没有喝老者抓回来的药，因为他在楚凌去厨房的时候醒过来自己走了。楚凌看着空荡荡的房间轻叹了口气，回头将老者拿回来的药收拾起来放好。看着蹲在院子里的一角有些可怜的老者，楚凌忍不住嘴角抽搐了一下。真不知道是个什么样的变态，才能对两个才十来岁的孩子做出这种丧心病狂的事情。

面对着这老头的时候你感觉不到他有什么恶意。并不是那种心机深沉的伪善，而是他真的对你没有恶意。他虽然将南宫御月和君无欢骂了一遍又一遍，但是楚凌依然没有感觉到他对他们有什么恶意。然而就是这样一个没有恶意的人，做出来的事情只怕就是很多心肠歹毒的恶人也未必能做得出来。

因为北晋皇帝的突然遇刺，整个上京皇城的气氛都变得格外凝重起来。北晋皇帝的遗体依然还停在宫中，一应丧事祭典都还没有任何章程。因为在这之前，必须要先选出一个新的北晋皇帝来，再由新皇来主持先帝的祭典。

但是这也并不是一件容易的事情。北晋皇帝没有太子，生前也没有指定继承人。拓跋梁虽然是如今的皇亲中势力最大的，但是毕竟还没有到众望所归的地步。貊族人入关之后，自然也学到了中原人为了权力富贵不顾一切的毛病。若是能将某位皇子扶持上位，从龙之功在手何愁家族不能百代繁荣？怀着这些心思的人显然是不知道中原人还有一句话："兔死狗烹，鸟尽弓藏。"

"王爷。"明王府大堂里满堂济济，只是此时拓跋梁的神色却并不太好。

看了一眼走进来的黑衣人，拓跋梁冷声道："拓跋兴业不肯来？"

黑衣人连忙低下了头道："启禀王爷，大将军府的人说大将军前日受了重伤，不见任何人。"

拓跋梁冷笑一声："受了重伤？"

拓跋梁座下一个将领站起身来，道："王爷，这大将军未免太不识抬举了！"拓跋兴业是厉害，但是身为武将谁都想要追求军功彪炳，万人崇敬。拓跋兴业是他们这些武将仰望崇敬的对象的同时也是他们的目标和拦路石。只有拓跋兴业下去了，他们才有机会成为新的貊族战神。

拓跋梁抬手，淡淡笑道："大将军是绝世高手，高风亮节，自然不会在意这些小事。"

"王爷真是胸怀宽广。"立刻有人奉承道。想起自己即将实现的梦想，拓跋梁很快就忘记了拓跋兴业带给他的不快，放声大笑道："本王若能成事，在座的诸位都是功臣！"

"王爷，焉陀邑，田衡还有几家家主也都没有来。"旁边有人提醒道。

拓跋梁轻哼一声，道："焉陀家？还有田家那个老不死的……"拓跋梁对焉陀家简直是烦不胜烦。如果让他选择现在可以立刻灭掉哪一个势力的话，那第一选择绝对是焉陀家。并非因为焉陀家有什么野心让他忌惮。而是现在的焉陀家就是南宫御月手里的一颗棋子，偏偏这颗棋子让拓跋梁也不得不再三忍耐。

想起焉陀邑，拓跋梁就恨不得捏死他。堂堂一个大家家主，对南宫御月那个疯子言听计从简直是荒谬。至于田家拓跋梁并不担心，田衡是个老狐狸，他自然知道怎么做才是对他对田家最好的选择。现在不来，说到底不过是拿乔罢了。

拓跋梁心中虽然恨不得撕了南宫御月，面上却淡然若定："不必理会，回头本王亲自去拜会太后。"

众人立刻放下心来，太后一向不管事，但是手中捏着的势力却让人不得不慎重。太后虽非明王的生母，却也是嫡母。明王继位对太后来说只有好处，若是能得到她的支持，焉陀家自然也就不足为虑了。

楚凌独自一人在小屋里待了三天，两天前那老头也走了。只有楚凌一人，因为伤势不便，被迫留在了这荒山野岭的小屋子里继续养伤。

她好歹也是刺杀了北晋皇帝的人，这待遇是不是有点太惨了？

休息了三天之后，楚凌觉得自己的伤好得差不多了，准备出去打探一下外面的情形启程回信州了。出来一趟把段云给弄丢了，她还要想想回去怎么跟大哥他们交代呢。

正在收拾东西，楚凌脸上的笑容突然凝固了。

小屋外面不远处站着一个人，一个楚凌现在绝对不想看到的人。

来人穿着一身宫中侍卫的服饰，但是衣服上却已经血迹斑斑甚至有多处破烂不堪。脸上也染着没有洗去的血污，编成了两个辫子的头发已经十分凌乱，看起来就像是路边落魄无人理会的乞丐。

但是他的眼睛却比刀锋还要锋利，比烈火还要炙热。他此时正目不转睛地盯着楚凌，眼里酝酿着骇人的杀气。

楚凌眼珠飞快地转了一下，深吸了一口气道："你是谁？"

那人却并不说话，嚯的一声短刀出鞘直指楚凌。楚凌唇边露出了一个有些僵硬的笑容，慢慢从小屋里走了出来，"这位先生，咱们素昧平生，你这样一见面就拔刀是不是不太好？"她说的是貊族话，语速很慢，目光却定定地盯着来人指向自己的刀锋。

半晌才听到他冷声道："你不必狡辩，我知道你是谁，刺杀陛下的刺客。"楚凌的目光落在了他的胸口，胸口处是一大片已经干涸的血迹。仔细算算距离她刺杀北晋皇帝已经过去了七八天了，他连衣服都没有换过。楚凌隐藏在袖底的手紧紧握住了流月刀，坚昆手中的刀同样不是凡品，再加上对方实力强于她，她若是用寻常兵器那是自寻死路。

"哦？你真的知道我是谁吗？"楚凌笑道，"我不是刺客，这位先生只怕是误会了。"

坚昆冷笑一声，直接挥刀扫了过来。

楚凌连忙侧身避过，再也顾不得许多，袖中流月刀倏地刺出，直逼坚昆的胸口。坚昆被流月刀的光芒闪了一下眼睛，微微眯眼厉声道："流月刀？！你是……"

楚凌连续五六刀飞快地劈出，一边道："你现在知道我是谁了吧？"

坚昆手下却半点也不见容情："你是武安郡主，跟你是刺客并没有什么冲突。"楚凌顿时了然，坚昆未必有她是刺客的证据，但是他就是认定了她是刺客，讲道理是没有任何用处的。

既然讲道理没有用，那就只能拼命了。

若是寻常时候，楚凌绝不是坚昆的对手。现在楚凌的伤虽然好得差不多了，但毕竟没能恢复到全盛时期。同样，坚昆的情况也不比她好多少，大约是北晋皇帝在他面前遇刺的事情给了坚昆太大的刺激，他竟然完全没有理会自己身上的伤，实力不足平常的七成。

楚凌觉得，自己或许有机会从他手里逃生。

转眼间，两人已经过了几十招了，谁也没有手下留情，招招都是杀招。跟坚昆比起来，楚凌或许更擅长杀人一些。两人各自都添了不少的伤痕。坚昆双眸赤红，冷声道："拓跋兴业的弟子，果然不凡。"

楚凌轻咳了一声，苦笑道："比不上大统领。"

大统领三个字让坚昆的脸又抽搐了一下，攻向楚凌的招式越发凌厉起来。楚凌一边与坚昆交手，一边引着坚昆往小屋后的树林而去。坚昆也不知有没有看出来她的意图，竟然也毫不犹豫地跟了上去。树林中有之前南宫御月布置的机关和陷阱，坚昆一踩进去，四周立刻就有暗器射了过来。坚昆伸手接住了一个射向自己的暗器，脸色微变。

一把扔开暗器，坚昆再一次朝着楚凌追了过去。楚凌飞快地砍断了林中缠绕着的绳索，一阵嗖嗖声在她背后响起，楚凌却顾不得往回看，头也不回地钻进了树林深处，不过片刻便消失在了山林中。

"你跑不掉的！不杀了你老夫誓不为人！"山林里响起了坚昆洪亮凄厉的声音。正在狂奔的楚凌顾不得身上的伤痛，半刻也不敢停留地在山林中穿梭着。

说好的大难不死必有后福呢？连刺杀北晋皇帝都顺利脱身了，为什么现在还要孤身一人被坚昆这样的高手追杀？最重要的是，坚昆看起来就是一副不惜一切代价要跟她同归于尽的模样。这简直比面对她师父那样的天下第一高手还难啊。

君无欢，你这次欠本姑娘欠大了！

楚凌都有些不记得自己到底跑了多久，也不知道自己到底跑了多远了。反正就只能头也不回地一直往前跑，每次她甩开坚昆没多长时间坚昆就又会追上来。

坚昆似乎真的疯了，有一次坚昆发现自己跟丢了她，竟然开始胡乱杀人。不仅杀中原人，也杀貊族人。

楚凌无奈，只能现身将坚昆引走。同时也更加坚定了决心，她要设法杀了坚昆。现在的坚昆已经成为了一个随时杀人毫无理智的疯子，事情是她惹出来的，楚凌不可能自己逃命然后让别人来承受后果。

以她的武功想要跟坚昆硬拼是不可能的，幸好她知道坚昆受了伤，而且南宫御月的暗器有毒。坚昆找了她这么多天根本没有处理伤口，早晚会撑不住的。她只能一路拖着他，就看两人最后到底谁先撑不住。

下定了决心之后，楚凌便一路朝着人少的地方而去。不再经过有人的村镇城池，不给坚昆补给和治疗的机会，也不给他再杀人的机会。

两人一路往南，前前后后交手数次，各自都受了不轻的伤。楚凌看得出来，坚昆确实是一天比一天更加虚弱了。楚凌看着前方崎岖的小道深吸了一口气，再一次加快了脚步。只要再拖两天，她的伤就好得差不多了。坚昆一定也会比现在更加虚弱，到那时候就是她解决坚昆的时候！

距离沧云城不远的貊族大营中，空荡荡的大帐里拓跋胤轻叹了口气。伸手将一封密信扔进了不远处的火盆，前些日子父皇突然被刺，如今上京的形势却对大哥极其不利，而他却被困在沧云城中无法立刻回去。

现在一切终于尘埃落定，明王拓跋梁即将登基。对于这个结果拓跋胤并不意外，无论是大哥还是别的皇子，现在都是斗不过拓跋梁的。

拓跋胤没有太多的功夫去为北晋皇帝的死难过，他敏锐地察觉到貊族的未来将会走向一个未知且不可控的方向。而他们，无能为力。

迟疑了一下，拓跋胤抬手打开了书桌下面的柜子，从里面拿出了一个画轴。

画轴看起来并不算新，就连画卷的纸都已经有些泛黄了。

他将画轴放在桌上慢慢展开，一张俏丽的容颜慢慢出现。

那是一张天启的仕女图。图中的少女不过豆蔻年华，美丽的容颜上带着无忧无虑的欢快笑意。她穿着一身华贵的衣衫，正拿着一把团扇戏弄花间的蝴蝶。只是那双含笑的眼眸却微微望向另一个方向，仿佛是在对着看画的人微笑。

画卷被留下了时间的痕迹，就连少女白皙的肤色似乎也染了一点点的淡黄。却显得更加柔和美丽，让看到画的人忍不住也对着画中的少女微笑。拓跋胤抬手轻抚了一下画卷上少女美丽的面容，轻声道："你说过我总有一天会死在天启人手上的？"

画卷上的少女依然静静地对他微笑，无忧无虑。

片刻后，拓跋胤突然低笑出声，道："本王也想知道，本王到底会死在谁手上。但是，本王终究是貊族人，只要我一天不死，就永远都是天启的敌人。"

或许，真的只有死亡才是你我最好的归宿。

在此之前，尽快结束这场战事吧。

夜深人静，一队兵马悄无声息地在荒芜的原野上前进。就在他们前方仿佛不远的地方，沧云城宏伟的轮廓在月色下渐渐清晰起来。

"四皇子，距离沧云城只有不到十里了。"前方斥候匆匆来报。拓跋胤坐在马背上点了下头，问道："有什么情况？"

斥候道："前方乱石坡，似乎有埋伏。"

拓跋胤微微蹙眉："有埋伏？"

斥候点头道："乱石坡是去往沧云城的必经之路。不过属下等人见那处隐约有人影晃动，疑是沧云城伏兵。"拓跋胤沉声道："全军减速，再探！"

"是，四皇子！"斥候躬身站起来转身匆匆而去。才走出几步，他就听到旷野中突然传来狼啸和号角声，那是别的兵马已经开始进攻的声音。斥候不由脚下一顿，忍不住回头去看拓跋胤："四殿下，陵川县马那边已经开始攻城了？"

拓跋胤微微眯眼，看向号角传来的方向，突然沉声道："不对，全军戒备！"

"什……什么？！"斥候有些茫然，却见眼前拓跋胤的神色突然变得冷厉无比。跟在拓跋胤身边不远处的亲卫已经跟着吹响了号角。原本幽静的旷野中突然腾起了一股肃杀之意。

很快，他就知道是什么意思了。旷野的尽头一片黑压压的大军朝着他们的方向涌来。斥候惊愕地睁大了眼睛，"那是……陵川县马，他、他怎么敢？！"驱使貊族兵马自相残杀，这在貊族是军中大忌。斥候很快又闭上了嘴，他记得军中都在传说，陛下驾崩之后明王即将登基。如果明王做了皇帝，陵川县马很快就要变成驸马了。而他们……

拓跋胤却没有看朝着他们而来的大军，而是回头去看身后在夜幕中静静伫立着的沧云城。

果然，沧云城的方向很快有火光亮了起来。

原来今晚，并不是貊族三面包抄沧云城。而是百里轻鸿和沧云城联手夹击拓跋胤！

"四皇子，陵川县马反了?!"拓跋胤麾下的将领个个面露惊愕。拓跋胤摇了摇头，淡淡道："不是百里轻鸿反了，是陛下要本王的命。"

"陛下"两个字倒是让许多人一愣，陛下怎么会要四殿下的命？当年四殿下为了那天启公主闹出那样的事情陛下也没有……还没有想完，就回过了神来。四皇子说的陛下并不是原本的那位，陛下已经驾崩了。四皇子说的是新皇，而从现在起四皇子也不能再称之为四皇子了，而要称为沈王。

拓跋胤垂眸思索了片刻，沉声道："你等各自带着兵马散去，天亮之后再回去当着所有大军的面归顺百里轻鸿，他不会动你们的。"

"殿下?!"众人大惊，一个将领高声道："末将誓死追随殿下！"

"末将也是！"众人纷纷应道，他们追随四皇子多年，四皇子待他们恩重如山。貊族男儿何惧一死？明王连登基大典都还未举行就暗中对四皇子出手，不过是个阴险小人罢了！

拓跋胤目光从众人身上扫过，沉声道："貊族虽然入主中原，但是比起天启人依然稀少。每一个貊族男儿都珍贵非常，莫要中了天启人的算计，自相残杀就算死了也不见得荣耀。"一个年轻的小将红着眼睛道："殿下，百里轻鸿与沧云城勾结谋害殿下！他本就是天启人，包藏祸心，说不定便是他自己瞒着拓跋梁做的。只要殿下出面，貊族男儿必然会追随殿下，怎会听他一介南人懦夫的号令！"

拓跋梁看着眼前的小将年轻的面孔，嘲讽地勾了一下唇角。

百里轻鸿是不是包藏祸心他还不知道，但是这孩子有一句话却说得没错。貊族男儿怎么会听从百里轻鸿的号令？貊族将士岂会不知道自相残杀是大忌？百里轻鸿能指挥得动他们与自己兵戎相见，只能有一个原因，拓跋梁的命令！

"听从本王命令！趁着大军还没有合围过来，南军上前应敌，貊族骑兵冲出去！"拓跋胤厉声道。

"王爷！"

"四殿下?!"

众将领不愿，但是拓跋胤身边的传令兵却只会忠实地发布主帅的命令。夜幕中，几杆旗帜挥动，急促的号声响起。拓跋胤沉声道："执行本王的命令！"

周围的几个将领都红了眼睛，年纪小一些的更是流出了眼泪。终于服从命令的本能还是让他们屈服，齐齐低头将右手置于胸前对拓跋胤行礼："王爷保重！"然后调转马头带着自己的兵马四散而去。

拓跋胤看了一眼前方越来越近已经和自己带着的南军混战在一起的兵马。他抬头仰望了一眼天空的弯月，唇边露出了一抹极淡的笑意："灵犀，不管结果如何，我还是要再赌一次！"

"王爷，百里轻鸿就在大军后面。"

拓跋胤一提缰绳，对剩下的人道："跟本王走！"

"是！誓死追随王爷！"

沧云城高耸的城楼上，君无欢靠着城楼站着，居高临下正好可以看到远处战场上的火光。夜风拂过他身上的披风，君无欢忍不住低头一阵闷咳。虽然戴着面具看不到他的脸，但是跟在身边的人看着他消瘦得仿佛被风一吹就会倒下去的模样也不由一阵胆战心惊。

"城主。"明遥微微蹙眉，道，"今晚应该没有我们什么事，城主还是回去休息吧。"

君无欢摇了摇头，轻叹了口气道："这次我们只怕难以如愿啊。"

"怎么说？"明遥皱眉，不解地道。

君无欢抬手指向远处的战场，"你看……"

明遥放眼望去，凝眉道："拓跋胤想跑？"君无欢摇摇头道："不是拓跋胤要跑，拓跋胤是想要保全手下的兵马。一个拓跋胤是死是活都没什么，我们要的是那数万貂族兵马的命！可惜，拓跋胤这人，倒是小看他了。若是北晋皇帝不死，拓跋罗顺利继位。假以时日北晋当真是要让人头疼啊。幸好……"

明遥有些难以置信："拓跋胤难道不知道拓跋梁想要他的命？"

君无欢摇头道："正是因为知道，所以他才会这么做。拓跋梁想要的只是拓跋胤一个人的命，貂族人口稀少精兵难求。只要拓跋胤死了，明王是不会赶尽杀绝的。但若是如此，咱们这笔交易可就亏了。"如果拓跋胤死了，他麾下的兵马还完整无缺地被拓跋梁收编，那沧云城这次简直是血亏了。

"我就知道桓毓这家伙不靠谱！"明遥忍不住吐槽道，他当然不是真的对桓毓有什么意见，不过是喜欢吐槽他罢了。

君无欢倒是并不觉得太过失望："别说是桓毓，就算是我去只怕也是这个结果。如果我是拓跋胤的话，只怕不会做这样的决定。"从这一点来说，无论是君无欢还是百里轻鸿，都是比不上拓跋胤的。拓跋胤是真的将北晋的天下和貂族士兵的性命看得很重。即便是已经知道自己被拓跋梁算计也不愿意让他们做无谓的牺牲。

"现在怎么办？"明遥问道，"传信给百里轻鸿，我们再出兵去截杀那些兵马？"

君无欢摇头道："百里轻鸿想要的是拓跋胤的命，不会管那些人的。"思索了片刻，君无欢微微勾唇道："吃亏的交易我沧云城不做，既然百里轻鸿给不了我那几万貂族兵马的命，拓跋胤的命他也别想要。"

明遥不解："城主的意思是？"

君无欢道："传信给桓毓，让他看机会帮拓跋胤一把。"

所以，这一晚上我们到底在干什么？

君无欢似乎对外面的事情已经毫无兴趣了，转身往城楼下走去，一边淡淡道：

"进了我沧云城的地界,那些南军都留下来吧。正好,最近缺人。"

明遥神色微动,很快便点头道:"明白了,这就去办!"大晚上的不睡觉,总要捞着点什么吧?那二十多万南军能留下十万也不错,就算是百里轻鸿给沧云城的补偿好了。

已经走到阶梯上的君无欢停下脚步,回头道:"对了,替我带一句话给百里轻鸿。恭喜他荣升驸马,这贺礼我就不送了。以后他想必也不会再与我们有什么交易了,明面上的人全部撤回来。"

"是,城主。"

君无欢慢步下楼,此时城外虽然还在混战,但是城内却已经一片寂静。抬头看了一眼天空那一弯新月,伸手取下了脸上的面具露出了一张苍白的容颜。

"不管你想要做什么,百里家的嫡长孙都再也不会回来了。"

路边的阴影里站着一个人影,君无欢微微侧首便看到了他,却并不觉得惊讶。只是淡淡道:"深更半夜不休息,在这里做什么?我看在阿凌的面子上让你留在沧云城,不是让你窥探沧云城秘辛的。若是不守规矩,便回信州去。"

那人慢慢从阴影里挪了出来,露出年轻的面容,正是云翼。他这个时候本该在信州,但是那日楚凌跟着云行月走了之后云翼便征得了郑洛等人的同意赶来了沧云城。

云翼望着君无欢,动了动嘴唇,好半晌方才有些艰涩地道:"他要做什么?"
君无欢摇头道:"我不知道。"
"你知道!"云翼厉声道,声音在空荡荡的街道上回响。
君无欢打量着他,突然轻笑了一声道:"你自己也知道,又何必问我?"
云翼一瞬间脸色越发苍白,就连嘴唇仿佛都失去了血色。颤抖着嘴唇道:"他……你跟他、你不是一直都跟他有合作吗?他……"

君无欢有些怜悯地看着眼前这有些可怜巴巴的孩子,道:"你方才也听到了,这是最后一次。我也说了,我不知道他到底想要做什么,原先与他合作说到底也是各取所需罢了。他帮我得到我需要的,我帮他得到明王的信任。至于得到明王的信任之后他还想做什么,又怎么是我左右得了的?"

"他就不怕你出卖他吗?"云翼道。

君无欢轻笑一声,摇摇头:"他这样的人,怎么会留下证据?就算明王真的知道了他这些年与我偶有合作,他也有一百种办法让明王相信,他对貂族的忠心。否则,拓跋明珠那几个孩子是用来做什么的?云翼,虽然世人都知道百里轻鸿少年成名是武将,但是你别忘了,你百里家世代都是文臣。朝堂之上钩心斗角,帝王心思,为臣之道,身为嫡长孙该会的他都会。"

云翼哑口无言,君无欢走过去轻轻拍了拍他的肩膀道:"你既然跟着阿凌,就不该到处乱跑。我让人送你回南边。云翼,下次你若再因为一点小事到处乱跑,就算阿凌不管,我也不会让你留在她身边的。"

云翼想说，关你什么事？

对上君无欢冷漠的眼神却什么都说不出来了，君无欢不再理会，慢慢朝着街道的尽头走去。

云翼咬着唇定定地盯着君无欢的背影，眼泪在眼眶里打转却怎么都不肯掉下来。身后不远处的城楼上，明遥看着城楼下少年倔强的背影摇了摇头。还是太年轻了啊，这点打击都经受不住难怪城主要插手了。这小子比起他大哥二哥来，当真是还差得远呢。

桓毓接到君无欢的传信的时候险些用眼神将信笺戳出两个窟窿。

"什么玩意儿？让我去帮拓跋胤？姓晏的是不是脑子被门给夹了？！"桓毓怒道。前来传信的人忍不住轻咳了一声，示意桓毓小声一点。毕竟非议城主这种事情，最好还是私底下进行比较好。

桓毓瞪了他一眼暗暗磨牙，好半响才终于将这口气给吞了下来。怒道："没事儿的给本公子抄家伙走！百里轻鸿那混蛋敢坑本公子，不让他吃个大亏本公子的名字就倒过来写！"

桓毓公子，我们真不是山贼土匪。

战场上拓跋胤已经浑身浴血，手中却依然还在不停地挥舞着长剑。几个护卫跟随在他身边，替他解决掉周围的敌人。但是敌人永远都比自己人多，虽然他们甩开了大部队，追上来的人却依然不少。

"四殿下，是冥狱的人！拓跋梁果然早有预谋！"一个伤痕累累的护卫高声道。

拓跋胤点了点头没有说话，他早就发现了那些追杀他们的兵马中间掺杂了不少冥狱的人。轻咳了一声，拓跋胤沉声道："你们走吧！"

"不行！四殿下！"护卫道，"殿下身边不能一个人也没有！"

拓跋胤冷笑一声，道："现在有还是没有又有什么差别？"

护卫道："四殿下，你别忘了大殿下还在上京，你若是回不去了，大殿下那里……"

拓跋胤叹了口气，闭了闭眼睛沉声道："撤，往西北方向！"

"是，殿下！"

拓跋胤身边的护卫自然都是精锐中的精锐，无论是身手还是兵器马匹都远非寻常貊族兵马可比。拓跋胤的实力更是一流，即便是冥狱中的一流高手也很少有人能拦得住他。此时已经是奋力一搏的处境，拓跋胤手中的长剑越发凌厉无匹。

拓跋胤一马当先，大批护卫紧随其后，竟然当真让他杀开了一条血路冲向了西北方向。

眼看着就要将追兵甩掉，众护卫还没来得及高兴，眼前便有一道火光亮起。抬头一看，山脚处一队兵马涌了出来，为首一人白马银甲，神色冷峻，高踞马背上淡淡地看着朝着他们而来的一行人。

拓跋胤一拉缰绳，座下的马儿嘶鸣一声稳稳地停在了当场。

两人隔着二三十丈的距离就着火光对望，都从对方的眼里看到了冷漠和杀意。

百里轻鸿身边一个貂族将领策马上前，高声道："沈王殿下，奉陛下旨意请沈王殿下交出兵符，我等会护送殿下即刻回京。"

拓跋胤的目光却连片刻都没有在他身上停留，而是定定地落在了百里轻鸿的身上。百里轻鸿并不闪避，脸上依然没有半分多余的表情，只是平静地看着眼前一身浴血的拓跋胤。

"百里轻鸿。"

"拓跋胤。"

拓跋胤突然朗声一笑，长剑指着对面的百里轻鸿道："你想杀本王？百里轻鸿，你配吗？"

百里轻鸿却并不动怒，抬手轻抚了一下自己手中的剑，淡淡道："配不配，沈王殿下试一试便知道了。许多年前，有人跟我说成王败寇就该认命。如今我将这句话转赠沈王。"

拓跋胤打量着百里轻鸿，眼里突然露出几分不可思议之色，半晌方才道："你当真是百里轻鸿吗？"

"沈王可以当我不是。"百里轻鸿道。

拓跋胤冷笑一声道："本王看你也不是，趁早改姓吧。"说罢手中长剑划出一道银弧，人已经飞身而起朝着百里轻鸿扑了过去。百里轻鸿跟着一跃而起，两人便在半空中交起手来。

"将军，要不要放箭！"一个校尉凑到副将跟前，低声道。现在放箭，射杀沈王才是万无一失的。

副将没好气地瞪了他一眼道："若是连陵川县马一起……"

"那又如何？"

"是不如何，回去之后县主能饶得过谁？"副将低声道。副将话音刚落，就听到一道羽箭破空的声音在夜色中传来。副将吓了一跳，哪个不要命的这么大胆子？！

一支羽箭自然伤不到百里轻鸿，羽箭从交手的两人中间插过去，顺利地将空中的两人分开。两人各自后退数十步，警惕地看向四周。

"什么人？！"羽箭落到地上，箭尾上十分嚣张地刻着沧云二字。

"大半夜的，各位在我沧云城的地界上闹腾都不跟地主说一声吗？"一个笑吟吟的声音突然响起，旁边的山坡上涌出了一大群人。火光将原本幽暗的夜照亮，山坡上的人群中一个人策马走了出来，居高临下地望着下面的众人，笑吟吟地道，"沈王殿下、陵川县马，许久不见啊。"

"桓毓！"百里轻鸿沉声道。

桓毓悠闲地对着下面的众人挥挥手，笑道："陵川县马，久违了。"

百里轻鸿沉声道："你想做什么？"

桓毓笑道："陵川县马，不如咱们做个交易？你把拓跋胤给我，我放你们走。"百里轻鸿不答，脸上却露出了一丝嘲讽之色，似乎是在说："就凭你？"桓毓轻哼一声，笑吟吟地道："陵川县马，本公子跟你商量是给你面子。在沧云城的地界，本公子说了才算。"

百里轻鸿淡淡道："行，你下来打赢我，你就可以带他走。"

"百里公子？！"身后几个将领都忍不住开口。拓跋胤关系重大若是让他就这么走了，他们回去可不好跟王爷交代。百里轻鸿却仿佛没有听见他们的声音，倒是对面的拓跋胤有些耐不住了，抬眼看向桓毓冷声道："晏翎又想要玩什么花样？"

桓毓笑道："四皇子……啊，不对，沈王殿下，现在对你来说我们城主想要做什么都不重要吧？重要的是，你的命还能不能留过今晚。要本公子说，你就算活着回上京拓跋梁也不会放过你的，毕竟拓跋梁的嫡长子可是被你给废了的。不如你就归顺我们沧云城吧？"

拓跋胤神色有些冰冷，淡淡道："挑拨离间。"

桓毓耸耸肩道："随便你怎么想，陵川县马，放人吗？"

"休想。"百里轻鸿冷声道。桓毓轻哼了一声，还没来得及说话就听到拓跋胤沉声道，"用不着你沧云城多管闲事，本王是生是死都自己担着。"手中长剑也指向了桓毓，言下之意如果桓毓再捣乱的话，他就先跟百里轻鸿联手杀了他再说。

桓毓微微扬眉："得，算本公子枉做小人。"

一挥手，山坡的另一边，黑压压的兵马朝着这边涌了过来，桓毓朗声道："百里轻鸿，奉城主之命，给你两刻钟时间退出沧云城地界，否则就别怪本公子不客气了。"

百里轻鸿微微挑眉，冷声道："晏翎能动了吗？"

他话音未落就听到一个淡淡的声音从身后传来，"陵川县马要试试吗？"

桓毓身后的人分开让出了一条路来，夜色中君无欢一身黑衣，脸上戴着面具慢步走了出来。站在火光下居高临下俯视着下面的百里轻鸿等人，淡然道："百里轻鸿，两刻钟内带着貊族人退出沧云城，这次算我给你这个面子。"

百里轻鸿默然不语，君无欢淡然一笑，抬手指向他们东北方向，问道："陵川县马可知道那是什么地方？"

百里轻鸿扭头看了一眼他指的方向没有说话，君无欢道："那是隆城，现在正有一支十五万人的兵马朝着那个方向去了。你猜领兵的人是谁？"百里轻鸿淡淡道："晏城主用兵如神，在下怎么能猜测城主的心思？"

君无欢摇头笑道："陵川县马谬赞了，我这么问自然是因为这个人也是陵川县马的熟人。"

百里轻鸿微微眯眼，眼里闪过一丝亮光。君无欢笑道："看来陵川县马已经知道是谁，你猜他能不能拿得下隆城？"

百里轻鸿深深地看了君无欢一眼，道："晏城主好心性，竟然能将他藏到现在。"

君无欢道："这也要多亏了陵川县马当初的鼎力相助啊。"

百里轻鸿为人果决，并不多跟君无欢废话，沉声道："冥狱，拿下拓跋胤。其余人立刻撤兵，驰援隆城！"

背后的将领都是一愣，一个将领忍不住道："百里公子，谁知道他们说的是真是假？隆城有重兵驻守，怎么会被他们轻易攻破？"最重要的是，晏翎在这里谁还有本事轻易攻下隆城？

百里轻鸿扫了说话的人一眼，冷声道："领兵的人是谢廷泽。"

貊族将领又是一愣，谢廷泽是谁他们自然是知道的。对如今的貊族人来说，最有名气的天启将领应该就是晏翎和谢廷泽了。那些被他们打得跑到南方苟延残喘的将领，就算过往的功绩再怎么吹得天花乱坠都是手下败将不值一提。比起晏翎驻守沧云城多年实力雄厚，独自困守孤城近十年的谢廷泽更让人佩服。虽然谢廷泽最后城破被俘，大多数貊族将领心中对这个天启老将都是存着几分敬意的。

谢廷泽自从三年前失踪之后就再也没有出现过了。本以为已经回南朝退隐了，毕竟谢廷泽年纪着实不小了。却没想到他竟然还在北方，而且还在沧云城。

"是，百里公子！"貊族将领立刻回过神来。隆城只有五万兵马，如果是谢廷泽的话，三倍兵马确实可能很快拿下隆城。

隆城虽然小位置却十分重要，若是落入了沧云城手中，以后貊族再想要进攻沧云就更是难如登天了。

百里轻鸿扫了一眼拓跋胤，方才抬眼看向君无欢道："私人恩怨，还请晏城主袖手旁观。"

君无欢微微挑眉，私人恩怨？

"既然是私人恩怨，本座自然不会插手。"片刻后，君无欢淡淡道。

旁边的桓毓本想说拓跋胤和百里轻鸿能有什么私人恩怨，转念便想起了这两人确实是有一段私人恩怨。

"陵川县马和陵川县主鹣鲽情深，竟然还念着故人。若是让县主知道了，不太好吧？"桓毓忍不住很是嘴贱地插了一句。百里轻鸿冷冷地瞥了他一眼，一言不发地挥剑刺向了拓跋胤。

看着山坡下再一次打起来的两人，桓毓忍不住低声问道："不是说要救拓跋胤吗？"

君无欢道："你不是听到了吗，私人恩怨。"

桓毓翻了个白眼，你要是想救人会管他是不是私人恩怨？

君无欢淡淡吩咐道："既然是私人恩怨，旁人就不好插手了。你看着别让冥狱的人动手就行了。"

桓毓眼睛一转，立刻眉开眼笑。百里轻鸿和拓跋胤的实力相当，若是别人不插手，这两个人打起来多半是两败俱伤的结果。

君无欢也不管他在想什么，说完这些便转身走了，似乎对这两个天下间一流高手的对决毫无兴趣。

"城主。"明遥上前一步不着痕迹地扶了一把君无欢，君无欢摆摆手示意他不必，轻声问道："派去支援谢老将军的人出发了吗？"明遥点点头，有些不解地道："属下不解，城主为何要告诉百里轻鸿谢老将军在隆城的事情？"

君无欢道："隆城重兵驻守，就算谢老将军侥幸拿下了也必然会引来附近貊族兵马的疯狂攻击，到时候只会得不偿失。我们的目标不是隆城，隆城西南一带的地方，只要谢老将军在那里站稳，就可与隆城的貊族守军遥遥对峙。有沧云城随时援手，可保万无一失。正是因为我告诉百里轻鸿谢廷泽在隆城，所以他才绝不会去隆城。"

明遥蹙眉："城主认为，百里轻鸿对谢老将军还有师徒情谊？"

君无欢淡淡道："若真的到了战场上，两军对阵自然是你死我活。但现在，百里轻鸿可以自己决定去还是不去，至少这一次，他是不会去的。"

明遥想了想正在另一边山下与拓跋胤纠缠的百里轻鸿点了点头："属下明白了。"

君无欢抬头看着天空轻叹了口气："不知道阿凌现在怎么样了。"

"城主尽管放心，我们已经命各处严密监视，只要发现凌姑娘的踪迹立刻就会上报的。"

君无欢无声地点了点头，只是眉头依然紧锁着。

天色微亮的时候，战了不知道多久的两人终于渐渐慢了下来。百里轻鸿和拓跋胤都受了不轻的伤，但是站在不远处的无论是冥狱还是拓跋胤的护卫都不敢轻举妄动。因为沧云城的人还在山坡上看着，只要他们任何一方有异动，羽箭就会直接从山上射下来。

桓毓瞪着眼睛看着山下的两人，心中其实也蠢蠢欲动。他是真的很想直接放箭把这两个人给射成刺猬的，但是到底能不能射死这两个人还不好说。说不定还容易让两人联起手来对付他们。他有些头痛地叹了口气，放弃这种好机会让他觉得自己好像丢掉了几十万两白银一样心痛。

看到两人终于慢了下来，桓毓的眼睛却渐渐地亮了。

若是这两个人能同归于尽……

拓跋胤手中的剑尖撑着地面，一缕鲜血从唇边静静地流淌下来。另一边百里轻鸿神色依然冷漠，他手中的剑已经被砍成了两段，胸口还有一道剑痕。虽然不深却也有殷红的血迹从衣服里沁出来。

天色依然还有些灰蒙蒙的，原本燃着的火把也早已经熄灭了。两人在淡淡的晨雾中对视，却谁也没有再出手的意思。

彼此都心知肚明，拓跋胤杀不了百里轻鸿，百里轻鸿也杀不了拓跋胤。若是一定要动手的话，下一次只怕就真的如桓毓所愿的两人同归于尽了。百里轻鸿显然并不想死，拓跋胤也不想。

桓毓有些失望，还有些无聊："我说两位，你们到底要不要动手？"

拓跋胤侧首看了他一眼淡淡道："桓毓公子不觉得自己太无聊了吗？劳烦转告贵城主，无论他打的什么主意，都不会得逞的。"

桓毓笑眯眯地道："四皇子若是不想让我们城主得逞，就干脆举剑自刎啊。"反正只要你活着，我们的谋算总是能得逞几分的。拓跋胤无言，他素来不善言辞，更没跟桓毓这种巧言善辩的人打过交道，一时不知道说什么干脆就不说了。

桓毓看看两人饶有兴致地道："本公子呢，也是奉命行事。城主的意思是，沧云城的地界上，冥狱众人若敢动手，就别想活着离开。"冥狱众人听了桓毓的话，虽然恼怒不已却也不敢多说什么。沧云城到底有多少高手他们不知道，但是这么多年来沧云城只凭借一城之力与北晋对抗也未见落过下风，就知道其深不可测了。如今他们在人家的地盘上，强龙压不过地头蛇啊。

百里轻鸿道："晏翎一定要坏我的事？"

桓毓笑道："陵川县马，你先搞清楚是谁坏谁的事。当然了，你若还是能继续履行交易，拓跋胤交给你也没什么。"

百里轻鸿垂眸不语，他当然不可能继续履行交易。若是真把几万貂族士兵的命交给了沧云城，他也不用活着回上京了。

百里轻鸿沉声道："不能通融？"

桓毓无奈地抬手道："你跟城主去商量。"百里轻鸿沉默了片刻，沉声道："好，放沈王走！"

"百里公子？！"

"县马！"冥狱众人大惊，齐声叫道。

百里轻鸿抬头看着桓毓，沉声道："就按沧云城主所言，不在沧云城境内动手。"出了沧云城，他们可就管不着了。

桓毓满意地笑道："陵川县马果然是痛快人，来人，撤兵回城！"若是出了沧云城，拓跋胤还是逃不了那就是他命该如此，也怪不得他们了。

君无欢和桓毓看拓跋胤的好戏的时候，楚凌却在经历着人生最艰难的时候。

幽暗的山谷中，楚凌喘息着趴在一块石头上休息。心口处隐隐作痛，最惨的是她左肩的伤再一次加重，身上林林总总的小伤更不必提。刀伤，从山上滚落的擦伤，还有在山林间被树枝或者别的什么划到的伤痕。就连她脖子上都有一条浅浅的伤痕，若是再深半分她只怕就不是躺在这里，而是变成尸体了。

楚凌回想了一下自己这些天的经过，很想为自己深深地掬一把泪。

她不知道是该庆幸坚昆为了杀她已经执念成魔失去理智，还是应该忧伤坚昆为了杀她已经完全不顾自己的生死。明明都已经重伤在身而且身中剧毒了，但坚昆就是可以拖着不死一路追杀她。

　　楚凌只能一路逃跑，什么跟南宫御月告别，什么关注北晋朝堂的局势通通抛到了脑后。两人一路上一个逃一个追，直接跑到了不知名的深山老林，这下子更好了，无论是坚昆突然清醒想要找貊族人还是楚凌想要找人求援都不可能了。楚凌实在有些担心，说不定她和坚昆就这么悄无声息地双双死在了这深山之中无人发现，那可就好笑了。

　　挣扎着从石头上坐起身来，楚凌提起手中的流月刀看了看，握着刀的手都有些颤抖。

　　想了想，楚凌取下自己手腕上的一根已经有些看不出颜色的细绳打了一个结。细绳上面已经有大大小小十三个结了，今天是她被坚昆追杀的第十三天。

　　远处传来了一声狼啸，楚凌深吸了一口气挣扎着站起身来。这个时候若是遇到狼群那可就麻烦了，她现在可没有独战狼群的力气了。楚凌抬头看了看方向，就着昏暗的光线朝着与狼啸声相悖的方向而去。

　　山林里一片幽暗，静悄悄的只能听见偶尔鸟鸣的声音。即便是以楚凌的实力，也只能看清楚前方很短一段距离的情况。

　　楚凌突然停下了脚步看向前方，不远处的树下站着一个模模糊糊的人影，还有淡淡的血腥味。楚凌微微蹙眉，一边紧紧地握住了手中刀，一边不着痕迹地朝着身后退了两步。

　　轻叹了口气，楚凌道："大统领，你追了我这么多天也该明白，以你现在的状况是杀不了我的。咱们何不放过彼此？"

　　来人并不说话，楚凌继续道："以大统领的武功，天下何处去不得？你与我拼个你死我活，咱们都死在这深山老林中谁都不知道，又有什么意义呢？"

　　"拓跋兴业的弟子，竟然还如此能言善辩。"阴影中的人突然开口，声音有些虚弱却并没有前些天的疯狂，似乎清醒了许多。楚凌心中一跳，这可不是个好兆头。干笑了一声，楚凌叹气道："大统领过奖了，大统领觉得我的提议怎么样？"

　　坚昆淡淡道："你杀了陛下。我若不杀你，哪来的脸面去地下见陛下？"楚凌无奈地道："大统领，你还不到五十，还有大把的时间。等过个三四十年再下去也不迟啊，也许到时候陛下就忘了这事儿了呢。"坚昆有些迟钝地摇了摇头，道："不，我没有那么长的时间了，我也不需要。陛下在我跟前被刺，坚昆无颜再见我貊族儿郎，余生所愿便是为陛下报仇。"

　　楚凌道："所以，就算你现在杀了我，你也不想活了？"

　　坚昆沉默了片刻，点了下头。

　　一个想死的人，自然不会愿意放过自己的仇人。

"大统领，你这样固执，对武道实在没有什么好处。"楚凌苦口婆心地劝道。坚昆竟然轻笑了一声，道："我的命是陛下给的，这身本事也是拜陛下所赐。武道什么的与我有什么关系？武安郡主，你很聪明也很厉害，可惜不是我貂族人。"

楚凌沉默，跟一个一心想死还想要拉着自己的仇人一起死的人，她不知道还能说什么。她不想说话，坚昆却还有话要说："拓跋大将军收下郡主做弟子，是他的运气，也是他的不幸。既然如此，我临死之前能替他解决了这个隐患，也算是一件好事。"

楚凌警惕地后退了一步："既然如此，大统领动手吧。"

坚昆摇了摇头，道："郡主这些天一直不停地奔逃，不就是为了拖死我吗？我现在确实不是你的对手了。"话音未落，阴影下的人影身子一倾斜已经倒了下去。他扶着身边的树干慢慢坐了下来，道："郡主的同党，下的毒很厉害。"

楚凌却并没有因为坚昆的无力放松警惕，反倒是心中生出了更加不好的预感。一咬牙，她不再与坚昆废话，直接绕开他朝着另一个方向而去。

身后传来坚昆低沉的笑声，然后一声有些尖锐的啸声在夜幕中传来。那是坚昆发出的，那声音并不停歇，似乎带着某种奇异的规律。很快远处传来了狼啸声，仿佛是在与坚昆的啸声呼应一般。

楚凌心中一沉，只听坚昆道："武安郡主，今晚你若能逃出生天，我便当你命不该绝！"说完坚昆闷哼一声，浓郁的血腥味在山林中蔓延开来。远处的狼啸声立刻变得越发兴奋起来，楚凌甚至能感觉到狼群已经朝着这边过来了。夜幕中的血腥味显然刺激到了这些饿了一个冬天的野兽，狼啸声此起彼伏不绝于耳。

坚昆竟然自杀了！

貂族人素有训狼的传统，坚昆身为大内侍卫统领又是一流高手，有什么独特的御狼之法也未可知。他还用自己的鲜血来吸引狼群，这是真的要跟她同归于尽啊。楚凌心中暗暗叫苦，脚下却片刻也不敢停步，朝着前方飞奔而去。

狼啸声越来越近，楚凌很快就跟几匹狼迎面相遇了。看了一眼身边的树，楚凌深吸了一口气握紧了手中的流月刀。她并不想要跟狼群交手，鲜血只会更加刺激狼群。但是现在却也由不得她做选择了，没有人支援的情况下，她就算上树了难道还能等着狼群放过她吗？说不定就要比试她跟狼群到底谁先饿死。

流月刀划过一道寒光，朝着冲在最前面的一匹狼挥了过去。野狼巨大的身体与她擦肩而过的瞬间，被流月刀割断了脖子。大量的鲜血狂涌而出，野狼重重地摔在了地上。鲜血让剩下的几匹狼更加兴奋起来，毫不犹豫地再一次扑向了楚凌。

楚凌咬着牙努力闪避，挥刀。将身上的伤痛完全忘记。她想在最短的时间内将这些狼全部杀死。

片刻后，山林中狼群的叫声变得更加狂乱。浓浓的血腥味弥漫在整个山林中。

楚凌一边仿佛不知疲惫地挥动着手中的刀，一边在心中骂坚昆。每一刀挥出她都觉得自己下一刻就会倒下，但是却又始终坚持着努力挥出下一刀。毕竟她并不想真的成为狼群的口粮。渐渐地，连骂坚昆的事情也被她抛在了脑后，楚凌只能不停地挪动已经快要到极限的身体，挥动着仿佛快要抬不起来的手腕。每一刀下去，便有狼的惨叫声响起。

楚凌也不知道自己到底挥出了多少刀，渐渐地，她觉得自己仿佛有了一种奇妙的感觉。她似乎忘记了疲惫，一股奇异的力量在体内慢慢升起，手中的刀挥动得更加流畅也更加自如起来。先前她每一刀挥出都还需要找准狼的要害，渐渐地，仿佛熟能生巧一般，每一刀挥出去都自然而然地击中敌人的要害，丝毫不需要花费心思去考虑出刀的位置和招式。

楚凌顾不得多想是不是自己命不该绝突然如有神助，微微闭上了眼睛感受着对面扑过来的野狼的轨迹。

浓郁的血腥溅在了她的身上，野狼沉重地落到了地上也吓退了离得最近的一匹狼。

楚凌并不停歇，飞身扑向了另一侧正准备偷袭的一匹狼，半空中的野狼被流月刀一刀劈开了头颅。

"嗷呜……"

天色微亮的时候，狼啸声响彻了整片山林。

围着楚凌的狼群渐渐停止了攻击，然后开始成群撤退，那是头狼发出的命令。

楚凌松了口气，看着狼群飞奔而去的背影终于脱力地跌坐在了地上。

楚凌坐在地上脑海中一片空白，整个人都仿佛突然放空了一般。楚凌现在最想要做的事情就是躺下睡一觉，但是她知道现在她不能这么做。周围一片血腥，到处都是狼群的尸体。狼群撤退了，但是血腥味很快便会吸引来山林中其他的野兽。她若是撑不住在这里晕过去或者睡过去，那就真的可以死了。

抬起握刀的右手，手中的流月刀已经落在了旁边的地上。楚凌低头看着自己还在颤抖的手指，眼睛突然就有点红了。一股莫名的委屈突然涌上了心头，这是她第一次真正感觉到什么叫孤立无援。

没有人知道她和坚昆在这里，更不用说君无欢重病在身，南宫御月在上京皇城脱不得身。靖北军人虽然多，但是能找到这里的人却几乎没有。

她长长地吐了口气，大难不死必有后福，本姑娘命大着呢！

片刻后，楚凌捡起了落在地上的流月刀脚步有些沉重地撑着身边的树往前方走去。

走过一段路，她停下了脚步。一个人坐在树下，双眼微闭。他的胸口插着一把弯刀，身下有一大片血迹。或许是前些时候的战斗太过激烈，狼群竟然没有去动坚昆的尸体，他依然还好好地坐在那里，保持着望向前方的姿势。只是嘴唇上早已经没有了血色。

楚凌有些蹒跚地走到他跟前，扶着树干单膝蹲下与他对视。

良久她才道："我还活着。"

坚昆自然不会再回话，楚凌看看周围有些无奈地苦笑了一声，道："你若没有逼得我这么狠，我还能替你收殓一下尸骨什么的。但是现在……"

现在别说是替人收殓尸骨了，她连动一下都觉得费劲。但就算再怎么费劲，她还是要立刻离开这里，否则等狼群回来了会有大麻烦。一代高手，死在这样的地方无人收殓。坚昆一心只想要为北晋皇帝报仇。这样的死，或许也算是求仁得仁吧。

站起身来，楚凌最后看了坚昆一眼，快步朝着山下的方向而去了。

"阿凌，阿凌……"

君无欢猛地从床上坐起身来，额边布满了细密的虚汗。

君无欢起身的动作太过剧烈，一股剧烈的抽痛一瞬间传遍了全身。君无欢脸上却没有什么变化，身体更是坐得笔直。只有隐藏在衣服下的经脉和抓着被子的手背上暴露的经脉显示了他此时的痛苦。君无欢强压下心中的不安，脸上的神色越发冰冷。

除了当年君家刚刚灭门的那一段时间，君无欢这些年来鲜少做梦。一来是他本身睡眠就不多，做梦的时候自然也就不多了。二来都说日有所思夜有所梦，君无欢本人虽然多思多想，但真正能让他上心的人或事却并不多。

想到梦境中看到的情景，君无欢觉得比自己浑身上下的痛楚更让他难以忍受。

深吸了一口气，君无欢起身下床快步走了出去。

"城主。"门外，守卫恭敬地道。

君无欢沉声道："叫云行月和明遥来见我。"

"是，城主。"

◆第十七章◆

凤入沧云

"姑娘，你醒了？"

楚凌有些茫然地睁开眼睛，跟前站着一个穿着朴素布衣的女子正欢喜地看着她。楚凌微微点头，声音有些干涩地道："是这位嫂子救了我？"

女子摇摇头道："是我相公带人进山打猎，正好在山口的水边看到你。"

楚凌郑重地道："救命之恩，终生难忘。"不得不说楚凌的运气是极好的，这年头一个浑身染血伤痕累累还带着刀的人晕倒在路边，寻常人躲都来不及，哪里敢救回家来？

伸手摸到放在自己身边的流月刀，楚凌更是暗暗松了口气。

女子有些腼腆地摇了摇头，将药碗塞到楚凌手中道："姑娘客气了，快把药喝了吧。"

"多谢。"楚凌接过药碗闻了闻，直接一口喝了。女子大约没有见过喝药喝得这么爽快的姑娘，忍不住愣了愣。楚凌含笑将药碗还给她才问道："嫂子，请问这里是什么地方？"

女子道："我们这里是大云山下的一个村子，叫何家村。我们这村子里的人大都姓何。"楚凌微微蹙眉，思索了一会儿才问道："这是在梁州，下余县附近吗？"女子想了想，有些迟疑地道："县城仿佛是叫这个名字，我没有去过。"

楚凌点了点头，这些天虽然被坚昆追得跟没头苍蝇一样到处跑，但是大概的方位她心里还是有数的。知道自己现在的位置不是在润州就是在梁州。北方的地形和各地划分她前两年在上京就研究过，对女子说的大云山还有些印象。记得那是横在梁州和润州之间，有一小部分绵延到了信州境内的山脉。也就是说她现在还在大云山北面。

楚凌迟疑了一下，不过自己现在这情况，想什么都没用还是尽快把伤养好才是。

一醒过来楚凌就第一时间检查了自己的伤势，现在她的武功不及平常的三成，之前与狼群厮杀的时候那种仿佛突然茅塞顿开的感觉荡然无存。不过楚凌并不着急，她有预感只要她的伤好了，实力一定会比从前更高的。现在最要紧的事情就是养伤，还得想办法给信州和君无欢那里都送个信过去。

救了楚凌的这家男人叫何远，是何家村土生土长的猎户。女子叫何婴，两人算得上是青梅竹马从小一起长大的。何家村十分闭塞，而且附近的几个村子的人也大半姓何，并没有同姓不婚的说法。夫妻俩上面没有老人，又没有孩子，日子虽然过得苦却也还算太平。

这一次丈夫从外面捡了一个姑娘回来，何婴心中原本还是有几分不悦的。但是也不能将一个昏迷不醒的姑娘扔着不管任由她死去。等到楚凌醒来，何婴倒是没有心思想这些乱七八糟的事情了。她总是觉得这姑娘跟她见过的所有人都不一样，至于哪儿不一样一时却又说不上来。

何家村十分偏僻，距离县城据说要翻过几座山，村里的男人们去县城至少也要走两三天的时间。因此村子里人很少外出，去过县城的人不多。若是要买什么，大多也是去镇上。但即便如此，离这里最近的镇子一来一回也要走一天多的路。

不过也正因为太过偏僻，这个村子倒是没有因为貊族入关受到太多的苦难。

知道外头乱，村子里的人轻易都不外出了。虽然每年的赋税多了很多，也时不时有人打着貊族人的名号来村子里白吃白拿，但是真正的貊族人何家村的人其实也没见过。毕竟走上几天的路，来抢一个附近几个村子加起来也不满一百户的地方，对貊族人来说也实在不是一个有吸引力的事情。

楚凌在床上躺了一天就能够起身走动了，她身上大多数的外伤都不严重，真正让她晕过去的原因是脱力。最严重的还是左臂上的伤，她检查了一下之后发现她的左臂暂时动不了了。

再来便是内伤，这些天下来楚凌几次跟坚昆交手，她跟坚昆的实力实在是差得有些远。楚凌的内伤很严重，短时间内只怕不能再随便动用内力了。

除此之外，倒是一切都好。看得何婴夫妻俩很是惊讶，楚凌刚被捡回来的时候可是浑身是血，他们还以为要救不活了。没想到这姑娘才过了一天就能起来走动了。

"凌姑娘，你这是做什么？还不快歇着。"年轻的夫妻俩背着柴火，何婴还拎着一只有些瘦小的山鸡走进篱笆围成的小院，看到楚凌正坐在屋檐下拿着斧头单手劈柴。楚凌抬起头来，随手将斧头放在一边笑道："没什么，我做这个不费劲。两位救了我还收留了我，随手做点事情是应该的。""你还伤着呢。"何婴不赞同地道。

楚凌顺从地站起身来，看了看两人，却见何远眉头微蹙，一副心事重重的模样，她有些不解。事实上这村子里的人似乎都被什么事困扰着，孩子们还好，特别是一些老人和壮年，眉宇间总是免不了几分忧愁。"何大哥，我看你心事重重，是有什么事吗？"楚凌问道。

何远摇了摇头，楚凌迟疑道："莫不是我在这里给两位添麻烦了？"

何婴连忙摇头道："凌姑娘这是哪里话，不过就是多个人多双筷子哪里就麻烦了。跟凌姑娘你没有关系，是别的事儿，你千万别多想，好好养伤才是正理。"何婴这话却是真心的，不说她本身对楚凌的感觉就很好，单说楚凌醒来之后就给了她两颗银珠作为食宿费，何婴就绝不会觉得楚凌是什么麻烦。

"方便让我知道吗？"楚凌问道。

何婴和何远对视了一眼，半晌何婴才道："其实，也不是什么不能说的事情。凌姑娘在村子里留上几天，就算我们不说你也还是会知道的。两个月前，大云山里不知怎的多了一帮子人。说是什么义军，领头的人说是叫什么威武将军。说是要驱逐貊族人，匡扶朝廷。还派人来通知咱们，以后不能再交税给貊族人，以后的税都由他们来收了。只是如今还没到夏收的时候，刚过完冬谁家也没有多余的钱粮去交税啊。那些人就说，要娶咱们村里的几个姑娘做将军夫人，那些该交的税就当是聘礼了。莫说那些人来路不明，就算真的是什么好人，他们点的那几个姑娘都已经定亲了啊。有一个还是已经成婚了的，如何能嫁？"

楚凌皱眉，有些匪夷所思。

"还有这种事情？什么将军会来这种地方？"

何婴摇了摇头一脸茫然，"那些人都叫那领头的人将军，一群大概有二三百号人，个个都拿着兵器。还说要征兵，附近几个村子，倒是真有几个年轻人被说动投了他们。咱们村里的年轻人被里正大叔硬按着才没动。"楚凌问道："那些人什么时候来娶？你们打算怎么办？"

何远道："说了是三天后便来接人，里正叔应当是有打算了吧。"

何远还是有几分警惕性的，虽然楚凌不像是坏人，但是多少防着一些总不是什么坏事。楚凌倒也理解，点点头道："若有什么需要帮忙的地方何大哥尽管开口，我多少还是能帮上一点忙的。"

何远客气地答应了下来。

楚凌渐渐能出门走动了，却感觉村子里的气氛越来越低沉。

这一日，一群人大张旗鼓地涌入了村子里，原本十分宁静的何家村顿时变得喧闹起来，只是这份喧闹却又带着几分压抑。

村子里一下子有三个姑娘出嫁，却半点也没有婚嫁的喜庆。

楚凌站在暗处看着那些耀武扬威的人，在心中冷笑了一声。什么义军？分明是一群土匪。那些人全然不顾出嫁的姑娘们和家人的哭泣，推开了抱着女儿的父母兄妹，将姑娘抓上马背强行带走了。

只是不知道这些土匪是怎么想的，竟然还要求新娘娘家必须得派人送嫁。俨然是一副真的要娶妻而不是抢亲的模样。何远也是被迫送亲的队伍中的一员，楚凌便也设法跟着何远混了进去。

那些土匪并不认识何家村的人，自然不会察觉。何家村的人虽然知道何远救回来一个人，却并不知道她是个姑娘，何远带着她一起也没有人反对。

走在队伍中，何远有些担心地看看楚凌："你没事吧？"这姑娘当初伤得可不轻，这才几天只怕伤也没好全。

楚凌摇摇头低声道："何大哥不用担心，我没事。去了那边你自己小心一些。"何远有些无奈，他们都不知道那什么义军是什么人，就算真有什么事情又能如何？

"你……"何远知道这位凌姑娘是个有本事的，但毕竟重伤未愈又能如何？

楚凌对他做了个嘘声的手势，低声笑道："不用担心。"

跟着迎亲的队伍走了将近两三个时辰，才终于到了据说是义军大营的地方。其实就是一个半山腰的寨子。这些人确实是新过来落脚的，寨子建得是十分粗糙简陋。选择位置的人毫无眼力，这若真是个义军的驻扎地，只怕随便一个貉族小头目带上几十个人就能将这些人灭得干干净净了。

何家村的百姓自然不知道这些，只看这寨子里人来人往十分热闹，而且一个个都带着兵器看起来就不像是善类就先被吓住了。他们进了寨子，更是手足无措不敢轻易动弹。那些人让他们待在哪儿就只敢乖乖地待在那里，若是可以选择，他们只怕恨不得立刻掉头就走再也不来了。不过这威武将军显然是打定了主意要跟何家村的人显示自己的友好，非要让众人留下参加喜宴。何家村众人不敢拒绝，只得胆战心惊地待着。

寨子里很快就热闹起来了，这些人显然并不将何家村几个手无寸铁的村民放在眼里。一个个兴高采烈地吃肉喝酒，连最基本的防备都没有。楚凌趁着人不注意，悄无声息地离开了热闹非凡的地方朝着山寨深处走去。

这地方并不大，只要稍微看上两眼就能猜到那威武将军的住所在什么地方。楚凌确定了这只是一群乌合之众的土匪之后就不再在意其他了，直接就往那威武将军的住所而去。

阿沅正独自一人坐在新房里手里紧紧地攥着本该盖在头上的红盖头，默默哭泣着。楚凌悄无声息地进去，新娘惊愕地正要大叫却被楚凌飞快地捂住了嘴。

"嘘，我不是坏人。你见过我，记得吗？"楚凌低声道。

女子睁大了眼睛，终于强行镇定下来眨了一下眼睛点了点头。楚凌放开了手，她才道："你……你是阿婴姐家里来的那个……"

楚凌点点头道："我叫阿凌，你叫什么？"

"我叫阿沅。"

"别怕，我会救你出去的。"

看着眼前的少年，阿沅不知怎么的心里突然安定下来，点了点头。

门外传来脚步声，人还没进来放肆的笑声和让人皱眉的酒味就传了进来。阿沅心中一紧，楚凌对她点头一笑，示意她坐下别紧张。阿沅郑重地点了点头，重新坐回了床上。

吱呀一声，门被推开了。一个满面通红喝得有些醉醺醺的男人从外面走了进来。看到坐在床边的阿沅眼睛顿时一亮，甚至没有注意到就站在门后的楚凌。

"娘子，我来了。"威武将军搓搓手，对着阿沅嘿嘿笑道。阿沅强忍着心中的厌恶和恐惧，镇定地看着朝着自己走来的男人。威武将军见她并不哭哭啼啼顿时更加高兴了，笑道："娘子莫怕，以后你跟着本将军吃香的喝辣的，不比嫁给那些乡野村夫强？"

"我……"阿沅紧张地捏着衣角不敢说话。"娘子，你看天色不早了，咱们不如……"

阿沅有些慌乱地道："将、将军，我们，还没拜堂呢。"

威武将军一愣，仿佛这才想起来。很快又不拘小节地一挥手道："明天早上再拜堂也不迟。"

阿沅后退了一步："我……"

威武将军搓着手笑道："娘子，别不好意思。来，咱们……"

门后面的楚凌终于忍不住了，直接两步上前在那人还没反应过来身后多了一个人的时候用个手刀过去直接打晕了他。那人本就喝了不少酒，楚凌也没有用多大的力气就将人拍到了地上。阿沉松了口气，看向楚凌："他……"

楚凌道："还没死，找根绳子来把他绑起来。"楚凌现在并不想要为这人浪费任何一点力气了。阿沉连忙点头，转身飞快地在房间里翻找起来。最后将床边系着帐子挂钩的绳子给拆了下来，虽然有些手忙脚乱却还是将那人绑得紧紧的了。

确定她将人绑好了，楚凌方才走到桌边直接倒了一杯酒朝着地上的人泼了下去。楚凌下手本就不重，那人很快就醒了过来。有些茫然地眨了眨眼睛才看到自己今晚的新娘子站在一边冷眼看着他，旁边还站着一个少年，顿时大怒。

"你是什么人？在这里干什么?！我……"他终于发现自己被绑起来，立刻想要放声大叫。

一把冷冰冰的匕首抵在了他的脖子上，楚凌蹲在他旁边笑吟吟地道："叫啊。"男人立刻识相地闭上了嘴，看了看楚凌道："你……你是什么人？"

楚凌问道："你们是什么人？"

男人道："本将军是……"话还没说完，脖子上就一阵刺痛，让他立刻变了颜色。楚凌冷笑道："天启的将领是有些不像话，但是我想还没有到这么不像话的地步。将军？义军？既然是义军，你在这里干什么？怎么不出去与貊族人厮杀？"

男人一梗脖子，道："你一个小孩子知道什么？我们是在这里休整，等休整好了自然就会去驱逐貊族，还我河山！"

楚凌也不介意他胡扯，道："那可真不好意思，将军大人你今晚大概是要出师未捷身先死了。"

男人脸色微变："你……少侠，有话好说，有什么事咱们可以商量。何必这么打打杀杀的呢。"

楚凌偏着头道："商量，这可不太好商量。我又不会一直待在这里，现在跟你商量好了，回头我走了你们还不去找何家村的百姓麻烦？"

"不……不敢……"

楚凌把玩着手中的匕首道："说说你们什么来路，我的耐心不太好，若是让我听出什么不对劲的地方，我就在你身上开一个窟窿。"

男人心里发苦，他就是想娶个美人儿，谁承想竟然惹来这么一个煞星？

"我……我说。"实在是怕了楚凌手里的匕首，男人只得战战兢兢地道。他是在江湖上混惯了的，虽然没什么本事，但是什么人是嘴上厉害什么人是真的心狠手辣他分得清清楚楚。

"我们原本是梁州一个寨子的人，前段时间寨子被貊族人给打了，兄弟们四散逃跑。正好听说现在有那个什么义军，还挺多的。我们就想着，义军总比土匪好听一些，还可以光明正大地收税，所以就……我们怕离城里太近了，会引来貊族人，所以才选了这么个地方的。"

楚凌心中道了一句果然如此，冷声道："你们胆子倒是不小。"

男人早就被吓跑了一身酒气，干笑两声道："这个……这个……"

"老大，不好了！"外面突然传来一个有些焦急的声音。楚凌微微皱眉，出什么事了？那男人眼睛一亮，可惜还没来得及说什么楚凌手中的匕首就又放到了他的脖子上。他只得苦着脸，道："别进来！"

"老……老大?！"想要推门的小喽啰愣在了当场，不过很快又反应过来了，"老大！有人……有人杀上来了！"

"什么?！"男人只觉得眼前一黑，今天到底是什么倒霉日子。这里蹲着一个煞星不说，现在还有人杀上来？

"你，你先去让人挡着，我……我一会儿就来！"男人道。

小喽啰只得领命去了，心中暗道，难道将军和夫人已经在洞房了？

楚凌直接喂了那男人一颗药丸，才扔给阿沉让她将人看好。转身出了门才发现外面果然已经乱成了一片，不过却并没有看到敌人。楚凌有些不解地蹙眉，就听到外面传来一阵骚乱和哀号声。还有人连滚带爬地往里跑。

楚凌只得朝着门口走去，还没走到门口就看到不远处淡淡的月色下一个修长的身影朝着这边走来。他身形修长却有些单薄，身上披着一件银灰色披风，手里却提着一把长剑。

原本挡在他跟前的人此时却已经让开了一条路，只敢惊恐地看着他互相推诿着却谁也不敢再上前来拦截。

来人原本不紧不慢地朝着大门口走来，却在十几步外停下了脚步，目光定定地落在了楚凌身上。

楚凌也是一怔，她绝没有想到在这个地方竟然会看到君无欢?！

云行月说君无欢病重，现在距离云行月将药送回去才几天？君无欢是怎么找到这里的?！

"君……"

话还没出口，人影一闪，君无欢已经到了她跟前。

"你怎么来了？"楚凌道。

君无欢扫了一眼周围的人，轻声道："我去了何家村，救了你的那家娘子说你在这里，我就来了。阿凌……"

楚凌有些担心地看着他："你身体没事吧？"

"阿凌，对不起。"

楚凌愣了一下方才莞尔一笑道："说什么对不起？"

君无欢伸手将她揽入怀中："抱歉，我来晚了。"以他的眼力自然能看得出来楚凌伤得有多重，幸好死的是坚昆。想到若是有个万一，心不由得颤了颤，搂着楚凌的手也更紧了几分。

整个山寨的人一时间都有些蒙圈，除了那些已经喝得不省人事的人，所有人都愣愣地望着眼前相拥在一起的两个人。这个突然出现长得漂亮斯文，却拎着一把染血的剑还在外面扫平了好几个人的公子是谁？还有他搂着的这是个少年吧？

"你……你是什么人？"终于有人想起来，强忍着惧意问道。

君无欢一手扶着楚凌，目光冷凌地扫了一眼周围的人，淡淡道："这是什么地方？"

一个人高声道："这里是威武大将军的大营，你好大的胆子，竟敢……"声音透着几分色厉内荏。君无欢微微蹙眉，有些不解地低头看楚凌："威武大将军？什么东西？"

楚凌不由一笑："你连是什么人都没有打听清楚吗？"

君无欢不语，他哪里有那个时间？匆忙从各种繁杂的信息中确定了阿凌和坚昆的大概方位，君无欢甚至顾不得等百里轻鸿退兵，便派出了大量的人在划定的范围内搜索。直到今天天色已经暗下来了他才找到何家村，只来得及问清楚了方向君无欢就马不停蹄地赶了过来。楚凌低声在君无欢耳边说了几句，君无欢微微蹙眉，扫向众人的目光更冷了几分。

老大迟迟不出来，那些小喽啰不知道该怎么是好了。齐齐望着楚凌和君无欢面面相觑。何家村的百姓也有些茫然，这少年他们知道是何远家救回来的，但是这突然出来的俊俏美青年又是怎么回事？

楚凌看了一眼何家村众人，笑道："没事了，你们去将自己家姑娘带出来回家吧。"反正还没拜堂没洞房，一切都还不晚。何家村的人也纯朴，这年头活着都难也顾不得计较别的，当下欢喜地朝着里面跑去。

围观的人终于回过神来，反射性地就想要去拦这些人，只是才刚伸出手就被一道冷风洞穿了掌心。一道血花溅起，伴随着的是一声杀猪般的叫声。原本还有些蠢蠢欲动的山贼顿时都噤若寒蝉，再看看君无欢另一手还拎着的那把染血的剑以及还躺在外面月色下的人，谁也没有那么想不开要去试试到底是自己的命硬还是君无欢的剑硬。

君无欢带的人很快就赶到了，十分及时地接替楚凌控制了这小小的山寨。跟着一起来的云行月看到楚凌，上下打量了她一番，不由啧啧叹道："凌姑娘，你这一次伤得可够惨烈的。"楚凌对他翻了个白眼，皮笑肉不笑地道："多谢关心，还有一口气呢。"

云行月立刻想起来楚凌到底是为什么伤得这么重的，顿时心虚不已。连忙奉上了自己身上各种治疗内伤外伤的药，恭敬地道："凌姑娘，请笑纳。"

楚凌也不客气："那就多谢云公子了。"

"应该的，应该的。"云行月一边暗暗肉疼，一边赔着小心。再瞄了一眼站在旁边的君无欢，暗暗松了口气。凌姑娘不好对付，这位大爷更不好应付啊。

云行月贡献了药之后便十分识趣地溜走将空间留给了两人。楚凌有些敏锐地感觉到君无欢今天的话格外的少。不过现在她却没有力气关心君无欢的心情了，今天一天的活动量对之前的她来说不算什么，但是对于现在还重伤在身的楚凌来说却明显有些超出了负荷。她正想要开口说换个地方休息一下，就觉得腰间一紧然后整个人腾空而起。

"君……"

"别动。"君无欢低声道，"你脸色不好，需要休息。"楚凌伸手摸了摸自己的脸，她现在确实是有点累了，完全不想动。大约是因为知道可以依靠的人来了，先前觉得还好的身体竟然也跟着不适起来了。楚凌懒得挣扎，任由君无欢抱着往外面走去。

这寨子虽然是新建成的，却简陋得不成样子。更不用说住在里面的都不是什么好人，君无欢嫌弃这地方既吵闹也不干净干脆带着楚凌到外面去了。

被君无欢抱着往外走，楚凌也不管他往哪儿走。君无欢不说话，楚凌也累得不想说话，便靠在他胸前听着他的心跳声，渐渐地竟然沉入了梦乡。

睡梦中，楚凌感觉到有什么在她脖子上轻轻拂过。脖子这样的要害绝不会让人轻易触碰到的，但大约是感觉不到敌意和危险，半睡半醒中楚凌竟半点也提不起来反抗的心思。她隐约觉得那轻轻拂过自己喉咙处的手指微凉却熟悉。

挣扎了好一会儿，她终于慢慢地睁开了眼睛，果然看到君无欢正在往她喉咙上的伤处抹药。

其实这一道伤真的非常浅，只是一个浅浅的血痕。毕竟这种地方若是伤得重她也不会在这里了。过了这几天的工夫，早就已经好得差不多了，只是留着一道细长的伤痕没有完全落痂而已。见她睁开眼睛，君无欢手指微微一顿，很快又继续起抹药的动作。

他微凉的手指在她脖子上滑动，让楚凌有些不自在地动了动，道："这只是划破了表皮，已经好了。"

君无欢垂眸，慢慢低下头将自己的下巴靠上了楚凌的肩头，低声道："阿凌，这道伤痕若是再深一点，你就……"

当时的凶险没有人比楚凌更清楚，不过如今既然过了就没什么好说的了。楚凌笑道："这不是没事吗，我以后会小心的。"

君无欢不语，既没有发怒也没有说教。只是沉默地靠着楚凌一动不动，楚凌有些想看他，只是她躺在床上行动不便只能微微扭动了一下脖子低头去看。君无欢的脸被遮住了她看不见表情，却清楚地感觉到一滴微凉的液体从她的脖子滑落到了锁骨。楚凌心中一动："君……君无欢？"

君无欢没有抬头，只是轻叹了口气低声道："阿凌，你这样……让我该如何是好？"

楚凌不解道："我怎么你了？"

君无欢轻声道:"你这样我会只想死死地抓着你,永远也不想放手。"哪怕是我死,也不想放手。楚凌忍不住笑出声来,道:"原来你还存着跟我分的打算?你想死吗?只能我说分,你不许,明白吗?"

君无欢抬起头来,楚凌这才看清楚,好几个月不见,君无欢看上去越发苍白消瘦了。此时除了眼眶稍微有些红晕,看上去似乎和平时没什么两样。但是楚凌却能清楚地感觉到并不一样。

君无欢左手轻轻摩挲着她的脸颊,低低地笑了几声方才道:"我永远都不会对阿凌说这样的话的。即便是我害得阿凌受了这么多苦,若是为了你好本就该离你远一些才对。但是,我不会这样做的。"

楚凌撑着床铺想要坐起身来,君无欢已经先一步将她扶了起来,还将她枕着的枕头竖起来放到了她身后。楚凌舒服地靠着枕头看着他轻声笑道:"你想得太多了,这样不好。"

君无欢微微蹙眉,有些不解地看着她。楚凌道:"如果是我病了需要你去上京寻药,有可能因此而招惹坚昆或者我师父,你会去吗?"

"自然。"君无欢毫不犹豫地道。

楚凌道:"这就对了,你病了我去帮你寻药。至于寻药过程中会遇到什么事情那都不能怪你啊。就比如这一次,我会被坚昆拖住本来就是意外,是无法预料的变故而已。"

"阿凌。"君无欢脸上露出了一丝淡淡的笑意,不过这笑容却带着几分无奈,"我不是想要你安慰我。"

楚凌眨了眨眼睛:"我没有安慰你啊。"她只是告诉他自己的真实想法而已。

君无欢伸手抬起她的下巴,定定地望着她道:"阿凌为我做这些,我只会高兴。只是,我发现看到阿凌受伤,会让我比病情发作还要痛。所以,除非我死,以后绝不会让阿凌再受伤了。"

楚凌半晌无语,若是别人跟她说这种话她说不定会跟人抬上几句杠。诸如世事无常,谁也不能百分之百地保证以后会发生什么事情之类的。但是看着眼前苍白而俊美的容颜,楚凌却突然觉得自己的心跳加快了几拍。

明明就不是多缠绵悱恻的情话,楚凌忍不住在心中暗暗唾弃起自己来。难道这就是传说中的情人眼里出西施?因为她看君无欢顺眼,所以他说的情话也被她自动加了十倍滤镜?

心里虽然这么唾弃着自己,但是楚凌脸上还是不由得露出了笑意。

"好呀,以后就有劳长离公子保护了。"楚凌笑道。

君无欢望着她眼眸深邃,轻轻拂开她脸颊边的发丝,低头在她眉心正中落下了一吻:"此言既出,此生不悔。我若不能护阿凌周全,就让阿凌所受的苦楚百倍报于我身。"

说个情话而已咱能不这么血腥吗？

不等楚凌继续胡思乱想，靠在她眉心的唇已经慢慢往下移动，轻轻落在了她的唇边。

楚凌不由睁大了眼睛，一只手轻轻抬起她的下颌，微凉的薄唇吻上了她的唇。楚凌只是微微怔愣了片刻，便被这个缠绵的吻勾起了全部的心神。

原本微凉的薄唇沾染了朱唇的芳香和温度，变得越发火热起来。唇舌交缠间，越发令人觉得心神晃动，恨不得将眼前的人锁在怀中永远也不放开。楚凌一只手扶上君无欢的肩头，君无欢的手不知何时已经放开，重新环住了她纤细的腰，恨不得将人揉进自己的骨子里一般火热。

"君无欢！君无欢！"一个急促的声音由远而近地传来，却犹如一桶凉水从君无欢的头顶浇下，让他瞬间恢复了理智。两人面面相觑，君无欢望着楚凌，眼底闪过一丝懊恼。

"云行月，闭嘴！"声音里带着几分隐隐的怒意。

楚凌眨了眨眼睛，忍不住靠在君无欢怀中低头闷笑起来。

云行月已经奔到了门口，伸手就要去推门："君无欢，你恩将仇报，竟敢叫本公子……"一道劲风从门里传来，下一刻云行月就直接飞了出去摔倒在了屋外的平地上。楚凌看着君无欢阴郁的神色，终于忍不住放声大笑起来。

君无欢有些无奈地看了她一眼，道："这么好笑？阿凌很高兴？"

楚凌抬起头来，抬手钩起君无欢英挺的下巴，轻轻在他耳边吹了口气，柔声道："长离公子好像很不高兴？"

君无欢仿佛颤了颤，微微垂眸伸手拉下了楚凌钩着自己下巴的手握在了掌中，道："我不高兴阿凌就这般高兴吗？"楚凌摇摇头笑道："也没有，既然长离公子不高兴，不如，咱们继续啊？"

君无欢咬牙，对上她宛如星辰般璀璨的眼眸却无可奈何。他低下头，狠狠地吻住了她的唇，轻轻在她唇上轻咬了一下，道："等阿凌的伤好了，无论要做什么我都乐意奉陪。"

君无欢已经扶着楚凌重新躺了下来，轻声道："阿凌好好休息，我先去料理不长眼睛的人。"

楚凌暗暗为云公子默哀。君无欢仔细地替她拉好被子又理了理散乱的发丝，等她合上了眼，才又低头亲了亲她的眉心道："睡吧。"

我还没问，咱们这是在哪儿？算了，睡就睡吧。

君无欢站起身来走了出去，门外刚从地上爬起来的云行月正气急败坏地怒骂："君无欢，武功高了不起啊！要不是本公子，你现在还在床上躺尸呢，你个忘恩负义见色忘义的混蛋！本公子诅咒你……"

"骂够了？"耳边传来君无欢冷飕飕的声音，云行月立刻住了嘴。

君无欢已经站在门口，眼神比他的声音还要冷，云行月直觉不好，立刻转身："本公子想起来了，还有要事在身，先走了！"

云行月还没走出两步，就被人钩着后领拉了回来。只听君无欢淡淡道："我刚刚想起来了，好些日子没有跟你切磋一下了。正好今天天气不错，跟我走吧。回头师叔问起来，我也好跟他交代。"云行月被拖着走，想要挣扎却挣脱不得。

"你都不认你师父了，哪来的师叔?！你休想借着讨教武功的借口揍我！"

君无欢冷笑一声道："好吧，那我就直说。看你不爽想揍你！有本事你就跑。"

姓君的果然是灭绝人性的混蛋，我还不如投奔南宫御月呢！

片刻后，屋后响起了惨绝人寰的哀号声。

躺在床上的楚凌翻了个身，有些懒洋洋地想着：云行月武功不行，看起来倒是很扛揍的样子呢。

"君无欢！"云行月第三次被打飞出去之后，终于忍不住咆哮了。君无欢站在原地，不紧不慢地活动了一下手腕。云行月坐在地上不肯起来："你太过分了！这是对待救命恩人的态度吗？"

君无欢微微挑眉，道："不服？"

云行月无语，他是该说服还是不服？服，他不甘心，不服，让君无欢再打他一顿。

"不服再来。"君无欢伸出手，淡淡道。

云行月愤怒地爬起来拍了拍身上的泥土："你突然出手，总要有个理由吧？要是没有，信不信本公子毒死你？"君无欢淡淡道："我让老头子去保护阿凌，他人到哪儿去了？"

云行月一呆，有点茫然地眨了眨眼睛，"我走的时候他还在啊，我怎么知道他去哪儿了？"

君无欢道："他敢跑，显然是你没有将我的话带到。"

云行月满脸悲苦，我要是敢把你的话一五一十带到了，那疯老头子先就要拆了我的骨头熬汤啊。

君无欢轻声道："云师弟。"

云行月忍不住抖了抖，君无欢竟然叫他师弟？真是让人胆战心惊啊。戒备地望着君无欢："干吗？我警告你再动手本公子真的毒死你！"

君无欢道："给你一个月的时间，我不管你是绑是下药还是骗，把那个老东西带到我面前来。"

"凭什么要我去？不干！"

"因为你欠我钱。"君无欢微笑，道，"很多、很多的钱。"

云行月面无表情，没错，他欠了君无欢很多、很多的钱，多到他就算卖身一辈子都还不清的钱！

"所以，你要不要再考虑一下？"君无欢笑问。云行月问道："我能不考虑吗？"君无欢道："恐怕不行，除非你真的打算卖身还债。对了，小师妹好像挺有钱。"

云行月的脸顿时黑了，磨牙道："成交！"君无欢果然不是个好东西！

君无欢满意地点点头："很好，我等你好消息。"

虽然找到了楚凌，但是君无欢并没有急着回沧云城，而是暂时在何家村住了下来。那些打着义军名号的土匪都被君无欢带来的人给收拾了，何家村的人自然对两人十分感激，恨不能奉为上宾。

何家村远离了繁华城镇格外的安静平和。如今君无欢在身边，楚凌全然放松了下来，心情愉悦，身上的伤也就好得更快一些了。

村里的人并不知道君无欢是什么身份，他们一辈子都待在这，就连沧云城，凌霄商行这些都没怎么听说过。他们只知道这位是贵人，也是他们何家村的恩人。

何家村外山脚下的一条小河边，闲来无事，楚凌和君无欢坐在溪边的石头上晒太阳。傍晚的太阳暖融融的，照在身上让人有些昏昏欲睡。楚凌身体还在恢复中，这两天放松下来倒是有些嗜睡，靠在君无欢怀中便有些睡意蒙眬起来。

君无欢将她小心地揽在怀中，一只手握着一本书翻看着。单手翻书竟然也十分的熟稔，半点也没有不方便的感觉。楚凌半睡半醒中，明显感觉到不少目光望向这边。她忍不住睁开眼睛瞥了一眼。长离公子即便是放在上京那样的地方也是一等一的俊美公子，在何家村这样的地方自然就更引人注意了。

这两天，整个村子里无论是出嫁的未嫁的，大姑娘小媳妇谁遇到了不想多看几眼。这会儿距离他们不远的河边，就有几个正在洗衣服的姑娘媳妇正往这边偷看还一边窃窃私语着。

爱美之心人皆有之，这些人没有什么坏心。

"怎么了？"见她睁开眼睛，君无欢低头轻声问道。

楚凌轻笑了一声，微抬了一下下巴指了指不远处道："长离公子无论在哪儿都受欢迎得很啊。"

君无欢一怔，循着她指的方向望去顿时有些哭笑不得。低头看着她，轻声问道："怎么？阿凌这是醋了？"

楚凌坐起身来，偏着头打量他半晌，方才笑吟吟地捏捏他的脸颊笑道："长离公子这般好看，若是个个都要醋，我还不被酸死？"君无欢望着她幽幽一叹："我竟不能让阿凌醋一醋吗？"楚凌微笑道："晏城主真的想看我醋吗？"

君无欢眨了下眼睛，无辜地望着她。长离公子向来俊逸清贵，万事都在掌握之中般的从容淡定。这突如其来的无辜模样，竟然萌得楚凌的心肝也跟着颤了颤。楚凌对着他露出一个"狰狞"的笑容，"我若是醋了，向来是只追究祸首的。"

"所以?"君无欢道。

楚凌笑道:"所以在收拾想要撬我墙脚的人之前,我一定会先收拾那个招蜂引蝶的人。长离公子,你觉得如何?"

君无欢淡定地道:"阿凌的想法甚好,这世上再找不到比我更老实本分的人了。阿凌尽管放心便是,只是莫要冤枉了我。"

楚凌险些笑喷。

老实、本分?!

请问长离公子到底是多大脸,才敢把这两个词安在自己的身上?

"阿凌不相信我?"君无欢眼神微黯,似乎有些伤感。

楚凌默默翻了个白眼:"相信,当然相信。就算不相信长离公子,我也要相信我自己的本事啊。"

"这就对了。"君无欢满意地将楚凌拉回自己怀中圈着,随手将手中的书放到一边道,"不过,阿凌。你的办法虽然不错,但是我觉得那些想要挖你墙脚的女人也十分可恶。"

"所以?"楚凌挑眉道。

君无欢道:"所以,阿凌千万不要对她们客气。要知道,连阿凌的墙脚都敢挖的人,显然是没将你放在眼里。怎能让她们如此放肆狂妄,践踏阿凌的尊严。"楚凌有些惊讶:"嗯?还有这个说法?"君无欢点头道:"这是自然。就拿我来说,就算所有人都知道阿凌的好,但是沧云城里就没人敢觊觎阿凌。因为他们对我这个城主十分尊重。但是南宫御月对阿凌就十分不怀好意,分明就是不将我放在眼里。那是因为他自以为与我旗鼓相当,等我多揍他几次,见一次揍一次,他以后自然就不敢觊觎阿凌了。"

楚凌思索着:"好像有点道理,所以你是建议我遇到倾慕长离公子的姑娘,见一个揍一个?"

君无欢想了想:"阿凌觉得辛苦的话,我可以让人帮你。"

楚凌觉得长离公子今天吃错药了。你考虑过那些爱慕你的姑娘的心情吗?当然,不考虑也没什么。

"我当然也会十分努力地让所有觊觎阿凌的人再不敢靠近阿凌。"比如说南宫御月,虽然脑子有病的人难度比较大,但这世上也不是人人都是南宫御月。所以,这才是你真正想说的吧?拐弯抹角的长离公子你不累吗?楚凌觉得,男人偶尔胡闹也是可以纵容一下的。她大度地点头道:"好吧,你说的这些我都记住了。"君无欢满意地搂着她:"阿凌放心,我一定会好好保护阿凌的。"

君无欢和楚凌享受着难得的闲暇时光的时候,千里之外一江之隔的平京,却因为北晋皇帝驾崩的消息而炸开了锅。

"北晋皇帝……死、死了?怎么死的?"

"启禀陛下，上京传来的消息，北晋皇帝在十几日前死于刺杀。"跪倒在地上的是一个满身风尘的中年男子，正是他千里迢迢将这个消息带了回来。

原本应该会更快一些的，不过北晋皇帝刚死的时候北晋朝堂还竭力想要掩盖消息，之后又封锁了进出上京的所有道路，因此等消息送回平京的时候倒是晚了几日，"北晋皇帝本月初死于不知名刺客之后，刺客逃逸不知所终。北晋御前统领坚昆也不知所终，据臣等推测，坚昆八成可能已经死了。"

永嘉帝呆愣了半晌，突然一拍桌案，大笑道："好，好啊！"往日总是带着几分苍老消瘦的脸上也不由露出狂喜之色，显然对于北晋皇帝的死他是真的非常高兴的，"死得好！"

众臣纷纷对视了几眼，这个时候能在御书房的自然都是朝中重臣，对永嘉帝的心思还是有几分了解的。果然，下一刻就听到永嘉帝道："众卿，如今北晋皇帝死了，北晋朝堂必然群龙无首。若是趁机北征……"话还没说完，就被人打断了："陛下，万万不可啊。"

永嘉帝脸上的笑容立刻僵住了，望着眼前一脸皱纹的老臣，问道："怎么就万万不可了？"

老臣拱手道："陛下明鉴，我们刚与北晋签订了停战协议就出尔反尔，若是传了出去陛下颜面何存？若是胜了还好，若是再败……"老臣的担忧并非全是因贪生怕死，而是因为天启对貊族的战争中，天启将士的战绩实在是让人不忍目睹。

若是这次再败了，到时候再求和的代价只怕不是他们能够付得起的。

永嘉帝也沉默了下来，他并非不知道这老臣忧心的是什么。但是他实在是不甘心，想起当年仓皇南渡的耻辱，想起被凌辱的妻女，想起这些年蜗居平京的憋屈。好不容易北晋皇帝死了，他看着底下的人，不是满脸的不赞同，便是满心的忧虑，没有一个愿意支持他的想法，永嘉帝隐隐感觉有几分心寒。

最后将目光落到了襄国公的脸上，襄国公脸上并没有太多的表情，甚至连永嘉帝都看不太出来他在想些什么。不知过了多久，永嘉帝方才长叹了口气，挥挥手无力地道："都退下吧。"

"臣等告退。"众臣各自对望了几眼，确定了永嘉帝并没有一时热血上头就要挥兵北上的意思，这才暗暗松了口气齐齐告退出去了。

出了御书房，众人一边走一边还在交头接耳地议论着。襄国公漫不经心地走在旁边，既不参与这些人的议论，也没有如往常一般拂袖而去。

"襄国公，这事儿你怎么看？"上官成义捋着白须问道。襄国公淡淡道："什么怎么看？"

上官成义道："北晋皇帝的死啊！"

"死就死了，有什么好看的？"襄国公道。上官成义被堵得半晌说不出话来，旁边一个老者开口道："话不是这么说，北晋皇帝死了毕竟是大事，咱们总还是要有些盘算的。"襄国公笼着双手，似笑非笑地看着他们道："盘算什么？不就是送一份奠礼，派几个人再给新君送一份厚礼么？"

襄国公今天的心情好像不太好啊。

"那襄国公还有什么高见？"有人有些不悦地道。

襄国公微微抬起下巴，冷声道："我说打，各位大人同意吗？"众人齐齐皱眉，"陛下一时想岔了，我等臣子就该替陛下多想一些，多多劝谏陛下，襄国公怎么也跟着胡闹。凡事还当顾全大局……"

"既然如此，你们还废什么话？顾全大局？我倒是有些好奇，诸位大人眼中的大局到底是什么样子的？"襄国公扫了众人一眼拂袖而去。被他抛在身后的几个老臣何曾被人如此无礼冲撞过，纵然是堂堂国公也未免太过无礼了一些，"这襄国公这也太……"

"诸位大人息怒。"上官成义安抚道，"襄国公也不容易，各位大人还是体谅一些吧。"

众人想想襄国公妹妹，外甥女，据说还有一个儿子都丢在了北边，倒是也觉得他的无礼情有可原了。嘀嘀咕咕地交谈了几句，众人才一起结伴出宫去了。

襄国公府书房里几个人有些噤若寒蝉地望着坐在主位上的襄国公谁也不敢先开口说话。国公爷一回来就摔了杯子，砸了笔洗，显然是在宫里有什么不愉快的事情发生了。不知过了多久，才听到襄国公沉声问道："小六在不在平京？"

几个人终于松了口气，连忙道："回国公爷，玉公子前些日子说是出门远游，昨天傍晚才刚回来。"

襄国公冷笑一声道："他倒是一年有半年都在外面游玩！"

"六公子年纪还小，贪玩也是难免的。"

襄国公道："让他过来见我！"

"是，小的这就去！"襄国公府离玉家并不远，桓毓也还算给这个表舅面子来得挺快。一进来他就歪进了旁边的椅子里一副睡眼惺忪的模样。这也不能怪桓毓，他跑到沧云城辛辛苦苦折腾将近一个多月，结果事情一完就被君无欢毫无人性地一脚踢出了沧云城，然后马不停蹄地又赶回了平京。昨天傍晚回来又被家里人抓着念了半天，这会儿还没什么精神。

"坐好，歪歪斜斜像什么样子？"襄国公不悦地皱眉道。

桓毓勉强睁开一只眼睛，懒洋洋地道："表舅，有什么事你要这么着急？非要这时候叫我过来？"

襄国公也懒得纠正他的仪态，淡淡道："陛下刚刚收到消息，北晋皇帝遇刺了。"

"哦。"桓毓打了个呵欠，总算睁开了两只眼睛，仿佛是在问，"那又怎么样？"

襄国公看着他道："看来，你早就知道这个消息了。"桓毓轻咳了一声，总算是坐直了身体，笑道："表舅，你说什么呢。我只是对这些事情不太感兴趣而已，北晋皇帝死不死的，跟我有什么关系，又轮不到我当皇帝。"

"胡言乱语。"襄国公扫了他一眼，道，"不感兴趣，这些年你到处乱跑做什么？"

"游山玩水啊，万里江山，锦绣如画。你又不是不知道，我就是喜欢到处游玩，每次回来不都给你带礼物么。"

襄国公轻哼一声，道："游山玩水，我倒是不知道玉六公子在南方游山玩水，能跟远在北方的长离公子成为至交。"

桓毓脸上的笑容依旧，眨了眨眼睛道："至交？一面之缘而已，算不上至交吧？这不还是托了表舅你的福吗？"

襄国公道："不是至交，他能放心将凌霄商行在南边的生意都交给你打理？"

桓毓脸上的笑容终于有些撑不住了，只看襄国公淡定悠然的神色就知道他今天是有备而来。桓毓也算是了解自己的这位表舅，若不是有十足的把握，他是不会随便出手的。只听襄国公淡淡笑道："让我猜猜看，你到底是什么身份？玉子涣，是桓毓吧？大名鼎鼎的桓毓公子竟然是我外甥，我倒是颜面有光。"

"表外甥。"桓毓小声道。

襄国公冷冷地瞥了他一眼，道："你承认得倒是爽快。"

桓毓很是无奈："你都知道了，我抵死不认又有什么用？表舅，我就会做点生意，君无欢的事情我插不上手。"

襄国公没有理会表外甥的谦逊，道："君无欢一个西秦人，你跟他混在一起有什么好处？"

"赚钱啊。"桓毓摊手道。

"赚钱赚到沧云城去了？你玉家缺钱？"

桓毓伸懒腰的动作僵住，慢慢摆正了自己的身形，目光定定地望着襄国公。襄国公道："你不必担心，你的行踪掩饰得不错，我也没有派人跟着你。不过你也知道沧云城里也是有朝廷的人的，虽然他们看不破你的身份，但每次沧云城出事你都碰巧离京，你不觉得太巧了吗？"

桓毓沉默了良久，方才叹了口气道："表舅，你就直说吧，你想干什么？"

襄国公道："我什么也不想干，甚至我还可以给沧云城提供一些帮助。"

桓毓有些意外，惊诧地挑眉打量着襄国公："您老人家不忠君爱国啦？"

襄国公轻哼一声，道："陛下想要北伐。"

桓毓眨了眨眼睛没说话，襄国公继续道："朝中大多数老臣都不同意。"桓毓淡淡地点头并不觉得意外："不同意也是有道理的，反正他们也打不赢，最后还是要割地赔款岁贡，还不如少折腾一点可以省着一些。呃，表舅，你不会是想要替朝廷招安沧云城吧？我劝你省省吧。"

襄国公道:"不,我会劝陛下以后朝廷暗中支持沧云城,沧云城也不必向朝廷投诚,依然拥有完全的自由。"

桓毓微微扬眉,有些吊儿郎当地笑道:"表舅,你就不怕养虎为患啊。"

襄国公面色平淡:"这是我的事情。"

桓毓点点头,道:"得,我知道了。不过这事儿我做不了主。"襄国公点头道:"我猜你也做不了主,你替我传话给沧云城主,五月中旬,请他灵沧江畔一晤。"

桓毓摊手道:"话我给你传了,但是他未必会来。原因你知道的……"襄国公额边的青筋跳了跳,咬牙道:"我过去!"

"成交!"桓毓愉快地打了个响指,卖表舅卖得十分心安理得。

谈妥了正事,襄国公看着桓毓似乎在思考着什么。桓毓知道他还有话要说也不急着走,过了好一会儿才听到襄国公问道:"你可有北晋武安郡主的消息?"桓毓眼眸微闪,面色如常地道:"没有。"襄国公深深地打量了他好一会儿,方才道:"你走吧。"

桓毓站起身来,笑眯眯地与襄国公告辞转身走了出去。

出了襄国公府,桓毓方才松了口气回头,看看身后的大门和匾额,只觉得背心都有些湿了。对于这个表舅,桓毓还是很敬重的。虽然近些年因为朝堂局势上的一些分歧对他颇有些微词。桓毓也明白身在这个位置处境,许多事情也怪不得他。

"好好的,打听阿凌做什么?"桓毓喃喃道,想了半晌也没有想出个所以然来,只得摇摇头转身走了。

君无欢和楚凌在何家村休整了几天,等到楚凌的外伤内伤都好些了才动身离开。其间楚凌也收到了凌霄商行转交的信州的来信。如今信州的势力算得上是三分天下,一自然是靖北军,二是少部分的貊族人,三则是信州边境盘踞了一部分号称义军的天启人。

靖北军实力最强盛,原本貊族还有些蠢蠢欲动,如今北晋皇帝驾崩,貊族一下子便安静了下来,目前信州倒是还算太平。如今信州有郑洛、葛丹枫和秦知节三人主持也算是稳定,倒也不用楚凌急着回去。

楚凌给郑洛等人送了一封信之后便当真不急着回去了,愉快地答应了跟君无欢去一趟沧云城。她也有些好奇被称为北方最后的桃花源的沧云城到底是个什么模样。

沧云城在润州西北与梁州西南交界的地方,背靠着前往西秦的必经之路。虽然号称是城,但是真正占据的地方却并不只是一座城。几乎占据了润州三分之一的面积与梁州四分之一的面积还有与西秦接壤的三不管地带大片土地。

因为地势险要贫瘠,貊族人兵马不足,对这种地方也没那么在意,干脆就直接放弃了。等到沧云城的势力起来,发现整个沧云城的面积加起来几乎比整个信州还要大一些的时候后悔也晚了。

沧云城位于灵沧江边上，地势险峻，周围山地丘陵环绕。中间却形成了一片平坦的小型平原。沧云城就耸立在这片平地的最高处。远远地看过去仿佛是修建在一座高峰之上一般，高耸入云气势宏伟。

都说望山跑死马，虽然楚凌等人还未到中午的时候就远远地看到了沧云城的模样。真正赶到沧云城的时候却已经是日落时分了。站在高大壮阔的城门跟前，楚凌也忍不住感叹了一句："没想到沧云城竟然如此宏伟壮丽，当真名不虚传。"

高大沉重的城门轰然被人从里面推开，两行身披软甲的士兵齐齐走了出来。

"恭迎城主！"

还未等君无欢发话，就听到一个熟悉的声音带着几分笑意从里面传来："能得凌姑娘称赞，沧云城上下不胜荣幸。"明遥带着一群人快步迎了出来，走到君无欢和楚凌跟前方才拱手，恭敬地道："恭迎城主！"

"恭迎城主回城！"

"恭迎城主回城！"城楼上，呼声震天。

君无欢看着正好奇地望着自己的楚凌，忍不住抽了抽嘴角。扫了明遥一眼，淡淡道："进城吧。"明遥摸了摸鼻子，城主好像对他的安排不太满意。

"城主请，凌姑娘请。"明遥干笑了几声，道，"凌姑娘这一次真是辛苦你了，您头一回来沧云城，千万别客气。"

楚凌含笑点头道："明公子言重了。"

两人被一行人簇拥着进了城主府，进了大厅坐下来楚凌才有工夫打量跟着明遥一起来迎接的这些人。除了明遥都是陌生人，一共六个，其中五男一女。

君无欢看向楚凌道："阿凌，这几位都是沧云城中的中流砥柱。这四位分别是沧云四营的主将，白醒、余泛舟、沈淮、江济时。这两位是城主府的内外管事，吴乘鹤、许慕贞。"

果然全部都是沧云城的重要人物，而且沧云城四营主将全部到齐，这阵仗算是很给她面子了。

等君无欢说完，众人一起拱手齐声道："见过凌姑娘。"

楚凌含笑点头道："诸位将军客气了。"

那中年女子笑道："属下许慕贞，凌姑娘若是不嫌弃，唤我贞娘便是。凌姑娘在沧云城若有什么需要，尽管吩咐属下便是。"楚凌看了看君无欢，君无欢道："贞娘是君家的老人，如今便是城主府的内管事，有什么事阿凌都可以找她办，不必拘礼。"

楚凌点头对贞娘笑道："那就有劳贞娘了。"

贞娘看看楚凌又看看君无欢，脸上的笑容越发明显。

众人重新坐了下来，明遥方才开口笑道："这次若不是有凌姑娘鼎力相助，城主的身体只怕没这么容易好起来。还害得凌姑娘因此身受重伤，我沧云城上下实在是感激不尽。"

在场的人都是君无欢心腹，自然隐约知道这次救了城主的药是这位凌姑娘寻来的。事先又听明遥说这位便是他们未来的城主夫人了，看向楚凌的目光都带着几分感激和善意。

　　楚凌自然明白明遥的意思，对他笑了笑道："明公子言重了，些许小事不必客气。"

　　"确实不必客气。"君无欢握着楚凌一只手淡淡笑，对着看向他的众人道："阿凌是自己人，确实不必太过客气。"

　　众人了然，不由莞尔。看来他们沧云城是真的要办喜事了啊。

　　"恭喜城主，恭喜夫人！"军中之人向来豪迈，想到什么就直接说什么了。

　　楚凌愣了愣，有些回不过神来。君无欢倒是轻笑了一声，道："阿凌若是不嫌弃，唤一声夫人倒是也不错。"这么说来，他竟然还未曾向阿凌求亲。这么想着，君无欢立刻就开始盘算起这件事来了。

　　君无欢离开沧云城好些天，书房里已经堆积了不少事情。他亲自带着楚凌去了客院，将人托付给贞娘方才转身回书房议事。城主府面积不小，不过却十分安静肃穆。一路走过去也没有看到几个丫头仆从，贞娘方才笑道："城主年纪已经不小了，咱们这些老人日日操心着城主的婚事。可惜城主主意正，咱们做属下的也不好插嘴，如今夫人来了，属下们也不愧对君家的列祖列宗了。"

　　楚凌难得有些不好意思，道："贞娘还是唤我阿凌吧。"

　　贞娘想了想，笑道："也对，还未成婚不好坏了姑娘的清誉，都是那几个大老粗带得我都跟着糊涂了。凌姑娘勿怪。"回头就去问问城主，打算什么时候办婚事。

　　君无欢说贞娘是君家的老人并非胡言，当年君家灭门，所有君家血脉除了君无欢自然是一个不剩，不过君家的将领仆役却还是逃出了几个的。贞娘的父亲本是君无欢祖父的部下，后来在战场上受了伤便做了君家的管家。贞娘也算是看着君无欢长大的，当年君家灭门贞娘作为出嫁女逃过了一劫，之后却因为婆家怕受连累被逐出了家门。

　　贞娘从小在君家长大又被父亲教导得性格坚韧，虽然被夫家所弃独自一人隐姓埋名做着小本生意倒也还算过得去。直到君无欢建立凌霄商行之后派人找到她，贞娘直接一卷包袱便抛下了自己辛苦经营的生意跟着君无欢做了管事。

　　"姑娘，这风华苑与我们城主所居的沧海苑毗邻，早几个月城主就命我让人整理出来了，却不知道原来是为姑娘准备着的。"贞娘满脸笑容地道，"姑娘看看，可有哪儿不满意的地方，我立刻便叫人来收拾。"

　　楚凌看着眼前雅致清幽的园子，便是再怎么挑剔的人只怕也说不出来不满意三个字了。园子面积确实不小，碧瓦飞甍，层楼叠榭。园中更是画廊亭台，曲水静流。花木幽然，清香淡雅。就算是北晋皇帝赐给楚凌的武安郡主府也未见得有这样精致幽雅不带半点匠气的园子。

楚凌笑道："若这还不满意，我岂不是眼睛长到天上去了。有劳贞娘了，不必再改。"

　　贞娘道："姑娘满意就好，姑娘一路辛苦尽管先安歇片刻。属下已经让人准备了一些吃食，姑娘先垫垫肚子。晚些时候城主设宴为姑娘接风。"

　　楚凌点头谢过，寝楼里面早有两个侍女候着了。

　　两个侍女上前见过楚凌，分别报上了自己的名字白鹭、雪鸢。等贞娘告退之后两人便恭敬地与楚凌见礼，又侍候她休息。楚凌没有养成要人侍候的习惯，这两个侍女显然也是早得到吩咐的，楚凌说自己来，她们便恭敬地站在一边时不时递上楚凌需要的东西。既不谄媚也不傲慢，倒是让楚凌颇有几分好感。

　　楚凌一觉醒来的时候外面的天色已经暗了下来。有些无奈地揉了揉眉心，自从受了伤，她的精神是差了不少。原本只是打算小憩片刻，不想一睡就是一个多时辰。

　　"姑娘醒了？"一个轻柔女声响起，白鹭、雪鸢两人一个端着水一个捧着一个描金的盒子走了进来。脚下轻缓几乎没有什么声音，呼吸也是平缓有力，这两个侍女显然也都是习武之人。

　　楚凌问道："什么时候了？"

　　白鹭道："回姑娘，刚到酉时中。许总管说姑娘若是醒了就请先洗漱一番，稍后城主来请姑娘用晚膳。"

　　楚凌点了点头，起身下床走到一边梳洗。旁边的白鹭、雪鸢也没有闲着，一个从衣柜里捧出了两套衣服，一个已经打开了放在梳妆台前的描金盒子从里面挑选一件件饰品。等到楚凌梳洗完毕，白鹭方才问道："姑娘喜欢哪一身衣裳？"

　　楚凌看了一眼，一件是白底银丝绣牡丹纹的，一件却是浅蓝色绣着金色花纹有些诡异的眼熟。

　　只是一晃神楚凌就想起来在哪里见过这件衣服了，一时间倒是不知道说什么才好。沉吟了片刻，她指着那件浅蓝色衣裙道："就这件吧。"

　　白鹭笑道："姑娘好眼光，这衣服是城主下午刚命人送过来的呢。"

　　楚凌自然知道，她才刚到沧云城，那一柜子的衣服无论是哪一件都不是两三天能赶得出来的。心中好笑之余也觉得格外的温暖熨帖，任由白鹭、雪鸢替自己穿好了衣服，又坐在梳妆镜前让雪鸢替她绾发上妆。白鹭便在一边帮着递东西，一边笑道："姑娘真好看，再没有人比姑娘更衬这一身衣服了。"

　　楚凌微笑道："我看你们都是习武之人，来我身边侍候未免太委屈了。"白鹭、雪鸢二人却是吓了一跳道："可是属下有侍候不周的地方，还请姑娘责罚。"楚凌也被两人的模样弄得一怔，摇头道："这是做什么？我只是看你二人武功应当还不错，这般未免有些屈才。"

　　见楚凌并不是对自己不满意，两人这才松了口气。白鹭道："能侍候姑娘，是我们的福气怎么会委屈？城主救了我们的性命，让人教我们武功学识，如今能在未来夫人跟前侍候，高兴还来不及呢。"

雪鸢道："姑娘别看属下是习武之人，属下最擅长的便是梳妆，无论姑娘喜欢什么样的妆容，属下定能让姑娘满意。"楚凌看看镜子里的自己，点了点头表示赞同。雪鸢年纪小一些，看着也活泼一些，但是却有一双巧手。铜镜中虽然不算清楚却也看得见她纤细的手指在发间翻飞，不过片刻，一个简约却雅致的发髻就在她手中成型了。

旁边白鹭递上了与身上衣服配套的发簪，一边笑道："属下不及雪鸢灵巧，倒是略懂一些医药膳食之类，还望姑娘不弃。"

楚凌笑道："沧云城果真卧虎藏龙，这般妙人如何能嫌弃？"

君无欢走进来便看到了楚凌坐在梳妆台边正抬头对两个丫头巧笑晏晏，一袭浅蓝色的衣衫上绣着精致的牡丹花团和云纹金边，让她整个人看上去清贵而静雅。她脸上明艳的笑容却又让这份静雅平添了几分灵动和生气，一头青丝被绾成了一个简单的发髻，发间簪着金丝攒成的嵌蓝宝石花簪。细长的流苏随着她的动作在脸颊边轻轻摇曳，越发衬得坐着的人娇颜绝艳，动静皆如画。

"阿凌。"

"城主。"白鹭和雪鸢一见到君无欢立刻收敛了笑容恭敬地退到了一边，楚凌回头看向站在门口的君无欢笑道："你怎么来了？"

君无欢走过来，伸手替她顺了顺发丝，扶了一下发间的发簪轻声道："不是说了，过来请阿凌去赴宴啊。"

楚凌任由他扶着站起身来，君无欢仔细打量了她一番，笑道："好看。"

楚凌挑眉："什么好看？我好看还是衣服好看？"

君无欢柔声道："自然是阿凌好看。"

楚凌笑道："这么说，晏城主是觉得我这身衣服不好看？"

君无欢摇头道："不，我觉得这世间再美的衣服，都只是阿凌的陪衬，及不上阿凌三分风华。"

楚凌满意："晏城主真会说话。"

君无欢道："我是真心的。"

"我也是真心的。"真心觉得你很会说话啊。君无欢却很满意，道："能得阿凌真心相许，是我累世修来的福分。"

站在旁边的两个丫头低着头恨不得将自己变成鹌鹑。她们的城主大人什么时候这么会说话讨女孩子欢喜了？

今晚的沧云城很热闹，先前北晋人退兵之后城主就连夜离开了沧云城没有来得及办什么庆功的宴会。如今城主回来了，还带回来了未来的城主夫人，沧云城的人兴奋之余自然想着要趁机热闹热闹。

至于那些之前没能出现在城门口一起迎接君无欢和楚凌的将领，更是期待不已。只听各自的上司说未来城主夫人长得美貌绝伦，众人自然想要看看到底是怎么个美貌法了。这么多年也没见城主身边有什么人，好不容易带回来一个还让诸位将领都交口称赞，众人自然也就更加好奇期待了。

城主府的宴客大厅中，早已经坐满人。沧云城中所有高中层将领，各处管事和重要人等除了值守不能离开岗位的一个不漏都到齐了。明遥坐在右下首第一个位置，对面依次坐着的是沧云军四营主帅，沧云四营分为青龙、白虎、玄武、朱雀，排名不分前后，座次便是按四位将军的年龄分的。年纪最长的是青龙营主将白醒，次之是白虎营江济时，玄武营沈淮，最后才是朱雀营主将余泛舟。

比起其他三位都是四十多岁的年纪，这位朱雀营主将是沧云城身居高位的将领中最年轻的，今年才二十七岁。

四位主将往后坐的便是各营副将等等，与他们清一色武将相对的，明遥这边坐着的人就有些五花八门身份各异了。有看起来手无缚鸡之力的读书人，也有一脸精明的商人，同样也有杀气凛厉的习武之人。这么多人一起聚在城主府中，即便是沧云城的重要的日子也很罕见。众人心中不由对这位凌姑娘的身份更加看重了几分。

"明公子，那位凌姑娘……"一个中年男子凑到明遥身边，压低了声音问道。他声音虽然低，但是周围的人却还是纷纷竖起了耳朵想要听明遥的回答。明遥笑吟吟地喝了一口杯中的美酒，同样轻声笑道："不是说了么，未来的城主夫人，八九不离十。"

"这个不是说……"问话的人有些犹豫地道。明遥挑了挑眉问道："说什么？"中年男子道："听说，城主还有一位小师妹，另外，城中还有几位姑娘也都倾慕城主身份也合适一些，这位凌姑娘的身份……"

明遥轻哼了一声，淡淡道："道听途说的消息就别乱传了，城主可不像我这么好说话。"

听出明遥话语中的冷意，中年男子连忙缩了缩脖子告退了。

"城主到！凌姑娘到！"

门外传来侍卫通禀的声音，众人齐齐回头看过去，一对璧人正携手从外面走了进来。君无欢穿着一身银灰色衣衫，身形修长挺拔。衣服上暗金色云纹刺绣更让他平添了几分雍容气势。与他并肩而行的女子穿着一身浅蓝色衣裳，只一眼就能让人看出那一身衣裳绝非凡品。然而真正将目光落在了价值非凡的衣服饰品上的人反而不多。更多的人却是将目光落到了她的脸上，心中也不由齐齐赞了一声。

那蓝衣少女容貌精致美丽尚且不说，让人赞叹的却是她走在城主身边却半点也没有被城主的气势所压倒。须知道不知多少女人锦衣华服站在城主跟前，最后却只落得个黯淡无光只能仓皇退去的结果。这少女只是一袭浅蓝衣衫，妆容浅淡唇边带着几分淡淡的笑意，没有刻意端着的神态。她却给人一种堪与城主并肩而立的气势。

"见过城主。"众人纷纷齐声见礼。

君无欢拉着楚凌走到主位上坐了下来,仿佛全然没有看见底下众人惊疑的目光一般。君无欢淡淡道:"这次貂族来袭,各位都辛苦了。"

明遥笑道:"城主言重了,都是属下等人分内之事。"

君无欢微微点头,侧首看向楚凌道:"这位是凌姑娘,以后沧云城中人,见她如见我。"

闻言众人哗然,楚凌也有些惊讶地看向君无欢。君无欢的心意她明白也很是欢喜,但是却没有想到君无欢竟然会说出这种话来。须知君无欢并不是寻常人,也不仅仅是凌霄商行的主人。而是坐拥二十多万兵马的沧云城主。身份越是贵重的人,做出的任何决定就影响越大。

君无欢对楚凌微微勾唇笑了笑,手指轻轻叩了两下她的手背示意无妨。

只见底下明遥已经站起身来,道:"属下遵命,见过凌姑娘!"

四位主将和贞娘等几个管事也跟着站起身来:"见过凌姑娘!"

前面的几位都表态了,后面的人就更不好说什么了。也跟着拱手道:"属下遵命,见过凌姑娘。"

君无欢满意地点了点头:"很好,诸位请坐。今晚既是为阿凌接风,也是为诸位庆功。诸位尽情畅饮,明日再按照诸位的功绩颁发奖励。"

"多谢城主!"

大厅里很快便热闹起来了,明遥坐在下首笑吟吟对主位上的楚凌和君无欢举了举杯。君无欢微微扬眉,伸手端起酒杯对明遥举了一下,抬头一饮而尽。

宴会一直进行到深夜,整个城主府仿佛都弥漫在一片酒香之中。君无欢无意约束这些属下,一场持续了几个月的战事下来,所有人都需要放松。况且该有的防守也不会松散,这些闲下来的人偶尔畅饮一番也无伤大雅。

宴会进行到后半场,君无欢便拉着楚凌退场了。楚凌听着身后大厅里的欢笑声,忍不住回头看了一眼问道:"提前退场,好吗?"君无欢笑道:"我若是不走,他们反倒是不自在。我带阿凌四处走走,沧云城的夜景还是不错的。"

"好啊,白天没能好好观赏一番,看看夜景也是不错的。"

沧云城没有所谓的宵禁,不过这个时候街上的人也不多了。城主府位于沧云城正中心,三面城墙高耸,南边却是一处数十丈高的山崖,山崖的背面便是灵沧江。君无欢带着楚凌直接上了城南的山崖,两人都是轻功非凡之辈,君无欢担心楚凌的内伤直接将她揽入怀中带着她一会儿工夫就上了山顶。

两人站在沧云城最高的地方,低头望去不仅能俯览整个沧云城甚至能看到沧云城以外的广阔平地以及更远处的山林丘壑。也就难怪,果真是一个易守难攻的好地方,也不知道是什么人竟然在这里建了这样一座城池。

转过身去,幽暗的夜色中只能看到下面浓雾形成的云海,隐约看到对面的山峦。如果天气好的话，站在这里说不定还能看到底下湍急的灵沧江水。

一轮弯月挂在天空，楚凌跟着君无欢在山顶转了一圈忍不住深深吸了口气，赞道："真是个好地方。"

君无欢伸手拉下脸上的面具露出底下有些苍白的容颜，拉着她在自己身边坐了下来道："阿凌喜欢吗？"

楚凌将胳膊枕在他的膝上，靠在他身边托着下巴望着下面城中心依然灯火辉煌的城主府点头道："自然喜欢。"

君无欢道："阿凌喜欢便好。"

楚凌抬头看着他，好奇地问道："沧云城有多少人见过你的真面目？"

楚凌笑道："纵然不多，却也不少。我戴着面具，有一部分是因为君无欢这个身份，却也不全是。"楚凌点了点头，交通不便传信更不便，就算是顶级画师的人物肖像也因为风格原因有那么几分一言难尽。若只是为了隐藏身份，君无欢倒还真没有必要非戴面具不可。

"那是为了什么？"

君无欢有些无奈地道："我身体不好，早些年的时候更不好。"楚凌眨了眨眼睛片刻间明白过来。君无欢相貌俊美，身形清瘦，看着病恹恹的。沧云城主的晏翎却绝不能是个病秧子。谁也不想跟着一个随时都可能会没命的人做一种本身就是卖命的买卖。

戴着面具，一身黑衣，加上慑人的气势和绝顶的武功，谁能看得出来晏翎是一个随时都可能会发病的病秧子？

抬头看看他俊美却难掩苍白清瘦的容颜，楚凌不由得有些为他心疼。抬手轻抚了一下他的脸颊，面容触手微凉。

"刚开始的时候是不是很辛苦？"楚凌轻声问道。

君无欢握着她的手把玩着，一边回忆道："倒也算不上什么，有凌霄商行在背后支持，许多事情自然要方便得多。"

君无欢轻叹了口气道："阿凌可知道，我方才在大厅为何要说那句话？"

楚凌看着他没有说话，君无欢道，"桓毓能力不错，但是志不在此。若是我真的有什么事，他的性格未必能压得住底下的人。明遥的性格手腕要好一些，但是他的聪明之处也不在这上面，反倒还不如桓毓合适。至于四位将军，实话实说，若是真的跟貂族全面开战，除了余泛舟，其他人独当一面都还有些吃力。幸好这两年多了一个谢老将军，但是谢老将军年事已高……"

"君无欢，你想说什么？"楚凌微微蹙眉，看着君无欢道。

君无欢将下巴枕在她的肩头，轻声道："没什么，我只是想说若是我有什么不方便的时候，还要阿凌照拂沧云城一些。"

楚凌给了他一个算你识相的眼神，道："长离公子倒是看得起我，我是不是该感恩戴德?"

君无欢轻叹了口气,道:"阿凌,这世上再没有人比我更希望自己能身体健康长命百岁了。但是我到底还是沧云城主,当初拉拢了这么一堆人聚在这里,我不能不为他们考虑。"楚凌翻了白眼,道:"你放心,你要是真不行了我也不会为你殉情的。最多我再找一个……"

微凉的掌心捂住了她的唇,君无欢叹息道:"看来我还是要努力多活几年才行。"若是要我看到你跟别人双宿双飞,就算是死了也要活过来。什么我死了你也要好好活着,有别人照顾你我也更能放心?都是废话!既然他已经得到了,就算是死了他也要牢牢地握在掌中!

"这才乖。"楚凌笑眯眯地道,"我是不反对未雨绸缪,不过想太多了也不是什么好事。"

"阿凌说得对。"

清风拂过两人的身上,夜风撩起她柔顺的长发。君无欢伸手轻轻将有些凌乱的发丝捋顺了,一边问道:"阿凌以后想要做什么?"楚凌懒洋洋地道:"什么都不想做,天天吃饱了睡,睡饱了玩,吃喝玩乐,挥金如土。"

君无欢不由失笑:"只是这样的话,以阿凌的本事很容易就能做到。"

楚凌翻了个白眼道:"我留在上京或者沧云城吃喝玩乐,假装外面没有哀鸿遍野?我虽然不是圣人,但是也没有那么没心没肺。"君无欢道:"所以我才说,阿凌太心软了。"

楚凌也懒得反驳她心软不软的问题,叹气道:"可惜我运气不太好。"

"总有一天,我会让阿凌想做什么就做什么的。"

君无欢低低地笑了两声,在楚凌的眉心落下了一吻轻声道。

楚凌含笑,眼眸中星光璀璨:"好啊,我等着。"

已经是夜深人静,风华苑里侍候的白鹭和雪鸢却还没有休息。因为她们要侍候的主人还没有回来。从她们来到凌姑娘跟前开始,她们就不只是沧云城的人了。以后哪怕是城主和凌姑娘的命令产生冲突,她们也要优先听从姑娘的命令。

经过一下午的相处,两人都觉得她们运气很好,凌姑娘看起来就很好相处。

不远处一个修长挺拔的人影抱着一个人慢步走了过来,两人先是一愣,回过神来立刻迎了上去。

"城主。"

君无欢淡淡扫了两人,道:"退下。"

白鹭恭声道:"属下让厨房熬了驱寒汤,不知是否让姑娘喝下再睡?"

君无欢低头看了看沉睡中的楚凌,虽然已经是这个季节了但是沧云城夜里却还是有些凉的。自从受伤之后阿凌的身体状况一直都不太好,喝一些有备无患倒也无妨。点了点头,君无欢抱着楚凌走进了寝楼。跟在身后的白鹭和雪鸢对视一眼，暗暗松了口气。

将楚凌放在床上，君无欢轻声道："阿凌，醒醒。"

楚凌有些困顿地睁开了眼睛，蹙眉道："我怎么又睡着了。"

君无欢轻叹了口气道："没事，你先前消耗了太多心力，养一养等伤好了就好了。"不是任何人都有那个勇气和毅力被坚昆追杀大半个月最后还能拖死坚昆的。实力的不对等有时候比被许多人一起追杀压力还要大得多。

君无欢后来还去了坚昆死去的地方，那满地的血腥和狼群的尸体，令人不寒而栗。即便是君无欢自己面对那样的局面，也不敢保证一定能全身而退。

伸手接过白鹭端上来的驱寒汤送到楚凌唇边，楚凌低头看了一眼也不问是什么直接喝了下去。君无欢唇边露出一抹淡淡的笑意，扶着她躺了下来替她拉好被子轻声道："好了，先休息吧。"楚凌本想说她还没洗漱，只是也不知道是身体的缘故还是喝了酒或者那汤里有安神的成分，眼皮动了动竟然真的就睡了过去。

君无欢看着她沉睡的容颜微微蹙眉，思索了片刻方才站起身来慢步走了出去。云行月说阿凌这次伤了底子需要好好调养，恰好过两天师叔就要过来了，正好替阿凌再看看。"城主。"等在外间的白鹭雪鸢见君无欢走出来，连忙迎上前去。君无欢淡淡扫了两人一眼，道："好好照顾阿凌。"

"是，城主。"两人齐声应是。

君无欢不再多说什么，转身走了出去。看着君无欢的背影在门外消失，两人方才对视一眼双双松了口气。

清晨，楚凌从床上醒来只觉得前几日总是萦绕不去的疲惫似乎消退了许多。从床上起身，看着外面已经阳光明媚的庭院伸了个懒腰，果然良好的休息无论是对什么人来说都是至关重要的啊。雪鸢带着人端着水从外面进来，看到楚凌已经站在窗口了连忙上前："奴婢侍候不周，还请姑娘恕罪。"

楚凌回头看了她一眼，笑道："我也刚醒，没事儿，不用这么紧张。"

雪鸢连忙谢过，不管怎么说姑娘醒了身边却一个人都没有就是她们的失职。雪鸢一边心中暗暗记着楚凌醒来的时辰，一边指挥人将干净的温水棉布面巾放到了一边，道："姑娘昨晚没吃什么东西，厨房已经准备了早膳候着了，白鹭姐姐这会儿正在厨房，我这边传话让她送过来。"

楚凌点了点头，一边洗漱一边想着她虽然有个公主的身份，但是还真没被人这么周到地侍候过。

"你们城主在做什么？"楚凌问道。

雪鸢道："城主先前派人来传过话，说姑娘若是醒了的话尽可去前院找他。城主今日无事，可以陪姑娘到各处转转。"楚凌点点头表示知道了。

换了一身衣裳，用过了早膳楚凌便出门去找君无欢了。早上换衣服的时候楚凌才发现，她房间里的衣橱中竟然装了满满一柜子的衣服。一看就都是新裁制出

来的，件件价值不菲不说而且都与她的身形十分贴合，显然是专门为她做的。

楚凌随意选了一件白色的衣衫，也让白鹭和雪鸢赞不绝口。城主府由一个大花园被略显粗暴地分成了前后院，君无欢平时见属下议事以及宴客自然都在前院。后院则完全是属于君无欢的私人领域，包括君无欢所住的沧海苑和楚凌所住的风华苑都在其中。"喂！"还没走近君无欢的书房，楚凌就听到身后一个有些熟悉的女声传来。微微挑了下眉，楚凌没有理会继续往前走去。

对方见她不理，越发恼怒了起来，急声道："喂！叫你呢！"一个人影如一道风一般刮了过来挡在了楚凌面前。白鹭和雪鸢俏脸微沉，一左一右拦在了她前面不让她有机会伸手去触碰楚凌，"姑娘，请自重。"

少女有些不悦地跳脚："喂！我叫你呢！"

楚凌抬眼，对她淡淡一笑道："抱歉，我不叫喂，所以不知道姑娘在叫我。"这少女确实是个熟人，正是先前在信州见过的明家的明萱姑娘。

明萱轻哼一声道："你……你就是那个凌姑娘？"

楚凌微微点头，问道："姑娘有何见教？"

明萱扬起下巴道："听说你是城主带回来的？我告诉你，可不是什么人都能配上我们城主的，你若是识相最好赶紧自己走人。"楚凌闻言，不由得有些乐了，说起来上次见这姑娘已经是快三年前的事了，这姑娘竟然还如此有趣，可见是缺少敲打。

"我要不走呢？"楚凌笑眯眯地问道。

明萱一愣，顿时被气得脸色通红。指着楚凌尖声道："你想赖着城主？！你不要脸，你……啊？！"下一句骂人的话还没出口一个耳光已经狠狠甩在了她的脸上。接着下一个耳光又打了过来，所幸她到底还算个习武之人，立刻伸出手去想要架住打向自己的手。不想对方竟然早有准备，下一刻就换个位置换了只手啪的一个耳光又狠狠地甩在了她脸上。

左右两边各挨了一个耳光，原本嫣红的小脸顿时变得通红，不仅红而且还有些肿，可见下手的人半点也没有留情。

雪鸢退回了楚凌跟前，依然恭恭敬敬地站着，仿佛刚才那个打人耳光的人不是她一般。

明萱从小被宠着长大哪里受过这个气，气得浑身发抖指着雪鸢道："你……你竟敢打我？！"

雪鸢看了她一眼，俏脸冰冷："你是什么东西也敢骂我们姑娘？"

"你知不知道我是谁？我要告诉我大哥，我大哥不会放过你们的！"明萱叫道。

"呵。"雪鸢浑不在意地冷笑了一声。

明萱瞪着眼前的三人，忍不住红了眼睛哇的一声放声大哭起来。楚凌眨了眨眼睛有点茫然，这姑娘莫不是脑子有什么问题？分明是她先来找碴的，怎么说着说着就自己大哭起来了？

"你们敢欺负我！我要……我要让大哥将你们赶出沧云城！"明萱叫道，"城主一定会将你们都赶出……"

"住口！"不远处明遥大步流星地走了过来，身后还跟着忧心忡忡的明诺。明遥此时却再也不是平时见人三分笑的模样，神色难得地冰冷。明萱被他一声吼将剩下的话堵在了嗓子里，看到明遥和明诺有些心虚地叫了声："明遥哥。"

明遥冷冷地扫了她一眼："你是怎么进来的？"

明萱顿时手足无措，求助地望着明诺。明遥冷哼一声，道："擅入城主府，你可知道该当何罪？"

"大哥。"跟在他身后的明诺连忙道，"大哥，是我给了萱儿出入城主府的令牌，你罚我吧。"又侧首对楚凌行礼："舍妹无礼，还请姑娘恕罪。"

明遥却没有理他，而是转身对楚凌拱手道："冒犯了凌姑娘，还请凌姑娘见谅。她对凌姑娘无礼，凌姑娘想要如何罚她？"楚凌微微扬眉："明萱姑娘是明公子的堂妹？"明遥并不在意，淡淡道："王子犯法与庶民同罪，更何况只是我的堂妹。无论姑娘是否怪罪她，她擅闯城主府冲撞城主贵客的责罚都少不了。"

"堂哥……"

"闭嘴。"明遥扫了明诺一眼，道，"你也跑不了。"

明诺看了妹妹一眼，有些头疼地低下了头。他当然不会将出入城主府的令牌给明萱，而是明萱从他身边偷走的。明诺知道自家堂兄执法严明，他若是不替明萱分担，只怕以后明萱的日子都要不好过。

明萱却有些不服气，道："我怎么了？你们都能进城主府，凭什么我不能进？"

明遥嗤笑一声，似乎懒得跟这个堂妹说话了。挥挥手对身后的侍卫道："擅闯城主府冲撞客人，带下去杖责三十关禁室三天。至于凌姑娘的责罚，等你从禁室出来再领。"

"大哥？！"明诺脸色微变，不等他说话就听明遥淡淡道，"你别着急，丢失令牌自己去领二十杖，降职二等。还有，今天值守放她进来的人，一人领十杖。"

闻言，明诺兄妹俩的脸色都变得苍白起来，明诺年纪轻轻在沧云城的地位虽然远不及明遥却也是自己辛苦拼出来的，如今被降职基本上就是他这两三年的努力都白费了。更不用说害得城主府门前守卫跟着挨打，以后明萱在沧云城的名声还能好得了？

明萱这才知道不仅自己要受罚还害了哥哥，顿时着急起来："明遥哥，不关大哥的事儿，你不能……"

"闭嘴，我能。"明遥冷声道，"你敢如此无法无天，也是明诺将你惯坏了。既然如此，他就该领受这个教训。带下去！"

"是，明公子。"几个侍卫上前就要拉着两人出去。明萱看看明遥，心知向他求情也是无用，转身便朝着楚凌扑了过去。白鹭和雪鸢一左一右上前拦住了她的去路:"明姑娘,自重。"

"放开我!"明萱挣扎着,朝着楚凌道,"是我骂你跟我哥没关系,你别让他罚我哥!"

楚凌微微垂眸,淡淡道:"这是沧云城的事,我恐怕插不上手。"

明萱急道:"我跟你道歉好不好,求你别让他罚我大哥。"她从小跟明诺一起长大,对明诺这个哥哥感情还是很深厚的。明遥微微蹙眉,面上已经露出了几分不悦之色。明诺上前一步想要去拉明萱,却被明萱挥开了。

楚凌看着明萱哭泣懊悔的模样,温声道:"我看明姑娘年纪也不小了,行事倒是还像个孩子。罚明诺公子显然比罚姑娘更能让你长记性,明公子,佩服。"明遥摸了摸鼻子,道:"在下也是就事论事而已。来人,拿下!明萱,你若是再闹,我便再罚明诺。反正你也习惯了从小到大你闯祸明诺替你背锅不是吗?"

明萱睁大了眼睛望着明遥却再也不敢哭闹,只能任由侍卫将两人带了出去。

看着侍卫带着明萱远去,明遥方才长长地出了口气,再一次对楚凌致歉:"让凌姑娘看笑话了,明萱无礼也是我明家教导无方。"楚凌摇了摇头,她自然看得出来明遥跟明诺兄妹俩的关系并不算亲厚,却也不好过问人家的私事。只是笑道:"明公子这时候是来见晏翎的?"

明遥点了点头笑道:"凌姑娘也是来找城主的?姑娘先请。"

楚凌点点头,跟明遥一前一后往书房的方向走去。却看到外院总管吴乘鹤匆匆而来,明遥笑道:"吴总管,这么急去哪儿?"

吴乘鹤看着明遥,脸上的神色有些无奈道:"阿遥,你那个堂妹该管管了。"明遥神色微变,指了指里面,吴乘鹤点了点头。

"城主怎么说?"

吴乘鹤道:"杖责五十,禁闭三日。清水坊劳役三月,另外,既然教不好女儿,明家二爷的差事也先不用做了。"

明遥轻叹了口气,点头道:"我知道了。"

两人进了书房,书房里只有君无欢一人。君无欢正坐在桌案后面看着什么东西,一双剑眉微微皱起,神色有几分冷峻。抬头看到楚凌,脸上的冷意才淡了几分:"阿凌。"

"见过城主。"明遥很是识趣地先行请罪,"明萱无视沧云城规矩,冲撞了凌姑娘,是明家教导无方,请城主降罪。"

君无欢朝楚凌伸出手,楚凌含笑走过去被他拉着在旁边坐了下来。才听到君无欢道:"我知道你跟明家来往不多,但是既然注定扯不断这层关系那就看牢他们,或者我替你将他们逐出沧云城永绝后患?"

明遥有些无奈地苦笑着摇了摇头:"明家毕竟是世居沧云城的,又没有犯什么大错,随便将他们赶出沧云城未免让人觉得城主排挤城中的原住民。"沧云城不是君无欢修的，在他们来这里落脚之前自然原本就是有人住的。沧云这个名字是君无欢来了之后才重新取的，如果楚凌认真看过北方各地的州县志的话就会知道，沧云城原本名为阜陵城，历史上也曾经繁华过一段时间。

只是后来随着北方通往西域的路途开通，道路更加崎岖的阜陵城便渐渐没落了下来。等到君无欢来这里的时候，这地方只是一座除了面积大一些以外没有任何优点的小城。

君无欢不以为然："你觉得我在乎这个？"

明遥摇摇头道："还是算了吧，反正我那个二叔也没什么出息。倒是明诺，还是不错的，就这么毁了太可惜了。我当初答应过祖父，要照顾着他一些的。"

"随你。"君无欢淡然道，"只是，你最好别让他们再来招惹我，否则我可不保证会给你面子。"

明遥耸耸肩表示自己知道了，却暗暗腹诽："人家也没有招惹你啊，最多是招惹了凌姑娘。"

君无欢看向楚凌问道："阿凌，你对明萱可有什么想法？"

楚凌挑了挑眉笑道："算了吧，还是个小姑娘呢有这些教训也够了。"君无欢罚得可不轻。

明遥叹了口气："小姑娘？十八九岁的小姑娘，她比凌姑娘还要大几岁呢，可惜，跟凌姑娘比起来……"明遥摇了摇头，明萱那德行跟凌姑娘比都是对人家的羞辱。

楚凌有些好奇地问道："明公子跟明家的关系似乎有点不太好？"

明遥嗤笑一声道："不太好是客气的说法，事实上当初城主选择沧云城作为据点，就是我提供的意见。"

"为什么？"楚凌有些好奇地道，感觉这里面有个很长的故事。

明遥也没有故弄玄虚的意思，道："简单地说，就是原本明家的家产应该我爹继承，但是我爹死得早，我祖父有意培养我继承家业，我那位二叔自然是心有不甘。于是他就想方设法把我赶出了明家，还想派人追杀我。我在外面流浪的时候遇到了城主和桓毓，就跟着他们一起折腾了。碰巧他们需要一个据点，原本还有另外两个不错的地方。我就全力推荐了这个地方。"

楚凌了然，原本心心念念继承了家业，却发现他所继承的那点东西在曾经的对手面前根本不值一提。甚至以后还不得不仰仗自己当年不遗余力打压的对手的鼻息存活，这种痛苦有时候只怕比死了还要难过。

楚凌有些意外地看看明遥，年纪轻轻就能掌管明鉴司的人，果然不是寻常角色。

"阿遥这个时候过来有什么事？"君无欢靠在椅背上，抬手捏了捏眉心问起了正事。

明遥立刻收起了脸上的笑意，神色肃然地道："桓毓传回了消息。"君无欢微微蹙眉："桓毓？他出什么事了？"明遥有些无奈地苦笑："还真出事了。"伸手从袖中抽出一封信函递给了君无欢。

君无欢有些疑惑地接了过来，看完之后也不由微微皱起了眉头，转手将信函递给了坐在自己身边的楚凌。

明遥道："我就知道玉小六不靠谱。"君无欢摇头道："襄国公这个人我还是有几分了解的，他既然能拆穿桓毓，只怕已经不是怀疑了一朝一夕了。必然有确凿的证据容不得桓毓抵赖。"

明遥皱眉道："那你打算怎么办？要去见他吗？"无论是对天启皇室还是天启的朝廷官员权贵，明遥都没有什么好感。

君无欢思索了片刻道："未尝不是一个机会。"明遥皱眉道："你真的打算跟天启朝堂的人合作？别到时候被他们给坑了，他们远在江南倒是无所谓，到时候北晋大军压境倒霉的就是我们了。"就在不久前，天启朝廷的人还跟北晋人合作想要坑他们呢。君无欢诧异地看了他一眼，道："我什么时候说要跟朝廷合作了？"

"那城主是什么意思？"明遥不解，君无欢道："跟朝廷合作暂时是行不通的，但是不代表我们不能跟朝廷的人合作。凌霄商行如今在北方备受打压，我们对上京一带和朝中消息的掌控已经不如从前得心应手了。一旦等拓跋梁坐稳了皇位，必然会重新兴起对沧云城的打击。无论北晋换了哪一个皇帝，对沧云城的态度都不会变的。既然如此，我们为何不能趁着拓跋梁和北晋朝堂上波浪未平之际，竭尽所能积蓄力量？阿凌，你怎么看？"

楚凌抬起头来，弹了弹手中的信函道："襄国公就是当初在上京见过的那位，桓毓的表舅？"

君无欢点头，不仅是桓毓的表舅其实还是阿凌的亲舅舅。楚凌思索了片刻，道："那位襄国公我也见过两次，倒不像是心怀险恶之辈。桓毓肯替他传信给你，想必也是确定了他不会对沧云城不利。"

君无欢微微点头，迟疑了一下猜道："他还……"

楚凌自然知道君无欢想说什么，信她也看完了。她微微蹙眉道："他问起了武安郡主，是随口一问还是意有所指？"

君无欢轻声笑道："随口一问大概不可能，襄国公没这么闲。意有所指也不至于，襄国公能查到桓毓身上已经不易，我不认为他能有那么神通广大还能查到阿凌身上。"楚凌挑眉："这么说，他只是怀疑？"

君无欢点头道："阿凌的容貌虽然现在少有人能认出来，但是襄国公定然是不会忘的。阿凌，你……"楚凌望着君无欢，仿佛在等他后面的话。君无欢斟酌再三，方才问道："阿凌不想跟他们扯上关系吗？"

楚凌笑道："那倒不是，我只是有些不知道该如何面对他们而已。"

君无欢回想了一下，不由莞尔："是我想岔了。"

楚凌道："这样的世道，有时候个人的恩怨都会变得微不足道。如果有需要，我也并不介意利用我的身份。之前隐藏身份只是因为北方对我来说太过危险，而我又发现太早去了南边对我来说也并没有什么好处。但是我一直都知道，早晚有一天我是要回去的。"她要回去问问父皇，还记不记得他还有两个女儿在北方，终有一日，她还要带着拂衣姐姐回家。

"我明白了。"君无欢望着楚凌轻声道。

楚凌点头一笑："我知道你会明白的。"

被撇在一边的明遥有些无语地望着两人："我说两位，能不能说一点我能听得懂的事情。"楚凌惊讶地看着他："我们说的明公子听不懂吗？"明遥翻了个白眼道："听是能听懂，但是这跟我们现在要讨论的事情有什么关系吗？"

君无欢笑道："好了，你替我回信给桓毓，如果襄国公有诚意的话沧云城欢迎之至。"

明遥点点头："好吧，我明白了。"

明遥出去办事去了，书房里便只剩下了两个人。楚凌看了看君无欢欲言又止，君无欢把玩着她的发丝道："阿凌可是有什么想说的？"楚凌问道："君无欢，你想要这个天下吗？"

君无欢失笑，半晌方才摇头道："不，我不想。"

楚凌有些不解："不想？那你这些年……"这么拼命做什么？

君无欢将她揽入怀中，道："那阿凌呢，以阿凌的身份能力，就算不愿意回去做个养尊处优的公主，随便找个山清水秀的地方安稳度日也是不难的吧？"

楚凌笑道："我大概是因为闲不住吧。我还没满二十呢，实在不能想象剩下的五十年每一天都过着一模一样的日子是什么感觉。这世道，也不适合游山玩水啊。况且，我也没办法置身事外，我不能让她们就那么死在没人知道的地方，成为天启朝廷上下连提都不愿意提的污点。"

君无欢道："虽然阿凌这么说，但是我知道阿凌心里还是希望尽快结束这个乱世的。阿凌总是说自己心肠硬，每一次阿凌都无法什么也不管。但是，我还是希望阿凌不要将所有的事情都扛在自己身上，这些都不是你的错。

"至于我自己，我跟貊族人有仇。楚越死了，下一个就是拓跋梁。我对这天下没有兴趣，但是君家守护这天下到我父亲那一代，已经整整六代人了。我不在乎谁当皇帝，也不在乎以后这江山是姓楚还是姓别的什么，但是将来总不能让我跟我君家的列祖列宗说，我眼睁睁看着天启人让貊族杀了大半，剩下的都跪在貊族人脚边当了他们的奴隶吧？"

楚凌一时沉默，她觉得自己其实一直都没有能太了解君无欢，直到此时她终于从那张俊美而清瘦的容颜上看出了几分沧云城主的影子。君无欢和晏翎这两个人，在楚凌眼中真的是挺分裂的，也就难怪从来没有人怀疑过了。

或许这才是真正的将门之后，天启的战神家族出来的后人。可惜，天启人自己亲手毁掉了自己的守护神。

"如果你觉得可以的话，到时候我想见见襄国公。"良久书房里响起了楚凌的声音。

"好，我陪阿凌一起。"

沧云城的日子过起来还是十分悠闲自在的，城主府对楚凌几乎没有任何限制，城主府的人对楚凌也是恭恭敬敬半点不敢冒犯。明萱被责罚的消息不知怎么的传了出去，于是就连根本没见过楚凌的人都对这位未来的城主夫人敬畏有加了。

毕竟明萱对君无欢的心腹们来说不算什么，但是明遥的堂妹这个身份还是挺能唬人的。就连明公子的堂妹都因为冲撞了凌姑娘被罚得那么重，别的人哪里还敢放肆？花园里，楚凌正在练功，手中流月刀刀光飞舞，身形宛若游龙让人看得目不转睛。雪鸢和白鹭站在一边，也不由得将双眸闪闪发亮。

楚凌身形一顿，看了看自己手中的刀。那日她的感觉果然没有错，刀法比从前流畅了不少。就仿佛是突然间捅破了一层无形的隔膜，原本并没有什么感觉，但是过了这个坎之后再回头看就会发现自己从前的刀法确实还是差了一些。

她随手将刀收回刀鞘，就看到君无欢从外面走了进来。

今天阳光明媚，君无欢穿着一身浅色衣衫，倒是比众人眼中的沧云城主多了几分闲适洒脱。

"城主。"雪鸢微微屈膝行礼，躬身退了出去。

楚凌笑道："这是要出门？"君无欢点头笑道："襄国公来了，阿凌不是说想要去见见吗？"楚凌站起身来，走到他跟前道："这么快？"君无欢道："看来襄国公确实很急。"

"襄国公找你所为何事，你心里有数吗？"楚凌问道，君无欢道："差不多吧。阿凌，襄国公是聪明人，若是再让他见到你，他未必不会怀疑你的身份。"楚凌笑道："我既然去见他，自然是不在意让他知道我的身份的。"

君无欢仔细看了看她，点头道："那就走吧。"

襄国公并没有进沧云城，而是装扮成商人在沧云城附近的一个小镇住下。沧云城虽然被貊族环伺，但却并不是一座完全封闭的城池，毕竟沧云城还掌握着比整个信州还辽阔的土地。城中依然经常有商人和旅客往来，只是沧云地界素来对貊族人止步，又因两族的外貌上有明显的不同，貊族人想要混进沧云城来几乎是不可能的。

两人到了信中约定的小镇客栈的时候，襄国公和桓毓正坐在楼上喝茶。整个二楼上空荡荡的，除了两人再没有别的人。襄国公看起来并不像当初在上京的世家权贵模样，倒是真有几分土财主的模样。坐在他身边的桓毓公子也是一副富家少爷的模样，眉眼间做了一些修饰，下巴上还贴了一颗可笑的黑痣。楚凌看在眼里就忍不住想要偷笑，却因为桓毓瞪过来威胁的眼神硬生生地忍住了。

"襄国公。"君无欢淡淡道。襄国公看到两人上来倒是一愣，侧首去看坐在自己身边的桓毓。桓毓立刻低下了头眼观鼻子鼻观心，只当没看到自家表舅质问的眼神。襄国公只得看向君无欢，淡淡道："若是没记错，我要见的是沧云城主。"

君无欢拉着楚凌走到一边坐下，淡淡一笑道："正是晏某。"襄国公怔愣了片刻，总算是回过神来，忍不住叹了口气道："后生可畏。"他原本猜测君无欢应该跟晏翎关系不错，可能是盟友也有可能是至交，却没有想过这两个人竟然会是同一个人。

襄国公并没有怀疑君无欢的话，如长离公子这样的人没有必要在这种事情上骗他。

楚凌淡淡一笑道："国公，别来无恙。"襄国公没想到这位武安郡主竟然会出现在沧云城，望着她的面容不由得怔住了。

察觉到君无欢不悦的眼神，襄国公才轻咳了一声将目光从楚凌脸上收了回来。有些歉意地对楚凌笑了笑道："武安郡主，别来无恙。"

楚凌笑道："国公客气了，我姓楚单名一个凌字。"

襄国公又是一愣。

桓毓在一边看得直皱眉头，觉得自家表舅今天的表现简直大失水准，这是要被君无欢坑死的节奏啊。到底还是于心不忍，桓毓轻咳了两声提醒道："表舅，你不是说有事情和君无欢商量吗？现在可以说了。"

襄国公也定了定神，将心中杂乱的思绪抛到了脑后。看向君无欢道："君……晏城主，按你跟小六的关系，我就不拐弯抹角了。咱们直入正题，你看如何？"君无欢端起跟前的茶杯浅酌了一口，淡淡道："如此自然是最好。"

襄国公点头道："不知晏城主对如今北晋的局势怎么看？"

君无欢放下茶杯，抬头看着襄国公道："若是北晋皇帝能再活三五年，将皇位顺利交接给下一代的话。以我推测最多二十年貊族便可一统天下。"闻言，襄国公微微皱眉却没有说话，听到君无欢说出貊族有机会一统天下，襄国公心中自然是不快的。

"可惜，北晋皇帝没有那个命多活三五年。那么现在呢？"

君无欢道："现在就要看天启打算怎么做了。"

"此言何意？"襄国公道。

君无欢道："国公来找我，不就是已经看出了这一点吗？不是君某自谦，沧云城虽然占地不小，但地多人少半数贫瘠荒芜。以沧云城一己之力，想要固守一方不难，但要与北晋全面开战胜算寥寥。如今拓跋梁登基继位，虽然短期内北晋朝堂免不了钩心斗角腥风血雨。但若拓跋梁能在两年之内将内乱镇压下来，三五年内北晋的实力必然还会再上一个台阶。北晋皇帝毕竟是老了，拓跋梁却是年富力强野心勃勃。到时候，拓跋梁挥军南下，不知道天启能否抵挡？"

襄国公摩挲着手腕上的一串玉念珠，垂眸道："既然如此，长离公子又为何要助拓跋梁上位？"

君无欢淡然一笑道："北晋皇帝不死，结局便近乎是定下来了。若是换一个皇帝，哪怕是拓跋梁，总还是会有一些变数的。关键是天启是否能够抓得住这个机会。"襄国公轻叹了口气，道："看来，晏城主已经知道朝廷的态度了。"

君无欢不置可否，只是道："并不意外。所以襄国公甘冒大险亲自来见我，到底是想要说什么？"

襄国公道："我无法说动朝廷那些老顽固改变看法，但是襄国公府却可以给沧云城一些帮助，不知晏城主以为如何？"

君无欢看看他，道："恕我直言，襄国公府虽然世代名门，但是如今在北方只怕也剩不下些什么了吧？"半点也不客气，显然是看不上襄国公府的那点助力。

襄国公沉默了良久，终于轻叹了口气。从袖中掏出一个东西按在桌面上慢慢推了过去："如果是这个呢？"

他的手拿开，桌面上放着一块金黄色的令牌。另外，向上的一面正好刻着"如朕亲临"四个大字。

桓毓有些震惊地看向自家表舅，楚凌和君无欢却神色相当平静。君无欢淡淡扫了一眼那块令牌，道："原来是皇帝陛下的钦差。"襄国公有些无奈地苦笑道："晏城主放心，陛下并没有要插手沧云城事情的意思。"

君无欢扬眉道："那皇帝陛下是什么意思？"

襄国公道："陛下可以为沧云城提供粮草，甚至是人马。"

君无欢嗤笑一声，道："哦？陛下倒是不怕养虎为患，再养出来一个摄政王？"

襄国公望着君无欢并不说话，君无欢淡淡道："这个主意，想必是襄国公出的，也是襄国公说动陛下的吧？"襄国公并不反驳，君无欢道："沧云城确实需要支持，但是很抱歉，君某不相信天启朝廷。"

"我说了，陛下……"

君无欢抬手阻止了他要说的话，淡笑道："说实话，我尤其信不过皇帝陛下。当年君傲倒是相信皇帝陛下，但是他得到了什么？"襄国公脸色微变，半晌才道："陛下他当初是想要救大将军的。但是你知道，当时陛下根本就……"无论怎么说，君傲的死，永嘉帝至少要负一定的责任。身为帝王只能眼睁睁看着忠于自己的臣子冤死，也不知到底是君家的悲哀还是永嘉帝的悲哀。

君无欢道："这跟我没关系，我也并不想跟襄国公讨论当年谁是谁非。"

襄国公叹了口气道："晏城主答应跟我见面，也不会只是为了告诉我你信不过朝廷和陛下吧？既然晏城主信不过我，那么条件你提。"

君无欢不由一笑，道："襄国公倒是爽快，你就不怕我提的条件你难以接受。"

"我尽量。"襄国公无奈地道。

君无欢笑道："很好，那么我的条件也很简单。第一，沧云城不会归顺天启，也不是天启的臣子。希望襄国公记得一件事，君某，是西秦人。"襄国公沉默了片刻，点了点头："还有呢？"

君无欢道："第二，天启每年为沧云城提供五百万两的银两，以及三百万石粮食。并且不得再限制凌霄商行在南朝的生意。第三，与沧云城共享在北方的情报消息。"

襄国公低头喝了一口茶，淡淡道："不算太苛刻。我们付出了这么多，沧云城也不听朝廷调遣。我们能得到什么？"又给钱又给粮还要分享消息渠道，总不能白干吧？就算是合作，也不是这么个合作法。

君无欢低笑一声道："我替天启守了这么多年灵沧江，还不够吗？"

襄国公眼神微闪："晏城主这是想要空手套白狼？这可不是做生意的规矩。"

君无欢点点头，道："好吧，我会说服西秦与天启结盟。"

襄国公眯眼道："西秦？西秦国弱，西秦王少不更事，晏城主确定能说服他们？就算说动了他们，又有什么用？"

君无欢淡然道："西秦王确实还太年轻了，但至少比天启皇帝陛下还多了几分血性。"襄国公也不计较他的无礼，皱眉道："纵是如此，只怕也不足以令我说服陛下接受晏城主的条件。城主应当明白，谈生意总要公平一些。"

"天启每年献给北晋那么多岁贡，国公怎么不去跟貊族人谈公平？"

襄国公闭口不言，气氛一时有些僵硬。旁边一直没有开口的楚凌却突然将一个东西推到了襄国公跟前道："国公觉得这个够不够让你说服天启皇帝陛下？"

襄国公低头一看，脸色蓦地一变，抬起头来望着眼前的少女，脸上全是惊愕和狂喜之色。

◆第十八章◆
帝女神佑

放在桌上的是一块羊脂白玉，上面刻着精致的鸾鸟图案。襄国公有些颤抖地用手将玉佩翻过去，背面精致的纹凤中间刻着"灵犀"二字，旁边还有几个不起眼的小字——赐长女拂衣。

襄国公的眼睛立刻就有些红了，颤抖着嘴唇望着楚凌，半响才终于道："你还有一块玉佩呢？"

桓毓有些好奇地伸长了脖子看了一眼，只看到了"灵犀"二字。有些意外地看了楚凌一眼，他也是出身名门的，自然能看得出来这块玉佩的来处。"灵犀"二字，这不是几年前死了的那个天启大公主的封号吗？

楚凌对着襄国公淡淡一笑道："国公觉得这还不够吗？"襄国公神色有些复杂地望着楚凌，半晌方才叹了口气道："天启对不起你们，你……"楚凌摇摇头，含笑对襄国公道："国公你想太多了，我对天启并没有什么怨恨的情绪。不过，倒是有个人托我给那位带一句话。"

襄国公正色道："你说，我一定替你带到。或者你先跟我回去？"

楚凌摇摇头道："她说她想回家。"襄国公愣住，怔怔地望着楚凌似乎失去了说话的能力。桓毓微微蹙眉，看着他表舅通红的眼睛以及明显有些情绪难以自控的模样，似乎下一刻就能哭出来一般。桓毓沉吟了片刻便道："看来今天不是谈正事的好时候，舅舅不如先去休息一会儿，我跟他们聊聊？"

襄国公伸手握住了桌上的玉佩，点了点头道："也好，我先失陪一会儿。"说罢他便起身走了。桓毓目送他离去，觉得自己这个表舅这会儿脚底下都在打飘，跟游魂似的。桓毓皱眉看着两人问道："两位，这到底是怎么回事？"

君无欢喝了口茶，淡淡道："桓毓公子不是聪明绝顶吗？这点小事你都猜不出来？"

桓毓皱眉道："灵犀公主的玉佩怎么会在凌姑娘手里？灵犀公主是表舅的亲外甥女，看到她的遗物受点刺激在所难免，但是这反应未免也太大了一些。"襄国公又不是刚知道灵犀公主死了。

桓毓有些怀疑地看向楚凌，再看了看君无欢，道："君无欢，咱们这位凌姑娘到底是什么身份？"

君无欢神色淡定："你猜。"

桓毓忍不住翻了个白眼，你当这是猜灯谜吗？

虽然这么想着，桓毓却还是上下打量了楚凌良久，方才道："凌姑娘有灵犀公主的玉佩，肯定是见过灵犀公主或者是跟灵犀公主有关系的人才对。表舅似乎也格外关注你所以应该是你本身和舅舅也有关系，还有你姓楚！"楚凌对他不怎么诚心地道："恭喜玉六公子，你终于想到了。"

桓毓顿时露出一个惊恐的神色，指着楚凌道："你……你、你，该不会是我想的那样吧？"楚凌耸耸肩道："可能就是你想的那样。"桓毓终于有些无力地趴在了桌面上，无精打采地望着君无欢似乎想要从他的口中得到一个否定的答案。可惜君无欢并不打算如他的愿："阿凌是什么身份，对你的打击有这么大吗？"

桓毓仔细想想，好像也对。该受打击的是别人才对啊。不过……"你这运气未免也太好了一些，随便出门一趟就能捡到一个小公主？"他为什么就没有这么好的运气？桓毓很快恢复了，朝着楚凌的方向移动了一下，低声问道："凌姑娘，你真的是我的表、表妹？"

楚凌眨了下眼睛，好奇地道："表表妹是什么？是你被吓得结巴了吗？"

桓毓一挥手道："当然不是，你是我表舅的外甥女，就是我表妹的表妹，不就是表表妹吗？"楚凌无语，道："多谢，这种情况我们一般称之为表妹就可以了，不是说一表三千里么？你就当我们隔了六千里呗。"

"还真是啊。"桓毓感叹道。

看他受打击的模样，楚凌倒是有些歉意："当初瞒着桓毓公子，实在是有些抱歉。"桓毓无力地挥挥手道："没关系，我能理解。这种事情当然是知道的人越少越好。这个消息若是昭告天下，受打击最大的应该是貊族人吧？"堂堂貊族大将军，千挑万选选了一个天启公主当徒弟，这眼光也是没谁了。

君无欢将茶杯放在地上，淡淡道："你当这件事传出去了，对阿凌有什么好处吗？"

桓毓想了想，也对。貊族人会怀疑拓跋兴业，天启人同样也会怀疑阿凌。

骤然发现自己多了一个远房表妹，桓毓公子表示他的心情有些复杂："你真的是那位天启小公主？"那么问题来了，一个在浣衣苑长大的小公主，到底是从哪儿学会这些本事？不怪没人怀疑过楚凌的身份，实在是这南辕北辙根本就联系不到一起去啊。

若不是楚凌能拿出灵犀公主的玉佩，只怕就是她自己说她是天启公主，天启人也未必会信。

楚凌有些无奈地叹了口气，道："需要我想办法说服你吗？"

桓毓识相地连连摇头道："不用不用，你现在承认身份，是为了帮我们吗？"君无欢的命真好啊，竟然能找到一个对他这么好的媳妇儿。楚凌轻叩着桌边淡淡道："也不全是，我早晚要回天启的，有能利用的身份干吗不用？"

"也对。"桓毓点头表示同意。

楚凌继续道："现在是一个能够改变襄国公府立场的好机会。"

"我那表舅固执得很，想要他改变立场可不是什么容易的事情。"桓毓对此并不看好。襄国公若是那么容易摆平，这些年他也不会想方设法地瞒着他了。

楚凌笑道："只要双方都有着共同的目标和利益，没有什么是不能改变的。"

君无欢伸手替楚凌续了一杯茶，轻声道："阿凌可做好准备了？若是去了南朝，可就没有现在这般自在了。"楚凌笑道："我们先前商量推演过的，这条路远比沧云城独自为战或者与靖北军联手要更快也更好一些。更何况我无论在哪儿，都不会让自己不自在的。"

在北方，他们能争夺的资源太少了。一旦北晋朝堂稍微安稳一些，沧云城和靖北军都将会面对貊族狂风骤雨般的攻击。貊族的兵马素来都是遇强则强，貊族

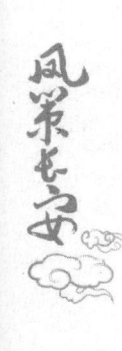

真正的精锐如拓跋兴业麾下的兵马只怕比沧云城还要强悍一些。

想要真正将貊族人逐出关内，只靠他们自己的力量太慢需要牺牲的也太多了。

桓毓看看楚凌再看看君无欢，忍不住在心中叹了口气。原来在他不知道的时候，这两位已经想得这么远了？该说不是一家人不进一家门吗？"这么算来，等阿凌成了公主，君无欢，本公子是不是要恭喜你荣登驸马之位了？"

君无欢冷飕飕地给了他一个眼刀：想死就直说。

一阵脚步声传来，三人同时住了口，转身朝着楼梯口望去。果然看到离去了一会儿的襄国公去而复返，脚步似乎有些匆忙地到了三人跟前，也不等坐下便开口道："我可以答应晏城主的要求，不过卿儿要跟我回去！"

君无欢挑了下眉道："卿儿？襄国公说的是谁？"

旁边的桓毓心中暗暗唾弃，装什么装啊？

襄国公望着楚凌，有些黯然地道："你的玉佩，能给我看看吗？"

楚凌不答，襄国公叹了口气，道："当初在上京第一次见到你其实我就该猜出来了。只是，我查到的消息跟你实在是相差得太远了。再加上长离公子，我便只能当是自己想多了。不管你相不相信，这些年陛下一直都是念着你们的。"

楚凌有些无奈地叹了口气，她真的没有怨恨永嘉帝，为什么这位就是不相信呢？沉吟了片刻，楚凌将另一块玉佩也推到了襄国公的跟前。襄国公的手指险些握不住玉佩，良久方才声音有些沙哑地问道："这些年你……你们可还好？你姐姐和母亲……"

楚凌道："我年纪小，又有人护着并没有受什么苦。姐姐和母妃，都是自杀的。"段皇后那时候应该叫段贵妃，死得很早，她出身尊贵，出嫁之后也是贵妃之尊，如何能忍受那样的耻辱。在进入浣衣苑之后不到一年就自杀了，之后便一直都是楚拂衣在保护着还不懂事的妹妹。

楚凌并不怪母妃不顾念女儿，虽然她对母妃的记忆早已经模糊，在那样的处境她知道自己无论如何努力也无法保护女儿周全，更不能忍受眼睁睁地看着女儿遭受自己所受的苦楚，所以她宁愿在她还不懂事的时候就结束她的生命。

她并不忍心下手，所以她只能结束自己的生命。

之后，她便一直被姐姐和浣衣苑里的所有大人照顾着，也就这么长大了。

襄国公面上的肌肉忍不住抽搐了起来，通红的眼睛也终于泛起了水光。望着楚凌连声道："你还活着、还活着就好。好孩子，跟舅舅回去，回去见你父皇。他也很想念你，这两年他也时常念着你……"

楚凌望着襄国公半响，方才微微摇头道："抱歉，我现在不能跟你回去。"

"为何？你不愿认回你父皇？"襄国公道。

楚凌道："您应该明白，我现在即便是跟你回去身份也很尴尬，况且我在北边还有一些事情需要料理。"襄国公方才也是太过激动了，顾不得权衡那些事情。但是楚凌一提，他自然也就明白了楚凌的顾虑在哪里。

"你说得对，舅舅这就回去跟你父皇商量。一定风风光光地将你接回去！"襄国公斩钉截铁地道。他并不担心自己无法说服永嘉帝，永嘉帝并不是一个心狠的人，事实上，他甚至算得上是一个心软的好人。但正是因为这个，他才不适合当一个皇帝，作为一个皇帝他太优柔寡断了。

"多谢国公。"楚凌道。

襄国公知道，楚凌这是同意了他的话。虽然没能听到她叫一声舅舅有些遗憾，但襄国公也知道这事不能强求。这个外甥女，还是拓跋兴业的亲传弟子，想到此处襄国公又隐隐觉得有些骄傲。看了看两人，他忍不住问道："我听说，靖北军的那位小将军叫凌楚？是……"

"是阿凌。"君无欢淡淡道。

虽然早有猜测，但襄国公依然忍不住露出了惊讶的神色。君无欢侧首看了楚凌一眼，含笑道："刺杀北晋皇帝的人，也是阿凌。"

啪！

襄国公刚端起来的茶杯终于落到了地上，茶水洒了他一身，襄国公都顾不得了，震惊地望着坐在君无欢身边的少女，"卿……卿儿?!"楚凌淡淡一笑，道："恰好碰上了，运气好而已。"

襄国公依然回不过神来，这世上哪儿有那么多好运气的事情？这得是多么大的运气，才能一出手就弄死北晋皇帝啊？

襄国公狠狠地吸了几口气，终于勉强压下了心中的惊涛骇浪，一脸严肃地叮嘱道："这件事不要再跟别人说了。"

楚凌和君无欢对视一眼，都从对方眼中看到了几分笑意。这位襄国公果然是个不错的人，倒也难怪桓毓对他那么维护了。君无欢看着襄国公道："国公若是不急着回去，不妨在此多盘桓两日，还有一些事情我们可以好好商讨一下。"

襄国公看着君无欢比先前显得真诚了几分的神色，心中明白到了现在这位才真正把他当成了可以合作的对象。

看看坐在君无欢身边的楚凌，襄国公有些心酸之余对长离公子生出了几分莫名的敌意。

襄国公在这个小镇上停留了三天，这三天时间几乎都足不出户地与君无欢、楚凌关在房间里商量着什么事情。就连桓毓公子都被排除在外并不知道他们讨论的是什么。直到很久很久以后，才终于有人在段家的藏书中翻出襄国公的笔记，知道那三天这三位到底说了些什么。

而那个时候，这一段过往却早已经成为了历史烟尘，让人越发好奇和向往。

三天后一大早，天还没亮襄国公就带着人急匆匆地回了江对岸，连同桓毓也被他一道抓了回去。

天启皇宫之中，永嘉帝正在看书。

宽敞的大殿中央一个半人高的精致香炉中正飘着缕缕青烟。永嘉帝依靠在一张宽大的软榻上，有些慵懒地握着一本书时不时翻上两页，只是眼神却似乎总也落不到书页上，也不知是在看书还是在发呆。

不管他在做什么，大殿中宫女和内侍们谁也不敢插话。这些日子陛下的心情不太好，无论是谁贸然凑上去都是自讨苦吃。

一个侍卫匆匆进来，才刚走进门就看到永嘉帝抬起头来淡淡地扫了他一眼。侍卫连忙道："启禀陛下，襄国公求见。"

永嘉帝一怔，从软榻上坐了起来皱眉道："则知来了？让他进来。"永嘉帝随手将手中的书放到了一边，他并不知道襄国公来找他做什么，但是却知道若没有要事他是绝不会入宫的。

"是，陛下。"

片刻后襄国公快步走了进来："臣叩见陛下。"

永嘉帝一挥手示意他不必多礼，从软榻边站起身来道："则知，这个时候进宫可是有什么事？"襄国公扫了一眼周围的宫女和内侍，沉吟了片刻道："臣确实有事想要禀告陛下，请陛下屏退左右。"

这个要求对一个臣子来说可说得上是十分无礼，但襄国公不仅是天启重臣，也是他的大舅子，永嘉帝并不介意给亲近的臣子一些特殊的恩典和纵容。朝着殿中众人挥了下手，道："都退下吧！"

"是，陛下。"殿中内侍和宫女们纷纷躬身退了出去。

片刻后整个大殿中就只剩下了两人，襄国公犹豫了一下并没有急着开口。永嘉帝看着他道："你放心，现在这里只有朕和你两个人，有什么事情尽管说便是。这宫里眼线纵然是不少，但是朕也还没有无能到让人在朕的寝殿光明正大偷听的地步。"

襄国公沉默了点了点头，抬头望着永嘉帝良久方才沉声道："陛下，臣或许找到小公主了。"

"什么？"永嘉帝脸色顿变，几步上前一把抓住了襄国公的衣袖道："你是说真的？她在哪儿？"

襄国公沉默地看着自己被拽住的衣袖，永嘉帝似乎这才发现自己的失态，连忙放开了他。不停颤动的唇角和脸上难掩的激动却都在诉说着他此时的急切，"则知，卿儿在哪？"

襄国公从袖中掏出两块玉佩递了过去，永嘉帝一把抓过放在手中仔细地看着，激动地道："这是卿儿和灵犀的东西，是朕赐给她们的。这玉是朕亲自选了让宫中的工匠雕琢出来的。"

这两块玉佩是当初赐予灵犀封号的时候他亲自选的，因为还有一个在襁褓中的小女儿，永嘉帝干脆命人用同一块羊脂白玉雕出了两块一模一样的玉佩。其中一块赐给了长女，上面刻着她的封号和名字。另一块却留白了，只刻下了名字，他原本是打算等将来小女儿有了封号再重新让人刻上去的。只是却还没有等到卿儿长大就……

襄国公垂眸道："公主还在北地，臣这么离京就是为了这件事。"

永嘉帝一愣，皱眉道："你见到卿儿了？为何不将她带回来？"

襄国公望着永嘉帝，轻叹了口气道："陛下可想过，公主回来要以什么样的身份？"永嘉帝皱眉道："自然是朕的公主，卿儿是朕与皇后之女，身份尊贵谁敢说什么？"

襄国公摇头道："即便是陛下相信公主，但是朝中臣子又会如何想？陛下别忘了，公主从浣衣苑失踪已经三年多了。"

永嘉帝轻哼一声，盯着襄国公道："你确定她真的是卿儿？"

襄国公取出一幅画轴展开，画上是一个穿着一身浅蓝色衣裳的明艳少女。襄国公问道："这便是公主，陛下看着可觉得眼熟？"永嘉帝道："像是襄国公府的太老夫人。"

永嘉帝虽然没见过襄国公府太老夫人年轻时候的模样，但是曾经在襄国公府的祠堂和书房见过太老夫人年轻时候的画像。襄国公这幅画上的少女，跟太老夫人年轻时候至少有七八分的相似。

"真的……真的是卿儿……"永嘉帝忍不住红了眼睛，"则知，你再去一趟北地。一定要将卿儿接回来！你告诉她，不要怕，朕一定会让她风风光光地回宫，做天启最尊贵的公主的！"

襄国公摇头笑道："臣倒是觉得，公主并不会觉得害怕。陛下可知道公主在北地还有什么身份？"

永嘉帝一愣："还有什么身份？"他是知道卿儿在北地失踪了两三年，但是却还不知道这两三年她都在做什么。

襄国公道："公主便是早前臣说起过的，拓跋兴业的亲传弟子，北晋皇帝册封为武安郡主，另外她还是信州靖北军的小将军。"

"什么？！"永嘉帝大惊失色，襄国公仔细盯着他的表情，并没有从他的眼中看到任何不悦，除了震惊更多的倒是欢喜。就像是一个普通的为了儿女的成就高兴的父亲。这才在心中暗暗松了口气，但是襄国公思虑再三也没有说出楚凌还是刺杀北晋皇帝的刺客这件事。

永嘉帝似乎很是高兴："卿儿竟然如此厉害，难怪能从浣衣苑那种地方逃出去。好……好啊！"

"陛下？"

永嘉帝道："则知，尽快接卿儿回来！身份的事情朕会解决的！"

襄国公点点头道："微臣遵命。启禀陛下，臣这次去北方还见了沧云城主晏翎，他提出……"

　　送走了襄国公，楚凌再次回到了悠闲养伤的日子。君无欢却一如往常地忙碌。

　　沧云城中共有精兵二十五万，分属四营以及由城主直接统领的亲兵营。这已经是沧云城能负担的兵马的极限了。若不是凌霄商行的商业遍布天下，只怕连这些兵马也是难以负荷的。

　　这日君无欢难得有空便亲自带着楚凌去了军中巡视，第一站去的便是驻地距离沧云城最近的朱雀营。朱雀营主将余泛舟是沧云城四大主将中年纪最小的一个，比起君无欢也不过大一两岁而已。楚凌看过君无欢书房里的战报，朱雀营在沧云四营中的战绩颇为可观。

　　君无欢带着楚凌进了大营自然引来了不少人的围观和窃窃私语。军中消息传播得很快，所以整个沧云军几乎都知道城主带了未来的城主夫人回来。如今见到城主竟然亲自带着一个姑娘逛军营，这些将士自然立刻猜到了这位就是他们未来的城主夫人。

　　"城主夫人可真好看。"有人低声议论着。却被旁边的人狠狠敲了一下脑袋："不要命了？城主夫人也敢议论？！"被打的人满腹委屈，揉着脑袋道："我说的是实话啊。"

　　就是实话才不能随便说啊。

　　余泛舟接到消息匆匆带着人迎了上来："见过城主，凌姑娘。"

　　楚凌微微点头笑道："余将军，冒昧前来打扰了。"余泛舟拱手道："凌姑娘言重了，城主，凌姑娘里面请。"楚凌道："余将军，你们想必还要议事，我可以在军中看看吗？"余泛舟笑道："当然可以。"说罢他便招来一个年轻的校尉替她带路，这才请君无欢去主帐。

　　君无欢议事是从来没有避着楚凌的，不过楚凌毕竟还不是真的城主夫人，该避嫌的地方还是要避嫌的，就如同君无欢在蔚县时也很少主动过问靖北军的事。

　　被余泛舟派出来做向导的小校尉很有些腼腆，楚凌有些好笑地看了看那年轻校尉，道："还未请教小将军怎么称呼？"

　　校尉连忙摆手道："夫……呃，凌姑娘客气了，末将汪粟，凌姑娘叫属下名字就可以了。"

　　楚凌点点头，道："汪校尉家是沧云城的吗？"汪粟点了点头，有些骄傲地道："不错，属下从小便生在沧云城，成年之后属下便投了城主麾下。"楚凌道："沧云城如此安稳，汪校尉何不留在家中？战场上到底太危险了。"

　　汪粟道："我家里还有两个兄长一个弟弟，我就算出了什么事也不怕没人给我爹娘养老。如今我在军中，一个人一月的军饷就够我们全家用了。所以属下还是觉得留在军中好。"

楚凌含笑点头："那就祝汪校尉早日高升。"跟楚凌聊了几句，汪粟倒是渐渐地抛开了原本的拘束越发健谈起来。到底是年轻人，一会儿他便恢复了本性，看起来颇有几分神采飞扬。楚凌听他说起军中的趣事也听得兴致勃勃。

汪粟却觉得，这位未来的城主夫人完全不像别的大家闺秀那样高高在上，仿佛他们这些普通人都是地上的尘埃一般。她十分博学，无论他说什么她都能够接得上。

两人一路走到营中校场，不少的将士正在训练，还有人在抱团切磋，一派生气勃勃。

楚凌有些好奇地指着射箭的地方道："弓箭手都很厉害啊。"正在练习射箭的靶子上大都正中红心，可见这些弓箭手都实力不俗。

汪粟有些得意地笑道："那是自然，我们朱雀营可是射箭手最多的一营，就是比起城主的亲卫营也不遑多让。"

"我能试试吗？"楚凌问。

汪粟有些迟疑："凌姑娘……"这军中的弓可不轻，凌姑娘这般柔弱拉得开弓吗？

楚凌笑道："我学过一些，一时有些技痒。"

汪粟也不好打击她，只得将她带了过去。只是军中实在没有什么轻便的弓，所幸楚凌也不挑。周围的士兵见一个漂亮的姑娘站在一边准备射箭，忍不住都围了过来。

"汪校尉，这姑娘是什么人啊？"有人低声问道。

汪粟斜了他一眼："凌姑娘是城主带来的贵客。"

"哦。"众人纷纷露出了然的神色，他们自然也听说过城主这次是带着未来的城主夫人回来的。就是眼前的这位吗？果真是天下无双的美人儿，配得上他们城主！楚凌对准了远处的箭靶放箭。

一箭正中红心，周围顿时响起一片喝彩声。

原本不少人还想着若是未来夫人拉不开弓或者射偏了他们要如何不让夫人面子不好看，没想到这未来的城主夫人竟然如此厉害。

"好！"

楚凌回头看了一眼围在自己身后不远处的众人，眨了眨眼睛不由一笑。

等余泛舟和君无欢带着人从大帐中走出来的时候，校场上早已经喧闹沸腾起来。远远地就听到阵阵喝彩助威的呼声，余泛舟有些意外："这是在干什么？"

被他抓住的路过的士兵道："回将军，未来的城主夫人正在跟人比武呢。"等到余泛舟放开，他立刻一溜烟朝着校场跑去了，显然也是闻讯来看热闹的。余泛舟扭头去看君无欢，君无欢笑道："咱们也去看看吧。"

他们走到跟前的时候正好看到楚凌干脆利落地将一个校尉从擂台上踢下来，

周围又是一片欢呼声。

"凌姑娘竟然赢了谭虎？"余泛舟惊讶地道。

君无欢看着台上的女子，唇边带笑："谭虎对她来说还不算什么，你也不是她的对手。"

"哦？那末将倒是有些好奇了。"

楚凌也看到了众人，足下一点从台上掠了下来。君无欢笑道："阿凌辛苦了。"楚凌笑道："辛苦倒是没有，很尽兴。"余泛舟看向楚凌："没想到凌姑娘竟然是用刀的高手，佩服！"

楚凌笑道："高手不敢当，余将军谬赞了。"

余泛舟道："不知凌姑娘可否赏脸，回头切磋一下？"比起别的将领，余泛舟更年轻一些，也更加随性一些。说完这话，余泛舟看了君无欢一眼见他并没有反对的意思，这才又看向楚凌等着她的回答。

楚凌笑道："余将军有此雅兴，自然可以。"

余泛舟脸上的笑容更深了几分，对君无欢道："城主，如果属下赢了凌姑娘……"君无欢也不在意，牵着楚凌的手道："等你赢了再说。"余泛舟摸着下巴，思索着："当真？"他承认楚凌的能力，但是却并不觉得自己一定会输。

君无欢道："你若是赢了阿凌，想要什么随你挑。"

这是真的很有信心了？余泛舟略微谨慎了几分，问道："若是我输了呢。"

君无欢眼底掠过一丝极浅的笑意，"我不要你别的，把你去年得的那把剑给我就行了。"

"什么？"余泛舟抽了口冷气，立刻拒绝道，"不行！那可是我以后要拿来当传家宝的。"城主果然是心狠手辣，一场比武就想要他的心头肉。他还指望着把那宝贝拿来传给自己将来的子子孙孙呢。

君无欢不以为然，道："你连妻子都还没有，传什么家？"

这说的是人话吗？他现在没有妻子难道以后不会有？余泛舟的脸微微扭曲了一下，咬牙道："想要我的剑可以，城主拿什么来换？"

君无欢道："我说了，城主府库房里的东西，随你挑。"

"这个……"余将军有点心动，城主库房里可是有不少罕见的宝贝。

看到余泛舟明显动摇的神色，楚凌不由得抽了抽嘴角。余大将军，你真的是号称沧云军中最有前途的将领吗？这么容易被人骗实在是让人为朱雀营担心啊。

君无欢仿佛看出了楚凌在想什么，低头在楚凌耳边低声道："余泛舟的刀用得也不错，阿凌跟他切磋一下也无妨。"

能让君无欢觉得不错的，那就是真的不错了。

那边余泛舟已经考虑好了，郑重地望着楚凌拱手道："凌姑娘，稍后还请赐教。"

楚凌含笑点头道："好说，好说。"

君无欢悠然道："对了，我忘了提醒你，桓毓现在打不过阿凌了。"

余泛舟脸色微变，嘴角忍不住抽了抽。他虽然自觉应该比桓毓公子强点，但是强得也很有限。平时过招大多也在五五之间。余泛舟道："城主，那个赌注我们能不能……"

"不能。"君无欢淡定地道："男子汉大丈夫，一言既出驷马难追。"

余泛舟半晌无语："城主，您是不是早就看上了我的剑？你想拿来干什么啊？"不就是一把剑吗？城主府的库房里又不是没有。

君无欢淡定地道："你那把剑虽然华而不实，但确实很好看。我要送礼，用它正好。"

余泛舟半晌无语："城主，送礼讲究心诚，您不觉得用凌姑娘赢来的东西送礼很没诚意吗？"华而不实是什么好词吗？

"不觉得。"君无欢理直气壮地道。

好不要脸，好想揍他，但是打不过他！

楚凌再一次站上了擂台，这一次面对的却不是普通的将士而是朱雀营的主将余泛舟了，整个擂台周围都被赶来看热闹的人们围得水泄不通。

看起来才十五六岁的漂亮姑娘，凭着一把不合手的刀就能轻易撂倒好几个军中身手敏捷的大汉。就连那一手箭术都不比军中的神箭手差多少，如何不让人好奇？更让他们好奇的是，他们将军到底能不能赢？

楚凌和余泛舟站在演武场中央相对而立，余泛舟对楚凌拱了拱手反手抽出了自己的兵器。余泛舟用的是一把细长的刀，看起来有些像剑但是略短了几分，而且只有单面刃。

余泛舟握着刀摆出了一个起手势，道："凌姑娘小心了，在下这把刀有些锋利。"

楚凌笑道："正好，我也用刀。"

一把小巧的刀从袖底滑落到了楚凌掌中，楚凌也不多说什么直接一刀劈了过去。余泛舟虽然不知道楚凌的实力，却并没有疏忽大意。在战场上他从来不会大意，虽然演武场不是战场，但是在余泛舟的眼中却没有什么区别。

面对楚凌迎面而来的一刀，余泛舟并没有闪避而是毫不犹豫地迎了上去。他是将军，战场之上进攻才是最好的防御。楚凌自知力气不如对方，并没有与余泛舟硬碰硬，在双刀相撞的前一刻，手中流月刀向下一拉避开了第一次正面撞击。余泛舟眼底闪过一丝笑意，闪身避开了楚凌斩向自己双腿的刀，同时一刀朝着楚凌的身上劈了过来。

余泛舟的招式简单明了，也不见什么磅礴的气势。楚凌却知道，这是实打实的杀人招数，这位余将军绝不是普通出身，沧云城果真是卧虎藏龙。余泛舟这一手刀术明显是经过了世世代代的锤炼精简才形成的，而且在战场上十分实用。楚凌推测余泛舟应该也是某个将门之后，至少也是世代从军的人家的。

楚凌对余泛舟的刀法十分感兴趣，也不着急跟他一决胜负，开始利用轻功闪避起来。余泛舟刀法虽然厉害，但是楚凌的武功和轻功都不弱。一时间两人倒是谁也奈何不了谁。

围观的众人都有些惊讶，忍不住在下面窃窃私语，目光却盯着演武场中间瞬间也不愿错开。

"将军这是拿不下凌姑娘啊，除了跟城主过招，什么时候见过将军跟人僵持这么久的？"哦，跟城主过招也不算僵持，将军压根打不过城主。

"话不能这么说，凌姑娘总是到处躲，将军才砍不着她啊。要是硬碰硬，说不定将军早就赢了。"

另一人搓着下巴道："这可不好说，能让将军砍不着她也是本事啊。更何况，看凌姑娘这模样怕是还没有拿出真本事吧？"

"其实砍不着也挺好的。砍着了才麻烦呢。"有人忍不住小声道。众人顿时沉默，也对啊，将军平时跟他们过招的时候那狠劲儿，要是真把未来的城主夫人给砍了……想到那个情形，众人忍不住抖了抖。

君无欢听着众人的议论纷纷也不多说什么，只是含笑看着台上的两人。

转眼间，两人已经僵持了将近一刻钟了。余泛舟有些无奈："凌姑娘，这可没什么意思了。"楚凌却是有些不好意思："抱歉，我只是对余将军的刀法有些好奇。"

说罢楚凌也不再躲闪了，手中流月刀一凛，余泛舟只觉得眼前寒芒一闪，楚凌的身形竟然比之前快了一倍不止，瞬间就已经到了余泛舟跟前。余泛舟立刻后退，他的刀比较长，距离太近了根本不占优势。但是楚凌却不给他这个机会，一瞬间已经连续挥出三刀。她在余泛舟后退的时候立刻缠了上来，无论余泛舟如何退避根本就甩不开她。

余泛舟一咬牙，干脆猛地一刀劈出想要逼开楚凌。他的刀法简单迅捷，杀人不见戾气，但是真要到了为难处，也是可以开山裂石的。这一点，余泛舟一向觉得刀比剑更有优势。在战场上，只有两种人会用剑，真正的高手和什么都不懂的傻瓜。

楚凌微微侧身，与凌空劈下的长刀擦身而过。她的身形越快，刀法也越发凌厉起来。演武场下的众将几乎只能看到刀光和楚凌的身影晃动了。

最后，余泛舟终于被楚凌的刀逼得连连后退，只能横刀格挡。楚凌也一反之前的闪避和灵巧，毫不犹豫地几刀迎面劈了过去。双刀撞击之下，每一次都是火星四溅。

铛铛铛几声之后，余泛舟终于退到了演武场的边缘，有些无奈地叹了口气自己退了下去，同时楚凌的刀也已经架在了他的脖子上。

周围一片寂静，若不是他们亲眼所见，说不定会以为余泛舟是为了给城主夫人面子故意放水了。但是现在将自己和余泛舟的位置调换一下,谁也没有把握觉得自己能赢。

输了比试,余泛舟面上却丝毫看不出来郁闷和沮丧,收起了手中的刀笑道:"末将输了,凌姑娘实力高强,末将佩服。"楚凌收起了流月刀从台上跃了下来笑道:"余将军刀法卓绝,我也是取巧而已。"

余泛舟自然知道楚凌是在为他圆面子,坦然笑道:"姑娘比我厉害,输了也是应当的。以姑娘如今的年纪,再过几年只怕与城主争锋也不是难事。"这话绝不是奉承,以楚凌如今的年纪和实力,君无欢在她这个年纪的时候也未必比她强多少。

君无欢笑看着他:"现在服了吗?"

余泛舟苦笑:"服了。"

呜呜,他的宝剑啊。

从朱雀营出来,君无欢和楚凌并没有急着回去,而是策马在沧云城外慢行。楚凌侧首看看坐在马背上仿佛在思考着什么的君无欢道:"跟余将军聊什么事情了?"

君无欢抬头笑道:"没什么,过段时间可能要离开沧云城,提前安排一下。"

楚凌一怔,看着君无欢没有说话。君无欢含笑道:"怎么?阿凌不愿我陪你去平京?"楚凌摇头:"自然不是,我只是担心……"她忍不住轻叹了口气,道,"君无欢,你为我做的太多了。我都觉得有些亏欠你了。"

君无欢不由失笑:"我不为阿凌还能为谁?我若是为了旁人,阿凌不是要亲自动手清理门户吗?"

楚凌无奈地看着他,摇了摇头。

他们既然已经是这样的关系了,说谁欠谁的委实有些多余。楚凌之所以会有这样的想法,也并不单是为了君无欢。如果只是个人,他们谁为谁做什么都是自己的自由。但是想到君无欢身上的担子和责任,楚凌却不能不多想。看着君无欢眼中的担忧和黯然,楚凌摇了摇头莞尔一笑道:"那到时候就有劳长离公子了。"

君无欢笑道:"荣幸之至。"

两人相视一笑,一拍座下的马儿,两匹马并肩朝着前方飞奔而去。

两人回到沧云城已经是暮色降临了,才刚走到城主府门口就看到贞娘有些焦急地在大门口走来走去。

见到两人,贞娘立刻松了口气,快步迎了上来:"城主,凌姑娘,你们终于回来了。"

君无欢淡淡道:"师叔和嫣儿来了?"

贞娘抹了一把额边的汗水,点头道:"是,云先生和肖姑娘下午就到了。"

君无欢点头,拉着楚凌往里走道:"走吧,我带你见见我师叔。"

楚凌笑道:"好啊。"

贞娘跟在两人身后，一边走一边道："城主，肖姑娘知道云公子不在城主府，有点不太高兴呢。"君无欢并不在意："她自己没本事绑住云行月，跟别人有什么关系？"

"君无欢，你说谁没本事？！"

君无欢话音刚落，一个娇俏的女声便从里面传来。

楚凌抬头一看，不由在心中暗赞了一声好。

那是一个看上去有十五六岁的妙龄少女，少女身形娇小，穿着一身紫色衣衫。她的容貌并不算十分美丽，但是却长了一双非常动人的大眼睛。即便是离得这么远，她都能感觉到少女眼中熊熊的怒火了。

这么一个漂亮的姑娘，生气起来也是生机勃勃，若是笑起来，肯定甜极了。看着眼前的小姑娘怒目圆睁仿佛炸毛的小猫的模样，楚凌就觉得有点手痒。

楚凌出神的片刻，少女已经冲到了君无欢跟前："君无欢，你说谁没本事！"

君无欢淡淡地瞥了她一眼，道："云行月跑了，你跟我撒什么气？"

少女愣了一下突然红了眼睛，瞪着君无欢半晌才哇的一声大哭起来。

呃……君无欢师门还有这种款式的？

君无欢却似乎见怪不怪了，拉着楚凌道："阿凌，我带你去见师叔。"楚凌看了一眼蹲在地上哇哇大哭的少女，挑了挑眉。没事？

君无欢嗤笑一声，抬脚踢了踢地上的少女："别装了，你就算把城主府淹了，我也没办法把云行月给你变出来。他真的不在沧云城。"少女抬起头，一双大眼睛红红的像是一只小兔子，"那你要怎么样才肯帮我？"

君无欢道："我不会帮你。"

少女似乎被打击到了，站起身来捂着心口后退了几步："师兄，你好狠心。"

君无欢冷笑不答。

那少女却突然神色一变，朝着楚凌扑了过去："阿凌姐姐，师兄好坏，你要帮我啊！"

楚凌唇角忍不住抽了抽，正要退开却见君无欢一步挡在她跟前一脚将那少女踢了出去。少女凌空一个翻身，虽然避开了君无欢踢出的那一脚却还是后退了好几步，神色幽怨地望着君无欢。

"师兄，人家只是想跟未来嫂子亲近。"

楚凌从君无欢身后探出一个头来，含笑道："这么可爱的小师妹亲近一下我当然是愿意的，不过你右手里的东西先扔掉，不然手会断的哦。"少女有些惊讶地看向楚凌，楚凌抬手扬了扬自己手里的流月刀，"我若是看到什么不好的东西，就会忍不住手痒。万一不小心把小师妹的玉手给切掉了，多不好意思啊。"

少女抬起自己的手看了看，再看看楚凌手中的流月刀忍不住缩了缩脖子，讪讪道："阿凌姐姐，我是好人，不会随便下毒。师兄太狠心了，差点一脚踢断我的肋骨。"

楚凌拍拍君无欢的肩膀示意他让开，君无欢给了少女一个警告的眼神。

楚凌对她招招手道："这就是云公子的小师妹吗？初次见面送你见面礼好不好？"

少女嗖地一下蹿到了楚凌跟前，还有些忌惮地看了看君无欢。见他没有说话这才松了口气："阿凌姐姐，你不生我的气吗？我、我真的没有恶意，我不会害你的。这个只是会让你香香的。"

楚凌表示她对香气扑鼻并没有什么兴趣。

她伸手捏了捏少女的包子脸，果然软软嫩嫩的。

"小师妹叫什么名字？这个送给你好不好？"说着将一条缀着紫色宝石的手链递了过去。少女眼睛一亮，伸手接了过来，"好漂亮，阿凌姐姐真好。我叫肖嫣儿。"说着伸手就要去挽楚凌的胳膊，却被旁边的君无欢抬手拍开了。肖嫣儿很是郁闷："师兄，我真的不会对阿凌姐姐下手。"

君无欢对楚凌轻声道："她擅长用毒。"

楚凌点头，她当然看出来了。这小姑娘虽然看着软软萌萌，但是真惹急了只怕也不是个善茬。

肖嫣儿有些无精打采地望着楚凌，可怜巴巴地道："阿凌姐姐，你是不是也不喜欢嫣儿了？"

楚凌笑道："怎么会？嫣儿这么可爱。"

肖嫣儿顿时高兴起来，神采飞扬的模样越发耀眼。她飞快地从身上翻出了一颗珠子递给楚凌道："送给阿凌姐姐做见面礼。"

楚凌有些诧异，看着小姑娘眼巴巴的模样还是伸手接了过来。君无欢也没有阻止，拉着楚凌就往里面走去，顺便抛下了一句话："阿凌比你小，没事别装嫩。"

直到两人走远了，身后才传来少女跳脚的声音："君无欢，混蛋！混蛋！本姑娘总有一天要毒死你！"

在沧云城城主府说要毒死城主，肖姑娘你也很厉害了。

两人进了内堂，就看到里面坐着一个中年男子。男子看上去不过四十出头的模样，一身浅灰色布衣，面容与云行月有几分相似，但是不同于年轻的云公子，更多了几分儒雅和岁月磨砺出的睿智和温文。

看到两人进来，他才抬头对两人一笑，道："回来了？"

"师叔。"君无欢带着几分恭敬地对男子道，显然比起他那位不靠谱的师父，这个师叔君无欢是有几分尊重的。

中年男子点点头，看向楚凌，楚凌笑道："见过云先生。"

男子点头："凌姑娘不必客气，长离好眼光，好福气。"

君无欢唇边溢出一丝淡淡的笑意，握着楚凌的手对男子认真地道："阿凌

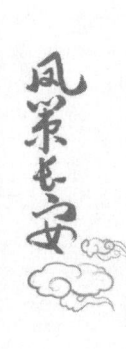

很好。"

中年男子笑道："我看也很好，原本我还担心你是不是要孤独终身呢，现在看来是我想多了。"说来也是他那个不靠谱的师兄造的孽，中年男子对君无欢是既觉得骄傲又觉得担心。

"师父！"门外肖嫣儿飞身进来，奔到中年男子身边幽幽道，"师父，师兄欺负我。"中年男子不以为意，淡淡道："你若能赢，就可以欺负他了。"

肖嫣儿顿时垂头丧气，她哪儿有本事赢师兄啊。

宾主落座，中年男子扫了一眼空荡荡的门外，道："云行月又跑了？"

君无欢道："师叔容禀，他有要事在身，已经离开沧云城好些日子了。"

中年男子摇了摇头，有些无奈地叹了口气道："算了，那混账东西的事情我也懒得管。"君无欢想了想道："其实他心里是有数的，师叔不必太过担心。"

中年男子笑道："我不担心，你们这些小辈的事情我也懒得管了。这次过来，就是顺便把嫣儿给你带过来，以后她就留在沧云城了。"君无欢微微蹙眉，思索着肖嫣儿留下到底划不划算。

肖嫣儿擅长毒术，江湖人称小毒仙。若是能留下，自然是可以帮上大忙的，但是云行月为了躲肖嫣儿都要躲出病来了，若是因为肖嫣儿在这里，沧云城少了一个高明的大夫好像又不太划算。况且云行月为他做牛做马这么多年，多少还是有点情面的。

见他不答，中年男子笑吟吟地道："你答不答应其实也没什么区别，我若是走了嫣儿肯定不会走的。就算你不肯收留她，沧云城哪儿她不能待？"

"师兄、阿凌姐姐……"肖嫣儿可怜巴巴地望着两人。

君无欢不语，肖嫣儿有些闷闷地从自己的荷包里翻出一个东西递过去，"住宿费。"

银票？楚凌挑眉。

君无欢打开一看，是一张写满了字的纸笺。楚凌扫了一眼上面全是药名，应该是一个什么药方。

君无欢挑眉道："这是你这两年的成果？"

肖嫣儿幽怨地瞪了君无欢一眼。这世上再也没有比她师兄更讨厌的人了，他们辛辛苦苦努力研究出来的成果，他只要等着他们双手奉上就可以了。

君无欢略微满意地点了点头道："你可以住在城主府，但是我不会帮你的。"

肖嫣儿轻哼一声："你跟云行月是一伙儿的！"

君无欢浑不在意："不高兴别待。"

肖嫣儿哼唧了两声，终究还是什么也没说。

楚凌微微挑眉，这莫不是云行月的桃花债？这年头这般主动的姑娘可不多啊。云行月当真是身在福中不知福。

城主府里多了两个人，一下子似乎就变得热闹了起来。

一大早，楚凌才刚起床梳洗完，外面就传来了肖嫣儿轻快的脚步声。

"阿凌姐姐，阿凌姐姐！"虽然知道楚凌比自己小，但是肖嫣儿仗着自己可爱，就是姐姐长姐姐短地叫。

楚凌回头看向从门外进来的肖嫣儿笑道："嫣儿这么早？"

肖嫣儿道："阿凌姐姐，我们出去玩儿呗？"

楚凌想了想道："其实我对沧云城也不太熟，你想去哪儿玩？"

"我们去逛街好不好？"肖嫣儿眼睛一亮。楚凌也无所谓："好啊。"肖嫣儿欢喜地拉着她："快快，我们快走！"

楚凌有些无奈地任由她拉着往外走，一边道："听说你一直跟着云师叔游走四方，怎么还这么兴奋？"肖嫣儿可不是什么大门不出二门不迈的闺中女子。

肖嫣儿笑道："这不一样呀，自从师娘不在了，就再也没有人陪我逛街了。"

楚凌看着她不由一笑，这显然是一个在蜜罐中长大的姑娘，才能保留着这样的天真无邪。在乱世中能看到这样的姑娘，总还是有些让人高兴的。

这世上，总是还有人能够得到幸福的。

"那就走吧。"

有了肖嫣儿做伴，不仅城主府热闹了起来，就连楚凌也觉得日子不那么无聊了。见楚凌高兴，君无欢也不计较这个小师妹在城主府白吃白喝了，总算给了她一点好脸色。

对此肖嫣儿虽然愤愤不满，却也无可奈何。谁让她打不过君无欢呢。

比起沧云城的宁静和睦，上京皇城里这些日子却可以算得上是狂风暴雨了。拓跋梁继承皇位的事情并没有花费太多的力气，北晋皇帝的众位皇子除了已经废了的拓跋罗以外，确实没有足以服众的对象。

真正的混乱是在拓跋梁继承皇位的消息传出之后。对貊族这些贵族来说，并不是说你是皇帝他们就一定会听你的，至少北晋皇帝身边原本的心腹老将以及一些有皇子支持的大家族并没有多么畏惧拓跋梁，一如他们当初对北晋皇帝的态度。更何况北晋皇帝子嗣众多，总有那么几个身后势力雄厚又心有不甘的。拓跋梁自己的儿子却死的死废的废，对这些贵族来说，将来这皇位到底是不是拓跋梁的儿子继承也还没有定呢。

于是拓跋梁的登基大典都还没有举行，上京皇城中的势力就已经飞快地分成了三股。其一自然是以拓跋梁为首的原本明王府一系，因为拓跋梁即将登基，这些人如今正是春风得意的时候。

其二便是原北晋皇帝麾下的旧部，这些人都是跟着北晋皇帝出生入死过来的，如今倒是隐隐偏向了拓跋罗。拓跋罗虽然不良于行，却依然稳稳地把握住了这些势力，可见许多人一直都低估了拓跋罗的能力。拓跋胤刚刚下落不明，拓跋梁也

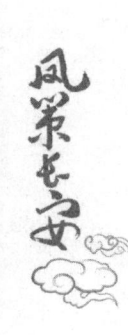

不敢在这个时候对拓跋罗如何。拓跋罗明显是将拓跋胤的账算到了拓跋梁的身上，双方底下的人马都相当不友好。

最后就是以南宫御月为首的国师一系了。国师的位置在北晋本就举足轻重，从前是南宫御月不爱过问朝堂的事情，但北晋皇帝一死南宫御月就一反常态像是真打算当一个称职的国师了。

更不用说南宫御月背后的焉陀家还有太后旧部也隐隐归于南宫御月一系。所幸南宫御月似乎对皇室争斗毫无兴趣，他并不理会拓跋梁和北晋皇帝众位皇子之间的钩心斗角，一心一意只要朝堂上的权利。

南宫御月半靠在白塔软榻上垂眸扫了一眼跪在跟前的人，虽然脸上没有什么表情，周围的人却觉得国师今天的心情好像不错。

南宫御月今天的心情确实不错，所以即便跟前的人并没有给他带来什么好消息，他也没有迁怒于人："拓跋梁打算罢免了拓跋兴业大将军的衔？"

跪在地上的人低头道："是，国师。"

南宫御月嗤笑一声："这还没上任呢，就迫不及待要烧火了？谁给他的胆子？"站在旁边的白衣人道："拓跋大将军素来少与朝中权贵交往，身后也没有什么大家族……"

南宫御月淡淡问道："军中没有什么看法？"

白衣男子道："军中虽然颇有微词，但是拓跋梁早年也战功卓著，军中势力不弱。更何况他并没有薄待大将军，据说准备加封大将军为镇国公。"这已经是除了皇室的王爵以外权贵最高的品级了。要知道，焉陀家的家主焉陀邑也只是一个侯爵而已。

这将军失去了兵权，再高的爵位也只是一个摆设罢了。

"拓跋兴业怎么说？"南宫御月问道。

男子轻叹了口气，道："大将军什么都没说，似乎是接受了拓跋梁的意思。好像也没有什么不满。"或许大将军当真是志不在此吧？

南宫御月嗤笑一声："没用的老家伙！看来指望不上拓跋兴业了。"如果拓跋兴业配合，他们还能够趁机做点什么。人家既然不配合，他们再说什么倒是多余了。

白衣男子道："公子，咱们现在怎么办？"

南宫御月微微眯眼道："拓跋兴业掌握着北晋将近半数的兵权，这么大一块肉不咬一口好像有些可惜。"

白衣男子道："那位……只怕是想亲自掌握兵权。"

南宫御月嗤笑一声："他说了就算？还没当上皇帝呢就什么都想要往碗里捞，以后还得了？去，替本座请焉陀氏、金禾氏、铁笠氏的家主过来，本座请他们喝酒。"

宁都郡侯的心脏只怕又要受不了了。

"是，公子。"

南宫御月挥挥手示意跪在地上的人退下，沉默了片刻方才问道："有笙笙的消息了吗？"

白衣男子点头，低声道："回国师，曲姑娘现在在沧云城。"

南宫御月皱了皱眉，轻哼了一声道："罢了，去吧。"

"属下告退。"

云师叔在沧云城住了一段日子便离开了，却当真将肖嫣儿留了下来。有了肖嫣儿的做伴，楚凌这几日过得越发闲适起来。君无欢一心要看着她养伤，就连上京传来拓跋梁登基的消息也没有干扰她的休养生活。

说起来，在沧云城这段时间可以算是楚凌这三年多以来过得最轻松自在的日子了。她什么都不用多想，也不用担心身边的人和事。心情放松了，就连身上的伤也好得快了许多。

转眼间已经将要入夏，风华苑里两个飞快缠斗的人影骤然分开，坐在不远处观战的肖嫣儿立刻欢快地朝着其中一人奔了过去："阿凌姐姐，你好厉害啊。"楚凌收起手中的流月刀，笑道："跟你师兄比起来，还差得远呢。"

君无欢随手一掷，将手中的剑抛回了挂在不远处的剑鞘里，笑道："阿凌进步很快，听余泛舟说你在跟他学刀法？"楚凌道："都是余将军大度，才学了几天还生疏得很。"君无欢摇摇头道："已经有余泛舟三分神韵，我看最多一年，阿凌就要青出于蓝了。"

肖嫣儿连连点头道："师兄说得对！"

楚凌有些好笑地揉了揉她的脑袋，笑道："你看得懂？"

肖嫣儿眨巴了一下眼睛："不懂，但是阿凌姐姐就是很厉害嘛。"

君无欢轻哼一声，眯眼扫了肖嫣儿一眼道："前几日你给我的药方有些问题，你再去看看。"

肖嫣儿睁大了眼睛："我配制的药方怎么会有问题？"

君无欢道："我怎么知道？效果不如你吹嘘的好，你去药房看看还能不能再精益求精。"

肖嫣儿恶狠狠地瞪了他一眼，气鼓鼓地道："我配制的药方绝对不可能有问题，肯定是你手下的笨蛋配药的时候出了问题！"说完一阵风一般地飘了出去，转眼间就不见了人影。楚凌微微挑眉，侧首打量着君无欢："药方真有问题？"

君无欢道："不知道，我不管药房的事。"

"……"楚凌无语。

君无欢拉着楚凌走到不远处走廊边坐了下来，道："上京大局已定。阿凌，接下来只怕咱们在沧云城待不了几天了。"

楚凌点点头，笑道："上月拓跋梁登基，好像还给你发了帖子？"

君无欢不以为然:"不过是挑衅罢了,幼稚。"

楚凌有些好奇:"你这算是得偿所愿了,还是又多了一个心腹大患?"君无欢无奈地叹了口气,道:"我这是不得已而为之。不过,北晋还有得乱,咱们也可以趁机歇一口气了。"

楚凌点点头道:"也是,有南宫御月在,想必拓跋梁也轻松不到哪儿去。"南宫御月这人无事也要搅三分,怎么可能安分守己地看着拓跋梁大权在握。

君无欢轻笑一声,叹气道:"南宫这个人啊,可以信却不可全信。你若真一心一意相信他,说不定什么时候他就能背后给你一刀。"

"哦?"楚凌挑眉,"看来你对他果真是了解甚深。"

君无欢点头道:"你可知道云行月为什么那么讨厌南宫御月?"

"难不成还有什么故事?"

君无欢道:"当初南宫御月刚跟着老头子习武的时候,云行月也被师叔扔过去学了一段时间。云行月原本跟南宫御月的关系很好,南宫御月那时候对他也不错,云行月是真将南宫御月当成朋友的。老头子整人的手段丧心病狂,云行月陪他练功,跟他一起被老头子整,陪他挨罚。结果南宫御月转头一脚把云行月踢进雪窝里就不管了。等我找到云行月的时候,他都冻得快要不会喘气了。"

云行月之所以现在跟他关系这么好,除了欠他钱,最重要的就是他当初拖着病体,在冰天雪地里将已经冻僵了的云行月给捡了回来。

楚凌沉默了半晌,终于缓缓道:"云行月是不是有点瞎?"

君无欢忍不住低笑一声,道:"那倒也未必,南宫御月想对人好的时候也是真的好。他当初为了救云行月,差点连命都没了。后来他把云行月扔雪窝里你知道他怎么说吗?他说为了看到云行月那个蠢相,他差点把命给搭进去,所以云行月当然应该把命赔给他。他当初是故意的,为了博取云行月的信任。"

"果然是个神经病。"半响,楚凌才终于喃喃道。

"城主,凌姑娘。"门外,侍卫匆匆进来。君无欢侧首:"何事?"

侍卫将一块令牌送了上来,恭声道:"外面有一位先生求见。"

君无欢接过令牌一看,和楚凌对视了一眼片刻后方才道:"请那位先生进来。"

襄国公走进书房,就看到楚凌和君无欢已经坐在书房里等着他了。等到奉茶的侍女下去了,襄国公方才重新站起身来对着楚凌深深地一揖,道:"老臣,叩见公主。"

楚凌连忙起身拦住他:"襄国公……"

襄国公望着楚凌,眼神有几分黯然:"公主还是不肯称呼老臣一声舅舅吗?"

楚凌沉吟了片刻,方才轻声道:"舅舅。"

襄国公原本黯淡的眼神顿时亮了起来,握着楚凌的手连声道:"好!好!好!"

君无欢看着楚凌有些不自在的模样,轻声笑道:"亲人相认也算是一桩喜事,看来应该好好庆贺一番。不过襄国公此次来沧云城，只是为了阿凌吗？"

襄国公这才回过神来，连忙放开了楚凌看向君无欢道："还要多谢长离公子这些日子照料公主了。实不相瞒，老夫此次明面上是为拓跋梁登基之事北上的。但真正的目的却还是公主。"

君无欢点头，拉着楚凌坐了下来方才道："看来，陛下已经有了决定了。"

襄国公重重地点了下头，看向楚凌的目光也多了几分肃然，道："公主尽管放心，陛下已经做好安排了。"

君无欢蹙眉道："什么身份？"

襄国公道："自然是先皇后所出的二公主，等公主一回到平京，陛下立刻就会赐下封号，断然不会委屈了公主的。"

君无欢摇头道："国公恐怕没有明白君某的意思，阿凌是公主，御赐封号本就是理所当然的事。君某说的是，阿凌其他的身份。恕我直言，若有一日朝中大臣需要阿凌为了天启做出什么牺牲，陛下只怕也撑不住。"

襄国公叹了口气，神色有些复杂地看了君无欢一眼道："我既然说了会替公主安排好，自然绝不会食言。便是不说陛下，段家如今也只剩下……"摇了摇头，襄国公道："陛下赐下封号的同时会下旨，允公主自决婚嫁之事。位比亲王，允许公主拥有亲卫。"

君无欢微微眯眼，天启的皇子亲王们成年之后是可以拥有自己的封地的。按照亲王的爵位，至少能有三千亲卫。阿凌是公主，不必就番，在平京那样的地方，一个公主拥有三千亲卫，确实是可以横着走了。

君无欢手指轻叩着桌边，片刻后问道："靖北军？"

襄国公笑道："陛下的意思，眼下还是不要宣扬此事。但靖北军既然是公主亲自组建的，自然还是归公主掌握。若是将来消息暴露再说，陛下会同时赐下圣旨，靖北军归公主所有。"

君无欢问道："陛下的承诺可信吗？"

君无欢如此无礼的问题并没有激怒襄国公，襄国公长叹了口气道："长离公子，陛下在这世上只有公主这一条血脉了。"

君无欢默然，侧首看向楚凌无声地询问她的意见，楚凌沉吟了片刻微微点了下头。襄国公考虑得确实很周全了，再多的他无法承诺，就算承诺了也办不到。

见楚凌点头，襄国公也暗暗松了口气脸上露出了笑容。他知道君无欢问得再多再详细，楚凌不点头也是无用。

"既然如此，不知咱们何时能启程南下？"襄国公有些激动地道。

楚凌侧首去看君无欢，君无欢笑道："阿凌准备好了的话，随时都可以。"从拓跋梁登基之后，他就已经预料到了这一天早晚会到来。

楚凌对襄国公点头道："那就有劳舅舅了。"

"不，这是老臣该做的。"襄国公眼眶微红低声道，"那就请公主稍作准备，咱们三日后启程如何？"

"好。"君无欢道，"恭喜国公，那就先祝国公此去上京一切顺利。"

君无欢笑道："襄国公一路辛苦了，在下让人为襄国公准备好了休息的院子，不如先去休息？"

"多谢长离公子。"襄国公看了看君无欢没说话，对于这位长离公子沧云城主，襄国公的感情还是很复杂的。这位能耐是真能耐，有本事也是真有本事，但这家伙摆明了是要抢他外甥女的啊。

君无欢的身份来历不明，若是现在襄国公还相信他真的只是西秦一个寻常商户之子他就是傻子。寻常商户人家的儿子有可能是个商业天才，但绝不可能同时还是一个天才名将。组建沧云城的时候，君无欢才多大？他是在娘胎里就有了记忆还是真的是战神转世？

楚凌突然想起来一件事："对了，舅舅。还有一件事，上次就应该跟你说一声，后来事情太多忘记了。"

"何事？"襄国公有些好奇地道。

楚凌道："是关于一个人，我当初在黑龙寨遇到的……"

半晌之后，襄国公红着眼睛从书房里出来，跟着城主府的管事往后院而去。走了几步，他忍不住回头看了一眼身后的书房，眼眸中更多了几分坚定和期盼。

六月中旬的平京正是一年中最炎热的时候，此时的平京郊外官道边上却站着一大群穿着锦衣华服，平时寻常百姓难得能见一面的人。

永嘉帝坐在龙辇上一边拿帕子擦着汗，眼睛却定定地盯着眼前的官道："陈琪，永乐宫……"

站在他身边的内侍笑道："陛下尽管放心，襄国公刚走老奴就开始督促下面的人整理永乐宫了，若还打理不出来，那就是老奴的罪过了。老奴方才又亲自去看了看，一应都好。"

永嘉帝点点头道："你做事朕放心，不知道卿儿会不会喜欢？"

陈琪道："陛下一片拳拳之心，公主如何能不喜爱？"

永嘉帝叹了口气，道："朕这心里，这么些年，她在外面吃了那么多苦，都是朕这个做父皇的……"

"陛下，骨肉团聚是喜事，陛下万不可伤怀。"陈琪连忙低声劝道，"陛下若因公主伤了龙体，若是传出去，对公主只怕不好。"陛下下旨要众臣出城迎接公主本就让不少人觉得礼仪过重了，若陛下还因此伤心过度，那些人只怕正好揪着公主的话柄不放。

永嘉帝顿了一下，皱了皱眉道："那些老学究，这般多事。朕和卿儿是父女，哪里来的那么多讲究？"

陈琪心中暗叹了口气，谁说不是呢？这几天为了公主回来的事情，朝堂上就不知道争吵了几回了。只是陛下这次难得强硬，众臣自然也不愿意为了个公主跟陛下硬杠。反正也不是什么关乎国家的大事，公主又不能继承皇位。

那些人虽然妥协了，只怕心里还想着挑小公主的刺呢。

"启禀陛下，公主銮驾已在五里！"一个侍卫飞马而来高声禀告，等候在一边的众臣顿时伸长了脖子议论纷纷。

永嘉帝大喜："好！好！"

官道上，楚凌在一行人的簇拥下与君无欢并骑朝着前方走去。君无欢含笑侧首看向马背上一袭红衣的少女问道："快要到了，阿凌紧张吗？"

落后两人一步的襄国公眼皮跳了跳，虽然陛下已经知道这位的存在，但是到底能不能接受这位未来女婿可还没表态呢。不过襄国公觉得，陛下大约也管不了这两位。

楚凌笑了笑道："还好，虽然我没有当过公主，不过试一试也未尝不可。"

君无欢摇头道："阿凌本来就是公主。"

襄国公也道："长离公子说得是，这世上再没有比公主更有皇家仪范的女子了。"

楚凌和君无欢对视一眼，襄国公显然是没见过她没有公主样的时候。

前方遥遥已经可以看到平京皇城了，襄国公看着前面的官道有些惊讶，"陛下让人出城迎接公主了？"而且阵仗还不小。

君无欢和楚凌勒住了缰绳，君无欢微微眯眼："不，是陛下亲自出城了。"他的眼力自然比襄国公看得远一些，那些人中间的龙辇还是相当醒目的。

楚凌也不由露出几分惊诧，她没想到永嘉帝竟然会亲自出城迎接她。

君无欢侧首望着她对她一笑，道："阿凌，准备好了吗？"

楚凌点点头："嗯，走吧。"

君无欢低声道："不用担心，我会一直陪着阿凌的。"楚凌莞尔一笑，阳光下的笑颜明艳夺目："我知道，走吧。"

等候在路边的人们看着越来越近的队伍，队伍最前头是一对年轻的男女。女子一身红衣，容貌精致如画，明丽清艳。男子一袭白衣，容貌俊美却气度非凡。

永嘉帝激动地从龙辇上站起身来，旁边的陈琪连忙扶住他。

"卿儿！朕的卿儿……"永嘉帝忍不住红了眼睛，激动地道。

"恭迎公主回朝！"官道两旁，迎接的人们齐齐下拜，呼声震天。

一行人下马，楚凌与君无欢对视了一眼。君无欢含笑对她点了点头，轻声道："阿凌，去吧。"

楚凌深吸了一口气，微微点头转身朝着前面走去。

"儿臣叩见父皇！"

"臣等叩见陛下！"

永嘉帝强忍着下了龙辇去扶起女儿仔细看看的冲动，对着身边的人点了点头。一个官员捧着明黄的绢帛上前一步，手中绢帛一展高声道："宣旨！"

"臣等跪接圣旨。"

"奉天承运皇帝，诏曰：皇次女者，乃朕与庄穆皇后嫡女。宛柔聪慧，仁孝才明，淑慎惠和。今承天之佑，安然归来，朕心怜之。特赐封号'神佑'，以谢神明，以佑吾儿安康。钦此！"

"奉天承运皇帝，诏曰：咨尔神佑公主，朕之帝女，孝惠成性，明仪端肃，特赐食邑三千，品级礼仪皆与亲王同。赐亲卫三千，护佑公主。钦此！"

"奉天承运皇帝，诏曰：神佑公主历劫归来，赐黄金一千，白银两万，珍珠十斛，碧玉……赐陛下随身玉佩一枚，以玉佩可换陛下诏书一封。钦此！"

"儿臣叩谢父皇。"楚凌俯身拜谢。

永嘉帝这才下了龙辇，有些跌跌撞撞地走到楚凌跟前一把将她拉了起来。仔细打量着眼前的少女，永嘉帝激动不已："好，好！"

"今日，朕的神佑公主归来，此当普天同庆之大喜。今夜宫中大宴群臣，择日为公主举行册封大典！"永嘉帝一手拉着楚凌面对众人，高声道。

"恭迎神佑公主归来！"

"恭迎公主回朝！"

楚凌看向四周，一片恭贺声中与一双含笑的温柔眼眸相对，都从对方的眼中看到了笑意和坚定。

或许他们的路才刚刚开始，他们会一直这么走下去，携手红尘，不离不弃。

只愿当真天神护佑，终有一日天下承平，河清海晏。

◆番外◆

灵犀·未爱

永嘉十一年暮春

上京皇宫的御花园中，依然是繁花似锦，蝶舞翩翩，一派瑶池仙境盛景。只是花园中的气氛却并不若那般美好，甚至让人感到几分压抑。

早已经过了而立之年的永嘉帝脸色僵硬地瞪着跟前的男人，并不像一朝帝王倒是更像个文弱的读书人。

　　站在他对面的男子四十出头的模样，容貌俊挺雍容，眉宇间却带着几分锋利和森然霸气。一身亲王的玄色蟠龙朝服，看上去倒是比文弱的皇帝更多十分的王者气魄。

　　"陛下，您觉得如何？"

　　永嘉帝苍白着脸，显然不愿意退让："朕不同意！此事定有误会！君傲……君家世代忠良，定不会……"

　　男子轻笑了一声："不会？证据已经摆在跟前，陛下也要当看不见吗？"

　　"朕相信君将军！此事必须重审，朕……"

　　"可惜，晚了。"男子居高临下地望着永嘉帝，悠然道，"君傲已经问斩了。"

　　"什么？！"永嘉帝猛然站起身来，"楚越，你好大的胆子！你想谋反吗！"楚越发出一声似嘲讽的笑声："谋反？陛下说笑了，臣是为陛下分忧。君傲谋逆，罪在不赦。陛下既然心慈手软，臣便替陛下下了这决断如何？"

　　永嘉帝身体晃了晃，有些艰难地闭了闭眼，从牙缝里挤出了几个字，"楚越，朕、才、是、皇、帝！"

　　楚越眼神蓦地尖锐起来，盯着眼前的永嘉帝淡淡道："那么，陛下想要如何？"或者说，你敢如何？

　　永嘉帝神色僵硬，垂在身侧的手指僵硬冰凉。在楚越强大气势压迫之下，他本就有些苍白的脸更是惨白。

　　"父皇！父皇，您在吗？"一个清脆明快的声音传来，片刻后穿着一袭鹅黄衣衫的少女快步走了过来。那少女眉目清丽如花，婉约精致却自有一股皇室贵女的大气端庄。正是永嘉帝的长女——灵犀公主楚拂衣，看到对峙的两人立刻停下了脚步，"父皇，原来你在这儿？啊，叔公也在呀。"

　　"灵犀。"

　　楚越看向楚拂衣，微微挑眉道："见过公主。"

　　楚拂衣走过来点头笑道："叔公安好。"又拉着永嘉帝的胳膊娇声道："父皇，灵犀找了你好久啊。"永嘉帝勉强笑了笑，道："灵犀有何事？"

　　楚拂衣笑道："母妃请父皇商量今晚宫宴的事儿呢，叔公可是还有事情要和父皇商量？"

　　楚越笑道："并无要事，既然贵妃娘娘有事，臣便不打扰陛下了。"

　　楚拂衣笑盈盈地挡在永嘉帝身前，道："灵犀送叔公出宫吧，正巧灵犀也有些小事想要请教叔公呢。"楚越微微眯眼，点了下头："那就有劳公主了。"

　　目送楚越离开，楚拂衣方才长长地出了口气。正要转身离开，突然听到身后传来一个声音："你明明怕得很，为什么要凑上来？"

　　被吓了一跳，楚拂衣飞快地转身就看到一边的墙头上坐着一个面容俊挺却不

似中原人的少年。少年看上去十四五岁的模样，穿着一身貊族服饰，腰间佩着一把弯刀。眼眸明亮，有着上京的少年们没有的野性和桀骜。

"你是貊族四王子？"她记得前日貊族使者入京觐见，其中便有一位王子。

少年从墙头一跃而下落到她跟前："你还没回答我的问题。"

"因为我要帮父皇啊。"楚拂衣道。

少年嗤笑很是不屑道："你父皇那般软弱无能，早晚也要被你那位叔公给废掉的。你就不怕他杀了你吗？"

楚拂衣摇头，低声道："他不会的。"

"你以为他不敢？他今天刚杀掉了君傲。你父皇根本救不了他。"少年看看楚拂衣，"你真的不怕？"

楚拂衣摇头不语。

少年笑道："我看你父皇靠不住，你不如跟我一起回关外吧？"

楚拂衣惊愕地抬起头来看着他："你胡说什么？"

少年道："我还以为你们天启的女子都是一般娇滴滴的柔弱无用，没想到你的胆子竟然不小。"原本他是看不上这样娇滴滴的小丫头的，不过看到她明明自己都害怕得发抖了，却还要坚持笑着挡在永嘉帝跟前与天启摄政王对峙的时候，他突然觉得这个小公主其实很好看。

"我叫拓跋胤，貊族四王子。灵犀公主，嫁给我可好？"少年上前一步，轻轻在少女脸上落下了一个吻。

楚拂衣被吓了一跳，飞快地后退险些一个趔趄跌了一跤，拓跋胤眼疾手快上前一步将她扶住。楚拂衣手忙脚乱地将他推开，"你……你胡说什么？你们、你们貊族人都这般无礼！"原本白皙如玉的小脸瞬间染上了红霞，宛如春天的桃花般清艳绝俗。

拓跋胤道："我是真心求亲，何来无礼？我知道你们天启规矩多，回头我便让人去向你父皇求亲，你可愿意？"

楚拂衣还是平生第一次被人当面求亲，当即吓得心慌意乱，转身就走："你别胡说，我……已经有婚约了！"

身后拓跋胤看着她匆忙离去的背影皱眉，抬手轻触了一下自己微温的唇，仿佛还感觉得到那柔软的触感和淡淡的桃花香。

拓跋胤低头捡起了地上少女不慎掉落的荷包："有婚约了？"

很快拓跋胤就知道楚拂衣订婚的对象是谁了，百里家的嫡长孙……百里轻鸿。即便是身在关外，拓跋胤也是听说过百里轻鸿的大名。出身名门，文武双全，年方十四已经和拓跋胤一般是有名的少年将军了。虽然两人还并未被赐婚，但是上京所有人都知道，陛下是有意将灵犀公主赐婚给百里轻鸿的。

无论是因为百里轻鸿本身的优秀还是为了百里家的名望，这都是一门好婚事。

"你当真不愿嫁我?"离开上京之前,拓跋胤再一次找到了楚拂衣问道。

楚拂衣看了看他,坚定地摇头。

拓跋胤皱眉道:"你喜欢百里轻鸿?"

楚拂衣思索了一下,点了点头。

沉默了片刻,拓跋胤突然凑近了她与她对视,低声道:"楚拂衣,你说谎。"

楚拂衣微微蹙眉,与他拉开了距离:"四王子,请你自重。听说四王子今天要离开上京了,一路顺风。"

"楚拂衣,跟我走。我带你去看塞外的风光。"拓跋胤伸出手,对少女道。楚拂衣平静地摇了摇头道:"不,我不会离开上京的。"

"你的父皇和百里轻鸿保护不了你。"拓跋胤道。

楚拂衣抬眼,望着他道:"如果父皇保护不了我,那么这世上谁又能保护我。"

拓跋胤坚定地道:"我能。"

楚拂衣摇头道:"谢谢你,保重。"

拓跋胤深深地望了她许久,突然将身上一条穿着狼牙的项链塞到她手中,笑道:"如果你后悔了,可以来找我。"

楚拂衣望着少年离开的背影,再低头看看手中的项链,轻声道:"我不会后悔,只盼不要再见才好。"

貊族与天启,终有一战。若是再见,也不知还是否会有如今的平静?

再见并不久远,永嘉十四年貊族攻破上京,永嘉帝仓皇南逃。

浣衣苑中,一身狼狈的她再一次见到了一身戎装的他。

三年前,她是天启公主,他是貊族王子。

三年后,他是北晋沈王,她是阶下之囚。

"楚拂衣。"已经长成成年人的男子一脚踢开对她无礼的貊族人,站到了她的跟前居高临下地望着眼前比三年前更加美丽却也有些狼狈的少女,"楚拂衣,我来了。"

少女微闭了双眸,一行清泪从眼角滑落。

拓跋胤,你为什么要来?

楚拂衣,你爱我吗?

不。

你会爱我吗?

不。

楚拂衣,你回来。我再也不逼你了。